MEG CABOT

Schwer verliebt

Die Autorin

Meg Cabot stammt aus Bloomington, Indiana. Nach dem Studium wollte sie Designerin werden, jobbte währenddessen in einem Studentenwohnheim und schrieb ihren ersten Roman. Inzwischen ist Meg Cabot eine international höchst erfolgreiche Bestsellerautorin. Sie lebt mit ihrem Ehemann in New York City und Key West.

Bei Blanvalet von Meg Cabot erschienen:
Um die Ecke geküsst · Der will doch nur spielen · aber bitte für immer

Heather Wells – Amateurdetektivin wider Willen:
Darf's ein bisschen mehr sein; schwer verliebt · Mord au Chocolat; Keine Schokolade ist auch keine Lösung · Gibt es ein Leben nach der Torte?

Lizzie Nichols – Eine Frau ist nicht zu bremsen
Aber bitte mit Schokolade! · Naschkatze · Hokus Pokus Zuckerkuss

Romantasy
Eternity · Endless · Jenseits · Underworld · Schattenliebe

Meg Cabot

Schwer verliebt

Roman

Aus dem Amerikanischen
von Margarethe van Pée

blanvalet

Die amerikanische Originalausgabe erschien unter dem Titel
»Size 14 is not fat either« bei Avon Trade,
an imprint of Harper Collins Publishers LLC, New York.

MIX
Papier aus verantwortungsvollen Quellen
FSC
www.fsc.org
FSC® C014496

Verlagsgruppe Random House FSC® N001967

2. Auflage
Taschenbuchausgabe 2019 bei Blanvalet,
einem Unternehmen der Verlagsgruppe Random House GmbH,
Neumarkter Straße 28, 81673 München

Umschlaggestaltung: www.buerosued.de
Umschlagmotive: plainpicture/Lubitz + Dorner
JB · Herstellung: wag
Satz: Uhl + Massopust, Aalen
Druck und Bindung: GGP Media GmbH, Pößneck
Printed in Germany
ISBN 978-3-7341-0766-5

www.blanvalet.de

1

Barista Boy
Sex in a cup
Can't you ask me out
Instead of »Wassup«?

»Barista Boy«
Von Heather Wells

Der Typ hinter dem Tresen mustert mich. Im Ernst.

Er ist ganz schön heiß. Na ja, wie so ein zwanzigjähriger Barista eben aussieht. Ich wette, er spielt Gitarre. Er bleibt bestimmt nachts viel zu lange auf, um Gitarre zu spielen, genau wie ich. Das sehe ich an den leichten Schatten unter seinen grünen Augen mit den langen Wimpern und an seinen wirren, lockigen, blonden Haaren. Offenbar hatte er keine Zeit mehr, sich vor der Arbeit zu duschen, weil er die halbe Nacht noch geübt hat. Genau wie ich.

»Was darf es sein?«, fragt er mich. Aber der Blick! Ein Blick, der definitiv sagt: *Ich schau dich an.*

Dass er mich anschaut, weiß ich, weil hinter mir sonst keiner mehr steht.

Na ja, und warum auch nicht? Ich sehe gut aus, jedenfalls die Teile von mir, die man durch meine unförmige

Winterkleidung sieht. Ich habe heute früh Make-up und Wimperntusche aufgelegt, im Gegensatz zu Barista Boy verstecke ich meine Ringe unter den Augen lieber. Und in meinem Parka sieht man mir die vier – na ja, zugegeben, zehn – Pfund nicht an, die ich über die Feiertage zugenommen habe. Wer zählt denn an Weihnachten schon Kalorien? Oder an Silvester? Oder nach Neujahr, wenn die Weihnachtssüßigkeiten alle heruntergesetzt sind? Schließlich ist ja noch jede Menge Zeit, um bis zur Bikini-Saison in Form zu kommen.

Na ja, okay, das sage ich mir schon seit fünf oder sechs Jahren, und bis jetzt habe ich eigentlich noch nie versucht, für die Bikinisaison in Form zu kommen. Aber wer weiß? Vielleicht klappt es ja dieses Jahr. Ich habe noch zwei Urlaubstage, alles, was mir zusteht, seit ich im Oktober die Probezeit hinter mich gebracht habe. Ich könnte zum Beispiel nach Cancún fliegen. Nur übers Wochenende. Aber immerhin.

Was macht es schon, dass ich fünf oder vielleicht acht Jahre älter bin als Barista Boy? Anscheinend habe ich es immer noch drauf.

»Einen Grande Café Mocha«, sage ich. Eigentlich stehe ich nicht auf aufgeschäumte Getränke mit Schlagsahne obendrauf, aber es ist der erste Tag des Frühlingssemesters (Ja, genau! Frühling!), draußen ist es echt kalt. Sie haben Schnee angesagt, und Cooper ist heute früh aus dem Haus gegangen, wie üblich mit unbekanntem Ziel, ohne die Kaffeemaschine einzuschalten. Mein Hund Lucy wollte nicht raus, weil es so kalt war, deshalb finde ich wahrscheinlich eine nette Überraschung von ihr vor, wenn ich nach Hause komme, ich brauche wirklich ein bisschen Aufmunterung, damit ich mir nicht mehr selber so leidtue.

Außerdem, wenn ich schon fünf Dollar für eine Tasse Kaffee ausgebe, dann kann ich mir auch was Ordentliches gönnen.

»Ein Grande Café Mocha, kommt sofort«, sagt Barista Boy und wirbelt meine Tasse in der Hand, als sei sie ein Gewehr und er ein Gesetzloser in einem Western.

Oh ja. Er spielt *definitiv* Gitarre. Ob er wohl auch, so wie ich, Songs schreibt und sich nie traut, sie vorzutragen? Zweifelt er wohl auch ständig an seinem Talent, so wie ich?

Nein. Er traut sich bestimmt, vor einem großen Publikum aufzutreten, ich glaube auch nicht, dass er an seinen Texten zweifelt. Ich meine, man braucht ihn sich doch nur anzusehen.

»Soja oder fettarm?«, fragt er.

Ach, du liebe Güte! Ich kann doch meinen ersten Arbeitstag unmöglich mit fettarmer Milch beginnen. Und Soja? *Soja?*

»Vollmilch, bitte«, erwidere ich. Später kann ich immer noch brav sein. Zum Mittagessen nehme ich nur ein bisschen Hühnerbrust und einen Salat, und vielleicht ein ganz kleines bisschen von dem fettarmen, gefrorenen Jogurt…

Mmm, vielleicht hat Magda ja auch wieder DoveBars hereinbekommen…

»Sie kommen mir bekannt vor«, sagt Barista Boy, als er den Betrag in die Kasse eintippt.

»Oh«, erwidere ich und erröte vor Freude. Er erinnert sich an mich. Er sieht jeden Tag Hunderte, wahrscheinlich sogar Tausende von koffeinsüchtigen New Yorkern, aber an *mich* erinnert er sich! Zum Glück ist es draußen so kalt und hier drinnen so warm, dass man meine geröteten Wangen durchaus darauf zurückführen kann, dass mir in meinem Mantel zu warm ist.

»Na ja, ich wohne und arbeite hier in der Gegend«, sage ich. »Ich komme oft hierher.« Genau genommen stimmt das nicht, weil ich dank meines jämmerlichen Gehalts ziemlich sparen muss, vor allem an aufgeschäumten Kaffees, zumal ich in unserer Cafeteria jederzeit Kaffee umsonst trinken kann.

Aber da ist eben kein Mocha-Sirup drin. Auch keine Schlagsahne

»Nein«, sagt Barista Boy und schüttelt seine zerzauste Mähne. »Deswegen nicht. Hat Ihnen eigentlich schon mal jemand gesagt, dass Sie aussehen wie Heather Wells?«

Ich nehme meine Kaffeetasse entgegen. Das ist immer der schwierige Teil. Was soll ich sagen? *Ja, eigentlich … bin ich Heather Wells*. Dann laufe ich Gefahr, dass er mich ausfragt, weil er glaubt, ich hätte immer Beziehungen in der Musikbranche, was ich nicht habe. Siehe oben: aus Angst, auf der Bühne ausgebuht zu werden.

Soll ich einfach nur lachen und sagen: *Was, tatsächlich?* Was wäre dann später, wenn wir miteinander ausgehen, und er findet heraus, dass ich wirklich Heather Wells bin? Ich meine, eine Zeitlang könnte ich es vielleicht vor ihm verheimlichen, aber letztendlich wird er meinen wahren Namen ja doch herausfinden. Zum Beispiel am Zoll, wenn wir aus Cancún zurückkommen. Oder wenn wir die Heiratsurkunde unterschreiben …

Also begnüge ich mich mit einem: »Ach, tatsächlich?«

»Klar. Na ja, wenn Sie dünner wären«, sagt Barista Boy lächelnd. »Hier ist Ihr Wechselgeld. Einen schönen Tag noch.«

Ich staune jedes Mal darüber, wie sich die gesamte Stadt auf einen vorhergesagten Schneesturm einrichtet. Laster mit Salz und Sand rumpeln über die Tenth Street und brechen dabei Äste von Bäumen ab; in den Lebensmittelläden sind Brot und Milch im null Komma nichts ausverkauft; im Fernsehen zeigen sie nichts anderes als die neuesten Daten der Unwetterbeobachtung – aber um den Washington Square Park lungern immer noch die Drogendealer herum.

Wahrscheinlich will uns das sagen, dass wir Amerikaner von unseren schwer arbeitenden Immigranten noch viel zu lernen haben.

Da stehen die Dealer schon wieder, auf dem Bürgersteig in ihren Perry-Ellis-Parkas und gönnen sich ebenfalls Mochaccinos. Da für den Vormittag ein Schneesturm angekündigt ist, sind nur wenige Leute auf der Straße unterwegs, aber die, die an ihnen vorbeigehen, bekommen fröhlich Stoff angeboten.

Natürlich werden ihre Angebote abgelehnt, aber als sie mich erblicken, schreien die Drogendealer freundlicherweise die ganze Liste ihrer Waren in meine Richtung.

Ich würde ja lachen, wenn ich nicht noch so sauer auf Barista Boy wäre. Hinzu kommt noch die Tatsache, dass ich von den Typen schon umringt bin, sobald ich nur einen Fuß aus dem Haus setze. Es scheint ihnen nichts auszumachen, dass ich ihnen noch nie etwas abgekauft habe. Sie zucken nur mit den Schultern, wenn ich erkläre, dass das stärkste künstliche Stimulans, das ich zu mir nehme, Koffein ist. Leider.

Aber ich lüge nicht. Ab und zu trinke ich vielleicht noch ein Bier.

Light, natürlich. Hey, schließlich muss ein Mädchen auf seine Figur achten.

»Was denkst du denn so, wenn jetzt gleich all das weiße

Zeug vom Himmel fällt, Heather?«, fragt einer der Drogendealer, ein schmächtiger Kerl namens Reggie.

»Das ist auf jeden Fall besser als das weiße Zeug, mit dem du und deine kriminellen Kumpane handeln«, grolle ich. Dabei erschrecke ich vor mir selber. Gott, was ist denn mit mir los? Für gewöhnlich bin ich superhöflich zu Reggie und seinen Kollegen. Es zahlt sich nämlich nicht aus, wenn man sich die Dealer in der Nachbarschaft zu Feinden macht.

Aber für gewöhnlich bezeichnet mich mein Lieblings-Barista-Boy auch nicht als fett.

»Hey, Baby«, sagt Reggie verletzt. »Du brauchst nicht gleich gemein zu werden.«

Er hat Recht. Es ist falsch, Reggie und seine Freunde als Kriminelle zu bezeichnen, während die Männer im mittleren Alter, die in der Zigarettenindustrie viel Geld verdienen, Senatoren heißen.

»Entschuldigung, Reggie«, sage ich aufrichtig. »Du hast ja Recht. Aber du versuchst jetzt schon seit neun Monaten, mir direkt vor meiner Haustür Stoff anzudrehen, und seit neun Monaten lehne ich jeden Tag ab. Was soll denn deiner Meinung nach daraus werden? Meinst du, ich verwandle mich über Nacht in eine Koksnase? Das glaubst du doch selber nicht!«

»Heather.« Seufzend blickt Reggie zu den dicken, grauen Wolken am Himmel. »Ich bin Geschäftsmann. Wie geschäftstüchtig wäre es denn, eine junge Frau wie dich, die eine sehr schwierige Lebensphase durchmacht und wahrscheinlich ein bisschen Aufmunterung gebrauchen könnte, einfach vorbeilaufen zu lassen, ohne sie anzusprechen?«

Um seine Worte zu unterstreichen, hält Reggie mir eine Ausgabe der *New York Post* unter die Nase. Auf der

Titelseite verkündet die riesige Schlagzeile: *Wieder zusammen!* Darunter ist ein Schwarzweißfoto meines Exverlobten Hand in Hand mit seiner zukünftigen Braut, Pop-Prinzessin Tania Trace.

»Reggie«, sage ich, nachdem ich einen stärkenden Schluck von meinem Kaffee getrunken habe. Aber nur, weil mir so kalt ist. Eigentlich will ich ihn nämlich gar nicht mehr, weil Barista Boy ihn mir verdorben hat. Na ja, doch, die Sahne will ich noch, die ist nämlich gut für mich. Immerhin ist es ein Milchprodukt, und Milchprodukte gehören zu einem ausgewogenen Frühstück. »Glaubst du wirklich, ich hätte den ganzen Tag über nichts anderes zu tun, als davon zu träumen, wieder mit meinem Ex zusammen zu sein? Da bist du aber völlig auf dem falschen Dampfer.«

In Wahrheit träume ich nämlich den ganzen Tag von nichts anderem, als mit dem Bruder meines Ex zusammen zu kommen, der jedoch völlig unempfänglich für meine Reize zu sein scheint.

Aber das muss ich ja meinem Drogendealer aus der Nachbarschaft nicht auf die Nase binden.

»Entschuldigung, Heather«, sagt Reggie und faltet die Zeitung wieder zusammen. »Ich dachte nur, du wolltest es vielleicht wissen. In New York One heute früh haben sie gesagt, die Hochzeit soll am Samstag in der St. Patrick's Cathedral stattfinden, der Empfang ist im Plaza.«

Ich reiße die Augen auf. »Reggie«, sage ich erstaunt, »du guckst New York One?«

Reggie wirft mir einen milde verweisenden Blick zu. »Ich will doch wissen, wie das Wetter wird, wie jeder New Yorker, bevor ich zur Arbeit gehe.«

Wow. Das ist ja süß. Er sieht sich den Wetterbericht an, bevor er bei mir an der Straßenecke mit Drogen dealt!

»Reggie«, sage ich beeindruckt, »hoffentlich verzeihst du mir. Ich bewundere dein Arbeitsethos. Nicht nur, dass du dich von den Elementen nicht von der Arbeit abhalten lässt, du bist auch noch auf dem Laufenden über die neuesten Klatschgeschichten. Bitte, versuch ruhig weiter, mir Drogen zu verkaufen.«

Reggie lächelt und zeigt dabei sämtliche Zähne, von denen einige – sehr festlich – mit Goldkronen verziert sind. »Danke, Babe«, sagt er, als ob ich ihm gerade eine große Ehre erwiesen hätte.

Ich erwidere sein Lächeln und setze meinen Marsch ins Büro fort. Marsch ist vermutlich das falsche Wort, weil es eigentlich nur eine sehr kurze Strecke ist. Das ist auch gut so, weil ich morgens nur schwer aus dem Bett komme. Wenn ich in Park Slope, an der Upper West Side oder so wohnen würde und jeden Tag mit der Subway zur Arbeit fahren müsste, könnte ich es vergessen. In gewisser Weise kann ich mich echt glücklich schätzen. Ja, klar, ich kann mir kaum einen Café Mocha leisten, und wegen all der Weihnachtsfeiern und Partys, auf denen ich war, passe ich in meine Stretchkordhose Größe 40 nur noch mit Hüfthalter hinein.

Und, okay, mein Ex heiratet eine Frau, die von *People* zu den 50 schönsten Menschen gezählt wird, und ich habe noch nicht einmal ein eigenes Auto, geschweige denn ein eigenes Haus.

Aber wenigstens kann ich mietfrei in einer Wohnung im obersten Stock eines Brownstones wohnen, das nur zwei Blocks von meinem Arbeitsplatz in der coolsten Stadt der Welt entfernt ist.

Den Job als stellvertretende Leiterin des Studentenwohnheims eines New Yorker Colleges habe ich übrigens nur übernommen, damit sie mir die Studiengebühren erlassen und ich endlich den Abschluss machen kann, den ich laut Lebenslauf, in dem ich ein bisschen geschwindelt habe, schon längst habe.

Ich hatte Probleme, in die School of Arts and Sciences aufgenommen zu werden, weil mein Notendurchschnitt so niedrig war, dass die Dekanin mich nur zulassen wollte, wenn ich vorher noch einen zusätzlichen Mathekurs belege, obwohl ich ihr erklärt habe, dass ich statt Miete die gesamte Buchhaltung für eine süße kleine Privatdetektei mache und mich, das hoffe ich jedenfalls, noch nie vertan habe.

Aber es ist sinnlos, von einer kaltherzigen Bürokratin zu erwarten, dass sie einen wie ein Individuum behandelt.

Deshalb steht mir jetzt mit fast neunundzwanzig Jahren zum ersten Mal in meinem Leben die *Foil*-Methode bevor (und ich muss Ihnen sagen, dass ich nicht die leiseste Ahnung habe, wann und wo ich sie überhaupt jemals werde anwenden können).

Ach ja, und ich schreibe Songs bis tief in die Nacht, obwohl ich leider nicht den Mut aufbringe, sie vor Publikum zu singen.

Aber immerhin. Ich brauche nur zwei Minuten bis ins Büro, und ab und zu sehe ich meinen Chef und Vermieter, in den ich ziemlich verknallt bin, sogar mit nichts als einem Handtuch bekleidet vom Badezimmer ins Ankleidezimmer flitzen, um sich eine frische Jeans zu holen.

Das Leben ist also gar nicht so übel. Trotz Barista Boy.

Allerdings hat es auch Nachteile, so nahe am Arbeitsplatz zu wohnen. Die Leute haben keine Hemmungen, mich wegen völlig unwichtiger Sachen ständig anzurufen, wie zum Beispiel verstopfter Toiletten oder Beschwerden wegen Lärmbelästigung. Als ob ich, nur weil ich zwei Blocks entfernt wohne, jederzeit vorbeikommen und die Angelegenheiten regeln könnte, die eigentlich mein Boss, der doch im selben Gebäude lebt, in Ordnung bringen müsste.

Aber im Großen und Ganzen mag ich meinen Job, und ich mag sogar meinen neuen Chef, Tom Snelling.

Deshalb bin ich auch ein bisschen sauer, als ich an diesem arktischen Morgen in die Fisher Hall komme und feststelle, dass Tom noch nicht da ist. Meine Verstimmung hat nicht nur damit zu tun, dass jetzt keiner da ist, der würdigen kann, dass ich es vor halb zehn ins Büro geschafft habe. Das heißt, keiner außer Pete, dem Sicherheitsbeamten, der gerade am Telefon versucht, den Klassenlehrer eines seiner zahlreichen Kinder zu erreichen, das offensichtlich die Schule schwänzt.

Auch eine Werkstudentin sitzt am Empfangstresen. Aber sie blickt noch nicht einmal auf, als ich vorbeigehe, so vertieft ist sie in eine Ausgabe von *Us Weekly*, die sie aus der Postkiste gestohlen hat. (Jessica Simpson ist schon wieder auf der Titelseite. Sie und Tania Trace liefern sich ein Kopf-an-Kopf-Rennen für die häufigste Nennung in den Klatschspalten.)

Erst als ich um die Ecke biege und an den Aufzügen vorbeikomme, sehe ich die lange Schlange von Studenten vor dem Büro des Wohnheimleiters. Zu spät fällt mir ein, dass der erste Tag des Frühlingssemesters auch der erste Tag ist, an dem die meisten Studenten aus den Winterferien zurückkommen, jedenfalls die, die nicht im Wohnheim geblieben sind, um eine Party nach der anderen zu feiern.

Als Cheryl Haebig – eine New York Collegestudentin im zweiten Jahr, die unbedingt ihr Zimmer tauschen will, weil sie eine fröhliche Cheerleaderin ist, während ihre Zimmergenossin ein Gruftie ist, die den Schulgeist in jeder Hinsicht verachtet und außerdem eine Boa Constrictor als Haustier hält – von der blauen Bank vor meiner Bürotür aufspringt und schreit: »Heather!«, weiß ich, dass ich heute früh Kopfschmerzen bekommen werde.

Na, bloß gut, dass ich mir einen Grande Café Mocha geleistet habe.

Die anderen Studenten, die ich alle kenne, weil sie aus allen möglichen Gründen schon früher bei mir waren, rappeln sich vom kalten Marmorboden hoch, auf dem sie gesessen haben, weil auf der Bank nur zwei Personen Platz finden. Ich weiß, worauf sie gewartet haben. Ich weiß, was sie wollen.

»Hört mal«, sage ich, während ich meine Büroschlüssel aus der Manteltasche ziehe. »Ich habe euch doch schon gesagt, Zimmer werden erst getauscht, wenn alle Austauschstudenten eingezogen sind. Dann sehen wir, was übrig bleibt.«

»Das ist nicht fair«, ruft ein dünner Typ mit Plastikringen in den Ohrmuscheln. »Warum sollte so ein blöder Austauschstudent sich aussuchen können, wo er wohnen will? Wir waren zuerst hier.«

»Es tut mir leid«, erwidere ich. Das stimmt sogar, denn wenn ich ihren Wünschen nachkommen könnte, bräuchte ich mir ihr Gejammer nicht mehr anzuhören. »Aber ihr müsst warten, bis sich alle angemeldet haben. Wenn dann noch Zimmer frei sind, könnt ihr sie haben. Es dauert doch nur noch bis nächsten Montag. Dann weiß ich, wer sich angemeldet hat, aber nicht aufgetaucht ist …«

Allgemeines Stöhnen ist die Antwort. »Bis nächsten Montag bin ich tot«, versichert einer.

»Oder mein Zimmergenosse«, sagt sein Freund. »Bis dahin habe ich ihn umgebracht.«

»Hier werden keine Mitbewohner umgebracht«, erwidere ich. Ich habe die Tür aufgeschlossen und schalte das Licht ein. »Und ihr selber auch nicht. Na kommt, es ist doch nur noch eine Woche.«

Murrend schleichen die meisten davon. Nur Cheryl folgt mir ins Büro. Sie wirkt aufgeregt, und ich sehe, dass sie ein mausig aussehendes Mädchen im Schlepptau hat.

»Heather«, sagt sie noch einmal. »Hi. Sie haben doch gesagt, wenn ich jemanden finde, der mit mir tauscht, könnte ich umziehen, oder? Ich habe jemanden gefunden. Das ist Ann, die Zimmergenossin meiner Freundin Lindsay, sie hat gesagt, sie tauscht mit mir.«

Ich habe mich aus dem Mantel geschält und ihn an einen Haken an der Wand gehängt. Jetzt lasse ich mich auf meinen Schreibtischstuhl fallen und blicke Ann an. Anscheinend hat sie eine Erkältung, jedenfalls schnieft sie die ganze Zeit in ein zusammengeknülltes Kleenex-Tuch. Ich reiche ihr meine Schachtel, die ich immer bereithalte für den Fall, dass ich Diet Coke verschütte.

»Möchtest du das Zimmer mit Cheryl tauschen, Ann?«, frage ich sie. Ich kann mir nicht vorstellen, dass jemand freiwillig mit einer Person zusammenwohnen möchte, die die Wände auf ihrer Seite des Zimmers schwarz streicht.

Aber wahrscheinlich ist es ihr auch auf die Nerven gegangen, dass Cheryls Zimmerseite mit Unmengen von Stiefmütterchen, dem Symbol des New York College, dekoriert ist.

»Ja, ich glaube schon«, erwidert Ann vage.

»Bestimmt«, versichert Cheryl mir fröhlich. »Nicht wahr, Ann?«

Ann zuckt mit den Schultern. »Ja, ich glaube schon«, wiederholt sie.

Ich werde das Gefühl nicht los, dass Ann zu diesem Zimmertausch gezwungen worden ist.

»Ann«, sage ich, »kennst du Cheryls Zimmergenossin Karly? Weißt du, dass sie, äh … die Farbe Schwarz liebt?«

»Ja«, erwidert Ann, »sie ist ein Gruftie. Ich weiß. Ist schon okay.«

»Und …« Ich zögere, das Thema anzuschneiden. »Die Schlange?«

»Ja, auch das. Ich meine …« Sie wirft Cheryl einen Blick zu. »Ich will dich ja nicht beleidigen, aber ich wohne lieber mit einer Schlange zusammen als mit einem Cheerleader.«

Cheryl ist keineswegs beleidigt. Sie strahlt mich an.

»Sehen Sie?«, sagt sie. »Können wir dann jetzt die Formulare für den Zimmertausch ausfüllen? Mein Dad ist nämlich hier, um mir beim Umzug zu helfen, und er möchte noch vor dem großen Blizzard nach New Jersey zurück.«

Ich hole die Formulare aus der Schublade, wobei ich mich dabei ertappe, wie ich mit den Schultern zucke. Genau wie Ann, das scheint ansteckend zu sein.

»Okay«, sage ich und reiche ihnen die Papiere, die sie ausfüllen müssen. Als die Mädchen – Cheryl ganz nervös vor Aufregung, Ann entschieden ruhiger – die Formulare ausgefüllt haben und wieder gegangen sind, schaue ich mir die Berichtsblätter der letzten Nacht an. In Fisher Hall ist rund um die Uhr Personal, ein Wachmann, Werkstudenten am Empfang und Studentinnen, die gegen kostenloses Wohnen als eine Art Hausmütter in den zwanzig Stockwerken des Wohnheims fungieren. Am Ende ihrer Schicht müssen sie alle Berichtsblätter ausfüllen, meine

Aufgabe ist es, den einzelnen Berichten nachzugehen. Das macht den Morgen immer besonders interessant.

Die Berichte reichen von lächerlichen bis hin zu banalen Vorfällen. Letzte Nacht zum Beispiel wurden sechs Bierflaschen aus dem obersten Stockwerk auf das Dach eines Taxis geworfen, das unten auf der Straße vorbeifuhr. Zehn Polizisten vom Sechsten Bezirk kamen und rannten ein paar Mal die Treppen rauf und runter, ohne herauszufinden, wer die Flaschen geworfen hatte.

Am anderen Ende des Spektrums steht die Meldung, dass die Studentin am Empfang anscheinend die Columbia-House-CD des Monats einer anderen Studentin verloren hat, was auf große Empörung stieß. Die betroffene Studentin hat offenbar mehrmals ihre Tür zugeknallt und geschrien: »Ich hasse hier alles!« Die Empfangsstudentin schlägt vor, sie zum Therapeuten zu schicken.

In einem anderen Bericht ist von einem kleinen Aufstand die Rede, weil eine Angestellte der Cafeteria eine Studentin zurechtgewiesen hat, die versucht hat, im Backofen eine englische Muffin-Pizza zu machen.

Als mein Telefon klingelt, nehme ich, dankbar für die Unterbrechung, den Hörer ab. Ich liebe meinen Job wirklich, aber ich muss gestehen, dass er mich intellektuell nicht besonders fordert.

»Fisher Hall, Heather, was kann ich für Sie tun?« Meine letzte Chefin, Rachel, hatte sehr strenge Vorstellungen davon, wie man sich korrekt am Telefon melden sollte. Rachel ist zwar nicht mehr da, aber alte Gewohnheiten legt man nur schwer ab.

»Heather?« Ich höre einen Krankenwagen im Hintergrund. »Heather? Ich bin es, Tom.«

»Oh, hi, Tom.« Ich blicke auf die Uhr. Zwanzig nach neun.

Ja! Er hat mich vor zehn Uhr im Büro erreicht! »Wo bist du?«

»Im St. Vincent's.« Tom klingt erschöpft. Leiter eines Studentenwohnheims des New York Colleges zu sein, ist ein anstrengender Job. Man muss sich um ungefähr siebenhundert untere Semester kümmern, von denen die meisten, mit Ausnahme eines Sommerferienlagers vielleicht, noch nie für längere Zeit von zu Hause weg waren, geschweige denn jemals ein Badezimmer mit einem anderen menschlichen Wesen geteilt haben. Die Studenten, die dort wohnen, kommen mit sämtlichen Problemen zu Tom – Konflikte mit den Zimmergenossen, akademische Themen, finanzielle Sorgen, sexuelle Identitätskrisen. Es gibt kein Problem, mit dem Tom nicht schon konfrontiert war.

Wenn ein Student krank wird, muss sich ebenfalls der Wohnheimleiter darum kümmern. Also verbringt Tom viel Zeit in der Notaufnahme, vor allem am Wochenende, wenn die Kids Alkohol trinken. Und dieser Job – vierundzwanzig Stunden Dienst pro Tag, dreihundertdreiundvierzig Tage im Jahr (alle Verwaltungsangestellten des New York College haben zweiundzwanzig Tage Urlaub im Jahr) – bringt ihm nicht mehr ein, als ich verdiene, plus freie Unterkunft und Verpflegung.

Ist es da ein Wunder, dass meine letzte Chefin es nur ein paar Monate lang ausgehalten hat?

Tom scheint allerdings mehr Durchhaltevermögen zu besitzen. Er ist eins achtundachtzig groß und zweihundert Pfund schwer, und er hat früher in Texas bei der Telefongesellschaft gearbeitet. Nach New York ist er gezogen, weil er endlich mal was von der Welt sehen wollte.

»Hör mal, Heather«, sagt Tom müde. »Ich sitze hier bestimmt noch ein paar Stunden lang fest. Wir hatten gestern Abend einen einundzwanzigsten Geburtstag.«

»Oh, oh.« Einundzwanzigste Geburtstage sind das Allerschlimmste, weil das unglückselige Geburtstagskind unweigerlich von seinen Partygästen gezwungen wird, einundzwanzig Schnäpse zu trinken. Da der menschliche Körper so viel Alkohol in so kurzer Zeit nicht verarbeiten kann, endet der große Tag meistens im Krankenhaus. Nett, was?

»Ja«, sagt Tom. »Ich bitte dich ja nicht gerne darum, aber könntest du dir meinen Terminkalender vornehmen und die Termine für heute früh verschieben? Ich weiß noch nicht, ob sie den Jungen aufnehmen, und er will nicht, dass wir seine Eltern anrufen …«

»Kein Problem«, sage ich. »Wie lange bist du schon da?«

Tom stößt hörbar die Luft aus. »Ungefähr seit Mitternacht oder so. Ich weiß schon gar nicht mehr, wie spät es ist. Er hat es zum Glück nur auf sieben Schnäpse oder so gebracht, bevor er umgefallen ist.«

»Ich kann dich ablösen, wenn du willst.« Wenn ein Student in der Notaufnahme liegt, das Krankenhaus ihn aber noch nicht aufgenommen hat, muss ein Vertreter des New York Colleges die ganze Zeit über bei ihm bleiben. Man darf noch nicht einmal nach Hause gehen, um zu duschen, solange einen keiner ablöst. Das New York College lässt seine Studenten nicht in der Notaufnahme allein. Die Studenten allerdings machen sich meistens nicht einmal die Mühe, Bescheid zu sagen, wenn sie sich selber entlassen, deshalb kann es schon mal vorkommen, dass man da sitzt und sich irgendeine spanische Soap im Wartezimmer anschaut, bevor man erfährt, dass das Kind, auf das man aufpassen soll, gar nicht mehr da ist. »Dann kannst du wenigstens frühstücken.«

»Weißt du was, Heather«, erwidert Tom. »Wenn es dir nichts ausmacht, möchte ich das Angebot gerne annehmen.«

Es macht mir nichts aus, ich habe schon das Taxigeld aus der Portokasse genommen, noch bevor ich den Hörer aufgelegt habe. Die Portokasse ist so ähnlich wie die Bank im Büro. Leider hatte Justine, das Mädchen, das vor mir den Job gemacht hat, den gleichen Eindruck und hat von dem Geld Keramiköfen für ihre Freunde und Familie gekauft.

Wobei ich bis heute nicht weiß, was ein Keramikofen ist.

Ich verschiebe Toms Termine und stürze den Rest meines Café Mocha in einem Zug herunter. *Wenn du dünner wärst.* Weißt du was, Barista Boy? Mit deinen langen Fingernägeln, die du nicht schneidest, weil du dir keine neuen Zupfplättchen leisten kannst, siehst du aus wie ein Mädchen. Ja, genau. Wie ein Mädchen! Na, wie findest du das, Barista Boy?

Auf dem Weg nach draußen kaufe ich mir schnell noch ein Bagel in der Cafeteria, das ich auf dem Weg ins Krankenhaus essen kann, dann bin ich bereit. Café Mochas sind ja schön und gut, aber sie liefern einem nicht so viel Energie wie ein Bagel. Vor allem ein Bagel mit Cream Cheese (Milchprodukt), auf dem mehrere Schichten Schinken (Protein) liegen.

Ich schlüpfe gerade in meinen Mantel, als ich Magda sehe, meine liebste Kollegin und Chefkassiererin in der Cafeteria. Sie sieht ganz anders aus als sonst.

»Morgen, Magda«, sage ich. »Du glaubst nicht, was Barista Boy heute zu mir gesagt hat.«

Aber Magda, die normalerweise sehr neugierig und außerdem ein großer Fan von Barista Boy ist, wirkt nicht im Geringsten interessiert.

»Heather«, sagt sie, »ich muss dir etwas zeigen.«

»Wenn es die Titelseite der *Post* ist«, erwidere ich, »die hat Reggie mir schon gezeigt. Es ist schon okay, Mags. Mir geht es gut. Ich fasse es kaum, dass sie ihn nach der Geschichte im Pussycat Dolls mit Paris zurückgenommen hat, aber schließlich gehört seinem Dad ihr Plattenlabel. Was soll sie da schon machen?«

Magda schüttelt den Kopf. »Nicht die *Post*. Komm mal mit, Heather.«

Neugierig folge ich Magda den Flur entlang, es muss schon etwas wirklich Weltbewegendes sein, weil sie bisher noch nicht einmal den Anflug eines Lächelns gezeigt hat. Wir gehen am Büro der Studentenvertretung vorbei, das so früh am Morgen noch geschlossen ist, und am Büro von Magdas Chef, das seltsamerweise leer ist. Normalerweise halten sich dort die Angestellten aus der Cafeteria auf, und es ist voller Zigarettenqualm, weil Gerald Eckhardt, der Leiter der Kantine, ein unverbesserlicher Raucher ist. Er darf eigentlich nur vor der Tür rauchen, aber ich erwische ihn ständig mit einer Zigarette im Mund an seinem Schreibtisch, wo er den Rauch zum offenen Fenster hinauspustet und glaubt, dann röche es keiner.

Aber heute nicht. Heute ist das Büro leer und rauchfrei.

»Magda«, sage ich, als sie in ihrem rosafarbenen Kittel durch die Schwingtüren in die laute, dampfende Küche der Cafeteria eilt, »was ist hier los?«

Aber Magda sagt nichts. Sie bleibt neben dem massiven Industrieherd stehen, auf dem ein einzelner Topf aufgesetzt ist. Auch Gerald steht dort. Er wirkt in seinem Anzug neben seinen Angestellten in den rosa Kitteln ein wenig fehl am Platz, neben ihm werden alle zu Zwergen, weil er so massig ist (eine Folge davon, dass er sein eigenes Rezept für paniertes Hühnerbrustfilet mit Schinken und Käse zu oft probiert hat).

Gerald sieht irgendwie, na ja, verängstigt aus. Das gilt auch für Saundra, die an der Salatbar steht, und für Jimmy, der für die warmen Gerichte zuständig ist. Magda ist ganz blass unter ihrem Make-up. Und Pete – was macht denn Pete hier? – sieht so aus, als wolle er gleich anfangen zu schreien.

»Okay«, sage ich. Was immer hier los ist, ist bestimmt irgendein Witz. Gerald ist ein Meister der schlechten Scherze, von der Gummiratte in der Schreibtischschublade bis hin zur Plastikspinne in der Suppe. »Was ist los? Der erste April ist doch erst in drei Monaten. Pete, was machst du überhaupt hier?«

In diesem Moment streckt Pete, der aus irgendeinem Grund einen Topflappenhandschuh trägt, die Hand aus und hebt den Deckel von dem Topf, in dem es munter vor sich hin brodelt, und ich kann gut erkennen, was darin ist.

2

What are these panties
Doing in my couch
They're not mine
No, there's no doubt.

You won't catch me
In a size S thong.
So who's been doing who
Here all night long?

»Tanga Song«
Von Heather Wells

In der Cafeteria der Fisher Hall wimmelt es von Menschen, aber es sind keine Studenten. Wir haben den Bewohnern erklärt, die Gasleitung sei defekt, nicht so schlimm, dass das gesamte Gebäude evakuiert werden müsste, sondern lediglich die Cafeteria.

Traurig ist, dass alle noch von der Party gestern Nacht so müde waren, dass sie uns sofort glaubten. Zumindest erhob niemand Einspruch, als ich ihnen die Gutscheine für eine kostenlose Mahlzeit in der Mensa aushändigte.

Jetzt wimmelt es im Speisesaal von College-Dozenten

und Verwaltungsangestellten, von Polizisten und Kriminalbeamten statt von hungrigen Achtzehnjährigen.

Es liegt eine seltsame Stille in der Luft, sodass die Energiesparlampen in den Leuchtern an der Decke lauter als sonst zu summen scheinen. Über dem Summen höre ich Magda schniefen. Sie sitzt mit ihren Kolleginnen auf einer Seite der Cafeteria. Alle tragen sie rosa Kittel und Haarnetze. Ein Polizeibeamter spricht mit ihnen.

»Sie können nach Hause gehen, wenn wir Ihre Fingerabdrücke abgenommen haben«, sagt er.

»Wozu brauchen Sie denn unsere Fingerabdrücke?« Magdas Kinn bebt aus Angst, vielleicht auch aus Empörung. »Wir haben nichts getan. Von uns hat keiner das Mädchen umgebracht.«

Die anderen Mitarbeiter der Cafeteria murmeln zustimmend. Auch von ihnen hat keiner das Mädchen umgebracht.

Der Tonfall des Polizeibeamten bleibt unverändert freundlich. »Wir brauchen alle Fingerabdrücke, Ma'am, damit wir sehen können, welche von Ihnen stammen und welche vom Mörder, falls er überhaupt welche hinterlassen hat.«

»Ja, das müssen Sie natürlich machen«, kommt Gerald seinen Angestellten zu Hilfe. »Aber ich kann Ihnen versichern, dass von meinen Leuten niemand einen Mord begangen hat. Habe ich Recht?«

Jeder, der einen rosafarbenen Kittel trägt, nickt feierlich. Irgendwie glänzen ihre Augen nicht nur vor Tränen. Ich vermute, es ist Erregung. Sie haben nicht nur ein Mordopfer in ihrer Küche gefunden, sondern sind auch wichtige Zeugen eines Verbrechens und werden deshalb einmal nicht als Cafeteria-Angestellte – nach Meinung der

Studenten die reinsten Parias –, sondern als denkende menschliche Wesen behandelt.

Für einige von ihnen ist das sicherlich das erste Mal.

Ich erblicke den für die Zimmer zuständigen Abteilungsleiter, Dr. Jessup, der mit einigen anderen Verwaltungsangestellten wie benommen an einem Tisch sitzt. Die Entdeckung einer Leiche auf dem Campus hat dazu geführt, dass die Verwaltungsangestellten noch vor zehn Uhr zur Arbeit erschienen sind, trotz des bevorstehenden Blizzards. Selbst der Präsident des Colleges, Phillip Allington, ist da. Er sitzt neben Steven Andrews, dem neuen Basketballtrainer, der äußerst besorgt aussieht. Er hat allen Grund dazu: Die gesamte Uni-Basketballmannschaft des New York College, ganz zu schweigen von den Cheerleaders, wohnt in Fisher Hall, da das Wohnheim dem Winer Komplex, dem Sportzentrum des Colleges, am nächsten liegt.

Es hat schon einmal zwei tote Studenten in diesem Gebäude gegeben, was Fisher Hall den Spitznamen Todestrakt eingetragen hat, die Universitätsangestellten sind deshalb verständlicherweise ein bisschen nervös. Vor allem Präsident Allington, der keine leichte Aufgabe hat. Das weiß niemand besser als ich, schließlich bin ich stellvertretende Leiterin des Todeswohnheims.

Jetzt ist alles noch schlimmer geworden, nicht nur für den Präsidenten, sondern auch für den Vorgesetzten meines Chefs, den für die Zimmer zuständigen Abteilungsleiter, und das weiß er auch. Das Einstecktüchlein in seiner Brusttasche ist ganz zerknittert, als ob jemand – und mit meinen überragenden Ermittlungsfähigkeiten schließe ich messerscharf, dass er selber dieser Jemand war – es benutzt habe. Da er schon seit einer halben Stunde zusammengesunken auf einem Stuhl an einem klebrigen Cafeteriatisch sitzt, hat auch Dr. Jessups Anzug schon Falten bekommen.

»Heather«, sagt Dr. Jessup ein wenig zu herzlich zu mir, als ich auf seinen Tisch zukomme. »Detective Canavan möchte gerne mit Ihnen reden. Sie erinnern sich doch noch an Detective Canavan vom Sechsten Bezirk, oder?«

Als ob ich ihn jemals vergessen könnte.

»Detective«, sage ich und strecke dem leicht zerknittert aussehenden Mann mittleren Alters mit dem graugesprenkelten Schnurrbart die Hand entgegen.

Detective Canavan blickt von der Kaffeetasse auf, die er in der Hand hält. Um seine schiefergrauen Augen haben sich Fältchen eingegraben. Es ist kein Vergnügen, bei der Mordkommission von New York City zu arbeiten. Leider sehen nicht alle Kommissare so aus wie Chris Noth. Mir ist aufgefallen, dass eigentlich keiner so aussieht.

»Schön, Sie wiederzusehen, Heather«, sagt der Detective. Sein Händedruck ist so fest wie eh und je. »Ich habe gehört, Sie haben das Opfer gesehen. Und? Haben Sie einen Verdacht?«

Ich blicke vom Detective zum Obermacker unserer Abteilung und wieder zurück.

»Äh«, sage ich zögernd. Bitten mich Dr. Jessup und Detective Canavan tatsächlich um meine Hilfe bei der Lösung dieses scheußlichen Falles? Das wäre das genaue Gegenteil zu ihrem Verhalten beim letzten Mal. »Wo der Rest von ihr ist?«

»Das hat Detective Canavan nicht gemeint, Heather«, wirft Dr. Jessup mit gezwungenem Lächeln ein. »Er wollte wissen, ob Sie … es erkannt haben.«

Carol Ann Evans, die Studentendekanin, ja, genau dieselbe, die mich nicht an ihrem College zulassen wollte, bis ich ihr beweise, dass ich Brüche multiplizieren kann, sitzt zufällig in der Nähe. Als sie das Wort *es* hört, gibt sie ein würgendes Geräusch von sich und hält sich ein zusammengeknülltes Taschentuch vor den Mund.

Dabei weiß ich ganz genau, dass sie nicht einmal einen flüchtigen Blick in den Topf geworfen hat.

Oh. Sie wollen also meine Hilfe gar nicht. Jedenfalls nicht so.

»Na ja«, erwidere ich, »das ist schwer zu sagen.« Ich werde doch hier nicht vor allen Leuten verkünden, dass Lindsay Combs, Homecoming Queen und (jetzt nicht mehr) zukünftige Zimmergenossin ihrer besten Freundin Cheryl Haebig, anscheinend von einem oder mehreren Unbekannten enthauptet worden ist, und man ihren Kopf in einen Topf auf dem Herd der Fisher Hall Cafeteria aufgesetzt hat.

Ich weiß. Iiih.

»Na, kommen Sie, Heather«, sagt Dr. Jessup mit einem Lächeln, das nicht ganz seine Augen erreicht. Zu Detective Canavan sagt er so laut, dass es jeder in der Cafeteria hören kann – vermutlich will er damit vor allem Präsident Allington beeindrucken, der mich sicher nicht kennt, obwohl seine Frau und ich einmal fast von derselben Person ermordet worden sind: »Heather kennt jeden einzelnen der siebenhundert Bewohner von Fisher Hall mit Namen, nicht wahr, Heather?«

»Na ja, im Großen und Ganzen schon«, erwidere ich unbehaglich, »aber nicht, wenn sie ein paar Stunden lang auf dem Herd gekocht haben.«

Gute Formulierung, oder? Dekanin Evans gibt jedenfalls schon wieder Würgegeräusche von sich. Dabei habe ich es gar nicht absichtlich gemacht. Es kam einfach so aus mir heraus.

Hoffentlich verwendet die Dekanin es nicht gegen mich. Sie wissen schon, wegen meiner Zulassung.

»Und, wer ist sie? Wer ist das Mädchen?« Es scheint den Detective überhaupt nicht zu stören, dass alle in der Cafeteria zuhören. »Ein Name wäre schön.«

Mein Magen hebt sich ein bisschen, so wie in der Küche, als Pete den Deckel vom Topf angehoben hat und ich in diese blicklosen Augen gestarrt habe.

Ich hole tief Luft. In der Cafeteria riecht es ganz normal nach Frühstück… Eier, Würstchen und Ahornsirup. *Sie* kann man nicht riechen.

Ich glaube es zumindest nicht.

Trotzdem bin ich dankbar dafür, dass ich heute Morgen noch keine Gelegenheit hatte, mein übliches Bagel mit Cream Cheese und Schinken zu essen. Bis jetzt war der Café Mocha mehr als genug. Der Boden des Speisesaales verschwimmt ein wenig vor meinen Augen.

Ich räuspere mich. Jetzt geht es mir wieder ein bisschen besser.

»Lindsay Combs«, sage ich. »Sie ist – war – mit dem Verteidiger der Stiefmütterchen zusammen.« Die Stiefmütterchen ist der traurige Name unserer Basketballmannschaft. Sie haben ihren wirklichen Namen, die Berglöwen, in den fünfziger Jahren wegen eines Betrugsskandals verloren, seitdem heißen sie Stiefmütterchen, sehr zur Erheiterung der gegnerischen Mannschaften und zu ihrem ständigen Kummer.

Alle im Raum ziehen scharf die Luft ein. Präsident Allington, der wie üblich seine Interpretation dessen trägt, was ein Student an seinem College anziehen könnte, wenn wir 1955 hätten, nämlich eine Jacke, auf der New York College steht und eine graue Kordhose, schreit tatsächlich: »Nein!« Auch Trainer Andrews wird blass, das hätte ich vorhersagen können.

»O Gott!«, sagt er. Er ist ein großer Kerl, ungefähr in meinem Alter, mit gegelten dunklen Haaren und entwaffnend blauen Augen – der schwarzhaarige irische Typ. Wenn er nicht so muskulös wäre, wäre er eigentlich ganz süß. Ach ja, und wenn er überhaupt bemerken würde, dass es mich gibt.

Obwohl natürlich nichts daraus werden könnte, weil mein Herz einem anderen gehört.

»Nicht Lindsay«, stöhnt er.

Ich kann ihn gut verstehen. Cheryl Haebig ist nicht die Einzige, die Lindsay mochte, wir mochten sie alle. Na ja, außer unserer wissenschaftlichen Hilfskraft Sarah. Lindsay war unglaublich beliebt. Sie war der Captain der Cheerleader-Truppe des New York College, mit taillenlangen honigfarbenen Haaren und Brüsten wie Pampelmusen, von denen Sarah immer behauptete, sie seien das Ergebnis plastischer Chirurgie. Manchmal konnte einem Lindsays immer gute Laune zwar auf die Nerven gehen (mir jedenfalls), aber sie hob sich zumindest von den Studentinnen wohltuend ab, die wir normalerweise bei uns im Büro haben – verwöhnte, unzufriedene Gören, die ständig damit drohten, ihren Anwaltsvater anzurufen, wenn wir ihnen nicht ein Einzel- oder ein besonders langes Bett gäben.

»Ach, du lieber Himmel!« Dr. Jessup hatte mir nicht geglaubt, als ich angerufen und gesagt hatte, er solle so schnell wie möglich zur Fisher Hall kommen, weil eine unserer Bewohnerinnen im wahrsten Sinne des Wortes den Kopf verloren habe. Jetzt schien es ihm langsam zu dämmern. »Sind Sie *sicher*, Heather?«

»Ja«, erwidere ich. »Es ist mit Sicherheit Lindsay Combs, der Kopf der Cheerleader.« Ich schlucke. »Entschuldigung. Das war keine Absicht.«

Detective Canavan hat einen Notizblock aus dem Gürtel gezogen, aber er schreibt nichts hinein. Stattdessen blättert er ihn durch. Ohne aufzublicken fragt er: »Woran haben Sie es erkannt?«

Ich tue mein Möglichstes, um nicht an diese blicklosen Augen zu denken, aber es funktioniert natürlich nicht. »Lindsay trug Kontaktlinsen. In Grün.« Es war ein so unnatürliches Grün, dass Sarah jedes Mal, wenn Lindsay das Büro verlassen hatte, sagte: »Wen zum Teufel will sie damit täuschen? Diese Farbe gibt es in der Natur nicht!«

»Ist das alles?«, fragt Detective Canavan. »Gefärbte Kontaktlinsen?«

»Und die Ohrringe. Sie hatte drei auf einer und zwei auf der anderen Seite. Sie war häufig bei mir im Büro«, füge ich erklärend hinzu.

»Hat sie Probleme gemacht?«, fragt der Detective.

»Nein«, erwidere ich. Meistens kommen die Studenten zu mir, weil sie in Schwierigkeiten stecken oder ein Problem mit ihrer Zimmergenossin haben. Einige jedoch, wie Lindsay, kommen auch, weil sie die kostenlose Geburtenkontrolle nutzen wollen, die ich statt Schokoküssen in einer Dose auf meinem Schreibtisch aufbewahre (sie haben weniger Kalorien). »Sie wollte Kondome.«

Detective Canavan zieht seine grauen Augenbrauen hoch. »Wie bitte?«

»Lindsay kam häufig vorbei, um sich kostenlose Kondome abzuholen«, erkläre ich. »Sie und ihr Freund waren schwer verknallt.«

»Wie ist sein Name?«

Zu spät wird mir klar, dass ich gerade einen meiner Hausbewohner angeschwärzt habe. Trainer Andrews hat es auch schon gemerkt.

»Ach, kommen Sie, Detective«, sagt er. »Mark kann keiner ...«

»Mark und weiter?«, will Detective Canavan wissen.

Coach Andrews blickt sich panisch um, und Dr. Allington kommt seinem Lieblingsangestellten sofort zu Hilfe geeilt.

»Die Stiefmütterchen haben morgen Abend ein sehr wichtiges Spiel«, beginnt der Präsident besorgt, »gegen die East Devils vom Jersey College. Es steht einiges auf dem Spiel.«

Trainer Andrews fügt defensiv hinzu: »Von meinen Jungs hat keiner etwas mit dem Mord an Lindsay zu tun. Ich will nicht, dass sie da hineingezogen werden.«

Detective Canavan klingt nicht einmal so, als ob er lügen würde, aber ich weiß, dass er das tut, als er sagt: »Ich verstehe Ihr Dilemma, Trainer. Ich kann auch Sie gut verstehen, Dr. Allington. Aber ich mache nur meinen Job. Und jetzt ...«

»Ich glaube nicht, dass Sie verstehen, Detective«, unterbricht Dr. Allington ihn. »Das Spiel morgen Abend wird auf New York One ausgestrahlt. Hier geht es um Millionen Dollar für Werbung.«

Mir bleibt vor Erstaunen der Mund offen stehen. Dekanin Evans geht es nicht anders. Sie wirft mir einen Blick zu, und offensichtlich denken wir beide dasselbe: *Wow! Das hat er doch jetzt nicht wirklich gesagt.*

Eigentlich sollte man meinen, dass sie jetzt eine versöhnlichere Haltung wegen meiner Matheprüfung einnimmt, wo wir doch schon mal auf einer Wellenlänge sind. Aber es sieht nicht so aus.

»*Sie* verstehen leider nicht, Doktor.« Detective Canavans Stimme ist hart und so laut, dass Magda und ihre Kolleginnen aufhören zu weinen und die Köpfe heben. »Entweder sagen Sie mir jetzt den Namen des Freundes von dem Mädchen, oder es kommen noch mehr Mädchen um. Denn ich kann Ihnen garantieren, dass der kranke Bastard, der Lindsay Combs umgebracht hat, es sicher noch einmal versuchen wird.«

Dr. Allington blickt den Detective herausfordernd an, der seinen Blick fest erwidert.

»Mark Shepelsky«, sage ich schnell. »Der Name ihres Freundes ist Mark Shepelsky. Er wohnt in Zimmer zweizwölf.«

Coach Andrews sinkt über den Tisch und vergräbt den Kopf in den Armen. Dr. Allington greift sich stöhnend an den Nasenrücken, als habe er plötzlich starke Kopfschmerzen bekommen. Dr. Jessup blickt zur Decke, während Dr. Flynn, der Hauspsychologe, mich traurig anlächelt.

Detective Canavan wirkt jetzt ein bisschen ruhiger. Er schlägt seinen Notizblock erneut auf und notiert sich den Namen.

»Na also«, sagt er. »So schlimm war es doch nicht, oder?«

»Aber«, setze ich an. Detective Canavan seufzt hörbar bei meinem *Aber*. Ich ignoriere ihn. »Lindsays Freund kann nichts damit zu tun haben«, fahre ich fort.

Detective Canavan richtet seinen kalten Blick auf mich. »Woher wollen Sie das wissen?«

»Na ja«, sage ich, »wer immer sie umgebracht hat, hatte einen Schlüssel zur Cafeteria. Nur so konnte er sich hier hineinschleichen, das Opfer zerlegen, wieder saubermachen und den Raum verlassen, bevor das Personal kam. Aber wie hätte Mark an einen Schlüssel kommen sollen? Ich meine, wenn Sie mal darüber nachdenken, müssten eigentlich die Angestellten von Fisher Hall Ihre Hauptverdächtigen sein …«

»Heather.« Detective Canavan kneift bedrohlich die Augen zusammen. »Kommen Sie auf gar keinen Fall, ich wiederhole, auf gar keinen Fall, auf die Idee, selber in diesem Mordfall zu ermitteln. Das hier war die Tat eines kranken Hirns, und es wäre im größten Interesse aller, vor allem Ihrer selbst, wenn Sie dieses Mal die Ermittlungen den Profis überlassen würden. Glauben Sie mir, wir haben alles unter Kontrolle.«

Ich blinzele verschreckt. Detective Canavan kann einem richtig Angst einjagen. Auch die anderen blicken ganz verängstigt drein, sogar Coach Andrew, dabei ist er mindestens einen Kopf größer als der Detective und ungefähr fünfzig Pfund schwerer – alles nur Muskeln.

Ich würde den Detective nur zu gerne darauf hinweisen, dass ich bei den Morden im letzten Semester nicht meine persönlichen Ermittlungen hätte anzustellen brauchen, wenn er von Anfang auf mich gehört und mir geglaubt hätte, dass es tatsächlich Morde waren.

Aber dieses Mal hat er das ja offensichtlich begriffen.

Ich sollte ihm wahrscheinlich auch sagen, dass ich absolut keine Lust habe, in diesen speziellen Fall verwickelt zu werden. Ich meine, Mädchen in den Aufzugschacht zu stoßen, ist eine Sache, aber ihnen die Köpfe abzuschneiden? Also, damit will ich lieber nichts zu tun haben. Mir wackeln ja immer noch die Knie, wenn ich daran denke, was ich in dem Topf gesehen habe. Detective Canavan braucht sich gar keine Sorgen zu machen, dass ich dieses Mal auf eigene Faust ermittele. Das überlasse ich nur zu gerne den Profis.

»Hören Sie mir überhaupt zu, Wells?«, will der Detective wissen. »Ich habe gesagt, ich möchte nicht noch einmal erleben …«

»Ja, ich habe verstanden«, unterbreche ich ihn schnell. Ich würde ihm ja gerne noch erklären, dass ich mir sowieso etwas Schöneres vorstellen kann, als mit kopflosen Cheerleadern zu tun zu haben, aber ich halte es dann doch für klüger, mich einfach nur zurückzuziehen.

»Kann ich jetzt gehen?«, frage ich, ich richte die Frage mehr an Dr. Jessup, da er mein Chef ist, na ja, mein direkter Chef ist Tom, aber da Tom gerade versucht herauszufinden, ob irgendwelche Cafeteriaschlüssel fehlen (eine Aufgabe, die ihm zu gefallen scheint, da sie ihn weit weg von dem grausigen Fund im Kochtopf hält), ist Stan derjenige, der meinem Chef am nächsten kommt.

Aber Stan starrt *seinen* Chef, Präsident Allington, an, der wiederum versucht, Detective Canavans Aufmerksamkeit auf sich zu ziehen. Ich empfinde das als Erleichterung, denn dann kümmert er sich nicht mehr ausschließlich um mich. Der Mann kann einem nämlich wirklich Angst einflößen.

»Wenn ich Sie richtig verstanden habe, Detective …«, sagt Dr. Allington gerade, »dann ist diese unglückselige Angelegenheit also höchstwahrscheinlich bis heute Mittag nicht aufgeklärt? Mein Büro hat nämlich für heute Nachmittag einen Empfang zu Ehren unserer hart arbeitenden studentischen Sportler geplant, und es wäre eine Schande, wenn wir ihn verschieben müssten …«

Der Blick, den der Detective dem Präsidenten zuwirft, könnte Lava zu Eis erstarren lassen. »Dr. Allington, es geht hier nicht um ein Kind, das nach dem Turnunterricht sein Frühstück in den Umkleideräumen erbrochen hat.«

»Das ist mir durchaus klar, Detective«, sagt Dr. Allington. »Trotzdem hatte ich gehofft …«

»Um Himmels willen, Phil«, unterbricht ihn Dr. Jessup. Ihm reicht es jetzt. Endlich. »Jemand hat versucht, eine Studentin zu Frikassee zu verarbeiten, und du willst die Salatbar eröffnen?«

»Ich sage ja nur«, erwidert Dr. Allington empört, »dass es meiner Meinung nach am besten ist, wenn dieser Vorfall die normale Routine der Studenten nicht beeinträchtigt. Du erinnerst dich vielleicht noch, dass bei den Selbstmorden, die vor ein paar Jahren stattgefunden haben, gerade die Berichterstattung zahlreiche Nachahmerfälle nach sich gezogen hat …«

Detective Canavan zieht ungläubig eine graue Augenbraue hoch. »Glauben Sie etwa, dass jetzt ein halbes Dutzend Studenten sich selber den Kopf abschneiden?«

»Ich meine ja nur«, fährt Dr. Allington hochmütig fort, »wenn das Essen abgesagt wird, ganz zu schweigen vom Spiel morgen Abend, dann können wir nicht verhindern, dass die Wahrheit durchsickert. Wir können es nicht lange verschweigen. Und ich rede hier nicht von der *Post* oder *1010 WINS*, sondern von der *New York Times*, vielleicht sogar von *CNN*. Wenn Ihre Leute die Leiche des Mädchens nicht bald finden, Detective, wird sich auch das Fernsehen für den Fall interessieren. Das könnte dem Ruf der Schule sehr schaden …«

»Kopf ohne Leiche in Cafeteria eines Studentenwohnheims gefunden«, sagt Carol Ann Evans zu jedermanns

Überraschung. Als wir uns alle erstaunt nach ihr umdrehen, fügt sie mit erstickter Stimme hinzu: »Heute Abend in *Inside Edition*.«

Detective Canavan nimmt seinen Fuß von dem Stuhl, auf dem er sich die ganze Zeit über abgestützt hat.

»Präsident Allington«, sagt er, »in ungefähr fünf Minuten werden meine Leute den gesamten Flügel hier für die Öffentlichkeit sperren. Zur Öffentlichkeit zähle ich auch Ihre Angestellten. Wir werden in diesem Fall umfassend ermitteln und bitten Sie um Ihre Kooperation.

Zunächst einmal fordere ich Sie auf, dass Sie und Ihre Angestellten sich entfernen, sobald meine Leute mit ihnen fertig sind. Des Weiteren muss ich Sie darum ersuchen, dass diese Cafeteria geschlossen bleibt, bis ich es für angebracht halte, sie wieder zu öffnen. Wenn ich mich nicht irre« – der Tonfall des Detective schließt das allerdings aus –, »ist heute früh eine Studentin auf dem Schulgelände ermordet worden, und ihr Mörder ist noch unter uns, wahrscheinlich direkt hier auf dem Campus. Möglicherweise sogar hier in diesem Raum. Ich kann mir keinen Umstand vorstellen, der dem Ruf Ihres Colleges mehr schaden könnte. Einen Empfang oder auch ein Basketballspiel zu verschieben, ist nichts dagegen, oder?«

Vermutlich kann man es Dekanin Evans nicht wirklich übelnehmen, dass sie in diesem Moment in nervöses Kichern ausbricht. Die Vorstellung, dass sich unter den Angestellten des New York College ein Killer befindet, würde selbst dem ruhigsten und gelassensten Individuum einen hysterischen Lachanfall entlocken. Eine langweiligere Truppe als unsere kann man sich kaum vorstellen. Gerald Eckhardt, mit seinem heimlichen Rauchen und seiner Fliege, wetzt ein Hackebeil? Coach Andrews in seiner

Jogginghose und der Trainingsjacke hackt ein junges Mädchen zu Tode? Dr. Flynn mit seinen gerade mal hundertvierzig Pfund zerlegt einen Cheerleader mit der Kettensäge?

Es ist einfach unvorstellbar.

Und trotzdem.

Und trotzdem muss selbst Carol Ann Evans mittlerweile klar geworden sein, dass Lindsays Mörder Zugang zur Cafeteria gehabt haben muss. Nur jemand, der in Fisher Hall arbeitet, hat Zugang zu dem Schlüssel.

Das bedeutet, dass jeder der Angestellten ein Mörder sein könnte.

Traurig daran ist nur, dass mich das nicht überrascht.

Wow. Ich bin wohl wirklich eine mit allen Wassern gewaschene New Yorkerin.

3

Just 'cause you got a great big bonus
Don't start to think that you can own us.
Sure, we can't afford high-priced entertainement
But in the condo of life, you're still the basement.

»Investment Banker Guy«
von Heather Wells

»Du hast einen Haufen Nachrichten«, informiert mich Sarah, die wissenschaftliche Hilfskraft in unserem Büro, in spitzem Tonfall, als ich hereinkomme. Jedes Studentenwohnheim hat eine solche Hilfskraft, die gegen freie Unterkunft und Verpflegung bei der Erledigung des Papierkrams hilft. »Das Telefon hat ständig geklingelt. Alle wollen wissen, warum die Cafeteria geschlossen ist. Ich habe es auf die undichte Gasleitung geschoben, aber ich weiß nicht, wie lange die Leute uns das noch abkaufen, wo so viele Bullen hier herumlaufen. Haben sie den Rest von ihr schon gefunden?«

»Schscht«, sage ich und blicke mich erschreckt um, ob nicht irgendwo ein Student herumlungert.

Aber das Büro – immer noch festlich mit Girlanden aus falschem Immergrün, einer Menorah und Kalebassenkürbissen geschmückt – ist leer. Nur Tom sitzt wieder an seinem Schreibtisch, der von meinem Arbeitsplatz durch ein Metallgitter abgetrennt ist, und murmelt ins Telefon.

»Und wenn schon«, sagt Sarah und verdreht die Augen. Sarah studiert Psychologie, deshalb versteht sie viel von der menschlichen Psyche. Sie glaubt das zumindest. »Die Hälfte der Leute in diesem Gebäude sind noch nicht einmal wach. Oder wenn sie wach sind, dann sind sie in ihren Vorlesungen. Meinst du, das Spiel morgen Abend wird abgesagt? Natürlich nicht wegen des angekündigten Schneesturms, sondern wegen … du weißt schon. Was glaubst du?«

»Hm«, sage ich und setze mich an meinen Schreibtisch. Es tut gut, endlich zu sitzen. Bis jetzt hatte ich gar nicht gemerkt, wie sehr mir die Knie wackeln.

Na ja, man sieht ja auch nicht jeden Tag den Kopf eines enthaupteten Cheerleaders in einem Kochtopf. Dazu noch eines Cheerleaders, den man kennt. Kein Wunder, dass ich erschüttert bin. Außerdem hatte ich, abgesehen von dem Café Mocha, noch kein Frühstück.

Allerdings ist mir auch nicht nach Essen zumute.

»Ich weiß nicht«, sage ich. »Sie wollen Mark verhören.«

Sarah wirft mir einen verärgerten Blick zu. »Er war es nicht«, sagt sie verächtlich. »Dazu ist er gar nicht intelligent genug. Es sei denn, jemand hat ihm geholfen.«

Das stimmt. Die Zulassungsstandards für das New York College gehören zu den höchsten im Land – es sei denn, man ist Sportler. So gut wie jeder auch nur halbwegs anständige Ballspieler, der auf das New York College möchte, wird aufgenommen, weil die besten Sportler sich für Colleges in der ersten oder zweiten Liga entscheiden, wir aber nur Drittligisten sind. Präsident Allington ist jedoch entschlossen, die Schule wieder wie früher in die erste Liga zu befördern, und wenn es das Letzte ist, was er tut.

Allerdings stehen die Chancen dafür, vor allem im Licht der heutigen Ereignisse, eher schlecht.

»Ich kann es immer noch nicht fassen«, sagt Sarah. »Wo könnte denn ihre Leiche sein?«

»Wo letztendlich alle Leichen in New York City auftauchen«, sage ich. »Irgendwo im Fluss. Vor dem Frühling werden sie sie nicht finden, weil erst dann die Temperaturen so hoch sind, dass die Leiche nach oben treibt.«

Ich bin natürlich kein forensischer Experte, und dank der Mathematikkurse, die ich belegen musste, hatte ich leider auch noch keine Gelegenheit, irgendwelche Vorlesungen in Strafrecht zu besuchen.

Aber ich habe viel *Law and Order* und *CSI* geguckt.

Außerdem lebe ich mit einem Privatdetektiv zusammen. Oder ich sollte vielleicht eher sagen, ich »teile mir die Wohnung« mit ihm, da alles andere so klingt, als ob wir mehr gemeinsam hätten, was nicht der Fall ist. Leider.

Sarah erschauert sichtlich, obwohl es im Büro warm ist und sie einen der dicken gestreiften Pullover trägt, die ihre Freundin aus dem Kibbuz ihr gestrickt hat, als sie in ihrem ersten Studienjahr dort den Sommer verbracht hat. Er sieht hübsch aus zu ihrer Latzhose.

»Es macht einfach keinen Sinn«, sagt sie. »Warum musste denn schon wieder ein Mord in diesem Wohnheim passieren? Wir werden tatsächlich noch zum Heim des Todes.«

Ich blicke auf meine Nachrichten. Meine beste Freundin Patty, wahrscheinlich hat sie die Titelseite in der *Post* heute gesehen und macht sich genau wie Reggie Sorgen um mich. Jemand, der seinen Namen nicht genannt und erklärt hat, er würde später noch einmal anrufen, zweifellos ein Gläubiger. Ich habe vor den Feiertagen so viele Geschenke gekauft, dass ich meine Karte ein bisschen überzogen habe. Wenn ich sie bis März vertrösten kann, kann ich alles zurückzahlen, wenn ich meine Steuern erstattet bekomme. Und …

Ich schwenke den Zettel in Sarahs Richtung. »Ist das echt? Hat er wirklich angerufen? Oder zerrst du nur an meiner Kette?«

Sarah blickt mich überrascht am. »Nein, ehrlich, Heather«, sagt sie. »Glaubst du etwa, ich würde an einem solchen Tag Witze machen? Jordan Cartwright hat tatsächlich angerufen. Oder zumindest hat jemand angerufen, der *behauptet* hat, Jordan Cartwright zu sein. Du sollst sofort zurückrufen. Er meinte, es sei äußerst wichtig. Betonung auf äußerst.«

Na ja, das klingt auf jeden Fall nach Jordan. Für ihn ist alles äußerst wichtig, vor allem, wenn er mich damit demütigen kann.

»Wenn nun Lindsays Leiche gar nicht im Fluss ist?«, sagt Sarah. »Mal angenommen, sie ist noch im Gebäude. Angenommen … Mein Gott, angenommen, sie ist noch in Lindsays Zimmer!«

»Dann hätten wir das von Cheryl schon längst erfahren«, erwidere ich. »Sie und Lindsays Mitbewohnerin haben nämlich gleich heute früh die Zimmer getauscht.«

»Oh.« Sarah verzieht enttäuscht das Gesicht. Aber dann hellen sich ihre Züge wieder auf. »Vielleicht ist sie ja irgendwo anders im Gebäude! In irgendeinem anderen Zimmer. Stell dir doch mal vor, du kommst aus der Vorlesung und da sitzt eine kopflose Leiche im Drehstuhl vor deinem Computer.«

Mir dreht sich der Magen um. Der Café Mocha ist mir nicht so gut bekommen.

»Sarah«, sage ich. »Also wirklich. Halt den Mund.«

»O mein Gott, vielleicht finden wir sie ja auch im Aufenthaltsraum, an den Tischfußballtisch gelehnt.«

»Sarah!« Ich werfe ihr einen finsteren Blick zu.

»Ach, Heather, nimm's doch nicht so schwer.« Sie lacht. »Merkst du denn nicht, dass ich auf Galgenhumor zurückgreife, um die Verbindung zwischen so einem entsetzlichen Stimulus und unerwünschter emotionaler Reaktion wie Abscheu oder Angst, die in diesem Fall sinnlos oder unprofessionell wären, zu durchbrechen?«

»Mir ist Abscheu lieber«, erwidere ich. »Ich glaube nicht, dass von irgendjemandem Professionalität erwartet wird, wenn es um einen kopflosen Cheerleader geht.«

Genau in diesem Moment taucht Tom in der Tür zu seinem Büro auf.

»Können wir dieses Wort bitte nicht sagen«, fragt er, ganz grün im Gesicht, und hält sich am Türrahmen fest.

»Was?« Sarah wirft ihre lockigen Haare zurück. »*Cheerleader*?«

»Nein«, sagt Tom. »*Kopflos*. Wir *haben* ihren Kopf. Nur nicht den Rest. O Gott. Habe ich das gerade wirklich gesagt?« Er blickt mich jämmerlich an. Von seiner durchwachten Nacht im Krankenhaus hat er dunkle Schatten unter den blutunterlaufenen Augen, und seine blonden Haare kleben unattraktiv an seiner Stirn, weil er heute früh noch keine Zeit gehabt hat, sich zu frisieren. Unter normalen Umständen würde Tom nie so ungekämmt herumlaufen. Er stellt sich mit seinen Haaren schlimmer an als ich.

»Du solltest ins Bett gehen«, sage ich zu ihm. »Sarah und ich haben hier alles im Griff.«

»Ich kann doch nicht schlafen gehen.« Tom wirft mir einen schockierten Blick zu. »In meinem Wohnheim ist ein Mädchen tot aufgefunden worden. Was für einen Eindruck würde es denn auf Jessup und die anderen machen, wenn ich einfach ins Bett ginge? Du weißt doch, dass ich noch in der Probezeit bin, und dann würden sie bestimmt denken, ich packe es nicht und …« Er schluckt.

»Geh wieder in dein Büro, schließ die Tür, und mach die Augen zu«, sage ich zu ihm. »Ich passe schon auf.«

»Ich kann nicht«, erwidert Tom. »Immer wenn ich die Augen zumache, sehe ich … sie.«

Ich brauche gar nicht erst zu fragen, was er meint. Ich verstehe ihn nur zu gut, weil es mir genauso geht.

»Hey.« Ein Kind in Kapuzenjacke mit zwei winzigen Silberringen im Nasenflügel steckt den Kopf ins Büro. »Warum ist die Cafeteria zu?«

»Defekte Gasleitung«, sagen Sarah, Tom und ich gleichzeitig.

Der Junge verzieht das Gesicht. »Muss ich etwa quer über den Campus latschen, um Frühstück zu bekommen?«

»Geh in die Mensa«, sagt Sarah rasch und hält ihm einen Essensbon hin. »Das geht auf uns.«

Das Kind blickt auf den Gutschein. »*Geil*«, sagt er und schlurft glücklich davon.

»Ich verstehe nicht, warum wir ihnen nicht einfach die Wahrheit sagen können«, meint Sarah, als er weg ist. »Sie finden es doch sowieso heraus.«

»Das stimmt«, erwidert Tom. »Aber wir wollen eine Panik vermeiden, schließlich läuft im Wohnheim ein psychopathischer Killer frei herum.«

»Und«, füge ich vorsichtig hinzu, »wir müssen zuerst Lindsays Eltern verständigen.«

»Ja«, sagt Tom, »genau.« Es ist komisch, einen Chef zu haben, der eigentlich nicht weiß, was er tut. Ich meine, verstehen Sie mich nicht falsch, Tom ist großartig.

Aber er ist nicht Rachel Walcott.

Dafür sollte ich eigentlich dankbar sein …

»Hey«, sagt Sarah. »Was ist das? Ha, ha, ha, bumm.«

Tom und ich blicken einander verständnislos an.

»Ich weiß nicht«, sage ich.

»Jemand, der sich um Kopf und Kragen lacht. Kapiert? Ha, ha, ha, bumm.« Sarah wirft uns einen verweisenden Blick zu. »Galgenhumor, Leute. Damit wir besser mit der Situation klarkommen!«

Ich werfe Tom einen Blick zu. »Wer ist bei dem Geburtstagskind?«, frage ich ihn. »Das im Krankenhaus liegt?«

»O Scheiße.« Tom wird noch eine Schattierung blasser. »Das habe ich ganz vergessen. Der Anruf kam und …«

»Du hast ihn einfach *allein gelassen*?« Sarah verdreht die Augen. Sie versucht ihre Verachtung für unseren neuen Chef gar nicht erst zu verbergen. Ihrer Meinung nach hätte Dr. Jessup *ihr* den Posten geben sollen, obwohl sie Vollzeit-Studentin ist. Vollzeit-Studentin, deren Teilzeit-Hobby es ist, die Probleme der anderen zu analysieren. Ich zum Beispiel habe angeblich Verlassensängste, weil meine Mutter mit meinem Manager und meinem gesamten Geld nach Argentinien abgehauen ist.

Weil ich die Angelegenheit nicht so aggressiv über das Gericht verfolgt habe, wie Sarah es für richtig hält, leide ich angeblich auch an niedrigem Selbstwertgefühl und Passivität. Nach Sarahs Meinung jedenfalls.

Aber ich finde, ich habe die Wahl. Na ja, vielleicht nicht so ganz, weil ich eigentlich kein Geld habe, um vor Gericht zu gehen: Ich kann herumsitzen und Mum verbittert nachtragen, was sie getan hat. Oder ich kann es abhaken und mein Leben leben.

Ist es denn so falsch, sich für Letzteres zu entscheiden?

Sarah scheint das zu denken. Allerdings erzählt sie mir so etwas nur, wenn sie mir nicht gerade vorhält, ich hätte einen Superman-Komplex, weil ich alle Bewohner von Fisher Hall vor Schaden beschützen möchte.

Für mich liegt es auf der Hand, warum Tom den Job bekommen hat und nicht Sarah. Tom redet mit mir nur darüber, dass ihm meine Schuhe gefallen, oder er fragt mich, ob ich am Abend zuvor *American Idol* gesehen hätte. Mit Tom auszukommen ist wesentlich einfacher als mit Sarah.

»Na ja, Mord übertrifft wohl Alkoholvergiftung«, verteidige ich Tom. »Aber es muss trotzdem jemand bei ihm sein, vor allem, wenn sie ihn letztendlich nicht stationär aufnehmen …« Wenn Stan herausfindet, dass ein Student allein in der Notaufnahme ist, flippt er aus. Und ich fange gerade an, meinen neuen Chef zu mögen. Ich will ihn nicht gleich wieder verlieren. »Sarah …«

»Ich habe Seminar«, sagt sie, ohne von den Eingangsformularen aufzublicken. Sie soll sie für die Polizei kopieren, damit sie sehen können, ob Lindsay gestern Abend Besuch hatte.

Aber Lindsay hatte keinen Besuch. Wir sind die Formulare zweimal durchgegangen. Nichts.

»Aber …«

»Das kann ich nicht verpassen«, sagt Sarah. »Es ist die erste Sitzung im neuen Semester.«

»Dann gehe ich«, erkläre ich.

»Heather, nein.« Tom wirft mir einen panischen Blick zu. Entweder will er mir wirklich das Warten in einer New Yorker Notaufnahme nicht zumuten, weil ich heute früh schon genug mitgemacht habe, oder aber er will nicht allein gelassen werden, da er noch so neu in seinem Job ist. »Ich hole einen von den studentischen Hilfskräften …«

»Sie haben jetzt alle Vorlesung wie Sarah«, sage ich und greife nach meinem Mantel. Für mich ist das kein Opfer, sondern ich bin ernsthaft froh, hier herauszukommen. Allerdings lasse ich mir nichts anmerken. »Es ist wirklich in Ordnung. Entweder nehmen sie ihn auf oder sie entlassen ihn. Ich bin also auf jeden Fall bald wieder zurück. Es ist doch ein Er, oder?«

»Welches Mädchen wäre schon so blöd, an einem einzigen Abend einundzwanzig Schnäpse zu trinken?« Sarah verdreht die Augen.

»Ja, es ist ein Junge«, sagt Tom und reicht mir einen Zettel, auf dem Name und Nummer des Studentenausweises stehen. Ich stecke ihn in die Tasche. »Als ich da war, war er noch bewusstlos, vielleicht ist er ja mittlerweile aufgewacht. Brauchst du Geld fürs Taxi?«

Ich versichere ihm, dass ich noch genug bei mir habe. An der Tür sagt Tom leise zu mir: »Du hast doch so was schon einmal erlebt.« Wir beide wissen, was er mit *so was* meint. »Was, äh, soll ich denn tun?«

Er wirkt ehrlich besorgt, wodurch er mit seinen zerzausten Haaren jünger aussieht, als er tatsächlich ist … und mit seinen sechsundzwanzig Jahren ist er ja auch noch jünger als ich. Fast so jung wie Barista Boy.

»Sei stark«, sage ich und lege ihm eine Hand auf die Schulter. »Was auch immer du tust, versuch bloß nicht, das Verbrechen selber aufzuklären. *Hör auf mich.*«

Er schluckt. »Ganz bestimmt nicht. Glaubst du, ich will mit dem Kopf im Kochtopf landen? Nein danke.«

Ich tätschele ihm beruhigend die Schulter. »Ich lasse

mein Handy an, damit du mich erreichen kannst, wenn du mich brauchst.«

Im Flur begegne ich Julio, dem Chef-Hausmeister, und seinem kürzlich eingestellten Neffen Manuel – auch im New York College gibt es Vetternwirtschaft, wie überall auf der Welt –, der Gummimatten auf dem Boden ausbreitet, damit das Salz, das die Studenten hereintragen, wenn es endlich anfängt zu schneien, dem Marmor keinen Schaden zufügt.

»Heather«, sagt Julio besorgt, als ich vorbeihusche, »ist an dem Gerede was dran? Stimmt es wirklich, dass…« Mit seinen dunklen Augen blickt er zur Lobby, wo es immer noch von Polizeibeamten und College-Angestellten wimmelt.

»Ja, es stimmt, Julio.« Ich bleibe stehen. »Sie haben eine…« Ich wollte eigentlich *Leiche* sagen, aber streng genommen stimmt das ja nicht. »Ein totes Mädchen in der Cafeteria gefunden«, beende ich den Satz.

»Wen denn?« Manuel Juarez, ein äußerst attraktiver Junge, der sowohl von den weiblichen wie auch von einigen der männlichen Studenten angeschmachtet wird, wie ich gehört habe – mir ist das natürlich egal, weil ich nichts von Liebe am Arbeitsplatz halte – wirkt besorgt. Im Übrigen hat Manuel mich überhaupt noch nicht wahrgenommen und wird es wahrscheinlich auch nie tun, da viel zu viele bauchfreie Neunzehnjährige um ihn herum sind. Ich habe meinen Bauch nicht mehr entblößt, seitdem er, äh, anfing, über den Bund meiner Jeans zu hängen. »Wer ist es?«, fragt er wieder.

»Das kann ich noch nicht sagen«, erwidere ich, weil wir den Namen erst herausgeben dürfen, wenn die Familie der Ermordeten informiert worden ist.

Allerdings hätte ich es ihnen wahrscheinlich ohne Zögern erzählt, wenn nicht gerade Lindsay das Opfer gewesen wäre. Lindsay mochten alle, sogar die Angestellten, deren Toleranz für die Studenten normalerweise niedrig ist.

Und ich werde ihnen ganz bestimmt nicht erzählen, was mit ihr passiert ist.

Das ist auch ein Grund, warum ich so froh bin wegzukommen.

Julio wirft seinem Neffen einen verärgerten Blick zu und murmelt etwas auf Spanisch, vermutlich weiß er ebenso gut wie ich, dass ich den Namen nicht preisgeben darf. Manuel wird knallrot, schweigt aber. Wie Tom ist auch er noch in der Probezeit, und Julio ist ein strenger Vorgesetzter. Ich möchte ihn nicht als Chef haben. Ich habe miterlebt, wie er sich aufführt, wenn er die Studenten beim Rollerbladen über seinen frisch gewachsten Fußboden erwischt.

»Ich muss wegen eines anderen Studenten ins Krankenhaus«, sage ich zu Julio. »Hoffentlich bin ich bald zurück. Pass ein bisschen auf Tom auf, ja? Er ist an diese Sachen nicht gewöhnt.«

Julio nickt ernst, und ich weiß, dass er meinen Auftrag buchstabengetreu ausführen wird, auch wenn er dazu so tun muss, als habe er vor dem Zimmer des Direktors eine Flasche Limonade verschüttet, damit er eine halbe Stunde lang den Boden aufwischen kann.

An den Leuten in der Lobby komme ich unbehelligt vorbei, und dann stehe ich draußen in der Kälte. Zwar hält wie durch ein Wunder gerade ein Taxi vor Fisher Hall, aber ich winke nicht danach. Stattdessen laufe ich um die Ecke zu dem Brownstone, das ich gerade vor zwei Stunden verlassen habe. Wenn ich den ganzen Tag im Krankenhaus sitzen muss, brauche ich ein paar Sachen, mein Mathematik-Lehrbuch zum Beispiel, damit ich mich auf die erste Stunde vorbereiten kann, und vielleicht meinen Game Boy. Na ja, Ihnen kann ich ja sicher nichts vormachen, natürlich werde ich den Vormittag eher mit Tetrisspielen verbringen als damit, Mathe zu lernen. Vielleicht kann ich ja auch noch Lucy dazu überreden, rasch nach draußen zu kommen und ihr Geschäft zu machen, damit ich mich später nicht auf unangenehme Überraschungen gefasst machen muss.

Die Wolken am Himmel sind immer noch dunkel und schwer, aber daran liegt es nicht, dass Reggie und seine Freunde nirgendwo zu sehen sind. Sie sind bestimmt abgehauen, weil es in Fisher Hall von Polizisten wimmelt, und machen jetzt Kaffeepause im Washington Square Diner. Mord ist auch für Drogendealer eine schlimme Sache.

Lucy ist so verwirrt, mich um diese Uhrzeit zu sehen, dass sie ganz vergisst zu protestieren, als ich sie in den kalten Garten von Coopers Großvater schicke. Als ich mein Lehrbuch und den Game Boy geholt habe und wieder nach unten komme, sitzt sie an der Hintertür, und ein paar Meter entfernt dampft ihr Häufchen vor sich hin. Ich lasse sie hinein, entsorge rasch ihr Geschäft und will gerade gehen, als ich das blinkende Nachrichtenlämpchen am Telefon in der Diele bemerke. Das ist unser Hausanschluss und nicht Coopers Geschäftsapparat. Ich drücke auf »Play«, und die Stimme von Coopers Bruder ertönt.

»Äh, hi«, sagt mein Exverlobter. »Das ist eine Nachricht für Heather. Heather, ich habe schon versucht, dich auf deinem Handy und unter deiner Büronummer zu erreichen, habe dich aber wohl immer verpasst. Könntest du mich bitte sofort zurückrufen, wenn du diese Nachricht hörst? Ich muss etwas sehr Wichtiges mit dir besprechen.«

Wow. Das muss ja wirklich wichtig sein, wenn er mich in Coopers Haus anruft. Coopers Familie hat seit Jahren nicht mehr mit ihm gesprochen, seitdem sie erfahren haben, dass der Familienpatriarch Arthur Cartwright, der Gründer von Cartwright Records, seinem schwarzen Schaf von Enkelsohn sein Brownstone im West Village hinterlassen hat, ein Sahneschnittchen an Grundbesitz im Wert von acht Millionen Dollar. Allerdings war das Verhältnis auch vorher schon nicht ganz ungetrübt, da Cooper sich geweigert hatte, im Familienunternehmen mitzuarbeiten. Genauer gesagt hat er sich geweigert, den Bass bei Easy Street zu singen, der Boy Band, die sein Vater auf die Beine gestellt hatte.

Wenn ich und meine beste Freundin Patty und ihr Mann Frank nicht gewesen wären, dann hätte Cooper Weihnachten und Silvester ganz allein verbringen müssen, was ihm allerdings nicht besonders viel ausgemacht hätte, statt sich am warmen Glanz des Familienlebens zu erfreuen – na ja, von Pattys Familie jedenfalls. Meine eigene Familie sitzt im Knast (Dad) oder ist mit meinem Geld durchgebrannt (Mom). Wahrscheinlich ist es gut, dass ich ein Einzelkind bin.

Auf jeden Fall habe ich in den Jahren, in denen ich mit Coopers Bruder zusammen war, festgestellt, dass das, was für Jordan wichtig war, nur selten auch für mich Bedeutung hatte. Deshalb greife ich auch nicht sofort zum Hörer, um ihn anzurufen, sondern höre mir alle Nachrichten an – eine Reihe von Auflegern, wahrscheinlich irgendwelche Telefonverkäufer – und eile dann wieder in die Kälte hinaus.

Jetzt, wo ich eins brauche, finde ich natürlich kein Taxi, deshalb muss ich die fünf oder sechs Blocks (Avenue-Blocks, keine kurzen Straßenblocks) zum Krankenhaus zu Fuß laufen. Aber das ist schon okay. Die Regierung empfiehlt, man sollte jeden Tag eine halbe Stunde lang trainieren. Oder eine Stunde? Na ja, was auch immer, fünf Blocks bei der bitteren Kälte kommt mir genug vor. Als ich im Krankenhaus ankomme, sind meine Nase und meine Wangen fast erfroren.

Aber im Wartezimmer ist es warm und nicht so chaotisch wie sonst. Offensichtlich hat die Wettervorhersage die meisten Hypochonder bewogen, zu Hause zu bleiben, und ich finde mit Leichtigkeit einen Platz. Eine freundliche Krankenschwester hat den Fernseher umgeschaltet, sodass jetzt statt der üblichen spanischen Soaps New York One alle über den herannahenden Blizzard auf dem Laufenden hält. Jetzt brauche ich nur noch einen heißen Kakao – dazu muss ich nur ein paar Münzen in den Kaffeeautomaten stecken – und etwas zum Frühstück.

Essen findet man allerdings im Wartezimmer der Notaufnahme des St. Vincent nicht so leicht, wenn man mal von den Schokoriegeln aus dem Automaten absieht.

Normalerweise würde mich das ja nicht abschrecken, aber nach den Ereignissen des Morgens ist mir ein bisschen übel, und ich bin mir nicht sicher, ob mein Magen den plötzlichen Zufluss von Salz und Karamell so leicht verkraften würde wie sonst.

Außerdem öffnen sich jetzt gerade die Türen, um Besucher einzulassen. Den Zettel, auf dem der Name und die Matrikelnummer des Studenten stehen, finde ich natürlich in der Eile nicht, und ich kann nur hoffen, dass nicht allzu viele Einundzwanzigjährige in der Notaufnahme ihren

Rausch ausschlafen, nachdem sie an ihrem Geburtstag zu viele Schnäpse getrunken haben. Die Schwestern können mir bestimmt weiterhelfen …

Letztendlich brauche ich ihre Hilfe jedoch gar nicht, weil ich den Studenten auf Anhieb erkenne. Er liegt mit einem weißen Laken zugedeckt auf einer Trage.

»Gavin!«

Stöhnend vergräbt er sein Gesicht im Kissen.

»Gavin!« Finster blicke ich auf ihn herunter. Ich hätte es wissen müssen. Gavin McGoren jun., Filmstudent und die größte Nervensäge in Fisher Hall: Wer sonst hätte meinen Chef die ganze Nacht lang auf Trab halten können?

»Ich weiß, dass du nicht schläfst, Gavin«, sage ich streng. »Mach die Augen auf.«

Gavins Augenlider flattern. »Himmelherrgott!«, schreit er. »Sehen Sie nicht, dass ich krank bin?« Er zeigt auf die Infusion an seinem Arm.

»Ach, bitte«, sage ich angewidert, »du bist nicht krank. Du bist nur blöd. Einundzwanzig Schnäpse, Gavin?«

»Na und?«, murmelt er und legt sich den freien Arm über die Augen, damit ihn das Licht aus den Neonröhren über ihm nicht so blendet. »Meine Kumpel waren ja bei mir. Ich wusste doch, dass mir nichts passieren konnte.«

»Ach so, deine Kumpel«, erwidere ich schneidend. »Oh ja, deine Kumpel haben toll auf dich aufgepasst.«

»Hey.« Gavin zuckt zusammen, als ob ihm der Klang seiner eigenen Stimme wehtäte, was vermutlich auch der Fall ist. »Schließlich haben sie mich hierhergebracht.«

»Sie haben dich hier *abgeliefert*«, korrigiere ich ihn. »Und allein gelassen. Ich sehe hier keinen mehr. Du?«

»Sie mussten in die Vorlesung«, sagt Gavin erschöpft. »Und woher wollen Sie das überhaupt wissen? Sie waren ja nicht hier. Das war der andere Typ aus dem Wohnheimbüro, wo ist er überhaupt?«

»Wenn du Tom meinst, den Leiter des Wohnheims«, erwidere ich betont, »er musste zu einem anderen Notfall. Wie du weißt, bist du nicht der einzige Student bei uns, Gavin.«

»Warum machen Sie mich eigentlich an?«, will Gavin wissen. »Ich hatte Geburtstag.«

»Tolle Art zu feiern«, sage ich.

»Ich wollte es für eine Seminararbeit filmen.«

»Du filmst dich immer für Seminararbeiten, wenn du irgendwas Blödes machst«, sage ich. »Kannst du dich noch an die Szene aus *Hannibal* erinnern? Die mit dem Kuhhirn?«

Er hebt den Arm und funkelt mich böse an. »Woher soll ich denn wissen, dass ich gegen Bohnen allergisch bin?«

»Es mag dich ja überraschen, Gavin«, sage ich, da mein Handy in meiner Manteltasche vibriert, »aber Tom und ich haben eigentlich Besseres zu tun, als dir jedes Mal die Hand zu halten, wenn du irgendwas veranstaltest, was dich in die Notaufnahme bringt.«

»Was denn zum Beispiel?«, schnaubt Gavin. »Euch von den blöden studentischen Hilfskräften in den Arsch kriechen zu lassen?«

Es fällt mir sehr schwer, Gavin nichts von Lindsay zu sagen. Wie kann er nur so im Selbstmitleid baden, vor allem, nachdem er sich durch seine eigene Blödheit in diese Lage gebracht hat, während im Wohnheim ein totes Mädchen liegt, dessen Leiche wir noch nicht einmal gefunden haben?

»Hören Sie, können Sie mal fragen, wann ich entlassen

werden kann?«, stöhnt Gavin. »Und ersparen Sie mir Ihre Vorträge.«

»Ja, in Ordnung«, sage ich. Ich bin froh, von ihm wegzukommen, er riecht nämlich auch nicht besonders gut. »Soll ich deine Eltern anrufen?«

»Um Gottes willen, nein«, erwidert er. »Wie kommen Sie denn auf *die* Idee?«

»Vielleicht interessiert es sie ja, wie du deinen Geburtstag gefeiert hast. Sie sind sicher sehr stolz …«

Gavin zieht sich das Kissen über den Kopf. Lächelnd mache ich mich auf den Weg zu einer der Krankenschwestern, um sie zu fragen, ob er entlassen werden kann. Sie sagt mir, sie wolle nur noch abwarten, was der Arzt meint. Ich bedanke mich und gehe wieder ins Wartezimmer, wo ich nachschaue, wer mich angerufen hat.

Erfreut stelle ich fest, dass *Cartwright, Cooper*, auf dem Display meines Handys steht.

Noch erfreuter bin ich, als eine Sekunde später eine Stimme sagt: »Heather.«

Ich blicke auf und sehe den Mann vor mir stehen.

4

I remember when there was a time
That what I needed didn't cost a dime
But now I'm older, what can I say?
If it's not Gap, then there's no way.

Untitled
Von Heather Wells

Ach Mann. Ich liebe ihn, und er hat bis jetzt absolut null Interesse daran gezeigt, meine Gefühle zu erwidern. Na und? Als Mädchen wird man doch wohl noch träumen dürfen, oder?

Ich träume wenigstens von einem Mann, der im Alter zu mir passt, denn Cooper ist schon über dreißig – zehn Jahre älter als Barista Boy.

Und er verdient nicht nur ein Minimalgehalt in einem Coffee Shop, sondern hat sein eigenes Geschäft.

Zwar erzählt er mir nicht, was er den ganzen Tag so treibt, weil er anscheinend glaubt, dass ich zu zart besaitet sei, um Bescheid zu wissen… Aber das bedeutet doch eigentlich, dass er sich etwas aus mir macht, oder?

Eigentlich weiß ich das auch. Warum sonst hätte er mir angeboten, bei ihm einzuziehen? Na ja, gut, in die Dachwohnung seines Hauses. Jordan hat mich hinausgeworfen, obwohl Jordan immer noch behauptet, ich sei diejenige gewesen, die gegangen ist. Aber Entschuldigung, immerhin hat er es zugelassen, dass Tania Trace mit dem Gesicht in seinem Schritt hing und das in unserer Wohnung! Wer würde das denn nicht als Aufforderung zum Gehen auffassen?

Allerdings hat Cooper mich ausführlich darauf hingewiesen, dass ich ihm nur in freundschaftlicher Hinsicht etwas bedeute. Er hat auch nie irgendwelche Annäherungsversuche gemacht.

Na ja, einmal hat er gemurmelt, ich sei ein nettes Mädchen, aber da stand ich unter schwerem Schock, weil ich gerade fast ermordet worden wäre, und war nur halb bei Bewusstsein. Und ich weiß auch nicht, was daran so gut sein soll. Was heißt schon *nett*? Männer stehen nicht auf nette Mädchen. Sie stehen auf Mädchen wie Tania Trace, die sich im Video ihrer letzten Single »Bitch Slap« in Ölschlamm gewälzt und dabei außer einem Lederslip und einem Muskelshirt nichts angehabt hat.

In meiner Größe gibt es gar keine Lederslips, da bin ich mir ziemlich sicher.

Doch es besteht immer noch die Chance, dass Cooper gar nicht der Lederhöschentyp ist. Immerhin hat er ja schon bewiesen, dass er nicht wie der Rest der Familie ist, indem er so nett zu mir war. Vielleicht gibt es ja noch Hoffnung. Vielleicht ist er ja deshalb jetzt hier im Krankenhaus, um mir zu sagen, dass er es nicht eine Sekunde länger ohne mich aushält und dass sein Auto draußen vor der Tür steht, um uns zum Flughafen zu bringen, damit wir in Vegas heiraten und die Flitterwochen in Hawaii verbringen können …

»Hey«, sagt Cooper und streckt mir eine Papiertüte entgegen. »Du hast bestimmt noch nichts gegessen. Ich habe dir bei Joe's ein Sandwich gekauft.«

Ach so. Na gut, dann eben keine Hochzeit in Vegas und keine Flitterwochen auf Hawaii.

Aber es ist immerhin ein Sandwich aus Joe's Dairy, meinem Lieblingskäseladen! Wenn Sie jemals Joes geräucherten Mozzarella probiert haben, dann wissen Sie, dass er mindestens so gut ist wie Flitterwochen auf Hawaii. Wahrscheinlich sogar noch besser.

»Woher wusstest du, dass ich hier bin?«, frage ich benommen und ergreife die Tüte.

»Sarah hat es mir gesagt«, erwidert Cooper. »Ich habe bei dir im Büro angerufen, als ich im Polizeifunk gehört habe, was passiert ist.«

»Oh.« Natürlich hört Cooper Polizeifunk, wenn er jemanden beschattet. Entweder das oder Jazz. Er ist ganz verrückt nach Ella Fitzgerald. Wenn sie nicht schon tot wäre, wäre ich ziemlich eifersüchtig.

»Wundern sich deine Klienten nicht, wo du bist?«, frage ich. Ich bin ganz beeindruckt, dass er einen Fall für mich sausen lässt.

»Ist schon okay«, erwidert Cooper schulterzuckend. »Der Ehemann meiner Klientin ist zur Zeit beschäftigt.« Ich frage erst gar nicht, wie er das meint, weil er es mir ja doch nicht sagt. »Ich wollte sowieso Mittagspause machen, und da habe ich mir gedacht, dass du bestimmt auch noch nichts gegessen hast«, sagt er.

Beim Wort *Mittagspause* knurrt mein Magen hungrig. »Ja, ich habe schrecklichen Hunger«, gebe ich zu. »Du rettest mir das Leben.«

»Und?« Cooper führt mich zu ein paar leeren orangefarbenen Stühlen im Wartezimmer. »Weswegen ist das Kind hier drin?«

Ich blicke zu den Türen der Notaufnahme. »Gavin? Wegen chronischer Blödheit.«

»Ach, Gavin schon wieder?« Cooper zieht zwei Yoo-Hoos aus seiner Parkatasche und reicht mir eins. Mein Herz macht einen Satz. Yoo-Hoos! Gott, ich liebe diesen Mann! »Es würde mich überraschen, wenn der Junge sein Examen noch erleben würde. Und, wie sieht es bei euch aus? Ich meine, mit dem toten Mädchen?«

Ich habe gerade meine Zähne in das knusprige Baguette geschlagen, es ist mit frisch geräuchertem Mozzarella, gebratenen Paprika und sonnengetrockneten Tomaten belegt. Und jetzt kann ich natürlich unmöglich sprechen, weil ich im Mund einen Orgasmus habe.

»Ich habe mit einem Freund im Büro des Staatsanwalts gesprochen«, fährt Cooper fort, als er sieht, dass ich den Mund voll habe. »Dank dieses Unwetters, das sie vorhergesagt haben, ist nicht viel los, und deshalb waren sie ziemlich schnell da. Er meint, sie seien sich ziemlich sicher, dass sie schon tot war, bevor sie … na ja, du weißt schon.«

Enthauptet worden ist. Ich nicke, immer noch kauend.

»Ich dachte nur, du wolltest es vielleicht gerne wissen«, sagt Cooper. Er packt gerade sein eigenes Sandwich aus. Prosciutto, glaube ich. »Ich meine, dass sie nicht … gelitten hat. Sie sind sich ziemlich sicher, dass sie erwürgt worden ist.«

Ich schlucke. »Woher wissen sie das denn?«, frage ich. »Da war doch … na ja, da war kein Hals.«

Cooper hat gerade von seinem Sandwich abgebissen. Er würgt ein wenig, es gelingt ihm aber, den Bissen herunterzuschlucken.

»Entfärbung«, sagt er zwischen zwei Hustern. »Um die Augen. Das bedeutet, dass sie aufgehört hat zu atmen, bevor der Tod infolge Erwürgens eintrat. Man nennt das vagale Inhibition.«

»Oh«, sage ich. »Tut mir leid.« Weil ich ihn zum Würgen gebracht habe.

Er trinkt einen Schluck Yoo-Hoo, was mir Gelegenheit gibt, ihn zu beobachten, ohne dass er es bemerkt. Er hat sich heute Morgen nicht rasiert, aber das ist egal. Er ist immer noch einer der bestaussehenden Typen, die ich kenne. Seine Bartstoppeln betonen sein kantiges Gesicht mit den hohen Wangenknochen und dem festen Kinn. Manche Leute, wie sein Vater, Grant Cartwright, finden vielleicht, Cooper müsste sich die Haare schneiden lassen.

Aber mir gefällt es, wenn man einem Mann mit den Fingern durch die Haare fahren kann. Wenn er einen ließe, natürlich nur.

Obwohl ich finde, dass die längeren dunklen Haare ihm das Aussehen eines freundlichen Schäferhundes verleihen, muss Cooper auf andere ziemlich imposant wirken. Das jedenfalls stelle ich fest, als ein Obdachloser mit einer Flasche in einer Papiertüte ins Krankenhaus kommt, um der Kälte für eine Weile zu entgehen. Er steuert auf den leeren Stuhl neben mir zu …

… ändert jedoch seine Meinung, als er Coopers breite Schultern, die durch seinen dicken Anorak noch furchterregender wirken, und seine mächtigen Timberlands sieht.

Cooper bemerkt ihn gar nicht.

»Sie glauben, dass sie schon eine Zeitlang auf dem, äh, Herd war«, sagt er und schluckt erfolgreich einen weiteren Bissen von seinem Sandwich herunter. »Auf jeden Fall schon vor dem Morgengrauen.«

»Gott«, sage ich.

Obwohl ich im Wohnheim nicht an Lindsay denken konnte, ohne dass mir übel wurde, habe ich jetzt keine Probleme, mein Sandwich zu essen. Vielleicht liegt es ja daran, dass ich echt Hunger habe.

Oder vielleicht liegt es auch an Coopers beruhigender Gegenwart. Die Liebe bewirkt vermutlich komische Sachen.

Da wir gerade von Liebe sprechen …

Mein Handy klingelt, und als ich es aus der Tasche ziehe, sehe ich, dass Jordan schon wieder versucht, mich zu erreichen. Hastig stecke ich es wieder in die Manteltasche.

Allerdings wohl nicht schnell genug.

»Anscheinend muss er dich dringend sprechen«, sagt Cooper freundlich. »Er hat auch zu Hause eine Nachricht hinterlassen.«

»Ich weiß«, erwidere ich verlegen. »Ich habe sie gehört.«

»Ach so.« Cooper blickt mich amüsiert an, zumindest zieht er die Mundwinkel leicht nach oben. »Und warum rufst du ihn nicht zurück?«

»Ach«, erwidere ich verärgert. Allerdings ärgere ich mich nicht über Cooper, sondern über seinen Bruder, der sich weigert zu akzeptieren, dass eine Trennung eine Trennung ist. Man ruft nicht ständig seine Ex an, vor allem nicht, wenn man mit jemand anderem verlobt ist. Das tut man einfach nicht.

Vermutlich hätte ich nicht mehr mit ihm schlafen dürfen. Mit Jordan, meine ich.

Aber im Ernst, es war doch nur ein einziges Mal, und außerdem auch noch in einem Augenblick absoluter Schwäche. Es wird mit Sicherheit nie wieder vorkommen.

Glaube ich jedenfalls.

Na ja, irgendwie ärgere ich mich auch ein bisschen über mich selber.

»Kanntest du sie denn?«, wechselt Cooper geschickt das Thema. Er merkt wahrscheinlich, dass es mich verlegen macht.

»Wen? Das tote Mädchen?« Ich trinke einen Schluck Yoo-Hoo. »Ja. Alle haben sie gekannt. Sie war sehr beliebt. Cheerleader.«

Cooper wirkt geschockt. »Ihr habt Cheerleader auf dem College?«

»Klar«, erwidere ich. »Die Mannschaft des New York College hat es letztes Jahr bis ins Finale geschafft.«

»Was für ein Finale?«

»Ich weiß nicht«, gebe ich zu. »Aber sie sind sehr stolz darauf. Vor allem Lindsay, das ist das tote Mädchen. Sie wollte Steuerberaterin werden, aber sie hat sich auch sehr für das schulische Leben engagiert. Sie …« Ich breche ab. Selbst Yoo-Hoo hilft hier nicht. »Cooper, wer macht so etwas? Und *warum*?«

»Was weißt du denn über das Mädchen?«, fragt er. »Ich meine, abgesehen davon, dass sie Cheerleader war und Steuerberaterin werden wollte?«

Ich überlege. »Sie war mit einem der Basketballspieler zusammen«, sage ich nach einer Weile. »Ich glaube, er gehört zu den Verdächtigen, jedenfalls scheint Detective Canavan der Ansicht zu sein. Aber er hat es nicht getan. Das *weiß* ich einfach. Mark ist ein netter Junge. Er würde nie jemanden umbringen, und ganz bestimmt nicht seine Freundin. Vor allem nicht *so*.«

»Die Art und Weise kommt mir so …« Cooper zuckt mit den Schultern. »Sie kommt mir so *übertrieben* vor. So als ob der Mörder eine Warnung hinterlassen wollte.«

»Für wen denn?«, frage ich. »Für Jimmy, den Hilfskoch?«

»Wenn wir das wüssten«, erwidert Cooper, »dann könnten wir uns auch vorstellen, wer es getan hat. Und warum. Canavan hat Recht, dass er mit dem Freund anfängt. Ist er gut? Als Basketballspieler, meine ich.«

Ich werfe ihm einen verständnislosen Blick zu. »Coop. Wir sind dritte Liga. Wie gut kann er da sein?«

»Aber seit die Stiefmütterchen diesen neuen Trainer, diesen Andrews haben, spielen sie viel besser«, sagt Cooper mit dem Anflug eines Lächelns, vermutlich wegen meiner Ignoranz. »Sie fangen sogar an, die Spiele im Rundfunk zu übertragen. Natürlich nur lokal, aber immerhin. Im Hinblick auf die Ereignisse wird das Spiel morgen Abend doch sicher abgesagt werden, oder?«

Ich schnaube. »Machst du Witze? Wir spielen gegen die New Jersey East Devils zu Hause!«

Coopers Lächeln wird breiter, aber seine Stimme klingt kühl, als er fragt: »Man hat den Kopf eines Cheerleaders in der Cafeteria des Wohnheims gefunden, aber das Basketballspiel morgen Abend wird nicht abgesagt?«

»Heather Wells?« Eine Ärztin kommt aus der Notaufnahme, in der Hand ein Clipboard.

»Entschuldigung«, sage ich zu Cooper und laufe zu der Ärztin, die mir mitteilt, dass es Gavin schon wieder ganz gut geht und dass er entlassen werden kann, sobald er die notwendigen Formulare unterschrieben hat. Ich danke ihr und kehre zu Cooper zurück. Er ist bereits aufgestanden und hat den Abfall in den Papierkorb geworfen.

»Gavin kann nach Hause«, sage ich zu ihm.

»Ja, habe ich mitbekommen.« Cooper zieht seine Handschuhe über und macht sich für die arktischen Temperaturen bereit. »Soll ich euch nach Hause fahren?«

»Gavin kann wahrscheinlich nicht laufen«, erwidere ich. »Aber wir nehmen uns ein Taxi. Ich will nicht riskieren, dass er dir ins Auto kotzt.«

»Dafür bin ich dir sehr dankbar«, sagt Cooper ernst. »Dann sehen wir uns später. Und Heather … wegen Lindsay …«

»Keine Sorge«, unterbreche ich ihn. »Ich werde mich nicht in die Ermittlungen einmischen. Ich habe beim letzten Mal meine Lektion gelernt. Mit diesem Fall muss das NYPD allein fertig werden.«

»Das wollte ich gar nicht sagen«, erklärt Cooper. »Mir ist gar nicht in den Sinn gekommen, dass du dich in die Ereignisse in Fisher Hall einmischen wolltest. Vor allem nicht, wenn man bedenkt, was letztes Mal passiert ist.«

Es ist albern, aber seine Bemerkung verletzt mich.

»Meinst du das letzte Mal, als ich vor allen anderen wusste, wer der Mörder war?«, frage ich. »Bevor überhaupt jemand wusste, dass diese Mädchen umgebracht worden waren und nicht aus eigenem Leichtsinn umgekommen sind?«

»Schon gut«, sagt Cooper. »Beruhige dich. Ich meinte ja nur …«

»Ist dir überhaupt klar, dass der Mörder Zugang zu den Schlüsseln für die Cafeteria gehabt haben muss?« Es ist mir egal, dass der Obdachlose, der eben noch einen weiten Bogen um Cooper gemacht hat, jetzt mich mit einem misstrauischen Blick bedenkt. Was mir an breiten Schultern fehlt, mache ich durch meine schrille Stimme mehr als wett.

»Es gab nämlich kein Anzeichen von gewaltsamem Eindringen«, fahre ich fort. »Derjenige, der Lindsays Kopf in die Küche gebracht hat, hatte einen Hauptschlüssel, weil dazu drei oder vier Schlösser aufgeschlossen werden müssen, die man nicht unbemerkt hintereinander knacken kann. Also war es auf jeden Fall jemand, der in der Schule arbeitet. Jemand mit Zugang zu den Schlössern. Jemand, den ich *kenne*.«

»Okay«, sagt Cooper mit beruhigender Stimme, vermutlich redet er so auch mit seinen Klienten, hysterischen Frauen, die überzeugt sind, dass ihre Männer sie betrügen und ihn deshalb engagieren, damit er es beweist und sie das Strandhaus in den Hamptons zugesprochen bekommen. »Beruhige dich. Detective Canavan kümmert sich doch darum, oder?«

»Ja«, erwidere ich, füge allerdings nicht hinzu, dass ich von Detective Canavans Ermittlungsfähigkeiten nicht allzu viel halte. Schließlich bin ich deswegen beinahe gestorben.

»Mach dir also keine Gedanken«, fährt Cooper fort. Er hat mir die Hand auf die Schulter gelegt. Schade, dass ich so viel anhabe – Mantel, Pullover, Rolli, Unterhemd, Büstenhalter – und sie kaum spüren kann. »Wer auch immer es getan hat, Canavan wird ihn schon schnappen. Es ist nicht so wie beim letzten Mal, Heather. Letztes Mal wusste ja kaum jemand, dass es sich überhaupt um ein Verbrechen handelte. Dieses Mal … na ja, dieses Mal ist es ziemlich offensichtlich. Die Polizei kümmert sich schon darum, Heather.« Er blickt mich eindringlich an, und sein Griff auf meiner Schulter wird fester. Ich habe das Gefühl, in diesen blauen Augen versinken zu können.

»Hey, Wells.«

Ich hätte mir ja denken können, dass Gavin McGoren

genau in diesem Augenblick aus der Notaufnahme kommt.

»Belästigt der Typ Sie, Wells?« Gavin zeigt mit seinem spärlich behaarten Kinn auf Cooper.

Ich muss mich sehr zusammenreißen, um ihn nicht zu schlagen. Wir dürfen die Studenten unter keinen Umständen schlagen. Interessanterweise dürfen wir sie aber auch nicht küssen. Aber ich habe auch nie das Verlangen verspürt, schon gar nicht bei Gavin.

»Nein, er *belästigt* mich nicht«, erwidere ich. »Das ist Cooper. Wir sind befreundet. Cooper, das ist Gavin.«

»Hey«, sagt Cooper und streckt die Hand aus.

Gavin ignoriert ihn einfach.

»Sind Sie mit ihm zusammen«, fragt er mich ungezogen.

»Gavin«, sage ich peinlich berührt. »Nein. Du weißt ganz genau, dass ich nicht mit ihm zusammen bin.«

Gavin entspannt sich ein bisschen. »Ach ja«, sagt er. »Sie stehen ja auf so hübsche Typen. Jordan Cartwright. Mir gehört die Welt.«

Cooper hat seine Hand sinken lassen. Er starrt Gavin mit einer Mischung aus Erheiterung und Verachtung an. »Na ja, Heather«, sagt er. »Es hat mich zwar sehr gefreut, einen deiner kleinen Schutzbefohlenen kennen zu lernen, aber ich muss jetzt los.«

»Hey!«, sagt Gavin beleidigt. »Wer ist hier klein?«

Cooper nimmt Gavin kaum zur Kenntnis. »Bis heute Abend zu Hause«, sagt er augenzwinkernd zu mir und wendet sich zum Gehen.

»Zu Hause?« Gavin durchbohrt Coopers Rücken mit seinen Blicken. »Sie leben zusammen? Ich dachte, er wäre nicht Ihr Freund?«

»Er ist mein Vermieter«, sage ich. »Und er hat Recht. Du bist tatsächlich noch ein kleiner Junge. Können wir gehen? Oder sollen wir auf dem Rückweg noch am Spirituosenladen vorbeifahren, damit du dir eine Flasche Jägermeister holen kannst?«

»Warum mischen Sie sich eigentlich ständig in meine Angelegenheiten ein?« Gavin schüttelt den Kopf.

»Gavin.« Ich verdrehe die Augen. »Im Ernst, ich rufe deine Eltern an …«

Sofort wird er kleinlaut.

»Bitte nicht«, sagt er, und sein Ziegenbärtchen bebt. »Meine Mom bringt mich um.«

Seufzend ergreife ich ihn am Arm. »Na los, dann komm. Lass uns zusehen, dass wir nach Hause kommen, bevor es anfängt zu schneien. Hat die Ärztin dir ein Attest für den Unterricht geschrieben?«

Er verzieht finster das Gesicht. »Bei Alkoholvergiftung bekommt man keine Entschuldigung.«

»Armer Junge«, sage ich fröhlich. »Vielleicht hast du ja jetzt deine Lektion gelernt.«

»Sie brauchen mir nicht ständig zu sagen, was ich tun und lassen soll«, explodiert Gavin wieder.

Gemeinsam wandern wir durch die Kälte und streiten uns wie Bruder und Schwester. Zumindest finde *ich,* dass es sich so anhört.

Gavin denkt möglicherweise was ganz anderes.

5

My poor heart cracks
Like broken glass
Breathing's hard
Starting to cough
This must end
It's got to stop
Does anyone know how
To turn this Stairmaster off?

»At the Gym«
Von Heather Wells

Der Rest des Tages vergeht zäh. Es ist wirklich erstaunlich, wie langsam die Zeit vergeht, wenn man nur daran denkt, endlich nach Hause gehen zu können.

Als ich aus dem Krankenhaus wieder nach Fisher Hall zurückkomme, hat man Lindsays Eltern schon von ihrem Tod unterrichtet, und das bedeutet, dass wir jetzt auch die Angestellten und die Studenten informieren können.

Das macht es jedoch nicht besser. Die Reaktionen auf die Wahrheit, dass nämlich die Cafeteria keineswegs wegen einer defekten Gasleitung geschlossen bleibt, sondern weil dort der abgetrennte Kopf eines Cheerleaders entdeckt worden ist, reichen von Entsetzen bis zu Kichern, Weinen und sogar Würgen.

Aber wir hätten den Mord sowieso nicht geheim halten können, der lokale Fernsehsender, New York One, berichtet nämlich in den Nachrichten darüber. Tina, die Werkstudentin vom Empfang, kommt angelaufen, um uns Bescheid zu sagen. Sie dreht den Fernseher in der Lobby auf volle Lautstärke.

»Heute gab es auf dem Campus des New York College in einem der Wohnheime, Fisher Residence Hall, einen grausigen Fund«, sagt der Nachrichtensprecher mit bedeutungsschwerer Stimme, während hinter ihm ein Foto des Gebäudes eingeblendet wird. Über der Eingangstür flattern die Fahnen des New York College. Dort haben wir zusätzliche Wachtposten aufgestellt, um die Neugierigen und die Reporter abzuwimmeln, die sich auf dem Schachfeld auf der anderen Straßenseite drängen und die hartgesottenen Schachfans verärgern, die trotz der Kälte spielen wollten.

»Einige werden sich sicherlich noch daran erinnern, dass bereits im letzten Herbst in genau demselben Studentenwohnheim zwei junge Frauen ermordet wurden«, fährt der Nachrichtensprecher fort. »Seit dieser Tragödie wird das Wohnheim auch als Todestrakt bezeichnet.«

Ich werfe Tom einen Blick zu. Er presst die Lippen zusammen, sagt aber nichts. Der arme Kerl. Sein erster Job nach dem Examen, und dann gleich der Todestrakt. Ich meine, das Wohnheim.

»Heute Morgen nun machten die Angestellten der Cafeteria in der Fisher Hall eine weitere grausige Entdeckung: ein menschlicher Kopf in einem Topf auf dem Herd.«

Ein kollektives »Iiih« geht durch die Menge, die sich in

der Lobby versammelt hat. Tom schlägt stöhnend die Hände vors Gesicht. Pete, der Sicherheitsbeamte, sieht auch nicht gerade glücklich aus.

»Der Kopf, der von den trauernden Familienmitgliedern eindeutig identifiziert wurde, gehört zu Lindsay Combs, Studentin im zweiten Studienjahr und Cheerleader am New York College.« Jetzt erscheint ein Foto von Lindsay auf dem Bildschirm. Es zeigt sie an dem Abend, als sie zur Homecoming Queen gekrönt worden ist, und ihr Lächeln strahlt ebenso wie die Tiara, die auf ihren honigfarbenen Haaren sitzt. Sie trägt ein weißes Satinkleid und hält ein Dutzend rote Rosen im Arm. Jemand außerhalb des Fotos hatte ihr den Arm um die Schultern gelegt, und die Tiara war schräg über eines von Lindsays unnatürlich grünen Augen gerutscht. Ich kann echt nicht begreifen, warum sie das Bild so gut fand.

»Laut Zeugenaussagen wurde Lindsay zuletzt gestern Abend gesehen. Gegen neunzehn Uhr hat sie ihr Zimmer verlassen und ihrer Zimmergenossin gesagt, sie ginge auf eine Party. Von dort kam sie jedoch nie zurück.«

Das wissen wir bereits. Cheryl war am Vormittag in Tränen aufgelöst im Büro erschienen und hatte herzzerreißend über das Schicksal ihrer Freundin und Zimmergenossin geweint – eine Zimmergenossin, mit der sie nicht mehr zusammenwohnen konnte, da Lindsay tot war, bevor Cheryl überhaupt einziehen konnte.

Lindsays ursprüngliche Zimmergenossin, Ann, hatte die Nachricht weniger hysterisch aufgenommen und hatte der Polizei den bisher einzigen Hinweis gegeben – den mit der Party. Natürlich hatten Lindsay und Ann nicht die beste Beziehung zueinander, und deshalb konnte das Mädchen Detective Canavan auch nicht sagen, auf welche Party Lindsay gehen wollte und auch Cheryl war keine große Hilfe. Sie hatte so geschluchzt, dass Tom sie zur Psychologin bringen ließ, damit diese ihr bei der Bewältigung der Trauer und der Tatsache, dass sie für den Rest des Jahres ein Einzelzimmer hat, helfen kann.

Dabei ist Cheryl die einzige Studentin, die nie allein wohnen wollte.

»Die Behörden stehen vor einem Rätsel, wie Lindsay in die Cafeteria der Fisher Hall gelangt ist«, fährt der Nachrichtensprecher fort. Hinter ihm wird ein Bild eingeblendet, auf dem Präsident Phillip Allington an einem Podium im Bibliothekssaal steht. Detective Canavan neben ihm wirkt zerknittert und griesgrämig. Auf der anderen Seite des Präsidenten steht aus irgendeinem unerfindlichen Grund Coach Andrews, dem es gelingt, ruhig und verwirrt gleichzeitig zu wirken. Allerdings habe ich festgestellt, dass viele Sporttrainer so aussehen.

Der Nachrichtensprecher sagt: »Ein Sprecher des New York City Police Department hat erklärt, die Polizei habe zwar noch niemanden verhaftet, sie verfolge allerdings mehr als ein Dutzend Spuren und es gebe auch bereits Verdächtige. Wie College-Präsident Phillip Allington der akademischen Gemeinschaft versicherte, gibt es keinen Grund zur Besorgnis.«

Jetzt kommt ein Ausschnitt aus der Pressekonferenz.

»Wir möchten gern die Gelegenheit ergreifen«, sagt Präsident Allington hölzern, wobei er offensichtlich abliest, was man ihm aufgeschrieben hat, »unseren Studenten und der Öffentlichkeit zu versichern, dass die Polizeibehörden in dieser Stadt ihr Möglichstes tun, um dieses widerwärtige Verbrechen aufzuklären. Wir fordern jedoch unsere Studenten auch auf, zusätzliche Vorsichtsmaßnahmen zu ergreifen, bis Lindsays Mörder gefasst ist. In unseren Studentenwohnheimen wird zwar Wert auf Gemeinschaftsgefühl gelegt, aber im Moment sollten die Türen besser verschlossen bleiben. Lassen Sie keine Fremden in Ihre Zimmer oder in ein Gebäude auf dem Campus. Die Polizei vermutet zwar, dass das Verbrechen eine einmalige, zufällige Gewalttat war, aber wir müssen trotzdem verstärkt darauf hinweisen, dass jeder Vorsicht walten lassen sollte, bis der Verantwortliche überführt ist…«

Kaum hatte Präsident Allington die Worte »die Türen sollten besser verschlossen bleiben« ausgesprochen, als die Hälfte der Studenten in der Halle auch schon mit besorgten Gesichtern auf die Aufzüge zustrebte. In Gebäuden wie Fisher Hall lassen viele Studenten ihre Zimmertür sperrangelweit offen stehen, sodass auch ungebetene Besucher jederzeit Zutritt haben.

Das würde sich jetzt anscheinend ändern.

Allerdings schien keiner von ihnen daran zu denken, dass Lindsay gar nicht in ihrem Zimmer ermordet worden war. Und von »zufällig« konnte wohl auch kaum die Rede sein, denn ihr Mörder hatte sie und auch die Cafeteria der Fisher Hall zumindest einigermaßen gut gekannt.

Die Studenten mögen ja von alledem keine Ahnung haben, aber bei dem Personal der Cafeteria dürfte das anders aussehen. Erst jetzt, um Viertel vor fünf, nach dem Ende der Pressekonferenz, dürfen sie nach Hause gehen, viel später als sonst nach der Frühschicht. Detective Canavan und seine Kollegen haben sie förmlich auseinandergenommen.

Und doch lächelt Magda, als sie auf mich zukommt, obwohl sie müde sein muss. Sie hat sich die Finger mit Ölreiniger eingerieben und wischt sie gerade mit einem Kleenex ab. Als sie näher kommt, sehe ich auch, warum: Ihre Fingerspitzen sind schwarz von Tinte.

Sie haben Fingerabdrücke von Magda genommen.

»Oh, Magda«, sage ich, lege ihr den Arm um die Schultern und führe sie aus der Lobby hinaus zu meinem Büro, wo es ruhiger ist. »Es tut mir so leid.«

»Ist schon gut«, erwidert Magda schniefend. Ihre Wimperntusche ist verschmiert, und sie sieht aus, als ob sie geweint hätte. »Sie tun ja auch nur ihre Arbeit. Es ist ja nicht ihre Schuld, dass einer meiner kleinen Filmstars …«

Schluchzend bricht sie ab. Rasch schiebe ich sie ins Büro, wo wir zumindest vor den fragenden Blicken der Studenten sicher sind, die nach dem ersten Vorlesungstag zurückgekommen sind und nun feststellen müssen, dass sie sich ihr Abendessen woanders herholen müssen.

Magda sinkt auf die orangefarbene Couch vor meinem Schreibtisch und schlägt schluchzend die Hände vors Gesicht. Ich schließe schnell die äußere Bürotür, die dann automatisch abgesperrt wird. Tom, der uns gehört hat, kommt aus seinem Büro und wirft Magda unbehagliche Blicke zu. Sie hat ihr Gesicht auf die Knie gelegt, und zwischen den Schluchzern hört man nur »kleiner Filmstar« und »mein schönes Baby«.

Tom blickt mich fragend an. »Was war das noch mal mit dem Filmstar?«, flüstert er.

»Das habe ich dir doch erzählt«, erwidere ich, ebenfalls im Flüsterton. Für einen Schwulen ist Tom manchmal ganz schön ahnungslos. »Sie haben hier in Fisher Hall eine Szene aus *Teenage Mutant Ninja Turtles* gefilmt. Magda hat damals hier gearbeitet.«

»Tja.« Tom starrt das weinende Häufchen Elend an.

»Das muss sie ja sehr beeindruckt haben, wenn man bedenkt, dass kein Mensch den Film je gesehen hat.«

»Natürlich ist er gesehen worden«, erwidere ich ärgerlich. »Hast du sonst nichts zu tun?«

Er seufzt. »Ich warte auf jemanden vom Psychologischen Dienst. Hier im Büro findet von fünf bis sieben Trauerberatung statt, damit die Studenten den Mord an Lindsay verarbeiten können.«

Ich schweige. Ich muss gar nichts sagen. Er weiß Bescheid.

»Ich habe ihnen schon gesagt, dass niemand kommen wird«, sagt er niedergeschlagen. »Außer vielleicht Cheryl Haebig und die studentischen Hilfskräfte. Aber es ist eine Anweisung aus dem Büro des Präsidenten. Es soll so aussehen, als hätten wir alles im Griff.«

»Na ja.« Ich nicke in Richtung der schluchzenden Magda. »Hier ist schon mal jemand, der Hilfe bei der Trauerbewältigung braucht.«

Tom wird blass. »Sie ist deine Freundin«, sagt er anklagend.

Ich funkele ihn böse an. »Du bist derjenige mit Examen.«

Er wirft mir einen verängstigten Blick zu. »Ich kann das nicht, Heather. Ich verstehe davon nichts. So etwas habe ich noch nie erlebt. Bei uns in Texas war alles viel einfacher.«

Mein Blick wird noch böser. »Oh nein«, sage ich. »Du wälzt das jetzt nicht auf mich ab, Tom. Nicht wegen einem kleinen Mord.«

»Klein!« Tom ist kreidebleich. »Heather, bei uns zu Hause hat man niemandem den Kopf abgehackt und in einen Kochtopf gesteckt! Ja, klar, ein paar Kinder sind jedes Jahr verletzt worden, wenn wir das große Freudenfeuer aufgebaut haben. Aber Mord? Ehrlich, Heather, im Moment kommt mir meine Heimat wie ein Paradies vor.«

»Ja, klar«, erwidere ich sarkastisch, »wenn es so toll dort war, wie kommt es denn, dass du unbedingt hierher wolltest?«

Tom schluckt. »Na ja …«

»Lass uns später darüber reden, ob du kündigen willst oder nicht, okay?« Ich setze mich neben Magda auf die Couch. »Im Moment habe ich andere Sorgen.«

Tom wirft Magda einen letzten, panischen Blick zu und murmelt: »Ja, gut, äh, ich gehe dann mal und erledige den Papierkram.« Mit diesen Worten verschwindet er in seinem Büro.

Ich bleibe neben Magda sitzen und streichele ihr über den Rücken, während sie weint. Ich weiß, dass man als Freundin so etwas tut, aber ich bin nicht sicher, ob ich in meiner Position berechtigt bin, so zu handeln. *Wie konnte Dr. Jessup so jemanden wie mich nur einstellen?*, frage ich mich. Ja, klar, ich war die Einzige, die sich auf die Stelle beworben hat, aber eigentlich bin ich absolut nicht geeignet für den Job. Ich habe nicht die leiseste Ahnung, was man bei jemandem, der so heftig trauert wie Magda, machen soll.

»Magda«, sage ich und streichle ihr über den rosa Cafeteria-Kittel. »Äh, ich bin sicher, sie verdächtigen dich nicht wirklich. Ich meine, schließlich weiß jeder, der dich kennt, dass du damit nichts zu tun hast. Also, wirklich, mach dir keine Sorgen. Niemand glaubt, dass du sie ermordet hast. Die Polizei macht nur ihre Arbeit.«

Magda hebt ihr tränenverschmiertes Gesicht und blickt mich erstaunt an.

»Deswegen ... deswegen weine ich doch gar nicht«, sagt sie und schüttelt so heftig den Kopf, dass ihre Locken, diese Woche mit Tiger-Strähnchen, fliegen. »Ich weiß doch, dass sie nur ihre Arbeit machen. Das ist schon in Ordnung. Keiner von uns war es, so etwas *könnte* niemand von uns tun.«

»Ich weiß«, erwidere ich hastig und tätschele ihr weiter den Rücken. »Es ist schrecklich, dass sie euch verdächtigen, aber, weißt du ...«

»Es ist doch nur«, fährt Magda fort, als hätte ich nichts gesagt, »ich habe gehört ... ich habe gehört, dass es *Lindsay* ist. Aber das kann doch nicht sein. Es kann doch nicht die kleine Lindsay mit den Augen und diesen Haaren sein, oder? Die Cheerleader ist?«

Ich starre sie an. Hat sie denn Lindsay nicht erkannt, als sie in den Kochtopf geblickt hat? Es stimmt schon, ich habe Lindsay häufiger gesehen als Magda, da sie schließlich dauernd an meinem Kondomglas war. Ja, wahrscheinlich habe ich sie deshalb auch sofort erkannt, oder?

Oder liegt es daran, dass ich einfach die Gesichter von Toten besser erkennen kann, die eine Weile gekocht haben? Was für einen Job könnte ich mit dieser Fähigkeit ausüben? Wahrscheinlich gibt es gar keine Nachfrage für dieses spezielle Talent, außer vielleicht bei Kannibalen. Gibt es die überhaupt noch?

»Ja«, beantworte ich Magdas Frage. »Ja, es tut mir leid. Es war tatsächlich Lindsay.«

Magda verzieht erneut kläglich das Gesicht. »O nein!«, heult sie auf. »Heather, nein!«

»Magda!«, sage ich in beschwörendem Tonfall. Ihre Reaktion erschreckt mich. Wenn man allerdings wirklich darüber nachdenkt, so ist sie wesentlich normaler als meine, weil mein erster Gedanke war, in die Wärme der Notaufnahme des St. Vincent Hospitals zu flüchten. Oder Sarahs Reaktion, der nichts Besseres eingefallen ist, als schlechte Witze zu reißen. »Es tut mir so leid. Aber vielleicht tröstet es dich ja, dass sie zuerst erwürgt worden ist. Das hat Cooper vom Staatsanwalt erfahren. Ich meine, sie ist nicht gestorben, weil… weil man sie enthauptet hat. Das ist erst später passiert.«

Überraschenderweise scheint Magda jedoch aus dieser Information keinen Trost zu ziehen. Meine Trauerberatung taugt wohl nicht viel. Vielleicht sollte ich besser in der Buchhaltung arbeiten.

»Es ist ja nur«, schluchzt Magda, »es ist ja nur, weil Lindsay … sie war so süß! Und sie war so gerne hier! An den Spieltagen hat sie immer ihre Uniform getragen. Nie hat sie irgendjemandem etwas zuleide getan. Sie hat es nicht verdient, so zu sterben, Heather. Nicht Lindsay.«

»O Magda.« Ich tätschele ihr den Arm. Was kann ich nur machen? Dabei stelle ich fest, dass Magdas Nägel in den Schulfarben des New York College, in Gold und Weiß, lackiert sind. Magda ist ein großer Fan unserer Basketballmannschaft und verpasst kein Spiel. »Du hast ja Recht. Lindsay hat es nicht verdient, umgebracht zu werden. Sie hat keinem was getan.« Jedenfalls soweit wir wissen.

Oh, sehen Sie? Schon wieder! Wo kommt bloß dieser Zynismus her? Das kann doch nichts damit zu tun haben, dass ich als abgetakelter ehemaliger Pop-Star versuche, mein Leben in den Griff zu bekommen, nur um mir sagen zu lassen, ich müsse Mathematikkurse nachholen?

Oder doch?

»Die Leute erfinden Sachen.« Magda blickt mich eindringlich an. »Du weißt doch, wie die Menschen sind,

Heather. Sie werden sagen: *Na ja, sie hätte sich eben nicht mit so vielen Jungs einlassen müssen*, oder so etwas. Aber es war nicht Lindsays Schuld, dass sie so hübsch und beliebt war. Sie konnte nichts dafür, dass die Jungen sie umschwärmt haben wie Bienen den Honig.«

Oder Fliegen den Pferdemist.

Gott, was ist nur mit mir los? Warum gebe ich dem Opfer die Schuld? Wenn Sarah hier wäre, könnte sie es mir bestimmt sagen. Hat es was damit zu tun, dass ich mich davon distanzieren will, damit ich mir selber sagen kann: *Na, mir könnte so etwas nie passieren, weil mich die Jungen nicht umschwärmen wie Bienen den Honig. Deshalb würde mich auch nie jemand erwürgen und mir dann den Kopf abhacken.*

Oder bilde ich mir aus irgendeinem Grund ein, dass hinter dem Mord an Lindsay mehr steckt als nur ein »zufälliger Gewaltakt«? War sie tatsächlich so ein Sonnenschein? Oder verbarg sie etwas hinter ihren leuchtend grünen Kontaktlinsen?

Magda ergreift meine Hand und drückt sie so fest, dass es ein bisschen wehtut. Ihre Augen, die immer noch in Tränen schwimmen, glänzen so wie die Strasssteinchen, die sie sich manchmal auf die Spitzen ihrer Fingernägel klebt.

»Hör mir zu, Heather.« Magdas sorgfältig umrandete Lippen beben. »Du musst die Person finden, die ihr das angetan hat. Du musst ihn finden und ihn vor Gericht bringen.«

Ich springe auf, kann aber nicht zurückweichen, weil Magda meine Hand mit eisernem Griff festhält.

»Mags«, sage ich, »ich schätze es ja, dass du so viel Vertrauen in meine Ermittlungsfähigkeiten hast, aber denk bitte daran, dass ich stellvertretende Leiterin des Studentenwohnheims bin …«

»Aber du hast als Einzige daran geglaubt, dass die beiden anderen Mädchen letztes Semester ermordet wurden! Und du hattest Recht! Detective Canavan mag ja schlau sein, aber er konnte den Mörder nicht fassen, weil er noch nicht einmal gewusst hat, dass sie ermordet wurden. Aber du, Heather, du wusstest es. Du hast eben einfach so eine Art mit Leuten ...«

»Ah ja«, sage ich und verdrehe die Augen. »Genau.«

»Du glaubst es vielleicht nicht, aber es ist so. Deshalb kannst du es auch so gut, weil du es nämlich nicht *weißt*. Ich sage dir, Heather, du bist die Einzige, die Lindsays Mörder finden kann. Du musst beweisen, dass sie wirklich ein nettes Mädchen war. Ich bitte dich, *versuch* es doch wenigstens ...«

»Magda«, sage ich. Meine Hand ist ganz verschwitzt, weil sie mich so fest hält. »Ich bin nicht bei der Polizei. Ich kann mich nicht in die Ermittlungen einmischen, und außerdem habe ich versprochen, mich herauszuhalten.«

Was denkt Magda sich bloß? Weiß sie nicht, dass dieser Typ, wer auch immer es sein mag, die Leute nicht bloß in Aufzugschächte schubst, sondern sie erwürgt, ihnen den Kopf abhackt und ihre Leichen dann versteckt? Hallo, das ist doch was ganz anderes. Irgendwie viel tödlicher.

»Das kleine Pom-Pom-Mädchen hat ein Recht darauf, friedlich und würdevoll zu ruhen«, beharrt Magda. »Und das kann sie erst, wenn ihr Mörder gefasst ist und vor Gericht steht.«

»Magda«, wiederhole ich unbehaglich. Wie würde wohl ein Psychologe reagieren, wenn einer seiner Patienten von ihm verlangen würde, den brutalen Mord an der Person zu rächen, die der Patient betrauert? »Ich glaube, du hast zu viele Folgen von *Ungelöste Kriminalfälle* gesehen.«

Offensichtlich war das die falsche Reaktion, denn Magda packt meine Hand nur noch fester und sagt: »Denkst du wenigstens darüber nach, Heather? Bitte, denk einfach ein bisschen darüber nach.«

Magda hatte mir einmal erzählt, dass sie in ihrer Jugend Schönheitskönigin gewesen war und zwei Jahre hintereinander Miss Dominikanische Republik. Das kann ich mir im Augenblick sogar gut vorstellen, als sie mich mit der Intensität eines Scheinwerfers anblickt. Unter all ihrer Schminke, den aufgemalten Augenbrauen und dem aufgetürmten Haar liegt eine zarte Schönheit, die selbst kiloweise Kosmetikprodukte nicht verbergen können.

Ich seufze. Hübschen Gesichtern konnte ich noch nie widerstehen, so bin ich schließlich auch zu Lucy gekommen.

»Ich denke darüber nach«, sage ich und bin erleichtert, als Magda meine Hand loslässt. »Aber ich kann dir nichts versprechen. Ich meine, Magda, ich will nicht, dass man mir auch den Kopf abhackt.«

»Danke, Heather.« Magdas Lächeln ist trotz des verschmierten Lippenstifts wunderschön. »Danke. Lindsays Seele kann bestimmt leichter Frieden finden, wenn sie weiß, dass Heather Wells sich um alles kümmert.«

Ermunternd tätschele ich ihr noch einmal die Schulter, und sie steht lächelnd auf, um am Speisesaal-Büro ihren Mantel zu holen. Als ich ihr nachblicke, komme ich mir, na ja, ein bisschen merkwürdig vor.

Vielleicht liegt es ja daran, dass ich heute nur ein Sandwich mit geräuchertem Mozzarella, mit gebratenen Paprika und sonnengetrockneten Tomaten, die ja vermutlich als Gemüse gelten, und einen Grande Café Mocha zu mir genommen habe.

Aber vielleicht liegt es ja auch daran, dass ich Magda so wirkungsvoll getröstet habe, obwohl ich eigentlich gar nicht weiß, wie. Nein, das stimmt nicht, ich weiß es ja doch. Und ich fasse es nicht. Glaubt sie wirklich, dass ich meine eigenen, privaten Ermittlungen zum Mord an Lindsay anstelle? Sie hat bestimmt zu viel Nagelentferner eingeatmet.

Ich meine, was soll ich denn tun? Soll ich etwa herumlaufen und nach einem Typ mit einem Hackebeil Ausschau halten, der eine kopflose Mädchenleiche in seinem Garten vergraben hat? Das ist doch lächerlich. Detective Canavan ist ja nicht blöd. Er wird den Mörder sicher bald finden. Wie kann jemand eine kopflose Leiche verstecken? Irgendwann wird sie schon auftauchen.

Dann bin ich hoffentlich weit, weit weg.

6

You think you and me are like glue
You're stuck on me, I'm stuck on you
Only you don't know me, not one bit
If you think that I'm that whipped.

»Whipped«
Von Heather Wells

Es schneit immer noch nicht, als ich nach Hause gehe, aber draußen ist es stockdunkel, obwohl es erst kurz nach fünf ist. Fisher Hall ist immer noch von Reportern umlagert, sämtliche Sender einschließlich CNN sind vertreten, so wie Präsident Allington es vorausgesagt hatte.

Allerdings halten die Vans der Nachrichtenteams die Drogendealer im Washington Square Park nicht von ihrer Arbeit ab. Als ich um die Ecke zu Coopers Brownstone komme, läuft mir Reggie über den Weg. Automatisch zischt er mir »Sens, Sens« zu, aber als er mich erkennt, wird sein Gesicht ernst.

»Heather«, sagt er, »ich bedauere die Tragödie in deinem Gebäude sehr.«

»Danke, Reggie«, erwidere ich blinzelnd. Im rosa Schimmer der Straßenlaterne sieht er überraschend harmlos aus, obwohl mir Cooper erzählt hat, dass er eine 22er bei sich trägt, von der er gelegentlich auch Gebrauch macht. »Äh, du hast nicht zufällig etwas gehört, warum das Mädchen umgebracht worden ist? Oder von wem?«

Reggie grinst mich breit an. »Heather«, sagt er erfreut, »fragst du mich etwa nach Volkes Stimme?«

»Äh«, sage ich. So formuliert hört es sich schrecklich dämlich an. »Ja, ja, genau.«

»Ich habe nichts gehört«, sagt Reggie. Jetzt lächelt er nicht mehr, und ich sehe ihm an, dass er die Wahrheit sagt. »Aber wenn ich etwas höre, bist du die Erste, die es erfährt.«

»Danke, Reggie«, erwidere ich und wende mich schon zum Gehen, als er noch einmal meinen Namen ruft. Ich drehe mich um.

»Ich hoffe, du hältst dich von den Problemen der jungen Dame fern, Heather«, sagt er ernst zu mir. »Und dass sie Probleme hatte, darauf kannst du wetten, deswegen wurde sie auch umgebracht. Ich möchte nicht, dass einer netten jungen Dame wie dir etwas passiert.«

»Danke, Reggie«, erwidere ich. Am liebsten würde ich sagen: *Ich wünschte, ihr hättet ein bisschen mehr Vertrauen in mich. So blöd bin ich nämlich nicht.* Aber sie wollen ja alle nur nett sein. Deshalb antworte ich stattdessen: »Keine Sorge, dieses Mal überlasse ich die Ermittlungen den Profis. Ich werde direkt alles, was ich von dir erfahre, an sie weiterleiten.«

»Das ist gut«, sagt Reggie. Dann sieht er eine Gruppe Touristen und eilt sofort auf sie zu, wobei er »Was zu rauchen? Sens, Sens« murmelt.

Ich lächele ihm nach. Es ist immer wieder schön, jemanden zu sehen, der voller Eifer seiner Berufung nachgeht.

Als ich schließlich alle Schlösser an der Haustür von Coopers Brownstone aufgeschlossen habe, kriege ich kaum die Tür auf, weil drinnen so viel Post davor liegt. Ich schalte das Licht ein, Cooper ist bestimmt noch unterwegs, und hebe murrend all die Werbebroschüren und AOL-CDs auf. Gerade frage ich mich, warum wir eigentlich nie *richtige* Post bekommen, einfach nur Rechnungen und Kreditangebote, als Lucy eilig die Treppe heruntergewackelt kommt, weil sie mich gehört hat. Im Maul hat sie einen Victoria's-Secret-Katalog, mit dem sie sich offenbar den ganzen Nachmittag über vergnügt hat.

Lucy ist ein bemerkenswertes Tier. Sie hat diese einzigartige Fähigkeit, genau den Katalog herauszufischen, der mir wahrscheinlich ein schlechtes Gefühl macht, und ihn zu zerreißen, bevor ich Gelegenheit habe, auch nur einen Blick hineinzuwerfen.

Als ich versuche, ihn Lucy zu entwinden, damit die Fetzchen von Heidi Klums Oberkörper nicht überall im Treppenhaus herumfliegen, klingelt das Telefon, und ich nehme ab, ohne nach der Nummer auf dem Display zu schauen.

»Hallo?«, sage ich zerstreut. Ich habe die Finger voller Hundesabber.

»Heather?« Die Stimme meines Exverlobten dringt an mein Ohr. Er klingt besorgt. »Heather, ich bin es. Gott, wo warst du bloß? Ich versuche schon den ganzen Tag, dich zu erreichen. Ich muss dringend etwas mit dir besprechen.«

»Was gibt es denn, Jordan?«, frage ich ungeduldig. »Fass dich kurz, ich bin beschäftigt.« Natürlich sage ich ihm nicht, womit ich beschäftigt bin. Er braucht ja nicht zu wissen, dass ich versuche, meinen Hund davon abzuhalten, einen Wäschekatalog zu fressen. Soll er doch glauben, ich sei mit seinem Bruder im Bett.

Ha. Das wäre ich gerne.

»Tania hat mir gesagt«, fährt Jordan fort, »dass du zu unserer Hochzeit abgesagt hast.«

»Das stimmt«, erwidere ich. Langsam dämmert mir, worum es geht. »Ich habe am Samstag schon was anderes vor.«

»Heather.« Jordan klingt verletzt.

»Ehrlich«, sage ich. »Ich muss arbeiten. Am Samstag schreiben sich die Austauschstudenten ein.«

Das ist nicht völlig gelogen. Die Austauschstudenten schreiben sich tatsächlich am Samstag ein, allerdings war es der vergangene Samstag. Aber das wird Jordan sowieso nie erfahren.

»Heather«, sagt er, »meine Hochzeit ist um siebzehn Uhr. Du willst mir doch nicht erzählen, dass du dann immer noch arbeitest!«

Verdammt.

»Heather, ich verstehe nicht, warum du nicht zu meiner Hochzeit kommen willst«, fährt er fort. »Ich weiß ja, dass unser Verhältnis eine Zeitlang ein wenig angespannt war …«

»Jordan, ich habe dich in flagranti mit deiner zukünftigen Braut erwischt«, erinnere ich ihn. »Dabei habe ich damals gedacht, ich sei das. Also war meine Empörung ja wohl verständlich.«

»Ja, das ist mir klar«, erwidert Jordan, »und deshalb habe ich auch gedacht, dass es dir vielleicht ein wenig … peinlich ist, zur Hochzeit zu kommen. Deshalb rufe ich auch an, Heather. Du sollst wissen, wie wichtig du mir bist und wie wichtig dein Erscheinen bei der Hochzeit für mich und auch für Tania ist. Ihr ist der Vorfall immer noch peinlich, und wir möchten dir gerne zeigen, wie …«

»Jordan.« Mittlerweile bin ich mit dem schnurlosen Telefon in der Küche angelangt. Lucy folgt mir aufgeregt hechelnd auf dem Fuß. Ich werfe den feuchten Katalog von Victoria's Secret in den Abfalleimer, schalte das Licht ein und greife nach dem Griff der Kühlschranktür. »Ich komme nicht zu deiner Hochzeit.«

»Siehst du!« Jordan klingt frustriert. »Ich wusste genau, dass du das sagst. Deshalb habe ich auch angerufen. Heather, sei doch nicht so. Ich habe wirklich gedacht, wir hätten das alles hinter uns gelassen. Meine Hochzeit ist ein sehr wichtiges Ereignis in meinem Leben, Heather, und es ist mir wichtig, dass die Menschen, die mir etwas bedeuten, dabei sind. *Alle* Menschen, die mir etwas bedeuten.«

»Jordan.« Da, hinter der Milch (als ich von dem bevorstehenden Blizzard gehört habe, habe ich Lebensmittel eingekauft, deshalb ist der Milchkarton voll und auch noch nicht schlecht) steht sie: eine weiße Pappschachtel mit übrig gebliebenem Bodega-Brathähnchen. Mit anderen Worten, eine Himmelsschachtel. »Ich komme nicht zu deiner Hochzeit!«

»Hat es etwas damit zu tun, dass ich Cooper nicht eingeladen habe?«, will Jordan wissen. »Wenn das so ist, wenn es dir so viel bedeutet, lade ich ihn auch ein. Wirklich, du kannst ihn als Begleiter mitbringen. Ich verstehe zwar nicht, was du an ihm findest, aber immerhin wohnt ihr zwei ja zusammen. Wenn du ihn also mitbringen willst …«

»Ich bringe deinen Bruder nicht zu deiner Hochzeit mit, Jordan«, sage ich. Ich habe die weiße Pappschachtel aus dem Kühlschrank genommen, dazu noch ein Stück Ziegenkäse aus Murray's Käseladen, einen harten roten Apfel und die Milch. Das Telefon habe ich zwischen Schulter und Wange geklemmt, die Kühlschranktür muss ich mit dem Knie zuschieben. Lucy, die an meinem Bein klebt, behindert mich noch zusätzlich. Sie liebt Bodega-Brathähnchen vom Knochen gelöst ebenso wie jeder andere auch. »Weil ich nämlich nicht zu deiner Hochzeit komme. Und hör auf, so zu tun, als läge dir etwas an mir, Jordan. Ich weiß sehr wohl, dass deine PR-Managerin dir empfohlen hat, mich einzuladen, damit es so aussieht, als hätte ich dir verziehen, dass du mich betrogen hast, und wir seien wieder die besten Freunde.«

»Das ist nicht …« Jordan klingt beleidigt. »Heather, wie kannst du nur so etwas annehmen? Das ist völlig lächerlich.«

»Ach ja?« Ich lasse alles, was ich aus dem Kühlschrank geholt habe, auf den Küchentisch fallen, hole mir einen Teller und ein Glas und setze mich. »Hat dein Solo-Album etwa nicht gefloppt? Und lag es nicht teilweise daran, dass dein Image als netter Junge von nebenan unter all den Schlagzeilen gelitten hat, als herauskam, dass du mich, die Mall-Prinzessin, mit der jüngsten Entdeckung deines Vaters betrogen hast?«

»Heather«, unterbricht Jordan mich mit gepresster Stimme, »nichts gegen dich, aber so gut ist das Gedächtnis der amerikanischen Öffentlichkeit nun auch wieder nicht. Als wir beide uns getrennt haben, hattest du seit Jahren kein Album herausgebracht. Es stimmt, dass ein gewisser Teil der Bevölkerung uns einmal geliebt hat, aber das ist Schnee von gestern …«

»Ja«, sage ich verletzt. »Heute interessiert sie keiner von uns mehr. Wie schön für dich, dass du dich an Tanias aufgehenden Stern hängen konntest. Erwarte aber bloß nicht von mir, dass ich dabei auch noch zuschaue.«

»Heather.« Jordan klingt gequält. »Warum bist du nur so? Ich dachte, du hättest mir den Vorfall mit Tania verziehen. Es schien so, als ob du in jener Nacht in Coopers Diele …«

Ich spüre, wie mir die Farbe aus dem Gesicht weicht. Er besitzt tatsächlich die Frechheit, das Thema anzuschneiden.

»Jordan.« Meine Lippen sind ganz taub. »Ich dachte, wir hätten uns darauf geeinigt, nie wieder über diese Nacht zu sprechen.« Nie wieder davon zu sprechen und nie wieder zuzulassen, dass so etwas noch einmal passiert.

»Natürlich«, beruhigt Jordan mich. »Aber du kannst nicht von mir verlangen, dass ich so tue, als sei es nie geschehen. Ich weiß, dass du noch etwas für mich empfindest, Heather. Ich empfinde ja auch etwas für dich, und deshalb möchte ich wirklich, dass du …«

»Ich lege jetzt auf, Jordan.«

»Nein, Heather, warte. Ich habe eben in den Nachrichten irgendwas von dem Kopf eines Mädchens gesehen. War das in deinem Wohnheim? Wo arbeitest du eigentlich, um Himmels willen? Im Todestrakt?«

»Tschüs, Jordan«, sage ich und lege auf.

Als ich nach dem Hühnchen greife, nimmt Lucy erwartungsvoll ihre Position neben mir ein, falls ein Bissen zufällig nicht meinen Mund erreicht, sondern stattdessen auf meinen Schoß oder zu Boden fällt. Wir beide arbeiten beim Essen immer als Team.

Ich weiß, dass viele Leute ihr Brathühnchen lieber heiß essen, aber sie haben vermutlich nie das Hühnchen von der Bodega um die Ecke von Coopers Haus probiert – das

Bodega-Brathühnchen, wie Cooper und ich es nennen. Es ist nicht für den alltäglichen Verzehr geeignet, sondern definitiv ein Trostessen. Da ich wusste, dass der erste Tag des neuen Semesters anstrengend würde, hatte ich es gestern auf Vorrat gekauft.

Allerdings konnte ich nicht ahnen, dass er *so* anstrengend würde. Jetzt musste ich wahrscheinlich das ganze Brathühnchen allein aufessen, und Cooper müsste eben leiden. Ein bisschen Salz, und …

Oh. Oh, ja. Zwar kein Mundorgasmus, aber ganz dicht daran.

Ich mampfe gerade mein zweites Hühnerbein, Lucy fängt schon an zu winseln, weil bisher noch nichts heruntergefallen ist, als das Telefon wieder klingelt. Dieses Mal wische ich mir die Hände mit einem Papiertuch ab und schaue nach, wer der Anrufer ist, bevor ich abhebe. Erleichtert sehe ich, dass es meine beste Freundin Patty ist.

»Ich esse gerade Bodega-Brathühnchen«, sage ich zu ihr.

»Na, das würde ich an deiner Stelle auch tun, wenn man bedenkt, was du für einen Tag hinter dir hast.« Pattys Stimme ist so warm und tröstlich wie Kaschmir.

»Hast du die Nachrichten gesehen?«, frage ich.

»Mädel, ich habe die Nachrichten gesehen *und* die Zeitung von heute früh gelesen. Du wirst nicht glauben, wer mich vorhin angerufen hat.«

»O mein Gott, dich hat er auch angerufen?« Ich bin erstaunt.

»Was meinst du mit auch? Hat er *dich* etwa auch angerufen?«

»Er wollte sichergehen, dass ich zur Hochzeit komme, obwohl ich schon abgesagt hatte.«

»Nein!«

»Doch! Und dann hat er auch noch vorgeschlagen, ich sollte Cooper als Begleiter mitbringen.«

»Ach, du lieber Himmel!« Das liebe ich an Patty. Sie reagiert immer genau richtig. »Seine PR-Managerin hat ihn bestimmt darauf gebracht.«

»Oder Tanias«, erwidere ich. Ich habe das Hühnerbein mittlerweile abgenagt und greife in die Schachtel, um mir einen Flügel herauszunehmen. Vermutlich sollte ich stattdessen besser den Apfel essen, aber tut mir leid, nach einem Apfel ist mir im Moment nicht. Nicht nach diesem Tag. »Sie würde besser dastehen, wenn ich erscheinen würde, so als ob ich ihr nicht nachtrage, dass sie Jordan und mich auseinandergebracht hat.«

»Was du ja auch nicht tust.«

»Nein, wir hätten uns sowieso getrennt. Tania hat das nur beschleunigt. Aber ich gehe trotzdem nicht hin. Das wäre doch eklig. Es ist ja schön und gut, die Ex einzuladen, um seinen guten Willen zu zeigen, aber eigentlich erwartet doch niemand von der Ex, dass sie auch wirklich *kommt*.«

»Ich weiß nicht«, erwidert Patty. »Ich glaube, im Moment ist es in, jedenfalls habe ich das auf der Lifestyle-Seite der *Times* gelesen.«

»Na, ist ja egal«, sage ich. »Ich war schon seit den Neunzigern nicht mehr stylish. Warum sollte ich jetzt damit anfangen? Du gehst doch auch nicht hin, oder?«

»Bist du wahnsinnig? Natürlich nicht. Aber, Heather, können wir bitte mal darüber reden, was heute in deinem Wohnheim passiert ist? Hast du das arme Mädchen gekannt?«

»Ja«, sage ich und pule mir ein faseriges Stück Hühnchen zwischen den Zähnen heraus. Zum Glück haben wir kein Videotelefon. »Schon. Sie war nett.«

»Gott! Wer macht so was? Und warum?«

»Ich weiß nicht«, erwidere ich und reiße ein Stück Flügel für Lucy ab, wobei ich sorgfältig darauf achte, dass keine Knochen darin sind. Sie inhaliert es und blickt mich dann traurig an, als wolle sie sagen: *Wo ist es denn hin?* »Das muss die Polizei herausfinden.«

»Warte mal.« Patty klingt ungläubig. »Was hast du gerade gesagt?«

»Du hast mich schon verstanden. Ich mische mich in diesen Fall nicht ein.«

»Gut für dich.« Patty nimmt den Hörer vom Mund und sagt zu jemandem im Hintergrund: »Ist schon in Ordnung. Sie mischt sich in den Fall nicht ein.«

»Grüß Frank von mir«, werfe ich ein.

»Schöne Grüße von Heather«, sagt Patty zu ihrem Mann.

»Wie läuft es mit der neuen Kinderfrau?«, frage ich, da die beiden gerade erst eine echte britische Nanny engagiert haben, eine Frau im mittleren Alter, weil Patty geschworen hat, so etwas wie mit Sienna Miller würde ihr nicht noch einmal passieren.

»Oh«, sagt Patty. »Nanny geht es gut. Wir haben beide schreckliche Angst vor ihr, aber Indy scheint sie zu vergöttern. Oh, ich soll dir von Frank sagen, er ist sehr stolz auf dich, dass du die Mordermittlungen der Polizei überlässt, damit zeigst du wahre Größe.«

»Danke«, sage ich. »Magda findet das allerdings nicht.«

»Wie meinst du das?«

»Sie glaubt, die Bullen werden die Schuld dem Opfer zuschieben, wahrscheinlich hat sie sogar Recht. Reggie hat auch so etwas in der Art gesagt, dass Lindsay möglicherweise nur für etwas bestraft worden ist, was sie getan hat.«

»Reggie … der Drogendealer bei dir an der Straßenecke?«, fragt Patty ungläubig.

»Ja. Er will sich mal ein bisschen für mich umhören, um herauszufinden, was auf der Straße so geredet wird.«

»Heather«, sagt Patty, »Entschuldigung. Ich bin ganz durcheinander, aber wenn du so etwas sagst, klingt das in meinen Ohren nicht so, als wolltest du die Ermittlungen der Polizei überlassen.«

»Doch«, sage ich, »auf jeden Fall.«

Eine Männerstimme im Hintergrund murmelt etwas. Dann sagt Patty zu Frank: »Gut, ich frage sie. Aber du weißt ja, was sie sagen wird.«

»Was fragst du mich?«, will ich wissen.

»Nächste Woche hat Frank einen Auftritt in Joe's Pub«, sagt Patty mit gepresster Stimme. »Er will wissen, ob du dabei bist.«

»Natürlich komme ich«, erwidere ich. Es überrascht mich, dass sie mich überhaupt fragt. »Ich finde es toll da.«

»Äh, nicht ob du zu seinem Auftritt kommst«, sagt Patty. »Er will wissen, ob du mit ihm auf die Bühne gehst.«

Beinahe ersticke ich an dem Stück Hühnchen, das ich gerade herunterschlucke. »Du meinst, *um zu singen?*«

»Nein, um einen Striptease hinzulegen«, sagt Patty. »Natürlich zum Singen.« Plötzlich ist Frank am Telefon.

»Bevor du nein sagst, Heather«, sagt er, »denk darüber nach. Ich weiß, dass du an deinen eigenen Sachen gearbeitet hast.«

»Woher willst du das wissen?«, frage ich hitzig, obwohl ich natürlich weiß, dass Patty den Mund noch mehr aufreißt als ich. Sie stopft nur nicht so viele Schokoriegel hinein, deshalb hat sie auch Größe 36 und ich 42. Mit zunehmender Tendenz.

»Das tut nichts zur Sache«, erwidert Frank, ganz der loyale Ehemann. »Du warst seit Jahren nicht mehr auf der Bühne, Heather. Du musst einfach mal wieder auftreten.«

»Frank«, sage ich, »du weißt, dass ich dich liebe. Und deshalb sage ich auch nein. Ich will deinen Auftritt nicht ruinieren.«

»Sag doch so was nicht, Heather. Dieses Arschloch Cartwright hat dich auf dem Gewissen. Senior, nicht junior. Aber hör nicht auf ihn. Ich bin sicher, dass deine Sachen großartig sind. Und ich möchte sie schrecklich gerne hören. Die Jungs wären auch ganz begeistert, wenn sie sie spielen könnten. Na, komm schon. Das wird lustig.«

»Nein danke«, sage ich leichthin, damit er mir meine Panik nicht anmerkt. »Ich glaube, meine Songs sind ein bisschen zu rockig und frech für das Publikum da.«

»Was?« Frank klingt ungläubig. »Auf gar keinen Fall. Sie werden dich lieben. Na, komm schon, Heather. Wann bekommst du schon mal die Chance, im Pub zu spielen? Das ist doch die perfekte Umgebung für freche Rockmusik. Nur du, ein Hocker und ein Mikrofon …«

In diesem Moment klopft jemand in der Leitung an.

»Oh«, sage ich, »da ruft jemand auf der anderen Leitung an. Ich muss auflegen, es könnte Cooper sein.«

»Heather, hör mir zu. Mach nicht …«

»Ich rufe dich zurück.« Erleichtert über mein knappes Entkommen schalte ich auf die andere Leitung. »Hallo?«

»Heather?«, fragt eine vage vertraute Stimme zögernd.

»Ja, am Apparat«, erwidere ich ebenso zögernd. So viele Männer, die ich nicht kenne, rufen mich nicht an, ich habe auch niemandem meine Privatnummer gegeben. Niemandem. Es hat noch nie jemand danach gefragt. »Wer spricht da?«

»Ich bin es.« Die Stimme klingt überrascht. »Dein Dad.«

7

The fog in the park
Reminds me of my heart
How you blocked me out
Filled me with doubt
What was that about?
Why won't you die?

»Just die already«
von Heather Wells

Mindestens drei Sekunden lang schweige ich verblüfft.

Dann sage ich: »Oh! Dad! Hi! Tut mir leid, dass ich deine Stimme nicht sofort erkannt habe. Es… es war echt ein langer Tag.«

»Ja, das habe ich gehört«, sagt Dad. Er klingt müde. Na ja, das würden Sie auch, wenn Sie zehn bis zwanzig Jahre wegen Steuerhinterziehung im Gefängnis sitzen müssten. »Das ist doch das Studentenwohnheim, wo du arbeitest, oder? Wo sie den Kopf von dem Mädchen gefunden haben?«

»Ja, es war ein ziemlicher Schock«, bestätige ich.

Hektisch überlege ich, warum er anruft. Ich habe nicht Geburtstag. Es ist kein Feiertag. *Er* hat doch auch nicht Geburtstag, oder? Nein, das ist im Dezember. Warum ruft er also an? Mein Dad ist nicht der Typ, der einfach zum Hörer greift und plaudert. Er sitzt zwar in einem der angenehmsten Bundesgefängnisse in Amerika, dem Eglin Federal Prison Camp in Florida, aber trotzdem darf er in einer gewissen Zeitspanne nur einen R-Anruf machen.

Nein, Moment mal. Das ist ja gar kein R-Gespräch, zumindest hat mich kein Operator gefragt, ob ich die Kosten übernehme.

»Hm, Dad«, sage ich. »Von wo rufst du eigentlich an? Bist du noch in Camp Eglin?«

Was rede ich da? *Natürlich* ist er noch in Camp Eglin. Wenn er entlassen worden wäre, hätte ich das schließlich schon erfahren, oder?

Obwohl … von wem eigentlich? Mom redet nicht mehr mit ihm, und seit sie mit meinem Geld in Buenos Aires lebt, redet sie auch nicht mehr besonders viel mit mir.

»Nun, genau deshalb rufe ich an, Liebes«, sagt Dad. »Sie haben mich nämlich entlassen.«

»Wirklich?« Überrascht stelle ich fest, dass ich bei dieser Information gar nichts empfinde. Ich meine, natürlich liebe ich meinen Dad. Aber ich habe ihn so lange nicht gesehen. Mom wollte mich nämlich nie mitnehmen, wenn sie ihn besucht hat. Sie hasste ihn, weil er sein ganzes Geld verloren hat und sie arbeiten musste (als meine Agentin und Managerin).

Als ich alt genug war, um ihn allein besuchen zu können, war ich so pleite, dass ich noch nicht einmal nach Florida reisen konnte. Dad und ich standen uns sowieso nie so nahe, dank Mom waren wir eher wie Bekannte, die höflich miteinander umgehen.

»Wow«, sage ich und werfe einen Blick in die Pappschachtel, um zu sehen, wie viel dunkles Fleisch noch übrig ist. Ich bin entschlossen, die Brust für Cooper übrig zu lassen, weil er sie am liebsten mag. »Das ist ja toll, Dad. Und wo bist du jetzt?«

»Das ist ja witzig, dass du fragst. Ich rufe vom Washington Square Diner aus an und habe gerade überlegt, ob du mich auf einen Kaffee treffen möchtest.«

Ehrlich, ich kapiere es nicht. Monatelang passiert überhaupt nichts. Meine Tage vergehen mit Gassi gehen, arbeiten und Wiederholungen von *Golden Girls*. Und dann RUMS! An einem einzigen Tag finde ich einen Kopf in einem Kochtopf auf dem Herd, werde gefragt, ob ich mit dem Super-Mega-Rockstar Frank Robillard meine Songs in Joe's Pub spielen möchte, und mein Dad kommt aus dem Gefängnis, sitzt im Coffee Shop unten bei mir an der Straße und fragt mich, ob ich ihn sehen will.

Warum können die Dinge eigentlich nicht schön nacheinander passieren? An einem Tag finde ich den Kopf; an einem anderen Tag fragt mich Frank, ob ich mit ihm zusammen auf die Bühne gehe; und an einem dritten Tag ruft mein Dad an, um mir zu sagen, dass man ihn aus dem Gefängnis entlassen hat und er in der Nachbarschaft sitzt.

Aber wahrscheinlich können wir uns das nicht aussuchen.

Wenn es anders wäre, hätte ich bestimmt nicht das ganze Hühnchen gegessen, bevor ich mich aufmache, um zu meinem Dad zu gehen. Mir zieht sich der Magen zusammen, als ich ihn dort in seiner Nische sitzen sehe – nicht so wie bei dem Anblick von Lindsays Kopf im Kochtopf – das war Horror. Nein, der Anblick meines Vaters macht mich einfach traurig.

Das liegt wahrscheinlich daran, dass er so traurig aussieht. Traurig und dünn. Er ist nicht mehr der robuste Golfspieler von vor zwanzig Jahren, sondern nur noch die Hülle dieses Mannes, dünn, mit grauen Haaren und weißen Strähnen in Bart und Schnurrbart.

Als er mich jedoch in der Tür stehen sieht, verändert sich sein Gesichtsausdruck. Er setzt ein Lächeln auf – ein Lächeln, das seine traurigen, müden Augen, die so blau sind wie meine eigenen, jedoch nicht erreicht.

Sein Blick ist vorsichtig und wachsam, wie meiner auch.

Was sagt man zu dem Vater, den man so lange nicht gesehen hat, zu dem man eigentlich nie eine Beziehung hatte, auch nicht, als er noch zu Hause war?

Ich sage: »Hey, Dad« und setze mich ihm gegenüber. Was soll ich sonst sagen?

»Heather«, sagt er und greift über den Tisch nach meiner Hand, als ich mir die Handschuhe ausgezogen habe. Seine Finger sind warm, und ich erwidere lächelnd seinen Händedruck.

»Das ist ja eine Überraschung«, sage ich. »Wann bist du herausgekommen?«

»Letzte Woche«, sagt er. »Ich wollte dich schon früher anrufen, aber … na ja, ich war mir nicht sicher, ob du dich freuen würdest, mich zu sehen.«

»Aber natürlich freue ich mich, dich zu sehen, Dad.« Ich habe ihm doch nichts vorzuwerfen. Na ja, ich meine, nicht wirklich. Es war nicht besonders cool von ihm, all die Jahre keine Steuern zu bezahlen, aber schließlich war es nicht mein Geld, auf das er keine Steuern bezahlt hat. Oder das er, wie Mom, gestohlen hat. »Seit wann bist du hier? In der Stadt, meine ich?«

»Seit heute Morgen. Ich bin mit dem Bus gekommen. So

habe ich wenigstens was von der Landschaft gesehen.« Die Kellnerin kommt an den Tisch, und er blickt mich fragend an. »Hast du schon zu Abend gegessen?«

»Ja«, erwidere ich. »Ich bin satt. Ich hätte nur gern eine heiße Schokolade mit Sahne«, sage ich zu der Kellnerin.

Dad bestellt Hühnersuppe mit Nudeln zu seinem Kaffee. Die Kellnerin nickt und geht wieder. Sie wirkt zerstreut. Wahrscheinlich macht sie sich Sorgen wegen des Schneesturms, der jetzt jeden Moment losbrechen wird, wie uns der Wettermann von New York One im Fernseher über der Theke versichert.

»Ach so«, sage ich, »mit dem Bus.« Aus irgendeinem Grund muss ich ständig daran denken, wie auch Morgan Freeman mit dem Bus in dem Film *Die Verurteilten* in die Freiheit gefahren ist. Na ja, so überraschend ist das nun auch wieder nicht, weil ja Morgan Freeman ebenfalls einen Häftling gespielt hat. »Verstößt du denn nicht gegen die Bewährungsauflage, wenn du das Bundesland Florida verlässt?«

»Mach dir um mich keine Sorgen, Kind«, sagt Dad und tätschelt mir die Hand. »Ich habe zur Abwechslung mal alles unter Kontrolle.«

»Toll«, sage ich. »Das ist toll, Dad.«

»Was hörst du so von deiner Mutter?«, will er wissen. Ich stelle fest, dass er mir nicht in die Augen blickt, als er das fragt, sondern sich intensiv mit seinem Kaffee beschäftigt.

»Meinst du, seitdem sie mit dem Geld von meinem Bankkonto nach Buenos Aires abgehauen ist?«, frage ich. »Nicht besonders viel.«

Kopfschüttelnd blickt Dad mich an. »Das tut mir leid, Heather«, sagt er. »Du weißt gar nicht, wie sehr. Deine Mutter ist eigentlich nicht so. Ich weiß gar nicht, was in sie gefahren ist.«

»Ach nein? Also, ich kann es mir schon denken«, erwidere ich. Die Kellnerin bringt seine Nudelsuppe und meine heiße Schokolade.

»Ja?« Dad macht sich über seine Suppe her, als sei es seine erste Mahlzeit des Tages. Dafür, dass er so dünn ist, hat er einen ziemlich guten Appetit. »Und was meinst du?«

»Ihre Milchkuh hat keinen Plattenvertrag mehr bekommen«, erwidere ich.

»Nein, wirklich, Heather«, sagt mein Vater und blickt von seiner Suppe auf. »Sag so etwas nicht. Deine Mutter liebt dich sehr. Sie war nur nie eine starke Frau. Dir dein Geld wegzunehmen, war ganz bestimmt nicht ihre Idee. Ich glaube mit Sicherheit, dass dieser Ricardo sie dazu überredet hat.«

Ich bin eigentlich vom Gegenteil überzeugt, sage aber nichts, weil ich keine Lust habe, mich mit meinem Vater zu streiten.

»Und du?«, frage ich stattdessen. »Hast du von ihr gehört?«

»Schon seit einer ganzen Weile nicht«, antwortet Dad. Er öffnet das Päckchen mit Crackern, das mit der Suppe serviert worden ist. »Aber ich habe es vermutlich auch verdient, schließlich habe ich sie im Stich gelassen.«

»Du brauchst dir keine Vorwürfe zu machen, Dad«, sage ich. Schon wieder krampft sich mein Magen zusammen, allerdings dieses Mal näher an meinem Herzen. Es fühlt sich nach Mitleid an. »Sie war auch nicht gerade Mutter des Jahres.«

Dad schüttelt den Kopf. »Arme Heather«, sagt er seufzend. »Als sie im Himmel die Eltern verteilt haben, bist du schlecht weggekommen.«

»Ach, ich weiß nicht«, erwidere ich munter. »Ich glaube, ich habe es auch alleine ganz gut geschafft. Ich habe einen Job und eine nette Wohnung, und na ja, und ich mache meinen Bachelor.«

Dad wirkt angenehm überrascht. »Wie schön!«, sagt er. »Am New York College?«

Ich nicke. »Wegen meiner Stelle brauche ich nur reduzierte Studiengebühren zu bezahlen«, erkläre ich. »Ich muss zwar noch einen zusätzlichen Mathekurs machen, bevor ich mit dem Studium anfangen kann, aber …«

»Und was willst du studieren?«, will Dad wissen. Sein Enthusiasmus erschreckt mich ein bisschen. »Musik? Ich hoffe, du studierst Musik. Du warst schon immer so begabt.«

»Äh«, sage ich. »Ich hatte eigentlich eher an Strafrecht gedacht.«

Dad wirft mir einen verblüfften Blick zu. »Du liebe Güte«, sagt er. »Warum? Möchtest du Polizistin werden?«

»Ich weiß nicht«, erwidere ich. Es ist mir peinlich, ihm die Wahrheit zu sagen, ich hatte nämlich gehofft, dass ich mit einem Bachelor in Strafrecht Coopers Partnerin in seiner Agentur werden kann. Dann könnten wir beide zusammen Verbrechen aufklären, so wie in *Remington Steele* oder *Hart, aber herzlich.*

Irgendwie ist es traurig, dass alle meine Fantasien auf Fernsehserien aus den achtziger Jahren basieren.

»Du solltest Musiktheorie studieren«, sagt Dad fest. »Das wäre auch für deine Songtexte nützlich.«

Ich erröte. Ich hatte ganz vergessen, dass ich Dad einmal zu Weihnachten eine Kassette geschickt hatte, auf der ich meine eigenen Kompositionen gesungen hatte. Was hatte ich mir bloß dabei gedacht?

»Ich bin zu alt, um Karriere als Sängerin zu machen«, sage ich zu ihm. »Hast du dir die Mädels auf MTV mal angeschaut? So kurze Röcke kann ich nicht mehr tragen, dazu habe ich zu viel Zellulitis.«

»Sei nicht albern«, erwidert Dad verächtlich. »Du siehst gut aus. Außerdem kannst du ja eine Hose anziehen, wenn du deine Beine nicht zeigen willst.«

Eine Hose. Manchmal macht Dad mich wirklich fertig.

»Es wäre eine Schande«, sagt Dad. »Nein, nicht nur eine Schande, eine Sünde, das Talent, das Gott dir geschenkt hat, zu vergeuden.«

»Na ja«, erwidere ich, »ich habe ja schon gesungen. Ich meine ja nur, dass ich jetzt vielleicht mal ein anderes Talent ausprobieren sollte.«

»Ist Strafrecht ein Talent?« Dad verzieht verwirrt das Gesicht.

»Na ja, zumindest wird man damit nicht auf der Bühne ausgebuht«, erkläre ich.

»Das würde sich doch bei dir niemand trauen!« Dad legt seinen Löffel hin. »Du singst wie ein Engel. Und deine Songs – sie sind wesentlich besser als der ganze Müll, den ich im Radio höre. Diese Tracy Trace zum Beispiel, die dein ehemaliger Freund dieses Wochenende heiratet. Sie hat ein Video gemacht, in dem sie halbnackt herumläuft!«

Ich muss ein Lächeln unterdrücken. »Tania Trace«, korrigiere ich ihn. »Das Video ist im Moment auf Platz eins.«

»Na und?«, erwidert mein Vater. »Es ist trotzdem Müll.«

»Was ist eigentlich mit dir, Dad?«, frage ich, um das Thema zu wechseln, bevor er sich zu sehr dafür erwärmt. »Du warst jetzt – du liebe Güte – fast zwanzig Jahre in

Camp Eglin. Was willst du denn jetzt machen, wo sie dich entlassen haben?«

»Ich habe ein paar Eisen im Feuer«, sagt Dad. »Es sieht eigentlich ganz vielversprechend aus.«

»Ja?«, erwidere ich. »Das klingt ja gut. Hier in New York?«

»Ja«, sagt Dad, aber er klingt auf einmal zögerlicher. Und er sieht mich nicht an.

Oh, oh.

»Dad«, sage ich. Plötzlich habe ich ein komisches Gefühl im Bauch. Es ist weder Entsetzen, noch ist es Mitleid. Es ist Angst. »Hast du mich wirklich nur angerufen, weil du mich sehen und mit mir plaudern wolltest? Oder gibt es noch einen Grund?«

»Natürlich wollte ich dich sehen«, erwidert Dad entrüstet. »Du bist doch schließlich meine Tochter!«

»Ja, klar«, sage ich. »*Aber* …«

»Wie kommst du auf die Idee, dass es ein *Aber* gibt?«, will Dad wissen.

»Weil ich nicht mehr neun bin«, antworte ich. »Ich weiß mittlerweile, dass es immer ein *Aber* gibt.«

Er legt erneut seinen Löffel hin. Dann holt er tief Luft.

»Gut«, sagt er. »Es gibt tatsächlich ein Aber.«

Und dann erzählt er es mir.

8

Tick-tock
Alarm clock
Doesn't ring
Funny thing
I make
No break
Somebody please
Shoot me.

»Morning Song«
Von Heather Wells

Am nächsten Tag komme ich eine Viertelstunde zu spät zur Arbeit. Ich persönlich finde ja eine Viertelstunde nicht besonders lang. Fünfzehn Minuten sollten eigentlich nicht als Verspätung gelten, vor allem, wenn man bedenkt, was mir am Abend zuvor passiert ist – Sie wissen schon, die Rückkehr des verlorenen Vaters.

Im Lebenszyklus eines Studentenwohnheims können fünfzehn Minuten jedoch ziemlich lang sein. Sie reichen zum Beispiel für eine Vertreterin des Beratungsdienstes aus, meinen Schreibtisch zu finden und sich dort breitzumachen.

Als ich atemlos ins Büro stürme, sie dort sehe und rufe: »Kann ich etwas für Sie tun?«, hat sie sich in dieser Viertelstunde schon so weit eingerichtet, dass sie erwidert: »Oh, nein danke. Aber wenn Sie Kaffee holen, nehme ich auch einen, mit Milch, ohne Zucker.«

Ich blinzele verwirrt. Sie trägt ein geschmackvolles graues Kaschmir-Twinset, natürlich mit Perlenkette, und lässt mich in Jeans und weitem Wollpullover ziemlich alt aussehen. Ihre Haare sind noch nicht einmal von der Mütze zerdrückt, sondern zu einem perfekten Chignon geschlungen. Wie hat sie es nur durch den Park, oder wie wir in der letzten Zeit dazu sagen, die Gefrorene Tundra, vom Beratungsdienst hierher geschafft, ohne sich den Kopf abzufrieren?

Dann erspähe ich sie. Sie stecken in dem schwarzen Wolltrenchcoat, den sie an die Garderobe an *meinen* Haken gehängt hat. Ohrenschützer. Ja, natürlich.

Raffiniert!

»Oh, Heather, da bist du ja«, sagt Tom, der gerade aus seinem Büro kommt. Er sieht heute viel besser aus als gestern, nachdem er eine Nacht lang geschlafen und sich heute früh die blonden Haare gewaschen und gestylt hat. Er hat sich sogar eine Krawatte umgebunden.

Na ja, gut, dazu trägt er ein hellrosa Hemd und Jeans, aber es ist immerhin schon mal eine Verbesserung.

»Das ist Dr. Gillian Kilgore vom Beratungsdienst«, fährt er fort. »Sie bietet für die Studenten, die sie angesichts der gestrigen Ereignisse in Anspruch nehmen möchten, Trauerbewältigung an.«

Ich schenke Dr. Kilgore ein Lächeln. Was soll ich auch sonst tun? Sie anspucken?

»Hi«, sage ich. »Sie sitzen auf meinem Platz.«

»Oh.« Tom scheint jetzt erst zu bemerken, wo Dr. Kilgore sich niedergelassen hat. »Das stimmt. Das ist Heathers Schreibtisch, Dr. Kilgore. Ich hatte für Sie den Schreibtisch der studentischen Hilfskraft vorgesehen.«

»Mir gefällt dieser Schreibtisch besser.« Dr. Kilgore verblüfft uns beide, bei Tom sehe ich es daran, dass er im Gesicht so rosa anläuft wie sein Hemd, indem sie gelassen antwortet: »Und wenn die Studenten zu mir kommen, dann setze ich mich natürlich mit ihnen in Ihr Büro, Mr Snelling, damit die Privatsphäre gewährleistet ist.«

Das scheint Tom neu zu sein. Er stammelt gerade eine Erwiderung, als Gillian Kilgores erstes Opfer, ich meine natürlich, der erste Termin, ins Büro geschlurft kommt. Mark Shepelsky ist der eins achtundachtzig große Stürmer der Stiefmütterchen und bewohnt zur Zeit Zimmer 212, eins der gefragtesten Doppelzimmer im gesamten Gebäude wegen seines Ausblicks auf den Park und der Tatsache, dass man es über die Treppe erreichen kann, da es sich im ersten Stock befindet. Das ist ein großer Vorteil, da die Aufzüge meistens überfüllt und häufig auch kaputt sind.

»Jemand wollte mich sehen?«, grunzt Mark. Er ist ein dünner, blasser Junge, der ganz gut aussieht.

Barista Boy kann er allerdings nicht das Wasser reichen, wenn Sie mich fragen.

Allerdings kann ich Barista Boy auch nicht mehr leiden.

»Sie sind sicher …«, Dr. Kilgore blickt auf ihren Terminkalender, der aufgeschlagen auf ihrem, nein, natürlich auf *meinem* Schreibtisch liegt. »Mark?«

Mark tritt von einem Fuß auf den anderen. »Ja. Worum geht es?«

»Nun, Mark«, sagt Dr. Kilgore und setzt eine Lesebrille

auf. Wahrscheinlich will sie damit empathisch wirken, es funktioniert aber nicht. »Ich bin Dr. Kilgore vom Studentenberatungsdienst. Sie waren eng befreundet mit Lindsay? Lindsay Combs?«

Mark bricht nicht gerade in Tränen aus, als er den Namen seiner Geliebten hört. Im Gegenteil, er wirkt empört.

»Müssen wir darüber reden?«, will er wissen. »Die Bullen haben mich gestern schon den ganzen Tag ausgequetscht. Ich habe heute Abend ein Spiel. Ich muss trainieren.«

Gillian Kilgore sagt beruhigend: »Ich verstehe, Mark. Aber wir haben uns Sorgen um Sie gemacht, wir wollen uns nur vergewissern, dass es Ihnen gut geht. Schließlich hat Lindsay Ihnen etwas bedeutet.«

»Na ja, sie war eine scharfe Braut.« Mark blickt sich verwirrt um. »Aber wir waren ja noch nicht mal richtig zusammen. Wir haben doch bloß rumgespielt. Wissen Sie, was ich meine?«

»Ihr zwei wart gar kein festes Paar?«, höre ich mich fragen.

Tom und Gillian Kilgore blicken mich an. Dr. Kilgore wirkt verärgert, und Tom reißt die Augen auf, als wolle er sagen: *Willst du dich in Schwierigkeiten bringen?* Ich ignoriere ihn.

Mark erwidert: »Ein festes Paar? Nein, wir haben bloß ein bisschen herumgemacht. Ich habe dem Detective schon gesagt, dass ich sie in der letzten Zeit nur bei den Spielen gesehen habe, in den Ferien habe ich sie praktisch gar nicht gesehen …«

»Nun, lassen Sie uns darüber reden«, erklärt Dr. Kilgore, ergreift Marks Arm und versucht, mit ihm auf Toms Büro zuzusteuern. Von Privatsphäre kann dort allerdings keine Rede sein, schließlich trennt die beiden Büros nur ein Gitter.

»War Lindsay mit jemand anderem zusammen?«, frage ich, bevor sie Mark wegziehen kann.

Er zuckt mit den Schultern. »Ja, ich denke schon. Ich weiß nicht genau. Ich habe gehört, sie hatte was mit so einem Verbindungstypen.«

»Ach ja?« Ich lehne mich an meinen Schreibtisch. »Was für eine Verbindung?«

Mark verzieht das Gesicht. »Keine Ahnung.«

»Na ja.« Es ist heiß in meinem Büro, und ich schlüpfe aus meinem Mantel. »Hast du Detective Canavan davon erzählt?«

»Er hat mich nicht danach gefragt.«

»Mark.« Gillian Kilgores Stimme ist beinahe so kalt wie die Außentemperatur. »Kommen Sie doch hier herein, und dann können wir …«

»Detective Canavan hat dich nicht gefragt, ob du mit deiner Freundin fest zusammen warst?«, frage ich ungläubig. »Und du hast nicht erwähnt, dass das nicht der Fall war?«

»Nein.« Mark zuckt wieder mit den Schultern. Darin ist er groß. »Ich hielt es nicht für wichtig.«

»Mark.« Dr. Kilgores Stimme ist jetzt scharf. »*Kommen Sie bitte mit.*«

Verwirrt folgt Mark Dr. Kilgore in Toms Büro. Sie funkelt mich böse an, bevor sie die Tür hinter sich zuschlägt. Dann hören wir durch das Gitter, wie sie sagt: »Nun, Mark, erzählen Sie mir doch, wie Sie sich fühlen.«

Hat sie das Gitter nicht bemerkt? Glaubt sie wirklich, wir könnten sie nicht hören?

Tom wirft mir einen kläglichen Blick zu. »Heather«, sagt

er. Wir brauchen uns keine Gedanken zu machen, dass Dr. Kilgore uns hören kann, weil sie so laut redet. »Was machst du da?«

»Nichts«, erwidere ich. Ich richte mich auf und hänge meinen Mantel an den Haken neben Dr. Kilgores Trenchcoat. »Ist es hier drinnen tatsächlich so warm, oder empfinde ich das nur so?«

»Nein«, erwidert Tom, »es ist wirklich so warm. Ich habe den Heizkörper heruntergedreht, aber er heizt irgendwie immer noch. Was sollte das eben?«

»Nichts«, wiederhole ich schulterzuckend. Das ist wahrscheinlich ansteckend. »Ich war nur neugierig. Ist die Cafeteria wieder geöffnet?«

»Ja, zum Frühstück. Heather, willst du …«

»Toll! Hast du schon Kaffee getrunken?«

Tom wirft einen finsteren Blick auf die Tür zu seinem Büro. »Nein. Als ich kam, war *sie* schon da …«

»Wie ist sie denn hereingekommen?«, frage ich überrascht.

»Pete hat sie mit dem Generalschlüssel hereingelassen.« Tom seufzt. »Würdest du mir wirklich eine Tasse Kaffee mitbringen? Mit Milch und Zucker?«

»Ja, klar«, erwidere ich lächelnd.

»Habe ich dir heute schon gesagt, dass du meine Lieblingsstellvertretende Heimleiterin bist? Ernsthaft!«

»Tom, Tom, Tom«, sage ich. »Meinst du nicht eher, ich bin deine Lieblingsstellvertretende Studentenwohnheimleiterin?«

Es wundert mich gar nicht, dass die Cafeteria praktisch leer ist, als ich dort ankomme. Wahrscheinlich hält die Entdeckung eines abgetrennten Kopfes in der Küche die Studenten mit den empfindlicheren Mägen eher ab. Abgesehen von ein paar versprengten Frühstücksgästen bin ich die Einzige. Magda sitzt an der Kasse, und ich begrüße sie, als ich hereinkomme. Sie sieht nicht gut aus. Ihr Lidstrich ist ganz dünn und zitterig, und auch ihr Lippenstift ist ein bisschen verschmiert.

»Hey«, sage ich liebevoll. »Wie geht es dir, Mags?«

Sie lächelt noch nicht einmal. »Keiner meiner kleinen Filmstars kommt heute«, erwidert sie klagend. »Sie essen alle in *Water Hall*.« Sie spricht den Namen aus, als sei er giftig.

Water Hall, das Studentenwohnheim auf der anderen Seite des Parks und unser schärfster Rivale, ist kürzlich renoviert worden und hat jetzt einen eigenen Pool im Keller. Nachdem die Presse und auch die Studenten angefangen hatten, Fisher Hall als Todestrakt zu bezeichnen, bekam ich zahlreiche Anrufe von Eltern, die verlangten, dass ihre Kinder nach Water Hall verlegt werden sollten. Die stellvertretende Wohnheimleiterin dort bildet sich ein, das hätte alles nur mit ihr zu tun.

Ich habe ihr aber eins ausgewischt, als wir in den Winterferien während einer Personalfortbildung eine Vertrauensübung machen mussten. Wir mussten uns rückwärts vertrauensvoll in die Arme des Partners fallen lassen, und dabei habe ich sie zufällig nicht festgehalten.

»Na ja«, beruhige ich Magda jetzt, »das ist doch normal. Sie haben Angst. Wenn die Polizei erst einmal den Mörder gefasst hat, kommen sie schon wieder zurück.«

»*Wenn* die Polizei den Mörder fasst«, sagt Magda düster.

»Sie werden ihn schon kriegen«, versichere ich ihr. Um sie aufzuheitern, füge ich hinzu: »Rate mal, mit wem ich gestern zu Abend gegessen habe.«

Magdas Gesicht hellt sich auf. »Mit Cooper? Hat er dich endlich gefragt?«

Jetzt verdüstert sich mein Gesichtsausdruck. »Nein. Mit meinem Dad. Sie haben ihn aus dem Gefängnis entlassen, und er ist hier, in der Stadt.«

»Dein Dad ist aus dem Knast?« Pete kommt mit einer leeren Kaffeetasse in der Hand vorbei. Wahrscheinlich will er sich noch einen Kaffee holen. »Im Ernst?«

»Im Ernst«, erwidere ich.

»Ach was.« Pete hat seinen Kaffee anscheinend vergessen und mustert mich fasziniert. »Worüber habt ihr geredet?«

Ich zucke mit den Schultern. Dieser blöde Mark und sein ansteckendes Schulterzucken. »Ich weiß nicht«, sage ich. »Über ihn. Über mich. Über Mom. Von allem ein bisschen.«

Magda ist genauso fasziniert. Sie beugt sich vor und sagt: »Ich habe mal ein Buch gelesen, wo der Mann ins Gefängnis muss, und als er herauskommt, ist er … du weißt schon. Wie dein Chef, Tom. Weil er so lange nicht mit einer Frau zusammen war.«

Ich ziehe die Augenbrauen hoch. »Ich bin ziemlich sicher, dass mein Dad nicht schwul geworden ist, Magda«, erwidere ich. »Wenn du das meinst.«

Enttäuscht lehnt sich Magda wieder auf ihrem Stuhl zurück. »Oh.«

»Was will er?«, fragt Pete.

Ich starre ihn an. »Er will gar nichts.«

»Der Mann kommt direkt aus dem Gefängnis«, sagt Pete ungläubig, »behauptet, er will nichts von dir und du *glaubst* ihm? Was ist denn mit dir los?«

»Na ja«, erwidere ich zögernd, »er hat gesagt, er bräuchte

nur einen Platz, wo er ein paar Tage wohnen kann, bis er wieder Fuß gefasst hat.«

Pete bellt ein *Ich habe es dir doch gesagt*-Lachen.

»Und wenn schon!«, sage ich. »Er ist immerhin mein Vater und hat mich die ersten zehn Jahre großgezogen.«

»Ja, genau«, meint Pete zynisch. »Und jetzt will er an deinem Ruhm und deinem Vermögen teilhaben.«

»Was für ein Vermögen?«, sage ich. »Er weiß doch ganz genau, dass seine Exfrau mir mein ganzes Geld gestohlen hat.«

Kichernd macht sich Pete auf den Weg zum Kaffeeautomaten.

»Er will einfach nur die Beziehung zu der Tochter, die er kaum kennt, wieder aufbauen«, rufe ich ihm hinterher, aber er lacht nur noch mehr.

»Ist schon gut, Liebes«, sagt Magda und tätschelt mir die Hand. »Achte gar nicht auf ihn. Ich finde es schön, dass dein Daddy wieder da ist.«

»Danke«, sage ich empört. »Das ist es ja auch.«

»Natürlich. Und was hat Cooper gesagt, als du ihn gefragt hast, ob dein Daddy einziehen könnte?«

»Na ja«, sage ich und weiche Magdas Blick aus. »Bis jetzt hat er noch gar nichts dazu gesagt, weil ich ihn noch nicht gefragt habe.«

»Oh«, sagt Magda.

»Ich habe Cooper einfach noch nicht gesehen«, füge ich rasch hinzu. »Er ist mit einem Fall beschäftigt, sobald ich ihn erwische, frage ich ihn natürlich. Er wird schon nichts dagegen haben. Mein Dad will nämlich wirklich sein Leben völlig umkrempeln.«

»Ja, natürlich«, sagt Magda.

»Nein, Magda, ich meine das ernst.«

»Ja, ich weiß, Liebes«, sagt Magda, aber ihr Lächeln erreicht ihre Augen nicht. Eigentlich genauso wie bei Dad.

Aber bei ihr hat das sicher nichts mit dem zu tun, was ich ihr gerade erzählt habe. Es hat ganz bestimmt nur etwas mit Lindsay zu tun.

Und Pete… Ach, soll er doch lachen. Was weiß er schon?

Andererseits ist er Witwer und zieht fünf Kinder allein groß, also weiß er eigentlich eine Menge.

Stirnrunzelnd trete ich an die Bagel-Bar und stecke einen Bagel in den Toaster. Dann gehe ich zum Kaffeeautomaten, mache einen mit Milch und Zucker für Tom und einen für mich, halb Kaffee, halb heißen Kakao und einen Berg Sahne. In der Zwischenzeit ist mein getoasteter Bagel fertig, und ich bestreiche beide Hälften mit Cream Cheese, lege eine Scheibe Schinken darauf und klappe sie zusammen. Voilà, das perfekte Frühstück.

Ich lege den Bagel auf einen Teller, stelle den Teller mit den beiden Kaffeebechern auf ein Tablett und wende mich gerade zum Gehen, als ich aus dem Augenwinkel etwas golden Weißes aufblitzen sehe. Kimberly Watkins, die zum Cheerleaderteam der Stiefmütterchen gehört, sitzt in ihrer Uniform – heute findet das Spiel statt – an einem Tisch. Vor ihr liegt aufgeschlagen ein großes Lehrbuch und daneben steht ein Teller, auf dem sich anscheinend ein Eiweißomelett und eine halbe Grapefruit befinden.

Ehe ich mich versehe, habe ich mein Tablett ihr gegenüber auf den Tisch gestellt, setze mich und sage: »Hey, Kimberly.«

9

Touching me
Something always touching me
When I ride the subway.

»Subway Song«
Von Heather Wells

»Äh«, sagt Kimberly und wirft mir einen misstrauischen Blick zu. Offensichtlich weiß sie nicht, wer ich bin und warum ich ihr auf einmal gegenübersitze. »Hi?«

»Ich bin Heather«, sage ich. »Die stellvertretende Wohnheimleiterin.«

»Oh!« Ihr Blick wird freundlicher, und sie scheint sich zu entspannen. Nachdem sie jetzt weiß, wer ich bin, braucht sie nicht mehr zu befürchten, dass ich sie – ja, was denn eigentlich? Verhören will? Sie schlagen will? »Hi!«

»Ich wollte nur sehen, wie es dir geht«, sage ich. »Und wie du die Sache mit Lindsay verkraftet hast. Ich weiß ja, dass ihr Freundinnen wart.«

Eigentlich weiß ich das nicht, aber ich gehe einfach mal davon aus, dass zwei Mädchen, die im gleichen Cheerleaderteam sind, befreundet sind.

»Oh«, sagt Kimberly mit erstickter Stimme, und das strahlende Lächeln, mit dem sie mich bedacht hat, erlischt. »Es ist so schrecklich. Die arme Lindsay. Ich … ich darf gar nicht daran denken. Letzte Nacht habe ich mich in den Schlaf geweint.«

Für ein Mädchen, das sich am Abend zuvor in den Schlaf geweint hat, sieht Kimberly ziemlich gut aus. Anscheinend hat sie die Winterferien in einem warmen Land verbracht, denn ihre nackten Beine sind gebräunt. Die Kälte draußen oder auch der Blizzard, den New York One immer noch hartnäckig ankündigt, obwohl er sich zur Zeit gerade über Washington, D.C., austobt, scheinen ihr nichts auszumachen.

Es scheint ihr auch nichts auszumachen, an dem Ort zu frühstücken, an dem vor vierundzwanzig Stunden der abgetrennte Kopf ihrer guten Freundin gefunden worden ist.

»Wow«, sage ich, »du bist sicher völlig fertig.«

Sie schlägt ihre langen, schlanken Beine übereinander und dreht eine Strähne ihrer glatten, langen, schwarzen Haare immer wieder um einen Finger.

»Völlig«, sagt sie mit weit aufgerissenen Rehaugen. »Lindsay war eine meiner besten Freundinnen. Na ja, nach Cheryl Haebig. Aber Cheryl geht nicht mehr so gerne weg, seit sie so viel mit Jeff zusammen ist. Jeff Turner«, fügt sie hinzu. »Sie kennen doch Jeff, oder? Er ist im selben Zimmer wie Mark, in zwei zwölf.«

»Ja, klar kenne ich Jeff«, erwidere ich. Ich kenne alle Basketballspieler, weil sie ständig wegen irgendwelcher Disziplinarstrafen im Büro antanzen müssen, vor allem diejenigen, die Bierfässchen schmuggeln. In Fisher Hall darf nämlich nicht getrunken werden.

»Na ja, die beiden sind so gut wie verheiratet, und sie wollen kaum noch Party machen.«

Da Cheryl jetzt in Lindsays Zimmer gezogen ist und höchstwahrscheinlich keine neue Mitbewohnerin bekommt, können sie und Jeff ungestört miteinander turteln …

Aber das ist noch lange kein Grund, um jemanden umzubringen.

»Dann war also Lindsay nach Cheryl deine beste Freundin«, sage ich. »O Mann, das muss ja schrecklich sein, jemanden zu verlieren, der einem so nahe steht. Ich will ja nichts sagen, aber es erstaunt mich schon, dass du hier essen kannst.«

Kimberly schiebt sich einen großen Bissen von ihrem Eiweißomelett in den Mund, und auch ich beiße von meinem Bagel mit Cream Cheese und Schinkenspeck ab. Mmm. *Himmlisch.*

»Ach was«, sagt Kimberly, »ich glaube nicht an Gespenster und so einen Kram. Wenn man tot ist, ist man tot.«

»Eine pragmatische Einstellung«, sage ich und trinke einen Schluck von meinem Kaffee-Kakao.

»Na ja«, erwidert Kimberly schulterzuckend, »ich will in die Modebranche.« Sie weist auf das furchterregend aussehende Lehrbuch, das vor ihr liegt. »Einführung in die Unternehmensbilanz«.

»Oh«, sage ich bewundernd. »Weißt du denn, wer etwas gegen Lindsay gehabt haben könnte, da du sie so gut gekannt hast? Vielleicht wollte sie jemand loswerden und hat sie deshalb umgebracht?«

Nachdenklich dreht Kimberly die dunkle Haarsträhne um den Finger. »Hmm«, sagt sie langsam. »Viele Leute haben Lindsay gehasst. Sie waren neidisch auf sie und so. Das habe ich auch dem Polizisten gesagt, der gestern Abend ihre Zimmergenossin Ann verhört hat.«

»Ann hat Lindsay gehasst?«

»Also, vielleicht nicht gerade gehasst, aber sie sind nicht gut miteinander ausgekommen. Deshalb war Lindsay ja auch außer sich vor Freude, als Ann schließlich eingewilligt hat, das Zimmer mit Cheryl zu tauschen. Obwohl Cheryl nicht mehr so viel mit uns unternommen hat, brauchte Lindsay sich wenigstens keine Gedanken mehr über den ganzen Blödsinn zu machen, den Ann veranstaltet hat, um sie zu ärgern.«

»Was für einen Blödsinn denn?«, frage ich und beiße erneut in mein Bagel.

»Ach, einfach blödes Zeug. Sie hat Nachrichten gelöscht, die andere Leute für Lindsay auf der Tafel an ihrer Tür hinterlassen haben. Sie hat Lindsay auf sämtlichen Fotos in der Schulzeitung Teufelshörnchen angemalt, bevor sie sie ihr gegeben hat. Sie hat Lindsays Tampons aufgebraucht und keine neue Schachtel gekauft. Solche Sachen eben.«

»Das klingt wirklich so, als seien Lindsay und Ann nicht besonders gut miteinander ausgekommen, Kimberly«, sage ich. »Aber glaubst du denn, dass Ann sie auch umgebracht hat? Ich meine, warum sollte sie? Sie wusste doch, dass sie in ein anderes Zimmer zieht.«

Kimberly verzieht nachdenklich das Gesicht. »Ja, das stimmt schon. Aber auf jeden Fall habe ich dem Detective gesagt, er solle überprüfen, ob sie ein, wie nennt man das noch mal? Ach ja, ob sie ein Alibi hat. Man weiß ja nie. Es könnte ja so was sein wie in *Weiblich, ledig, jung sucht*.«

Na, ich bin sicher, dass Detective Canavan auf diese Spur nicht eingegangen ist.

»Was ist mit Freunden?«, frage ich.

Dieser kognitive Sprung ist zu viel für Kimberlys zartes junges Gehirn. Verwirrt zieht sie die sorgfältig gezupften Augenbrauen zusammen. »Was?«

»Hatte Lindsay einen Freund? Ich meine, ich weiß ja, dass sie mit Mark Shepelsky ausgegangen ist …«

»Oh.« Kimberly verdreht die Augen. »Mark. Aber Lindsay und Mark waren so, das war so harmlos, Mark ist so … unreif. Er und Jeff, Sie wissen schon, Cheryls Freund, haben keine anderen Interessen, als Bier trinken und Sport gucken. Sie sind mit Lindsay oder Cheryl nie richtig ausgegangen. Cheryl findet das ja in Ordnung, aber Lindsay … Sie wollte aufregendere Sachen erleben. Raffiniertere.«

»Hat sie sich deshalb mit jemand anderem eingelassen?«, frage ich. Als Kimberly nur die Augen aufreißt, erkläre ich: »Mark war heute früh im Büro und erwähnte einen Typ aus einer Verbindung.«

Kimberly verzieht verächtlich das Gesicht. »Das hat Mark gesagt? Ein Verbindungstyp? Hat er nicht erwähnt, dass er ein *Winer* ist?«

»Was?« Einen Moment lang stehe ich auf der Leitung.

»Ein Winer. W-I-N-E-R. Sie wissen doch.« Als ich sie nur verständnislos anblicke, schüttelt sie ungläubig ihre langen Haare. »Gott, kennen Sie den Namen nicht? *Doug Winer*. Die Familie Winer. Winer Constructions. Der Winer Sportkomplex hier am New York College.«

Oh. Jetzt weiß ich, wovon sie redet. Man kann in dieser Stadt an keiner Baustelle vorbeigehen und trotz der Tatsache, dass Manhattan eine Insel ist und man meinen sollte, jeder freie Fleck sei bereits bebaut, gibt es doch einige Baustellen hier, ohne den Namen Winer auf jedem Bulldozer, jeder Kabelrolle und jeder Gerüststange zu lesen. In New York City wird ohne Winer nichts gebaut.

Anscheinend haben die Winers damit ganz schön Geld verdient. Sie sind vielleicht nicht so reich wie die Kennedys oder Rockefellers, aber für einen Cheerleader am New York College sind sie schon ganz schön nahe dran. Im Übrigen haben sie dem College einen ordentlichen Batzen Bargeld gestiftet, jedenfalls so viel, dass der Sportkomplex gebaut werden konnte.

»Doug Winer«, wiederhole ich. »Und Doug ist wohlhabend?«

»Ich weiß nicht, ob man stinkreich als wohlhabend bezeichnen kann«, schnaubt Kimberly.

»Ich verstehe. Standen sich Doug und Lindsay … nahe?«

»Sie waren nicht verlobt oder so«, sagt Kimberly. »Noch nicht. Aber Lindsay glaubte, dass Doug ihr zum Geburtstag ein Diamantenarmband schenken wollte. Sie hat es in der Schublade seiner Kommode gesehen.« Einen Moment lang fällt ihr ein, dass Lindsay ja tot ist, und sie klingt auf einmal nicht mehr so fröhlich. »Jetzt muss er es wahrscheinlich zurückgeben«, fügt sie kummervoll hinzu. »Ihr Geburtstag wäre nächste Woche gewesen. Gott, das ist so traurig.«

Ich finde es auch schade, dass Lindsay das Diamantenarmband nun nicht mehr erlebt. Dann frage ich Kimberly, ob Lindsay und Doug Streit gehabt hätten (nein), wo Doug wohnt (im Tau Phi Epsilon House) und wann sich die beiden zuletzt gesehen hätten (irgendwann am Wochenende).

Kimberly behauptet zwar, Lindsays beste Freundin gewesen zu sein, aber bald schon wird deutlich, dass sich die beiden entweder nicht besonders nahe gestanden haben oder dass Lindsay ein bemerkenswert langweiliges Leben geführt hat, denn mehr kann Kimberly über Lindsays letzte Woche auf der Erde nicht berichten. Jedenfalls nichts, was zur Aufklärung des Mordes beitragen könnte.

Aber deswegen unterhalte ich mich ja auch gar nicht mit ihr. Ich will mich schließlich in die Ermittlungen der Polizei nicht einmischen. Ich stelle lediglich ein paar Fragen, mehr nicht. Man wird doch noch Fragen stellen dürfen, ohne deshalb gleich den Mord an einer Person aufklären zu wollen, oder?

Das sage ich mir zumindest selber, als ich zum Büro zurückgehe. Ich habe Tom einen frischen Kaffee geholt, der andere ist während meiner Unterhaltung mit Kimberly kalt geworden, und auch mir noch eine Kaffee-Kakao-Sahne-Mischung gegönnt. Als ich ins Büro komme, bin ich nicht allzu überrascht, als ich sehe, dass Sarah, unsere wissenschaftliche Hilfskraft, die mittlerweile auch zur Arbeit gekommen ist, unglücklich das Gesicht verzieht. Sarah ist meistens unglücklich.

Heute scheint ihre schlechte Laune besonders ansteckend zu sein. Tom und sie sitzen zusammengesunken an ihren Schreibtischen, das heißt, Tom sitzt eigentlich unglücklich an *meinem* Schreibtisch. Als er mich sieht, hellt sich sein Gesicht auf.

Ich stelle den Kaffee vor ihn hin, und er sagt: »Du rettest mir das Leben. Wieso hast du so lange gebraucht?«

»Ach, ich musste Magda trösten«, erwidere ich und plumpse auf die Couch neben meinem Schreibtisch. Ich nicke zu Toms Bürotür, die immer noch geschlossen ist. Durch das Gitter hört man leises Stimmengemurmel. »Ist sie immer noch mit Mark darin?«

»Nein«, sagt Sarah angewidert. »Jetzt ist Cheryl Haebig da.«

»Was hast du denn?«, frage ich Sarah, weil sie so ein finsteres Gesicht macht.

Sarah sinkt nur noch mehr in sich zusammen und schweigt. »Anscheinend«, erwidert Tom an ihrer Stelle, »ist Dr. Kilgore eine von Sarahs Professorinnen. Und sie kann sie nicht leiden.«

»Sie ist Freudianerin!«, bricht es aus Sarah hervor. »Sie glaubt diesen ganzen sexistischen Schrott, dass alle Frauen ihre Väter lieben und insgeheim einen Penis wollen.«

»Dr. Kilgore hat Sarah letztes Semester ein D für ihre Seminararbeit gegeben«, informiert mich Tom. Dabei verzieht er unmerklich das Gesicht.

»Sie ist anti-feministisch«, erklärt Sarah. »Ich bin sogar zur Dekanin gegangen, um mich zu beschweren, aber es war sinnlos. Sie stecken alle unter einer Decke. Es ist die reinste Verschwörung. Ich habe schon ernsthaft überlegt, ob ich nicht mal einen Leserbrief an den *Chronicle of Higher Education* darüber schreibe.«

»Ich habe ihr vorgeschlagen«, wirft Tom mit einem Anflug von Erheiterung ein, »sie soll die Spesenabrechnungen zur Buchhaltung bringen, wenn Dr. Kilgores Anwesenheit sie so ärgert …«

»Draußen sind es mindestens minus zehn Grad«, schreit Sarah.

»Ich bringe sie hin«, erbiete ich mich liebenswürdig.

Sarah und Tom starren mich ungläubig an.

»Im Ernst«, sage ich, stelle meinen Kaffee-Kakao ab und nehme meinen Mantel vom Haken. »Ich kann ja sowieso nicht arbeiten, solange du an meinem Schreibtisch sitzt, Tom. Und ich könnte ein bisschen frische Luft vertragen.«

»Es sind bestimmt minus zehn Grad!«, wiederholt Sarah.

»Es ist doch nicht weit«, entgegne ich und winde mir den Schal um den Hals. »Ich bin in null Komma nichts wieder da.«

Rasch nehme ich mir die Abrechnungen von Sarahs Schreibtisch und laufe aus dem Büro. Draußen in der Lobby fängt Pete an zu lachen, als er mich sieht, und zwar nicht, weil ich in meinen zahlreichen Kleidungsschichten so komisch aussehe, sondern weil ihm bei meinem Anblick wieder einfällt, was ich über meinen Dad gesagt habe.

Na und? Es kann doch wirklich sein, dass er nur die Beziehung zu seiner Tochter, die er kaum kennt, wieder aufbauen will.

Ernsthaft, wer braucht schon Feinde, wenn er Freunde wie Pete hat?

Ich ignoriere Pete und gehe nach draußen. An der Tür pralle ich beinahe zurück. Seitdem ich vor einer Stunde zur Arbeit gekommen bin, muss die Temperatur rapide gesunken sein, es ist so kalt, dass es mir den Atem verschlägt.

Aber ich habe einen Entschluss gefasst, und jetzt gibt es kein Zurück mehr.

Mit gesenktem Kopf marschiere ich durch den Park, in die entgegengesetzte Richtung von der Buchhaltung. Leider ist das auch die Richtung, aus der der Wind in arktischen Böen weht.

Deshalb drehe ich mich auch nicht sofort um, als ich höre, wie jemand hinter mir meinen Namen ruft. Unter meiner Wollmütze sind meine Ohren so taub, dass ich im ersten Moment denke, ich hätte mich geirrt. Dann spüre ich, wie mich jemand am Arm packt, und wirbele herum, in der Erwartung, Reggie mit seinem Goldzahngrinsen zu sehen.

Aber dann bleibt mir nicht nur wegen des eisigen Windes die Luft weg. Vor mir steht Cooper Cartwright.

»Oh«, sage ich. Er ist genauso dick eingepackt wie ich. Außer den Eichhörnchen und den Drogendealern sind wir die einzigen Lebewesen, die so blöd oder so verzweifelt sind, um an diesem frostigen Morgen durch den Park zu laufen.

»Cooper«, sage ich mit aufgesprungenen Lippen, »was machst du hier?«

»Ich bin nur mal rasch vorbeigekommen«, sagt Cooper. Er keucht ein bisschen. Anscheinend ist er gerannt, um mich einzuholen. Gerannt. Bei diesem Wetter! So dick angezogen! Ich wäre bestimmt zusammengebrochen, aber Cooper atmet nur ein bisschen schwerer als sonst. »Sarah und Tom haben mir gesagt, du seiest auf dem Weg in die Buchhaltung.« Er zeigt mit dem Daumen über die Schulter. »Ist die Buchhaltung nicht in dieser Richtung?«

»Oh«, erwidere ich. Ich überlege fieberhaft. »Ja, das stimmt, aber, äh, ich dachte, ich erledige zwei Fliegen mit einer Klappe und gehe gleich mal bei dem Typen vorbei, um ihn nach diesem Ding zu fragen. Wolltest du etwas Wichtiges von mir?« *Bitte,* bete ich. *Bitte, mach, dass er nicht mit meinem Dad gesprochen hat, bevor ich die Chance hatte, mit ihm über meinen Dad zu sprechen …*

»Ja«, sagt Cooper. Er hat sich heute Morgen wieder nicht rasiert. Die dunklen Bartstoppeln sehen köstlich kratzig aus. »Mein Bruder hat mir einen Nachricht hinterlassen, dass er mit mir über dich sprechen will. Hast du eine Ahnung, was das soll?«

Mir wird fast übel vor Erleichterung. Obwohl es natürlich auch an der vielen Schlagsahne liegen kann. »Ja, er will, dass ich zu seiner Hochzeit komme. Du weißt schon, damit alle glauben, ich trage ihm nichts nach …«

»Ach so, vor den Fotografen von *People*«, vervollständigt Cooper den Gedankengang. »Hab schon verstanden. Ich hätte mir ja denken können, dass es nichts Wichtiges ist.« Sein eisblauer Blick ist wie ein Laserstrahl auf mich gerichtet. »Du willst also bei diesem Typen wegen *was für* einer Sache vorbeigehen?«

Verdammt! Immer weiß er alles! *Immer*!

»Na ja«, erwidere ich langsam. »Es hat sich herausgestellt, dass Lindsay vor ihrem Tod einen neuen Freund hatte. Einen Winer.«

»Einen was?«

»Du weißt schon«, erkläre ich, »Winer, der Bauunternehmer.«

Cooper kneift die Augen mit den dunklen Wimpern zusammen. »Heather? Warum hört sich das für mich so an, als ob du den Mord an dem toten Mädchen aufklären willst?«

»Weil es stimmt«, sage ich, hebe jedoch abwehrend meine behandschuhten Hände, als er zu einer Tirade ansetzt. »Cooper, denk mal nach! Winer Construction? Der Winer-Sportkomplex? Sie haben mit Sicherheit Schlüssel zu sämtlichen Gebäuden in der Stadt. Doug könnte sich durchaus Zugang zur Cafeteria …«

»Steht er denn im Eingangsbuch für den Abend?«, will Cooper wissen.

Verdammt. Er weiß genauso gut wie ich, wie es in Fisher Hall läuft.

»Nein«, gebe ich zu, »aber er hätte sich auf tausend andere Arten hereinschleichen können. Das machen doch die Chinesen, die Essen bringen, ständig, wenn sie die Speisekarten unter den Türen der Studenten durchschieben.«

»Nein.« Cooper schüttelt den Kopf.

»Cooper, hör mir zu«, sage ich, obwohl ich weiß, dass es zwecklos ist. »Detective Canavan stellt keine einzige richtige Frage. Er versteht es einfach nicht, Informationen aus den Kids herauszuholen. Ich schon. Und ich schwöre dir, dass es dabei auch bleibt. Ich sammle nur Informationen, und die übergebe ich ihm dann.«

»Hältst du mich wirklich für so leichtgläubig, Heather?«, fragt Cooper.

Er blickt mich böse an. Mein Gesicht prickelt in dem eisigen Wind, und meine Augen brennen, aber ihm scheint die Kälte nichts auszumachen. Vielleicht schützen ihn ja die Bartstoppeln.

»Weißt du, es ist anstrengend, an einem Ort zu arbeiten, der Todestrakt genannt wird«, sage ich. »Tom hat gerade erst seine Stelle angetreten, und er will schon wieder kündigen. Sarah ist sowieso unmöglich. Ich versuche doch nur, Fisher Hall wieder zu einem fröhlichen Ort zu machen. Ich versuche nur, meine Arbeit zu tun.«

»Irgendein Mädchen zu maßregeln, weil es Enthaarungsmittel in die Shampooflasche seiner Zimmergenossin gefüllt hat«, sagt Cooper, wobei er eine häufige Form von Folter unter Zimmergenossinnen am New York College erwähnt, »und die Person zu finden, die dafür verantwortlich ist, dass der Kopf eines Cheerleaders auf dem Herd gestanden hat, sind zwei völlig unterschiedliche Dinge. Eins davon ist dein Job. Das andere nicht.«

»Ich will doch nur mit Doug Winer sprechen«, sage ich. »Was kann es schon schaden, wenn ich mit ihm spreche?«

Cooper wendet den Blick nicht von mir. »Bitte, tu es nicht«, sagt er so leise, dass ich mir nicht ganz sicher bin, ob er es überhaupt gesagt hat. Allerdings habe ich gesehen, dass er die Lippen bewegt hat. Diese für einen Mann seltsam vollen Lippen, die mich manchmal an ein Kissen erinnern, das ich mir gerne an …

»Du kannst ja mitkommen«, biete ich ihm fröhlich an. »Komm mit mir, dann wirst du schon sehen. Ich rede nur mit ihm. Ich ermittle nicht. Ganz bestimmt nicht!«

»Dir ist nicht zu helfen«, sagt Cooper. »Wirklich, Heather. Sarah hat Recht. Du hast tatsächlich einen Superman-Komplex.«

»Ja, geschenkt«, erwidere ich und ergreife ihn am Arm. »Und? Kommst du mit?«

»Habe ich eine andere Wahl?«, fragt Cooper.

Ich überlege.

»Nein«, sage ich.

10

I undo the latch of my front door
It's not the Kung Pao chicken I've been
Waiting for
It's not a man carrying bags of food
It's only you und you're up to no good.

»Delivery«
Von Heather Wells

Das Verbindungsgebäude, Waverly Hall, ist ein riesiger Bau, der gegenüber von Fisher Hall auf der anderen Seite des Washington Square Parks liegt. Umgeben von einer Steinmauer, die einen Hof von der Straße abschirmt, wirkt es eleganter als die anderen Gebäude um den Platz herum. Deshalb sind wohl in diesem Gebäude auch die Griechischen Bruderschaften des Colleges untergebracht, eine Verbindung pro Etage, die Frauenverbindungen, von denen es weniger gibt, wohnen in einem moderneren Gebäude auf der Third Avenue.

Da ich nie Griechisch gelernt habe, verstehe ich auch nicht, was die Symbole auf den Klingelschildern am Eingang bedeuten.

Tau Phi Epsilon jedoch erkenne ich sofort, weil es nicht

in griechischen Schriftzeichen, sondern in lateinischer Schrift geschrieben ist.

Im Gegensatz zu dem sorgfältig gekehrten Bürgersteig vor Fisher Hall ist der Hof vor Waverly Hall schmutzig, voller leerer Bierdosen. Die Kübelpflanzen vor dem Eingang sind mit Frauenunterwäsche statt mit Weihnachtslichtern dekoriert, von schwarzen Spitzentangas über weiße Calvin-Klein-Unterhosen bis hin zu gepunkteten Bikinihöschen kommt alles vor.

»Man sollte schöne Unterwäsche nicht so verschwenden«, sage ich, aber Cooper reagiert auf meine witzige Bemerkung gar nicht. Mit bösem Gesicht reißt er die Tür auf und lässt mich vorangehen, bevor er selber eintritt.

Drinnen ist es so warm, dass meine Nase sofort auftaut. Wir gehen durch ein relativ sauberes Foyer, das von einem grauhaarigen Wachmann bewacht wird, der so viele geplatzte Äderchen im Gesicht hat, dass man ihm seine Vorliebe für Whiskey (hoffentlich außerhalb der Dienstzeit) deutlich ansieht. Als ich ihm meinen Personalausweis zeige und ihm sage, wir möchten zu Doug Winer von Tau Phi Epsilon, winkt er uns sofort durch, ohne auf der Etage anzurufen, ob Doug überhaupt zu Hause ist. Und als wir vorbeigehen, wird mir auch klar, warum er das tut: Er schaut sich auf einem seiner Monitore eine Soap Opera an.

Schweigend fahren Cooper und ich in dem winzigen Drei-Personen-Aufzug nach oben. Als er nach einer holperigen Fahrt im fünften Stock hält und die Tür aufgeht, springt mir ein riesiger Schriftzug in die Augen, den jemand in fluoreszierenden pinkfarbenen Buchstaben an die Wand des schäbigen Flurs gesprayt hat: *Fette Weiber raus!*

Die Buchstaben reichen mir fast bis zur Hüfte und erstrecken sich unterschiedslos über Wand und Türen. Am Ende des Schuljahres können die Tau Phi Epsilons mit einer saftigen Klage wegen vorsätzlicher Beschädigung rechnen.

»*Tja*«, sage ich und starre auf die Wand.

»Das ist *genau* der Grund, warum ich finde, dass du dich aus dieser Ermittlung raushalten solltest«, explodiert Cooper.

»Weil ich ein fettes Weib bin und hier nicht reindarf?«, frage ich.

Coopers Gesichtsausdruck wird noch finsterer, was ich nicht für möglich gehalten hätte.

»Nein«, erwidert er. »Weil ... weil ... Typen wie die hier ... Das sind *Tiere.*«

»Tiere, die einem Cheerleader den Kopf abschlagen und auf dem Herd in der Wohnheim-Cafeteria im Kochtopf aufsetzen würden?«, frage ich spitz.

Aber er ist anscheinend sprachlos vor Empörung. Also klopfe ich an der Tür neben dem Aufzug, auf deren Rahmen *Tau Phi Epsilon* steht.

Die Tür geht auf, und eine dunkelhaarige Frau in einer veritablen Zimmermädchentracht – nicht so eine sexy Uniform, wie sie auf der Bleecker Street verkauft werden, sondern eine richtige mit langen Ärmeln und einem Rock bis über die Knie – blinzelt uns verwirrt an. Sie ist noch recht jung, vielleicht Anfang vierzig, und hält ein Staubtuch in der Hand. Ein Spitzenhäubchen hat sie nicht auf dem Kopf. Gott sei Dank.

»Ja?«, sagt sie. Sie hat einen starken spanischen Akzent, noch stärker als der von Salma Hayek.

Ich zeige ihr meinen Personalausweis. »Hi«, sage ich, »ich bin Heather Wells, und das ist mein Freund Cooper

Cartwrigt. Ich komme aus der Abteilung für die Zimmereinrichtung und wollte nur …«

»Kommen Sie herein«, fordert die Frau uns gleichmütig auf. Sie tritt zur Seite, damit wir eintreten können, und schließt dann die Tür hinter uns. Wir befinden uns in einem geräumigen, hellen Loft der altmodischen Art, mit hohen Decken, Stuckverzierungen und Parkettböden, in einer Eingangshalle, in der auf allen vier Seiten Türen abgehen.

»Sie sind da drin.« Sie weist mit dem Kopf auf eine geschlossene Doppeltür rechts von uns.

»Äh, wir suchen eigentlich jemand Bestimmten«, sage ich. »Doug Winer. Wissen Sie, in welchem Zimmer er …«

»Hören Sie«, erwidert die Frau nicht unfreundlich, »ich mache hier nur sauber. Ich kenne keinen von Ihnen mit Namen.«

»Danke, dass Sie uns hereingelassen haben«, sagt Cooper höflich, nimmt mich am Arm und steuert mit mir auf die geschlossene Flügeltür zu. Er murmelt irgendetwas leise vor sich hin, aber ich kann es nicht verstehen, wahrscheinlich weil mein Herz so laut anfängt zu schlagen, als er mich am Arm packt. Selbst durch sieben Kleidungsschichten erregt mich Coopers Berührung ohne Ende.

Ich weiß. Ich bin wirklich zu bemitleiden.

Cooper klopft laut an die Glasscheiben der Doppeltür und ruft: »Hallo, ist jemand da drin?«

Eine Stimme antwortet etwas Unverständliches. Cooper blickt mich an, und ich zucke mit den Schultern. Er reißt die Tür auf und dicker grauer Marihuana-Rauch quillt uns entgegen. Ich kann so gerade noch den grünen Filz eines Billardtisches erkennen und im Hintergrund einen Breitwandfernseher, über dessen Monitor Bilder eines Footballspiels flackern. Durch eine Reihe von Fenstern dringt graues Tageslicht, und eine Art-déco-Lampe über dem Billardtisch verbreitet einen warmen Schein. In der hintersten Ecke findet ein angeregtes Airhockeyspiel statt, und links von mir öffnet gerade jemand einen kleinen Kühlschrank und holt ein Bier heraus.

In diesem Augenblick wird mir klar, dass Cooper und ich wohl schon gestorben sind, wahrscheinlich in dem klapperigen, alten Aufzug, und ich irrtümlich im Himmel für Männer gelandet bin.

»Hey«, sagt ein blonder Typ, der sich über das Pool Billard beugt, um einen schwierigen Stoß zu platzieren. Er hat einen Joint zwischen den Lippen, dessen Spitze rot glüht. Es ist unglaublich, aber er trägt tatsächlich ein rotes Smokingjackett aus Satin und eine Levi's. »Wartet mal.«

Er zielt und schießt, aber das Klicken der Kugeln geht in dem plötzlichen Gefühlsausbruch der Footballfans unter, die laut johlend einen Lieblingsspieler bejubeln. Der Junge nimmt den Joint aus dem Mund und mustert Cooper und mich hinter seinem langen, blonden Pony. »Was kann ich für Sie tun?«, fragt er.

Ich werfe einen sehnsüchtigen Blick auf die Bierdose, aus der der Junge trinkt, während er auf unsere Antwort wartet. Ein Blick auf Cooper sagt mir, dass auch er in Erinnerungen an eine Zeit schwelgt, in der es okay war – ja, man sogar ermutigt wurde –, noch vor dem Mittagessen Bier zu trinken. Ich allerdings habe so eine Zeit noch nie erlebt, da ich ja nicht auf dem College war.

»Äh«, sage ich, »wir suchen Doug Winer. Ist er hier?«

Der Junge lacht. »Hey, Brett«, ruft er über seine rote Satinschulter. »Das Babe hier will wissen, ob Doug hier ist.«

Brett, der am Airhockeytisch steht, schnaubt. »Würden

wir dieses hervorragende Ganja genießen, wenn Dougster nicht hier wäre?«, fragt er und hebt seine Bierdose hoch wie der Typ in dem Theaterstück, der den Schädel in der Hand hält und zu ihm sagt, er würde ihn gut kennen. »Natürlich ist der Dougster hier. Er ist in der Tat überall.«

Cooper starrt sehnsüchtig auf den Fernseher. Anscheinend hat er nicht mitbekommen, dass man mich gerade als Babe bezeichnet hat, was zwar sexistisch ist, aber immerhin noch ein netterer Empfang, als ich nach dem Spruch draußen im Flur erwartet hatte.

Da sich mein Partner offensichtlich in Trance befindet, muss ich wohl allein dafür sorgen, dass das Gespräch eine sinnvollere Richtung nimmt.

»Nun«, sage ich, »könnten Sie mir dann bitte sagen, wo genau ich Mr Winer finden kann?«

Einer der Jungen vor dem Fernseher fährt plötzlich herum und schreit: »Himmel, Scott, das ist ein Bulle!«

Jeder Joint im Raum und eine überraschende Menge Bier verschwinden im Bruchteil einer Sekunde, entweder unter Docksiders ausgedrückt oder hinter Sofakissen gestopft.

»Bullen!« Scott, der Junge am Poolbillard lässt angewidert seinen Joint fallen. »Müsst ihr euch nicht eigentlich anmelden? Sie können mir gar nichts anhaben, weil Sie sich nicht angemeldet haben.«

»Wir sind keine Bullen«, sage ich und hebe meine behandschuhten Hände. »Entspannt euch. Wir wollen nur zu Doug.«

Scott verzieht höhnisch das Gesicht. »Ach ja? Dann wollt ihr wohl was kaufen, denn in den Klamotten verkauft ihr sicher nichts.« Um uns herum wird gekichert.

Ich blicke auf meine Jeans und werfe dann einen verstohlenen Blick auf Coopers Anorak, den er geöffnet hat. Darunter trägt er einen Shetlandpullover, auf dem ein grünes Rentier über ein geometrisches Muster hüpft, in dem rosa die vorherrschende Farbe ist. Zufällig weiß ich, dass er ihn von einer liebenden Großtante zu Weihnachten geschenkt bekommen hat. Die älteren Verwandten lieben Cooper alle sehr.

»Äh«, erwidere ich. Meine Gedanken überschlagen sich. »Ja, genau. Wie du gesagt hast.«

Scott verdreht die Augen und holt sein Bier wieder aus dem Ballhalter, in dem er es versteckt hat. »Hier heraus, den Flur entlang, erste Tür links. Und klopft bloß an, kapiert? Winer hat für gewöhnlich Gesellschaft.«

Ich nicke und mache mich mit Cooper wieder auf den Weg in den Flur. Die Putzfrau ist nirgendwo zu sehen, und Cooper sieht so aus, als habe er einen Schlag auf den Kopf bekommen.

»Hast du das gerochen?«, haucht er.

»Ja«, sage ich. »Sie scheinen eine bessere Quelle für ihr Gras zu haben als Reggie.«

»Gehört das nicht auch zur Abteilung für Zimmereinrichtung?«, will Cooper wissen. »Gibt es hier keine studentische Hilfskraft?«

»Sogar eine wissenschaftliche, so wie Sarah«, sage ich. »Aber der Junge ist für das gesamte Gebäude verantwortlich, nicht nur für ein einzelnes Stockwerk. Er kann nicht überall gleichzeitig sein.«

»Vor allem nicht«, sagt Cooper leise, »wenn die Tau Phis ihm anscheinend etwas dafür bezahlen, dass er es nicht ist.«

Ich weiß nicht, wie er auf diese Idee kommt, aber ich könnte wetten, dass er Recht hat. Schließlich sind auch wissenschaftliche Hilfskräfte Studenten und haben häufig kein Geld.

Auf der ersten Tür links prangt ein lebensgroßes Poster von Brooke Burke im Bikini. Ich klopfe höflich auf Brookes linke Brust, und von drinnen ertönt ein ersticktes »Was ist?«. Also drehe ich den Türknopf und trete ein.

In Doug Winers Zimmer ist es dunkel, aber immerhin dringt so viel graues Licht durch die Jalousien, dass man ein großes Wasserbett erkennen kann, auf dem sich zwei Gestalten inmitten eines Haufens von Bierdosen räkeln. Bier scheint überhaupt das vorherrschende Dekorationsthema zu sein, weil im ganzen Zimmer Bierkästen, Bierflaschen und Bierdosen herumstehen und -liegen. An den Wänden hängen Bierposter, und auf den Regalen stapeln sich Kunstwerke aus Bierdosen. Ich mag Bier ja gerne, aber Doug tut mir ehrlich gesagt ein bisschen leid.

Bier trinken ist eine Sache, aber damit ein Zimmer zu dekorieren eine andere.

»Doug?«, sage ich. »Entschuldigung, wenn wir dich wecken, aber wir müssen mal kurz mit dir reden.«

Eine der Gestalten auf dem Bett rührt sich, und eine verschlafene männliche Stimme fragt: »Wie spät ist es?«

Ich blicke auf Coopers Uhr, da ich keine eigene besitze, nachdem er auf den Knopf gedrückt hat, der das Zifferblatt beleuchtet. »Elf«, sage ich.

»Scheiße.« Doug reckt sich, aber dann scheint er zu bemerken, dass noch jemand in seinem Bett liegt. »Scheiße«, sagt er noch einmal, in einem anderen Tonfall, und schubst die schlafende Gestalt an. Ziemlich fest, wie ich finde.

»Hey«, sagt er. »Du da. Steh auf.«

Das Mädchen gähnt geräuschvoll und versucht, sich wegzudrehen, aber er stupst sie so lange an, bis sie sich schließlich aufsetzt. Blinzelnd schaut sie sich aus dick geschminkten Augen um und hält sich die braune Bettdecke vor die Brust. »Wo bin ich?«, will sie wissen.

»In Xanadu«, sagt Doug. »Und jetzt hau endlich ab.«

Das Mädchen wirft ihm einen Blick zu. »Wer bist du?«, fragt sie.

»Count Chocula«, sagt Doug. »Nimm deine Kleider und verschwinde. Das Badezimmer ist da hinten. Wirf bloß keine weiblichen Hygieneprodukte ins Klo, es verstopft sonst.«

Das Mädchen betrachtet blinzelnd Cooper und mich. »Und wer sind die beiden?«, fragt sie.

»Woher zum Teufel soll ich das wissen?«, sagt Doug gereizt. »Und jetzt raus mit dir. Ich habe zu tun.«

»In Ordnung, Mr Meckerhose.« Das Mädchen schwingt sich aus dem Bett und gewährt Cooper und mir einen großzügigen Blick auf ihre herzförmige Rückseite, während sie einen Slip überstreift, der den Sträuchern vor dem Haus entgangen ist. Sie drückt sich ein dünnes Trägerkleidchen vor die Brust und schenkt Cooper ein affektiertes Lächeln, als sie an uns vorbeihuscht. Mir wirft sie jedoch nur einen bösen Blick zu.

Na, du mich auch, Schwester.

»Wer zum Teufel seid ihr?«, fragt Doug, beugt sich vor und zieht die Jalousie so weit hoch, dass man ihn ein bisschen besser erkennen kann. Er ist gebaut wie ein Leichtgewichtsringer, klein, aber muskulös und kräftig. Nach der aktuellen Mode auf dem New York College Campus sind seine Haare an den Seiten geschoren, und er hat lediglich einen blonden stacheligen Streifen mitten auf dem Kopf. Er trägt einen Anhänger des heiligen Christopherus um den Hals, sonst aber nicht viel.

»Hallo, Doug«, sage ich und merke überrascht, wie feindselig meine Stimme klingt. Es hat mir nicht gefallen, wie Doug das Mädchen behandelt hat, aber ich hatte eigentlich gehofft, dass man es mir nicht anmerken würde. Na gut. »Ich bin Heather Wells, und das ist Cooper Cartwright. Wir möchten dir ein paar Fragen stellen.«

Doug tastet auf dem Nachttisch nach seinen Zigaretten, und seine kurzen, dicken Finger schließen sich um ein Päckchen Marlboros.

In diesem Moment macht Cooper zwei lange Schritte vorwärts, packt das Handgelenk des Jungen und drückt sehr fest zu. Der Junge wimmert und wirft dem viel größeren Mann einen wütenden Blick zu.

»Was soll der Scheiß?«, murrt er.

»Rauchen behindert dein Wachstum«, sagt Cooper und steckt die Schachtel Zigaretten ein. Er lässt das Handgelenk des Jungen nicht los, sondern hält ihn im Gegenteil immer fester, je heftiger Doug sich wehrt. »Hast du schon mal gesehen, wie eine Raucherlunge aussieht?«

»Für wen haltet ihr euch?«, fragt Doug Winer.

Mir liegt schon auf der Zunge zu antworten, *Für deinen schlimmsten Alptraum*, aber ein Blick auf Cooper belehrt mich, dass wir lediglich eine leicht übergewichtige, stellvertretende Studentenwohnheimleiterin und ein Privatdetektiv mit Shetlandpullover sind, die nie in einer Verbindung waren.

Cooper allerdings kann den Jungen allein durch seine Körpergröße einschüchtern. Er ragt wie ein Riesenkopfteil über Dougs Bett auf.

»Es spielt keine Rolle, für wen wir uns halten«, sagt Cooper mit seiner furchterregendsten Stimme. Anscheinend hat auch ihm nicht gefallen, wie Doug das Mädchen behandelt hat. »Ich bin zufällig Detective und möchte dir gerne ein paar Fragen über die Natur deiner Beziehung zu Lindsay Combs stellen.«

Doug Winers Augen weiten sich sichtlich, und er sagt mit hoher Stimme: »Ich brauche den Bullen nicht zu antworten. Das hat der Anwalt meines Vaters gesagt.«

»Na ja«, erwidert Cooper und lässt sich auf die Matratze des Wasserbettes nieder, »das stimmt nicht ganz, Douglas. Wenn du den Bullen nicht antwortest, können sie dich wegen Widerstands gegen die Staatsgewalt verhaften. Das wird wahrscheinlich weder deinem Dad noch seinem Anwalt gefallen.«

Ich überlasse Cooper das Feld. Er hat dem Jungen einen Riesenschrecken eingejagt, und er hat noch nicht einmal gelogen. Er ist tatsächlich Detective, und die Bullen könnten Doug wirklich wegen Widerstands gegen die Staatsgewalt verhaften. Aber natürlich ist Cooper nicht bei der Polizei, und er könnte ihn nicht verhaften.

Als Cooper sieht, dass der trotzige Gesichtsausdruck des Jungen plötzlich vor Angst weich wird, lässt er sein Handgelenk los und steht auf. Er tritt einen Schritt zurück, verschränkt die Arme vor der Brust und blickt drohend auf Doug herunter. Er sieht so aus, als wollte er Doug Winer am liebsten den Arm brechen und könnte es auch tun, wenn er provoziert würde.

Doug massiert sein schmerzendes Handgelenk und blickt Cooper vorwurfsvoll an. »Das war nicht nötig«, sagt er. »Das ist mein Zimmer. Ich kann hier rauchen, wann ich will.«

»Eigentlich«, erwidert Cooper mit einer Liebenswürdigkeit, die seine weniger appetitlichen Kunden häufig dazu verleitet zu glauben, er stünde auf ihrer Seite, »gehört dieses

Zimmer der Tau-Phi-Epsilon-Verbindung, Douglas, und nicht dir. Ich könnte mir vorstellen, dass es die Tau-Phi-Epsilon-Verbindung sehr interessieren würde zu erfahren, dass einer ihrer Schutzbefohlenen auf ihrem Besitz ein lukratives Geschäft mit dem Dealen von Betäubungsmitteln betreibt.«

»Was?« Doug fällt der Unterkiefer herunter. In dem grauen Licht kann ich erkennen, dass sein Kinn von Aknepickeln übersät ist. »Wovon reden Sie da, Mann?«

Cooper schmunzelt. »Nun, lassen wir das Thema eine Zeitlang ruhen. Wie alt bist du, Douglas? Sag die Wahrheit, mein Sohn.«

Zu meiner Überraschung erwidert das Kind nicht, *Ich bin nicht Ihr Sohn,* wie ich es an seiner Stelle getan hätte. Er reckt sein pickeliges Kinn und sagt: »Zwanzig.«

»Zwanzig«, wiederholt Cooper und blickt sich betont im Zimmer um. »Gehören all diese Bierdosen dir, Douglas?«

Doug ist nicht so dumm, wie er aussieht. Misstrauisch verzieht er das Gesicht und lügt: »Nein.«

»Nein?« Cooper wirkt ein wenig erstaunt. »Oh, dann bitte ich um Verzeihung. Vermutlich haben deine Verbindungsbrüder, ich meine, diejenigen, die über einundzwanzig sind, also legal Bier trinken dürfen in diesem Bundesstaat, das ganze Bier ausgetrunken und die Flaschen und Dosen als kleinen Scherz in deinem Zimmer hinterlassen. Vergib mir, wenn ich mich irre, aber ist der Campus des New York College nicht alkoholfrei, Heather?«, fragt Cooper mich, obwohl er die Antwort sehr wohl kennt.

»O ja, ich glaube schon, Cooper«, erwidere ich. Ich weiß, worauf er hinauswill, und spiele sein Spiel mit. »Und trotzdem befinden sich im Zimmer dieses jungen

Mannes unzählige leere Bierbehälter. Weißt du was, Cooper?«

Copper blickt mich interessiert an. »Nein, was, Heather?«

»Ich glaube, dass Tau Phi Epsilon die Campusregel bricht. Es wird Ihre Verbindung sehr interessieren, von Ihrem Zimmer zu erfahren, Mr Winer.«

Doug stützt sich auf die Ellbogen und sein haarloser Brustkorb hebt und senkt sich heftig. »Hören Sie, ich habe sie nicht umgebracht, klar? Mehr kann ich Ihnen nicht sagen. Ihr Typen solltet mich besser in Ruhe lassen.«

11

The »no« in »annotation«
The »um« in »circumvent«
The »err« in »aberration«
The »con« in »malcontent«

»Rejection Song«
Von Heather Wells

Cooper und ich wechseln einen erstaunten Blick, und unser Erstaunen ist noch nicht einmal gespielt.

»Hat irgendjemand hier dich beschuldigt, jemanden getötet zu haben, Douglas?« Cooper breitet unschuldig die Hände aus.

»Ja, wirklich.« Ich schüttele den Kopf. »Wir haben nur deiner Verbindung vorgeworfen, ihre minderjährigen Mitglieder mit Alkohol zu versorgen.«

Doug verzieht finster das Gesicht. »Lassen Sie meine Verbindung aus dem Spiel, ja?«

»Das könnten wir möglicherweise in Erwägung ziehen«, sagt Cooper und streicht sich nachdenklich über sein stoppeliges Kinn. »Wenn du ein bisschen entgegenkommender mit den Informationen wärst, die meine Freundin von dir haben möchte.«

Winer wirft mir einen Blick zu.

»Okay«, seufzt er dann, lehnt sich in die Kissen zurück und verschränkt die Finger hinter seinem Kopf, sodass Cooper und ich einen hervorragenden Blick auf die blonden Haarbüschel unter seinen Armen haben. Iiih. »Was wollen Sie wissen?«

»Ich möchte wissen, wie lange du mit Lindsay Combs zusammen warst«, sage ich.

»Zusammen.« Doug Winer verdreht die Augen. »Tja, zusammen. Warten Sie mal. Ich habe sie im September auf einer Party kennen gelernt. Sie kam mit diesem Mädchen da hin, mit dem Jeff Turner zusammen ist. Cheryl Irgendwas.«

»Ist Jeff auch ein Tau Phi?«, frage ich.

»Er hat sich beworben. Er ist ein reicher Erbe, deshalb nehmen sie ihn wahrscheinlich auch, wenn er seine Initiation übersteht. Na ja, ich fand sie auf jeden Fall süß. Lindsay, meine ich. Ich habe ihr einen Drink spendiert.« Er wirft Cooper einen defensiven Blick zu. »Ich wusste ja nicht, dass sie noch nicht einundzwanzig war. Na ja, und danach lief es eben.«

»*Wie* lief es danach?«, frage ich.

»Sie wissen schon.« Doug Winer zuckt mit den Schultern und schaut Cooper mit einem so selbstgefälligen Lächeln an, dass ich nicht übel Lust hätte, ein Loch in das Wasserbett zu reißen und den Jungen mit dem Kopf hineinzudrücken, bis er ertrinkt.

Aber so etwas würde ich natürlich nie machen. Wahrscheinlich wäre ich dann meinen Job los.

»Nein, ich weiß nicht«, sage ich mit zusammengebissenen Zähnen. »Bitte, erklär es mir.«

»Sie hat mir einen geblasen, okay?« Winer kichert. »Das

war vielleicht 'ne Homecoming Queen, mein Arsch! Sie war ein Profi, das kann ich Ihnen sagen. So hat es mir noch nie ein Mädchen …«

»In Ordnung«, unterbricht Cooper ihn. »Wir haben verstanden.«

Meine Wangen brennen, und ich fluche im Stillen. Warum reagiere ich so auf solche Worte wie *geblasen*? Vor allem in Coopers Gegenwart, der mich sowieso schon für »ein nettes Mädchen« hält. Wenn ich ständig rot werde, verstärke ich das Image nur.

Ich versuche so zu tun, als sei mir nur zu heiß in dem Zimmer, und beginne, meinen Schal abzuwickeln.

»Ist schon okay«, sage ich zu Cooper. Doug fordere ich auf fortzufahren.

Douglas zuckt erneut mit den Schultern. »Ich fand, es wäre eine gute Idee, sie sozusagen für Notfälle in der Hinterhand zu behalten.«

Seine kühle Ausdrucksweise überrascht mich so sehr, dass es mir die Sprache verschlägt. Cooper betrachtet eingehend seine Fingernägel und fragt mit ruhiger Stimme: »Was meinst du mit in der Hinterhand?«

»Sie wissen schon. Ich habe mir ihre Telefonnummer notiert, für Regentage. Wenn es mir nicht gutging, wollte ich die kleine Lindsay anrufen, damit sie zu mir kommen und es mir besorgen konnte.«

Ich kann mich wirklich nicht erinnern, wann ich das letzte Mal ein solches Bedürfnis hatte, jemanden umzubringen, aber dann fällt mir ein, dass es noch keine Stunde her ist, seit ich Gillian Kilgore am liebsten genauso heftig geschüttelt hätte wie jetzt Doug Winer.

Vielleicht hat Sarah Recht. Vielleicht habe ich tatsächlich einen Superman-Komplex.

Cooper blickt mich an. Er scheint zu spüren, dass ich mich nur mit Mühe beherrsche. Wieder betrachtet er seine Fingernägel, dann fragt er Doug beiläufig: »Und Lindsay hatte gegen eine solche Beziehung nichts einzuwenden?«

»Ach, du liebe Scheiße, nein.« Doug lacht. »Wenn sie sich beschwert hätte, hätte sie es schnell bedauert.«

Cooper hebt den Kopf. »Wie bedauert?«

Der Junge scheint seinen Fehler bemerkt zu haben und setzt sich aufrecht hin. Ich sehe, dass er einen richtigen Waschbrettbauch hat. So feste Muskeln hatte ich nur einmal in meinem Leben. Als ich elf war.

»Hey, so nicht, Mann.« Winer reißt die blauen Augen auf. »Nicht so natürlich. Ich hätte sie einfach nicht mehr angerufen, so habe ich das gemeint.«

»Willst du uns etwa weismachen« – endlich hatte ich meine Stimme wiedergefunden –, »dass Lindsay Combs völlig damit einverstanden war, zu dir zu kommen, wenn du sie angerufen hast, um dir … äh … oralen Sex zu geben?«

Doug Winer blinzelt verwirrt. Er hört die Feindseligkeit in meiner Stimme, versteht aber anscheinend nicht, woher sie kommt. »Ja, klar.«

»Und warum hat sie das getan?«

Der Junge starrt mich an. »Wie meinen Sie das?«

»Ich meine, dass Mädchen im Allgemeinen ohne Grund keinen oralen Sex machen.« Zumindest kein Mädchen, das ich kenne. »Was hatte sie davon?«

»Wie meinen Sie das? Sie hatte *mich* davon.«

Jetzt ist es endlich an mir, höhnisch das Gesicht zu verziehen. »*Dich?*«

»Ja.« Der Junge reckt sein Kinn. »Wissen Sie nicht, wer ich bin?«

Wie auf ein Stichwort blicken Cooper und ich uns verständnislos an. Der Junge fährt fort: »Ich bin ein Winer.«

Als wir darauf nicht reagieren, sagt er, als seien wir begriffsstutzig: »Winer *Construction.* Winer-Sportkomplex. Haben Sie davon noch nie etwas gehört? Uns gehört praktisch die ganze Stadt, Mann. Wir haben dieses verdammte College hier gebaut, zumindest die neuen Gebäude. Ich bin ein Winer, Mann. Ein *Winer.*«

Aber ich glaube trotzdem nicht, dass Lindsay allein aus diesem Grund so freizügig Blowjobs an den Jungen verteilt hat. So ein Mädchen war Lindsay nicht.

Ich glaube es zumindest nicht.

»Außerdem habe ich ihr Shit gegeben«, gibt Doug mürrisch zu.

Jetzt kommen wir der Sache schon näher.

Cooper zieht die Augenbrauen hoch. »Was?«

»Ich habe ihr Shit gegeben.« Doug wirft einen nervösen Blick in meine Richtung, als er Coopers Gesichtsausdruck sieht, und korrigiert sich: »Ich meine, so Sachen. Ich habe ihr Sachen geschenkt. Sie wissen schon, was Mädchen so mögen. Schmuck, Blumen und so.«

Ja, das passt schon eher zu Lindsay. Zumindest meiner Einschätzung nach.

»Ich wollte ihr sogar dieses Armband zum Geburtstag schenken …« Der Junge schwingt sich plötzlich aus dem Bett und gewährt uns einen Blick auf seine enge, schwarze Calvin-Klein-Unterhose. Darauf hätte ich gut verzichten können. Er tritt an die Kommode und holt eine kleine, schwarze Samtschachtel aus einer Schublade. Dann dreht er sich um und wirft sie mir zu. Zum Glück kann ich sie fangen. »Ich weiß gar nicht, was ich damit jetzt machen soll.«

Ich öffne den Deckel, und meine Augen weiten sich beim Anblick des schmalen Diamantenarmbands, das in der Samtschachtel auf königsblauer Seide liegt. Wenn Lindsay für ihre Dienste öfter so bezahlt worden ist, verstehe ich sie schon ein bisschen besser.

Ich unterdrücke das Verlangen, einen bewundernden Pfiff auszustoßen, und reiche Cooper die Schachtel. Er zieht die dunklen Augenbrauen hoch. »Das ist ja ein hübsches Geschenk«, kommentiert er trocken. »Du musst ja ziemlich viel Taschengeld bekommen.«

»Ja.« Doug zuckt mit den Schultern. »Es ist ja nur Geld.«

»Dads Geld?«, will Cooper wissen. »Oder dein eigenes?«

Der Junge hatte auf der Kommode nach etwas gesucht, und als sich jetzt seine Finger um eine Flasche Aspirin schließen, seufzt er erleichtert auf.

»Was spielt das für eine Rolle?«, fragt er. »Mein Geld, das Geld meines Dads, das Geld meines Großvaters. Ist doch alles dasselbe.«

»Ach ja? Das Geld deines Vaters und deines Großvaters stammt aus dem Bauunternehmen. Aber ich habe gehört, dass du mit ganz anderen Substanzen handelst.«

Doug starrt ihn an. »Wovon reden Sie, Mann?«

Cooper lächelt liebenswürdig. »Die Jungs hier auf der Etage haben angedeutet, dass du dich gut mit gewissen Nährlösungen auskennst.«

»Mir ist scheißegal, was sie angedeutet haben«, erklärt Doug. »Ich deale nicht mit Drogen, und wenn Sie mich beschuldigen wollen, dass ich davon jemandem was verkauft habe« – er schüttelt die Flasche mit den Aspirintabletten –, »dann bekommen Sie es mit meinem Dad zu tun. Er ist nämlich mit dem Präsidenten von dem College hier befreundet.«

»Oh«, sage ich, »jetzt bekomme ich aber Angst.«

»Wissen Sie was? Sie sollten besser …« Doug kommt auf mich zu. Aber bevor er noch einen Schritt machen kann, versperrt ihm Cooper den Weg.

»Was hast du vor?«, fragt er leichthin.

Der Junge holt aus, was Cooper anscheinend auch gehofft hatte, Männer sind so leicht zu durchschauen. Cooper duckt sich, und sein Grinsen wird noch breiter. Jetzt hat er einen Grund, um Winer zu verprügeln. Darauf hat er bestimmt schon die ganze Zeit gewartet.

»Coop«, sage ich. Mir wird nämlich plötzlich klar, dass sich die Dinge keineswegs so entwickeln, wie ich gehofft hatte. »Hör auf.«

Aber es hat keinen Zweck. Cooper macht einen Schritt auf den Jungen zu, gerade als Doug zum zweiten Mal ausholt, packt die Faust des Jungen und zwingt ihn nur durch den Druck, den seine Finger ausüben, in die Knie.

»Wo warst du vorletzte Nacht?«, grollt er dicht über dem Gesicht des Jungen.

»Was?«, keucht Doug Winer. »Mann, Sie tun mir weh!«

»Wo warst du vorletzte Nacht?«, will Cooper wissen und verstärkt den Druck auf die Hand des Jungen.

»Hier, Mann. Ich war die ganze Nacht hier. Sie können die anderen fragen. Wir hatten eine Knaller-Party. Himmel, Sie brechen mir die Hand.«

»Cooper«, sage ich. Das Herz schlägt mir bis zum Hals. Wenn ich zulasse, dass Cooper einen Studenten verletzt, dann bekomme ich ernsthafte Probleme. Vermutlich feuern sie mich sogar. Außerdem … Ich kann Doug Winer zwar nicht leiden, aber ich kann doch nicht daneben stehen und zusehen, wie er gefoltert wird. Auch wenn er es verdient hat. »Lass den Jungen los.«

»Die ganze Nacht?«, drängt Cooper ihn. »Du warst die ganze Nacht auf der Party? Um wie viel Uhr hat sie denn angefangen?«

»Um neun, Mann. Lassen Sie mich los!«

»Cooper!« Ich traue meinen Augen nicht. Das ist eine Seite von Cooper, die ich gar nicht kenne.

Ich bin mir auch ziemlich sicher, dass ich sie nie mehr sehen will. Vielleicht erzählt er mir ja deshalb nicht, was er den ganzen Tag über so macht. Vielleicht benimmt er sich ja ständig so.

Endlich lässt Cooper den Jungen los, und Winer sinkt zu Boden. Er rollt sich zusammen und hält seine Hand umklammert.

»Das wird dir noch leidtun, Mann«, wimmert er und kämpft gegen die Tränen an. »Das wird dir noch echt leidtun.«

Cooper blinzelt wie jemand, der gerade aufgewacht ist. Er blickt mich an und sagt verlegen: »Ich habe nur eine Hand benutzt.«

Seine Erklärung macht mich so fassungslos, dass ich ihn nur stumm anstarre.

Ein zerzauster blonder Kopf erscheint an der Badezimmertür. Das Mädchen vom Wasserbett hat sich in ihr helloranges Partykleid gezwängt, ist aber noch barfuß. Mit aufgerissenen Augen starrt sie auf Doug Winer, der zusammengekrümmt am Boden liegt.

Aber sie fragt nicht, was passiert ist. Stattdessen sagt sie: »Sind meine Schuhe da drin?«

Ich bücke mich und hebe zwei hochhackige, orangefarbene Pumps auf.

»Die hier?«

»Ah, ja«, erwidert das Mädchen dankbar. Zögernd geht sie um ihren Gastgeber herum und nimmt die Schuhe entgegen. »Vielen Dank.« Sie schlüpft hinein und sagt zu Doug: »Es war nett, dich kennen zu lernen, Joe.«

Doug stöhnt nur und hält immer noch seine verletzte Hand fest. Das Mädchen streicht sich die langen blonden Haare aus den Augen und beugt sich so über ihn, dass er ihr tief in den bemerkenswerten Ausschnitt blicken kann.

»Du erreichst mich jederzeit im Kappa-Alpha-Theta-Haus. Ich heiße Dana. Okay?«

Als Doug stumm nickt, richtet Dana sich auf, ergreift ihren Mantel und ihre Handtasche und winkt uns zu.

»Tschüs!«, sagt sie und wackelt mit verführerisch schwingenden Hüften davon.

»Sie verschwinden auch«, sagt Doug zu Cooper und mir. »Raus jetzt, oder ... oder ich rufe die Bullen.«

Cooper wirft ihm einen interessierten Blick zu.

»Tatsächlich?«, sagt er. »Es gibt einiges, was die Polizei über dich wissen müsste. Also, tu dir keinen Zwang an, und hol sie gleich.«

Doug wimmert leise vor sich hin. Ich sage zu Cooper: »Lass uns gehen.«

Er nickt, und wir verlassen das Zimmer. Wieder stehen wir im Flur des Tau-Phi-Hauses, atmen den schweren Marihuanaduft ein und lauschen den Geräuschen des Footballspiels, die aus dem Aufenthaltsraum dringen. Ich mustere den Schriftzug an der Wand, den die Putzfrau gerade mit Farbentferner und einem Lappen wegwischt. Sie hat gerade erst mit dem F von *Fette Weiber* angefangen.

Sie hat einen Walkman dabei und lächelt, als sie uns sieht. Automatisch erwidere ich ihr Lächeln.

»Ich glaube dem Jungen kein Wort«, sagt Cooper und zieht den Reißverschluss an seinem Anorak hoch. »Und du?«

»Ich auch nicht«, erwidere ich. »Wir sollten sein Alibi überprüfen.«

Die Putzfrau, die ihren Walkman anscheinend nicht so laut gestellt hat, blickt uns an und sagt: »Die anderen Jungen werden ihn auf jeden Fall decken. Sie sind Verbindungsbrüder, es bleibt ihnen gar nichts anderes übrig.«

Cooper und ich wechseln einen Blick.

»Da hat sie nicht Unrecht«, sage ich. »Ich meine, wenn er noch nicht einmal geredet hat, als du ihm die Daumenschrauben angelegt hast, oder was das da drinnen sein sollte …«

Cooper nickt. »Die griechische Verbindung ist wirklich eine großartige Institution«, bemerkt er.

»Ja, in der Tat«, pflichtet ihm die Putzfrau ernst bei. Dann bricht sie in lautes Lachen aus und widmet sich wieder ihrem F.

»Wegen des Vorfalls da drinnen«, sagt Cooper zu mir, als wir auf den Aufzug warten. »Der Junge … Er … Wie er das Mädchen behandelt hat … Ich …«

»Wer hat hier wohl einen Superman-Komplex?«, will ich wissen.

Cooper lächelt mich an.

Und ich stelle fest, dass ich ihn mehr denn je liebe. Wahrscheinlich sollte ich ihm das einfach einmal sagen, damit wir aufhören können, solche Spielchen zu spielen (na ja, er spielt ja nicht, aber ich schon). Dann wüsste ich endlich ein für alle Mal, ob ich überhaupt eine Chance habe.

Ich öffne gerade den Mund, um ihm zu sagen, was ich wirklich für ihn empfinde, als ich bemerke, dass auch er den Mund aufmacht. Mein Herz schlägt schneller. Und wenn er mir nun sagen will, dass *er mich* liebt? Es sind schon merkwürdigere Sachen passiert.

Immerhin hat er mich ja auch aus heiterem Himmel gebeten, zu ihm zu ziehen. Na ja, vielleicht wollte er mich ja bloß trösten, weil ich gerade meinen Verlobten, der zufällig sein Bruder ist, dabei erwischt habe, wie er sich von einer anderen Frau einen hat blasen lassen.

Aber trotzdem. Er *könnte* es auch getan haben, weil er mich insgeheim immer schon geliebt hat …

Er lächelt jetzt nicht mehr. Genau. Jetzt wird er es mir sagen!

»Du rufst besser im Büro an und sagst Bescheid, dass du später kommst«, sagt er.

»Warum?«, frage ich atemlos, wobei ich wider besseres Wissen hoffe, dass er antwortet: *Weil ich vorhabe, mit dir nach Hause zu gehen und dich für den Rest des Tages zu verwöhnen.*

»Weil ich mit dir aufs Polizeirevier fahre, wo du Detective Canavan alles erzählst, was du über den Fall weißt.« Die Aufzugtüren gleiten auf, und Cooper schiebt mich in sein Auto. »Und dann hältst du dich endlich aus der Sache heraus, wie ich es dir gesagt habe.«

»Oh«, erwidere ich.

Na ja, es ist nicht direkt eine Liebeserklärung. Aber es zeigt zumindest, dass er sich Sorgen um mich macht.

12

The »rat« in »unreliable narrator«
The »lie« in »silliest«
The »end« in »narcissistic tendencies«
The »us« in »total disgust«.

»Rejection Song«
Von Heather Wells

»Was soll das heißen, wir *müssen* zu dem Spiel heute Abend gehen?«

»Anweisung von oben«, erklärt Tom. »Um zu zeigen, dass wir hinter den Stiefmütterchen stehen.«

»Ich stehe nicht hinter ihnen«, erwidere ich.

»Das solltest du aber«, belehrt mich Tom. »Wir haben nämlich vorher ein Abendessen mit Präsident Allington und Coach Andrews in der Cafeteria.«

Mir fällt der Unterkiefer herunter. »Was?«

»Er findet, das ist der beste Weg«, sagt Tom mit freundlicher Stimme, die, soweit ich weiß, nur der Tatsache zu verdanken ist, dass sich Dr. Kilgore nebenan aufhält und uns durch das Gitter hören kann, »der Öffentlichkeit zu zeigen, dass man durchaus wieder in der Cafeteria essen kann. Es ärgert ihn, dass alle vom Todestrakt reden.«

Ich starre ihn an. »Tom, mich ärgert das auch. Aber ich verstehe nicht, was es nützen soll, wenn wir dort aufgewärmtes Beef Stroganoff essen und uns anschließend ein Basketballspiel anschauen.«

»Ich auch nicht«, gibt Tom flüsternd zu. »Deshalb nehme ich mir auch Pfefferminzschnaps im Flachmann mit. Wenn du willst, können wir ihn uns teilen.«

Sein Angebot ist zwar großzügig, aber der Abend wird dadurch auch nicht verlockender. Dabei hatte ich eigentlich Großes vor: Ich wollte Cooper sein Lieblingsessen zubereiten – mariniertes Steak vom Jefferson Market mit Salat und gebratenen neuen Kartoffeln –, um ihn so weich zu klopfen, dass ich mit ihm über den Einzug meines Vaters sprechen konnte.

Ich muss ihn sowieso milde stimmen, damit er mir nicht mehr so böse ist wegen der Sache mit Doug Winer. Nachdem seine Zerknirschung darüber, dass er den Jungen so grob angefasst hatte beziehungsweise dass ich es mitbekommen hatte, nachgelassen hatte, also ungefähr in der Hälfte unseres Gesprächs mit Detective Canavan, brachte Cooper seine Missbilligung über meine Einmischung in die Ermittlungen deutlich zum Ausdruck. Ich glaube sogar, die Worte »verdammt dumm« fielen.

Das ist kein gutes Omen für meinen Plan, mit Cooper eine Familie zu gründen, geschweige denn ihn zu fragen, ob mein Dad einziehen könnte.

Leider war Detective Canavan nicht im Mindesten an meinen Informationen über Lindsays kompliziertes Liebesleben interessiert. Oder er hat sich nichts anmerken lassen. Während meines Vortrags saß er die ganze Zeit mit gelangweilter Miene an seinem Schreibtisch, und als ich fertig war, sagte er lediglich: »Miss Wells, lassen Sie den jungen Winer in Ruhe. Haben Sie überhaupt eine Ahnung, was sein Vater Ihnen antun könnte?«

»Mich in kleine Stückchen hacken und im Betonfundament von einem der Gebäude, die seine Baufirma baut, vergraben?«, fragte ich.

Detective Canavan verdrehte die Augen. »Nein. Sie wegen Belästigung belangen. Der Typ hat mehr Anwälte als Trump.«

»Oh.« Mir blieb die Spucke weg.

»War der junge Winer in der Nacht, als Lindsay ermordet wurde, im Eingangsbuch eingetragen?«, fragte der Detective, obwohl er die Antwort mit Sicherheit schon kannte. Er wollte nur, dass ich es noch einmal sagte. »Und zwar nicht nur von Lindsay, sondern von irgendjemand anderem?«

»Nein«, musste ich zugeben. »Aber ich habe Cooper schon gesagt, dass es zahlreiche Möglichkeiten gibt, sich ins Gebäude hineinzuschleichen, wenn man …«

»Glauben Sie etwa, dass der Mörder die Tat allein begangen hat?«, fragte der Detective. »Oder glauben Sie, er hat sich mit seinen Komplizen an einem Wachmann vorbeigeschlichen, der dafür bezahlt wird, dass er genau das verhindert?«

»Einige seiner Komplizen wohnen ja möglicherweise bei uns im Haus«, erwiderte ich. »So könnten sie ja auch an den Schlüssel gekommen sein …«

Detective Canavan warf mir einen säuerlichen Blick zu. Dann teilte er mir mit, dass er und seine Kollegen bereits von der Beziehung zwischen Doug Winer und dem Opfer wüssten, und dass ich mich endlich aus der Sache heraushalten sollte, eine Anweisung, die Cooper auf unserem Heimweg noch einmal mit Nachdruck wiederholte.

Ich versuchte ihm zu erklären, worum Magda mich gebeten hatte, dass ich dafür sorgen sollte, dass Lindsays Charakter durch die Ermittlungen nicht auch noch ermordet wurde, aber Cooper erwiderte nur, dass schöne Mädchen, die zu viel liebten, wie es bei Lindsay anscheinend der Fall gewesen war, oft ein schlimmes Ende nähmen.

Genau solche Bemerkungen hatte Magda befürchtet.

Cooper jedoch war der Ansicht, dass Lindsay sich den Schuh eben anziehen müsse, wenn er passte. »Ja, klar«, antwortete ich darauf, »wenn man endlich mal ihren Fuß findet.«

Unser Abschied am Eingang zu Fisher Hall fiel ein wenig frostig aus. Deshalb bin ich auf die Idee mit dem Steak gekommen, um mit ihm über meinen Vater reden zu können.

»Ich muss nach Hause und mit meinem Hund gehen«, sage ich zu meinem Chef in einem letzten verzweifelten Versuch, dem Gemeinschaftsabend zu entgehen.

»In Ordnung«, erwidert Tom. »Aber sei um sechs wieder zurück, hey, sieh mich nicht so an. Du warst heute früh zwei Stunden in der ›Buchhaltung‹.« Er deutet die Anführungsstriche in der Luft an. »Da habe ich schließlich auch nichts gesagt, oder?«

Ich verziehe das Gesicht, erwidere aber nichts mehr. Natürlich hat er Recht. Er hätte mich zur Rede stellen können, weil ich einfach so verschwunden bin, aber das hat er nicht getan. Er ist wahrscheinlich der beste Chef auf der Welt, wenn man mal abzieht, dass er kündigen und nach Texas zurückgehen will, weil dort die Mädchen nicht in der Cafeteria ihres Studentenwohnheims enthauptet werden.

Dass ich an diesem Pflichtessen teilnehmen muss, stört allerdings meine Pläne gewaltig. Als ich jedoch nach Hause komme, um Lucy herauszulassen, sehe ich, dass Cooper sowieso nicht da ist. Das Lämpchen am Anrufbeantworter blinkt, und als ich auf Wiedergabe drücke, kommt mir der Gedanke, dass Coop sein Zuhause vielleicht meidet. Jordans Stimme sagt nämlich gereizt: »Glaub bloß nicht, du kannst einfach auflegen, Cooper, und damit hat es sich. Das ist nämlich nicht der Fall. Du hast hier einmalig die Gelegenheit, der Familie zu beweisen, dass du Mumm in den Knochen hast. Also vergeig es nicht.«

Wow. *Mumm in den Knochen.* Kein Wunder, dass Cooper aufgelegt hat.

Der arme Cooper. Dadurch, dass ich bei ihm wohne, muss er sogar wieder mit seiner Familie sprechen, was er doch eigentlich gar nicht mehr wollte. Anscheinend macht es Jordan wahnsinnig, dass ich bei ihm wohne, und statt seinen Bruder, das schwarze Schaf, zu ignorieren, wie er es sicher täte, wenn ich nicht da wäre, versucht er krampfhaft herauszubekommen, was sich eigentlich zwischen uns beiden abspielt.

Natürlich ist da leider nichts.

Aber ich habe kein Problem damit, dass Jordan offensichtlich etwas anderes denkt. Ein Problem ist nur, dass Cooper sich vermutlich nie in mich verlieben wird, solange sein Bruder ihm ständig Vorträge über mich hält. Das und meine ärgerliche Neigung, mich ständig beinahe umbringen zu lassen, wirkt sicherlich sehr abschreckend. Ganz zu schweigen davon, dass er mich in Sportklamotten gesehen hat.

Auf dem Anrufbeantworter sind keine anderen Nachrichten, seltsamerweise noch nicht einmal von meinem Dad, obwohl er gesagt hat, er würde anrufen. Ein rascher Blick auf New York One zeigt mir, dass der Meteorologe immer noch von dem Blizzard spricht, der angeblich bevorsteht, er hängt zur Zeit irgendwo über Pennsylvania. Ich schnüre mir meine Timberlands zu, fest davon überzeugt, sie später am Abend wieder ausziehen zu können, ohne auf eine einzige Schneeflocke gestoßen zu sein. Aber zumindest werden meine Füße eklig und verschwitzt sein, wenn ich den ganzen Abend mit Stiefeln in der Cafeteria gesessen habe.

Draußen will ich gerade um die Ecke biegen, als ich Reggie sehe, der irgendeine Transaktion mit einem Typen im Subaru abwickelt. Höflich warte ich, bis er fertig ist, dann blicke ich ihm lächelnd entgegen.

»Die Geschäfte beleben sich«, stelle ich fest.

»Weil dieser Sturm, den sie angesagt haben, noch auf sich warten lässt«, erklärt Reggie. »Wenn wir Glück haben, geht er völlig an uns vorbei.«

»Dein Wort im Ohr des Wettergottes«, sage ich. Dann schiebe ich entschlossen mein sowieso nur leicht schlechtes Gewissen beiseite. Ich weiß zwar, dass weder Cooper noch Detective Canavan mein Vorhaben billigen, aber ich bräuchte nicht so zu handeln, wenn auch nur einer von beiden eine Spur von Respekt vor der Toten hätte. Ich meine, wie kommt es, dass Männer, die viel Sex haben, als tolle Typen gelten, während Mädchen, die viel Sex haben, gleich Schlampen sind? »Hör mal, Reggie«, sage ich, »was weißt du über einen Jungen namens Doug Winer?«

Reggie blickt mich ausdruckslos an. »Kenne ich nicht. Sollte ich?«

»Ich weiß nicht«, sage ich. »Er markiert den großen Macker auf dem Campus. Er wohnt da drüben im Verbindungshaus.«

»Ah«, erwidert Reggie wissend. »Ein Party-Kid.«

»Nennt man sie heutzutage so?«

»*Ich* nenne sie so«, sagt Reggie leicht amüsiert. »Aber ich habe noch nie von ihm gehört. Allerdings verkehren wir auch nicht gerade in den gleichen Kreisen.«

»Na ja, aber so unterschiedlich, wie du glaubst, sind sie vielleicht auch nicht«, sage ich und denke an die Marihuanawolke, die über dem Billardtisch der Tau Phi Epsilon hing. »Fragst du mal ein bisschen herum?«

»Für dich, Heather?« Reggie deutet eine knappe Verbeugung an. »Jederzeit. Glaubst du, der Junge hatte was mit dem Mädchen zu tun, das seinen Kopf verloren hat?«

»Möglich«, erwidere ich vorsichtig. Detective Canavans Bemerkung über die Streitsucht von Dougs Vater steckt mir noch in den Knochen.

»Ich sehe mal, was ich tun kann«, sagt Reggie. Dann runzelt er die Stirn. »Wohin gehst du eigentlich? Wieder zur Arbeit? Du musst ja diese Woche richtig Überstunden machen.«

»Bitte«, erwidere ich und verdrehe die Augen. »Erinnere mich nicht daran.«

»Na«, sagt Reggie, »wenn du eine kleine Aufmunterung brauchst …«

Ich werfe ihm einen warnenden Blick zu. »*Reggie.*«

»Schon gut«, sagt Reggie und verschwindet.

In Fisher Hall kann man die Aufregung über das Personalessen und das Basketballspiel mit dem Präsidenten mit Händen greifen. Nein, eigentlich trifft das genaue Gegenteil zu. Die meisten Angestellten, die in der Lobby herumschwirren, wirken eher mürrisch. Das Cafeteria-Personal – Tagschicht – protestiert lautstark und verlangt, dass ihnen die Überstunden bezahlt werden. Gerald, ihr Chef, hält dagegen, dass sie ja ein kostenloses Abendessen bekommen, also sollten sie einfach den Mund halten. Ich finde es verständlich, dass seine Angestellten es nicht als Vergünstigung betrachten, das zu essen, was sie selber zubereitet haben, und dazu noch in einer Cafeteria, in der sie arbeiten und die noch vor zwei Tagen der Schauplatz eines grausigen Mordes war.

Es ist seltsam, die Angestellten in Zivilkleidung zu sehen. Carl, den Haustechniker, in Lederjacke, Jeans und zahlreichen Goldketten erkenne ich kaum wieder. Auch Chef-Hausmeister Julio und sein Neffe Manuel sehen mit Sportjacke und Krawatte ganz fremd aus. Anscheinend waren alle erst einmal zu Hause und haben sich umgezogen.

Auch Pete sieht ohne seine Uniform aus wie jeder andere Vater von fünf Kindern – gehetzt, zerknittert und voller Sorge, was die Kinder allein zu Hause für Unsinn anstellen. Sein Handy klebt ihm förmlich am Ohr, und er sagt gerade: »Nein, du musst sie zuerst aus der Dose tun. Du kannst SpaghettiOs nicht in der Dose in die Mikrowelle stellen. Nein, das kannst du nicht. Nein, du … Siehst du? Was habe ich dir gesagt? Warum hörst du nicht auf Daddy?«

»Das hier nervt«, sage ich zu Magda, die strahlend wie immer in engen weißen Jeans und einem Goldlamé-Pullover (die Farben der Schule) auf mich zukommt.

Aber Magda hat hellrote Flecken auf den Wangen, und sie hat kein Rouge aufgelegt.

»So sehe ich aber viel mehr von meinen kleinen Filmstars als tagsüber!«, sagt sie aufgeregt.

Es stimmt, beim Abendessen ist die Cafeteria in Fisher Hall immer am besten besucht. Und es sieht so aus, als ob die Entscheidung des Präsidenten, ein Signal zu setzen, indem er sich mit einem Tablett in die Schlange am warmen Essen anstellt und sich für den Truthahn mit Sauce entscheidet, Wirkung gezeigt hat: nach und nach tröpfeln die Hausbewohner herein und überwinden ihre Scheu, im Todestrakt zu essen.

Vielleicht wollen sie aber auch nur den Gesichtsausdruck des Präsidenten nicht verpassen, wenn er zum ersten Mal das berüchtigte Kartoffelgratin der Cafeteria probiert.

Tom stellt sich mit grimmigem Gesicht neben mich. Eine Sekunde später merke ich auch, warum. Gillian Kilgore folgt ihm auf dem Fuß. Sie wirkt äußerst belebt.

»Na, war das nicht eine gute Idee?«, fragt sie und blickt sich um. »Das zeigt doch, dass alle sich ihrem Arbeitsplatz verbunden fühlen. Jetzt kann der Heilungsprozess einsetzen.«

»Anscheinend hat ihr niemand gesagt, dass wir zur Teilnahme verpflichtet worden sind«, flüstert Tom mir zu.

»Soll das ein Scherz sein?«, flüstere ich zurück. »Das ist doch mit Sicherheit ihre Idee gewesen. Glaubst du, dem Präsidenten fiele so was von allein ein?«

Tom blickt über die Schulter zu Dr. Kilgore. Sie steht an der Salatbar und betrachtet ihre Optionen. Eisbergsalat und Eisbergsalat. »*Böse*«, sagt Tom schaudernd.

Kurz darauf stößt eine keuchende Sarah zu uns. »Danke, dass du mir Bescheid gesagt hast«, sagt sie sarkastisch zu Tom und stellt sich mit ihrem Tablett neben ihn.

»Sarah«, erwidert Tom, »die Veranstaltung ist nur für Vollzeitangestellte, nicht für Studenten gedacht.«

»Ach so?«, sagt Sarah. »Warum? Weil wir Menschen zweiter Klasse sind? Brauchen wir nicht an den therapeutischen Segnungen der gemeinsamen Trauerarbeit teilzuhaben? War es Kilgores Idee, die studentischen Hilfskräfte auszuschließen? Gott, das ist so typisch für diese Freudianer.«

»Halt den Mund und iss«, sagt Tom.

Wir finden einen Tisch, der unserer Meinung nach von dem des Präsidenten weit genug weg ist, und wollen uns gerade setzen, als Präsident Allington uns erwischt.

»Hier drüben«, sagt er und winkt Tom zu. »Kommen Sie, setzen Sie sich zu uns, Scott.«

»Tom«, korrigiert Tom ihn nervös. »Ich bin, äh, Tom Snelling, Sir.«

»Ja, ja«, erwidert der Präsident. Dr. Jessup, der neben ihm steht und es anscheinend besonders wichtig fand, Dr. Allingtons Plan zu unterstützen und mit dem Personal zu Abend zu essen und das Spiel anzuschauen, erklärt: »Tom ist der Leiter von Fisher Hall, Phillip.«

Aber es ist müßig. Präsident Allington hört gar nicht zu.

» Sie sind Mary, nicht wahr?«, sagt er zu mir.

»Heather«, erwidere ich und würde mich am liebsten in einem Mauseloch verkriechen. »Wissen Sie noch? Damals im Penthouse, als Sie noch in Fisher Hall gewohnt haben?«

Ihm treten die Augen aus dem Kopf. Präsident Allington wird nicht gerne an diesen Tag erinnert, ebenso wenig wie seine Frau, die deswegen kaum noch aus ihrem Sommerhaus in den Hamptons in die Stadt kommt.

»Ja, sicher«, sagt Präsident Allington. Dr. Kilgore tritt mit ihrem Tablett zu uns. Anscheinend bemerkt sie gar nicht, dass sie von einer wütend aussehenden Sarah verfolgt wird. »Nun, ich denke, wir kennen uns alle …«

»Entschuldigung, Präsident Allington?«

Fünf Cheerleader haben sich vor dem Tisch aufgebaut und blicken den Präsidenten an.

»Oh«, sagt er und wirft einen besorgten Blick zu Dr. Kilgore, als wolle er sie um Hilfe bitten. Dann jedoch fällt ihm ein, dass er angeblich den Ruf hat, jederzeit für seine Studenten da zu sein. Also zwingt er sich zu einem Lächeln und sagt: »Hallo, Mädchen. Was kann ich für euch tun?«

Coach Andrews, der neben dem Präsidenten sitzt, stößt einen Seufzer aus und legt seine Gabel hin.

»Hört mal, Mädels«, sagt er langsam zu den Cheerleadern. »Wir haben es doch schon diskutiert. Und die Antwort lautet …«

»Wir reden nicht mit Ihnen«, erwidert Cheryl Haebig mit geröteten Wangen. Tapfer hält sie die Stellung. »Wir reden mit Präsident Allington.«

Der Präsident blickt von den Mädchen zum Trainer und wieder zurück.

»Worum geht es denn, Steve?«, will er wissen.

»Sie wollen Lindsays Cheerleading-Pullover verabschieden«, informiert Coach Andrews ihn mit gedämpfter Stimme.

»*Was* wollen sie?« Präsident Allington schaut ihn verwirrt an.

»Überlassen Sie mir die Angelegenheit«, sagt Coach Andrews. Zu den Mädchen gewandt fährt er fort: »Meine Damen, ich finde die Sache mit Lindsay genauso schlimm wie ihr. Wirklich. Aber ich glaube, eine formelle Verabschiedung unter Teilnahme von Lindsays Familie …«

»Ihre gesamte Familie ist heute Abend hier«, teilt Megan McGarretty, Zimmer 1410, ihm mit gepresster Stimme mit. Für so ein winziges Ding sieht sie einschüchternd aus. Sie hat die Arme vor dem großen P auf ihrer Brust verschränkt und schiebt die Hüfte vor wie eine Warnung. »Und sie wollen keinen Gedenkgottesdienst oder so was. Sie erwarten lediglich, dass jemand heute Abend beim Spiel etwas sagt.«

»Oh.« Präsident Allington reißt die Augen auf. »Ich weiß nicht, ob das angebracht wäre.«

»Sie können nicht einfach so tun, als ob nichts geschehen wäre«, erklärt Hailey Nichols, Zimmer 1714.

»Ja, genau«, sagt Cheryl Haebig. Ihre großen braunen Augen schwimmen in Tränen. »Wir werden nicht zulassen, dass man Lindsay vergisst. Sie hat genauso zur Mannschaft gehört wie jeder der Jungen.«

»Das wissen wir alle«, sagt Dr. Kilgore in einem Versuch, dem Präsidenten zu Hilfe zu kommen. »Aber …«

»Wenn einer der Jungen aus der Mannschaft sterben würde«, unterbricht Tiffany Parmenter, Megans Zimmergenossin, sie, »würden Sie seine Nummer auch herausnehmen. Sie würden sein Trikot zu den Meisterschaftsfahnen an die Fahnenstange hängen.«

»Äh.« Dr. Kilgore wirkt ein wenig aus der Fassung geraten. »Das stimmt natürlich, Mädchen. Aber Basketballspieler sind Sportler, und …«

»Wollen Sie damit etwa sagen, dass Cheerleader keine Sportler sind, Dr. Kilgore?« Sarahs Stimme ist eisig.

»N-nein, ganz sicher nicht«, stottert Dr. Kilgore. »Nur …«

»Und warum können Sie dann Lindsays Pullover nicht verabschieden?«, fragt Hailey. Ihr blonder Pferdeschwanz wippt entschlossen. »Warum nicht?«

Ich blicke zu Kimberly Watkins, die als Einzige noch nichts gesagt hat. Aber sie schweigt. Alle fünf Mädchen tragen ihre Cheerleading-Uniformen, weiße Pullover mit goldenen Ps auf der Brust und sehr kurze, weißgoldene Faltenröcke. Darunter tragen sie fleischfarbene Strumpfhosen und weiße Stulpen mit goldenen Pompons hinten. Die weißen Sneakers sind von Reebok, und die Farbe ihrer Haare beinahe durchgängig von Sun-In. Nur Kimberly hat Haare so schwarz wie die Nacht.

»Hört mal.« Coach Andrews sieht müde aus. Er hat dunkle Ringe unter den Augen. »Wir verabschieden nicht die Trikots, wenn ein Spieler stirbt, sondern lediglich die Nummer des Spielers. Lindsay hatte keine Nummer. Wir können kein Kleidungsstück verabschieden.«

»Warum nicht?«

Alle Blicke richten sich auf Manuel, der mit seinem Onkel und anderen Hausangestellten am Nebentisch sitzt.

»Warum nicht?«, wiederholt er. Julio sieht so aus, als würde er vor Verlegenheit am liebsten im Boden versinken.

Zufällig fällt mein Blick auf Magda, die am hinteren Ende des Tisches sitzt und die Cheerleader bekümmert betrachtet. Ich brauche sie nicht erst zu fragen, was sie denkt. Ich denke nämlich das Gleiche.

»Ich finde, Manuel hat Recht«, höre ich mich sagen.

Natürlich schauen jetzt alle mich an. Manuel ist sicher erleichtert darüber, aber mir bereitet es Unbehagen.

Aber ich behaupte mich.

»Ich finde, es wäre eine schöne Geste«, sage ich. »Allerdings muss sie taktvoll durchgeführt werden.«

»Oh, das auf jeden Fall«, versichert Cheryl uns. »Wir haben schon gefragt, ob die Kapelle ganz langsam das Schullied spielen kann. Wir haben alle zusammengelegt und einen Kranz aus weißen und goldenen Rosen gekauft. Und ich habe Lindsays Pullover gewaschen und gebügelt.«

Alle einschließlich Dr. Jessup, dem Leiter der Abteilung – für die Zimmereinrichtung starren mich an.

Aber was soll das auch? Es ist doch nur ein blödes Basketballspiel, und wen interessiert es schon, ob sie dabei den Pullover eines Mädchens – wie heißt das noch mal? Ach ja – verabschieden?

»Es wäre ein bewegender Tribut an ein Mädchen, das sich mehr für die Stiefmütterchen engagiert hat als jeder andere in dieser Schule«, sage ich zu Präsident Allington, der immer noch ganz verwirrt aussieht.

»Aber«, wendet er besorgt ein, »das Spiel wird vom Fernsehen übertragen. Der gesamte Sendebereich in drei Bundesstaaten wird sehen, wie Lindsay Combs' Cheerleading-Pullover verabschiedet wird.«

»Wir machen uns zum Gespött des College-Basketballs«, murmelt Andrews.

»Sind Sie das nicht schon«, frage ich ehrlich neugierig, »mit einem Namen wie Stiefmütterchen?«

Coach Andrews macht ein trauriges Gesicht. »Ja, das stimmt«, sagt er. Als er sich um Trainerstellen beworben hat, hat er sicher im Traum nicht daran gedacht, eines Tages bei einem Drittligisten mit einer Blume als Maskottchen zu landen.

Seufzend verdreht er die Augen und sagt: »Ich habe nichts dagegen, wenn Präsident Allington auch einverstanden ist.«

Der Präsident verzieht verblüfft das Gesicht, hauptsächlich deswegen, weil er gerade einen Bissen Kartoffelgratin in den Mund gesteckt und, seiner Miene nach zu urteilen, mit Sicherheit auf einen großen Klumpen Mehl gebissen hat.

Hastig trinkt er ein halbes Glas Wasser und sagt dann:

»Ja, sicher. Tut, was ihr für richtig haltet.« Fünf Cheerleader und ein Mehlklumpen haben ihn mürbe gemacht.

Cheryl Haebig hört sofort auf zu weinen. »Wirklich?«, fragt sie fröhlich. »Wirklich, Mr President? Meinen Sie es ernst?«

»Ja, ich meine es ernst.«

Cheryl und ihre Freundinnen kreischen so schrill los, dass sich Dr. Kilgore reflexartig die Ohren zuhält. Über dem Geschrei erhebt Coach Andrews seine Stimme und sagt zu Präsident Allington: »Die Pause nach der ersten Halbzeit wird sowieso nicht im Fernsehen übertragen.«

Präsident Allington wirkt erleichtert. »Nun«, sagt er und schiebt sich einen Bissen Truthahn in den Mund. Seine Erleichterung verwandelt sich jedoch schnell in Abscheu, und in einem völlig anderen Tonfall wiederholt er: »Nun.«

Hastig greift er erneut nach seinem Wasserglas, was nur bedeuten kann, dass der Präsident heute wahrscheinlich zum letzten Mal in der Cafeteria der Fisher Hall gegessen hat.

13

The »cad« in »decadence«
The »ow« in »follow through«
The »ass« in »embarrass«
Together these spell »YOU«.

»Rejection Song«
Von Heather Wells

Okay, ich gebe es zu. Ich war noch nie bei einem Basketballspiel. Weder bei einem Profispiel – obwohl Jordan mich immer angefleht hat, ihn zu den Spielen der Knicks zu begleiten, zum Glück hatte ich jedoch meistens eine gute Ausrede, wie zum Beispiel, dass ich mir die Haare waschen müsste – noch bei einem Highschool-Spiel. Ich ging von der Highschool ab, als mein erstes Album in die Charts kam. Ganz bestimmt war ich nie bei einem College-Spiel, im Allgemeinen kann ich mit meiner Zeit etwas Besseres anfangen.

Daher kann ich auch nicht wirklich sagen, was ich erwartet hatte. Allerdings war ich nicht auf die Hunderte von Fans gefasst, die bereits in der Sporthalle saßen, als wir hereinkamen, die Gesichter in den Farben ihrer Mannschaften bemalt, oder mit durchgeschnittenen Basketbällen als Maske, mit kleinen Schlitzen für die Augen, und ungeduldig mit den Füßen trampelten.

Magda jedoch, die eine erfahrene Sportveteranin war, ihre drei Brüder hatten alle in der Highschool Basketball gespielt, hat alles im Griff und steuert mich, gefolgt von Tom (»Lasst mich nicht allein«), Sarah (»Basketball ist so sexistisch«) und Pete (»Ich habe dir doch gesagt, du sollst den Hamster deines Bruders nicht da hineinstecken«) auf ein paar freie Plätze auf den Rängen zu, die nicht so weit oben liegen, damit wir es nicht so weit zur Toilette haben, wie Magda erklärt, aber auch nicht so weit unten, dass wir von den Bällen getroffen werden können.

Auch die übrigen Vertreter aus Fisher Hall, einschließlich Präsident Allington, der in einer reservierten Loge sitzt, Dr. Kilgore, Dr. Jessup und die anderen Vorstandsmitglieder, nehmen ihre Plätze ein, und da der Impuls ansteckend ist, beginnen auch sie mit den Füßen zu stampfen, bis die Stahlträger der Halle zu beben scheinen.

Die Menge beruhigt sich erst, als die Kapelle die ersten Töne von »The Star Spangled Banner« angestimmt hat, dann singen alle fröhlich mit einer hübschen Blondine im Kostüm eines Operettenmajors mit, die sich mächtig ins Zeug legt. Vielleicht glaubt sie ja, dass ein Repräsentant einer großen Plattenfirma sich im Publikum befindet, der ihr auf der Stelle einen Vertrag anbietet. Oder vielleicht auch ein Broadway-Produzent, der nach ihrer Gesangsdarbietung zu ihr kommt und sagt: »Sie waren großartig! Wollen Sie nicht die Hauptrolle in der Neufassung von *South Pacific* spielen, die ich plane?«

Na, viel Glück, Schätzchen.

Als die letzten Worte verklingen, intoniert die Kapelle das Schullied und Rad schlagend springen Cheryl und ihre

Cheerleader aufs Spielfeld. Sie sind wirklich beeindruckend. So viel Gelenkigkeit habe ich, außer auf dem Video von Tania Trace, noch nie gesehen.

Den Cheerleadern folgt die schlaksige Mannschaft der Stiefmütterchen in ihren weißgoldenen Trikots. Jeff, Mark und die anderen Bewohner von Fisher Hall sind kaum wiederzuerkennen, weil sie so … nun ja, sportlich aussehen. Aber sie sind eben auch in erster Linie Sportler. Sie begrüßen jeden der New Jersey East Devils in ihren rotgoldenen Trikots mit Handschlag, ihr Sportsgeist beeindruckt mich, auch wenn mir klar ist, dass man ihnen eingeschärft hat, sich so zu benehmen. Die Fernsehkameras schwenken auf Coach Andrews und ein paar andere Männer, wahrscheinlich Assistenztrainer, die sich zu ihren Plätzen an der Seitenlinie begeben. Dort begrüßen sie die Trainer der gegnerischen Mannschaft, und dann kommt der Einwurf, wie Magda uns erklärt.

Trotz der arktischen Temperaturen draußen ist es furchtbar warm in der Sporthalle, und alle sind ein wenig gereizt. Vor allem Sarah scheint sich über alles und jeden beklagen zu müssen. Sie hat zu vielen Themen etwas zu sagen, vor allem darüber, dass man mit dem Geld, das für die Sportler am New York College herausgeworfen wird, besser neue Psychologie-Räume schaffen würde und dass das Popcorn fade schmeckt. Neben ihr trinkt Tom friedlich aus seinem Flachmann, aus medizinischen Gründen, wie er Sarah informiert.

»Ja, klar«, erwidert Sarah sarkastisch.

»Ich könnte auch mal was von Ihrer Medizin gebrauchen«, erklärt Pete, nachdem er endlich sein Handy ausgeschaltet hat. Offensichtlich ist die Hamsterkrise abgewendet.

»Aber bitte«, sagt Tom und reicht Pete den Flachmann. Pete nimmt einen Schluck, verzieht das Gesicht und gibt ihn ihm zurück.

»Das schmeckt wie Zahnpasta«, knurrt er.

»Ich habe Ihnen doch gesagt, dass es Medizin ist«, sagt Tom fröhlich und wächst sichtlich.

In der Zwischenzeit hat Sarah ihre Aufmerksamkeit dem Spiel zugewendet.

»Warum hat der Spieler jetzt ein Foul bekommen?«, will sie wissen.

»Weil der Junge ihn angerempelt hat«, erklärt Magda geduldig. »Wenn du den Ball hast, darfst du nicht einfach die Leute, die ihn dir wieder wegnehmen wollen, über den Haufen rennen.«

»Oh!«, schreit Sarah und packt Magda so fest am Handgelenk, dass sie ihre Coke verschüttet. »Oh, sehen Sie mal! Coach Andrews schreit einen der Schiedsrichter an! Warum macht er das?« Sie hopst auf ihrer Bank auf und ab. »Was sagt der Mann zu ihm? Er sieht ganz böse aus!«

»Ich weiß nicht«, erwidert Magda und wirft ihr einen verärgerten Blick zu. Endlos scheint ihre Geduld nun auch wieder nicht zu sein. »Woher soll ich das wissen? Hören Sie jetzt mal auf, so herumzuhopsen? Ich verschütte meine Coke!«

»Warum hat der Spieler denn jetzt einen Freiwurf? Warum darf er das jetzt machen?«

»Weil Coach Andrews den Schiedsrichter als blinden Sohn einer …« Magda bricht ab und reißt die Augen auf. »Heilige Muttergottes!«

»Was ist?« Sarah blickt angestrengt aufs Spielfeld. »Was ist? Was ist los? Hat ein anderer den Ball?«

»Nein. Heather, ist das nicht *Cooper*?«

Mir krampft sich alles zusammen. »Cooper? Das kann nicht sein! Was sollte er denn hier?«

»Ich weiß nicht«, sagt Magda. »Aber ich könnte schwören, das da unten ist er. Ein älterer Mann ist bei ihm …«

Bei den Worten *ein älterer Mann* bleibt mir fast das Herz stehen. Es gibt nur einen älteren Mann, mit dem Cooper zusammen sein könnte, mit Ausnahme von Detective Canavan natürlich.

Und dann erblicke ich die beiden, unten an der Bank der Stiefmütterchen. Cooper blickt suchend in die Menge und hält offenbar Ausschau nach mir, während Dad … na ja, Dad scheint das Spiel zu genießen.

»O Gott«, sage ich und lasse den Kopf auf die Knie sinken.

»Was ist los?« Magda legt mir die Hand auf den Rücken. »Liebes, was ist los?«

»Mein Vater«, murmele ich.

»*Was?*«

»Mein Vater.« Ich hebe den Kopf.

Es hat nicht funktioniert. Er ist immer noch da. Ich hatte gehofft, er würde verschwinden, wenn ich meine Augen schließe, aber dieses Glück war mir offenbar nicht vergönnt.

»Das ist dein Dad?« Pete verrenkt sich den Hals, um ihn zu sehen. »Der Knastbruder?«

»Dein Dad war im Gefängnis?« Tom hat sozusagen noch in den Windeln gelegen, als mein Name in aller Munde war, deshalb weiß er nichts von meinem früheren Leben. Er war früher noch nicht einmal heimlich ein Fan von Heather Wells, was merkwürdig ist, da die meisten meiner treuen Bewunderer schwule Jungs waren. »Weswegen?«

»Würdet ihr euch bitte nicht so vorbeugen!«, beschwert sich Sarah gereizt. »Ich möchte gern das Spiel sehen.«

»Ich bin gleich wieder da«, sage ich, weil Cooper mich in der Menge entdeckt hat und sich entschlossen auf mich zu bewegt, meinen Dad im Schlepptau, der seinen Blick nur widerwillig vom Spiel losreißt. Ich möchte auf keinen Fall, dass meine Freunde die Szene miterleben, die bestimmt ziemlich unerfreulich wird.

Mit klopfendem Herzen eile ich auf Cooper zu. Seine Miene ist undurchdringlich, aber ich sehe immerhin, dass er sich die Zeit genommen hat, um sich zu rasieren. Vielleicht ist es also gar nicht so schlimm …

»Heather?«, sagt er kühl.

Na ja, okay. Es ist ziemlich schlimm.

»Sieh mal, wer eben an unserer Haustür geläutet hat?«, fährt er fort. Zwar macht mein Herz einen kleinen Satz, als er *unsere* sagt, aber ich weiß, dass er es nicht so meint, wie ich es gerne hätte. »Wann wolltest du mir denn erzählen, dass dein Dad wieder in der Stadt ist?«

»Oh«, sage ich und werfe rasch einen Blick über die Schulter, um mich zu vergewissern, dass keiner meiner Freunde lauscht. Es überrascht mich jedoch nicht, dass *alle* angestrengt zuhören, außer Sarah, die wie hypnotisiert aufs Spielfeld starrt.

»Ich habe nur auf den richtigen Moment gewartet«, erwidere ich. Ich weiß, dass das lahm klingt, aber ich kann es nicht ändern. »Ich meine … Ich wollte sagen …«

»Ist ja egal«, sagt Cooper. Auch ihm scheint klar zu sein, dass die anderen unser Gespräch aufmerksam verfolgen. »Wir reden zu Hause darüber.«

Furchtbar erleichtert erwidere ich: »Gut. Lass ihn einfach hier bei mir. Ich kümmere mich schon um ihn.«

»Er ist eigentlich ganz gut zu haben«, sagt Cooper und blickt zu meinem Dad, der stocksteif mitten in den Rängen steht und gar nicht zu merken scheint, dass alle Leute versuchen, um ihn herum etwas vom Spiel zu sehen, und ungerührt aufs Spielfeld blickt. Wahrscheinlich ist es schon eine ganze Weile her, seit er sich live ein Spiel angesehen hat. Wenn man sich für Basketball interessiert, ist das Spiel vermutlich ziemlich aufregend. »Hey. Ist noch Popcorn da?«

Sarah überrascht uns alle, na ja, zumindest mich. Anscheinend hat sie uns doch die ganze Zeit zugehört, denn sie schüttelt ihren Kopf und sagt, ohne ihren Blick vom Spielfeld zu wenden: »Nein, es ist fast alle. Schicken Sie Heather, damit sie neues holt.«

»Bring mir eine Coke mit«, sagt Pete.

»Ich hätte gerne ein paar Nachos«, fügt Tom hinzu.

»Nein!«, kreischt Magda, als ein Schiedsrichter pfeift. »Der ist tatsächlich blind!«

Cooper sagt: »Was?« und setzt sich auf den Platz, den ich gerade frei gemacht habe. »Weswegen hat er gepfiffen?«

»Angeblich ein Foul«, spuckt Magda. »Aber er hat ja den Jungen kaum berührt!«

Kopfschüttelnd mache ich mich auf den Weg zu meinem Vater. Er blickt immer noch fasziniert aufs Spielfeld.

»Dad«, sage ich.

Er dreht sich nicht um. Er sagt auch nichts. Auf der Anzeigetafel über der Mitte des Spielfeldes wird die verbleibende Spielzeit heruntergezählt. Anscheinend sind es noch neun Sekunden. Die Stiefmütterchen haben den Ball.

»Dad«, sage ich noch einmal. Vermutlich ist es kein Wunder, dass er nicht reagiert. Schließlich hat ihn seit Jahren niemand mehr Dad genannt.

Mark Shepelsky hat den Ball. Er dribbelt ihn quer übers Spielfeld. Sein Gesicht zeigt einen Ausdruck von Konzentration, den ich noch nie bei ihm gesehen habe, noch nicht einmal, wenn er das Formular für steckengebliebenes Geld im Kaffeeautomaten ausfüllt.

»Dad«, sage ich zum dritten Mal, lauter als vorher.

Mein Dad zuckt zusammen und blickt sich um.

In dem Moment bleibt Mark stehen, zielt und wirft den Ball quer durch die Halle direkt in den Korb, nur Sekunden, bevor der Halbzeitpfiff ertönt. Die Menge rast.

»Was?«, fragt Dad, allerdings nicht an mich gewandt. Er schaut die anderen Zuschauer an. »Was ist passiert?«

»Shepelsky hat drei Punkte gemacht«, schreit eine hilfreiche Seele.

»Oh, und das habe ich verpasst!« Dad macht ein ärgerliches Gesicht. »Verdammt!«

»Dad!«, sage ich. »Ich kann es nicht fassen. Warum bist du zu mir nach Hause gekommen? Du hast doch gesagt, du wolltest zuerst anrufen. Warum hast du nicht angerufen?«

»Ich habe ja angerufen«, sagt er, während er zusieht, wie die Stiefmütterchen freudestrahlend vom Platz laufen. »Es ist aber niemand drangegangen, deshalb habe ich gedacht, du gehst mir aus dem Weg.«

»Ist dir nicht in den Sinn gekommen, dass ich dir nicht aus dem Weg gehe, sondern einfach noch nicht zu Hause bin?«

Dad wird klar, dass ich nicht glücklich über sein Erscheinen bin. Wahrscheinlich hört er es an meinem ärgerlichen Tonfall. Außerdem ruht die Aktion auf dem Spielfeld im Moment sowieso, deshalb schaut er zur Abwechslung mal mich an.

»Was ist los, Schätzchen?«, fragt er. »Habe ich es vermasselt?«

Ich komme mir idiotisch vor, weil ich mich so aufrege, kann es aber nicht ändern. »Es ist nur …«, sage ich, »mit Cooper, meinem Vermieter, ist es nicht ganz so einfach. Und wenn du einfach so aus heiterem Himmel auftauchst …«

»Er macht einen netten Eindruck auf mich«, sagt Dad und blickt zu Cooper hinüber. »Gescheit, lustig.« Grinsend fügt er hinzu: »Meinen Segen hast du.«

Irgendetwas in mir platzt. Hoffentlich ist es kein Aneurysma.

»Ich brauche deinen Segen nicht, Dad«, schreie ich ihn an. »Die letzten zwanzig Jahre bin ich sehr gut ohne ihn ausgekommen.«

Dad weicht erschreckt zurück.

Ich hätte nicht so laut werden sollen. Es ist ja nicht seine Schuld, wenn er glaubt, dass zwischen mir und Cooper etwas ist.

Schuldbewusst mäßige ich meinen Tonfall. »Es ist nicht so, wie du denkst. Zwischen Cooper und mir. Wir sind nur Freunde. Ich mache seine Buchhaltung.«

»Ich weiß«, sagt Dad. »Das hat er mir erzählt.«

Jetzt bin *ich* verwirrt. »Warum hast du denn dann gesagt, deinen Segen hätte ich? Es hat sich so angehört, als glaubtest du, wir seien ein Paar.«

»Nun, du bist doch in ihn verliebt, oder nicht?«, erwidert Dad. »Es steht dir doch im Gesicht geschrieben. Ihn kannst du ja vielleicht täuschen, aber doch nicht deinen alten Vater. So hast du schon mit neun Jahren ausgesehen, wenn dieser Scott Baio im Fernsehen kam.«

Ich starre ihn an. Dann merke ich, dass mir der Mund

offen steht, und klappe ihn zu. »Dad«, sage ich, »setz dich neben Cooper. Ich bin gleich wieder da.«

»Wohin gehst du?«, will Dad wissen.

»Ich hole Nachos«, erwidere ich.

Mit weichen Knien mache ich mich auf den Weg.

14

I saw the house where we used to live
And remembered you, and all we did
I always thought without you I'm sunk
But the truth is, in bed, you kinda stunk.

»Ballad of the Ex«
Von Heather Wells

Die Anlage des Winer-Sportkomplexes ist mir nicht völlig unbekannt. Ich habe letztes Semester dort an einem fünfundzwanzig Dollar teuren, sechsmonatigen Aerobic-Kurs teilgenommen. Einmal bin ich sogar dort gewesen.

Leider war mir bald schon klar, dass am New York College nur dünne Mädchen in Aerobic-Kurse gehen und dass kräftiger gebaute junge Damen wie ich zum Beispiel ganz hinten stehen mussen, damit die elfenhaften Dinger den Lehrer überhaupt sehen können. Ich sah dann in der hintersten Reihe nur noch einen Wald von dünnen Ärmchen, die eifrig geschwenkt wurden.

Nach der ersten Stunde gab ich es auf. Meine fünfundzwanzig Dollar wollten sie mir allerdings nicht zurückgeben.

Immerhin machte der Kurs mich mit dem Sportcenter vertraut, sodass ich jetzt, in der Halbzeit, tief im Innern des Gebäudes, eine Damentoilette finde, vor der keine kilometerlange Schlange steht. Als ich mir danach die Hände wasche, mich im Spiegel betrachte und mir überlege, ob ich einfach der Natur ihren Lauf lassen und meine Haare wieder nachdunkeln lassen sollte, rauscht eine Spülung und Kimberly Watkins in weißgoldenem Pullover und Faltenrock kommt aus einer Kabine. Ihre rotgeränderten Augen – ja, definitiv rotgerändert, und zwar vom Weinen – weiten sich, als sie mich sieht.

»Oh«, sagt sie und bleibt stehen. »Sie.«

»Hi, Kimberly«, sage ich. Auch ich bin überrascht, sie zu sehen. Ich hatte geglaubt, die Cheerleader hätten eine extra VIP-Toilette.

Aber vielleicht ist das ja auch so, und Kimberly hat sich nur hierhin zurückgezogen, um in Ruhe weinen zu können.

Sie hat sich rasch gefangen und stellt sich an das Waschbecken neben mich, um sich die Hände zu waschen.

»Gefällt Ihnen das Spiel?«, fragt sie. Sie glaubt anscheinend, es fiele mir nicht auf, dass ihre Wimperntusche vom Weinen ganz verschmiert ist.

»Klar«, erwidere ich.

»Ich wusste gar nicht, dass Sie ein Fan sind«, sagt sie.

»Bin ich eigentlich auch nicht«, gebe ich zu. »Wir müssen heute Abend teilnehmen, um allen zu zeigen, dass Fisher Hall keineswegs der Todestrakt ist.«

»Oh«, sagt Kimberly. Sie dreht das Wasser ab und greift zur gleichen Zeit wie ich nach den Papiertüchern.

»Bitte«, sagt sie und lässt mir den Vortritt.

Während ich mir die Hände abtrockne, sage ich: »Ach

übrigens, Kimberly, ich habe heute Doug Winer einen kurzen Besuch abgestattet.«

Kimberly reißt die Augen auf und vergisst völlig, dass ihre Hände tropfnass sind. »*Wirklich?*«

»Ja.«

»*Warum?*«, fragt sie mit ersterbender Stimme. »Ich habe Ihnen doch gesagt, dass Lindsays durchgeknallte Zimmergenossin sie umgebracht hat. Ihre Mitbewohnerin, nicht Doug.«

»Ja«, sage ich und werfe die benutzten Papierhandtücher in den Abfalleimer. »Das hast du gesagt, aber es ergibt keinen Sinn. Ann ist keine Mörderin. Warum behauptest du das? Doch höchstens, um die Polizei von der Spur der Person abzubringen, die es tatsächlich war.«

Verlegen wendet sie sich ab. Auf einmal scheint ihr einzufallen, dass sie sich ja auch noch die Hände abtrocknen muss. Sie zieht einige Papiertücher aus dem Spender an der Wand. »Ich weiß nicht, was Sie meinen«, sagt sie.

»Oh«, erwidere ich. »Soll das heißen, du weißt nicht, dass Doug dealt?«

Kimberly schürzt ihre perfekt geschminkten Lippen und betrachtet ihr Spiegelbild. »Doch, schon. Ich weiß ja, dass er immer Koks hat. Und E.«

»Ach«, erwidere ich sarkastisch. »Ist das alles? Warum hast du denn nicht vorher schon mal was gesagt, Kimberly? Warum hast du denn versucht, die Schuld auf Ann abzuwälzen, wenn du das alles über Doug gewusst hast?«

»Du liebe Güte!«, schreit Kimberly und funkelt mich böse an. »Nur weil ein Typ dealt, ist er noch lange kein Mörder. Verdammt noch mal, viele Leute dealen. Echt viele.«

»Der Handel mit Betäubungsmitteln ist gesetzeswidrig,

wie du weißt«, sage ich zu ihr. »Und sie zu besitzen ebenso. Er könnte ins Gefängnis kommen. Er könnte von der Schule verwiesen werden.«

Kimberly lacht einmal kurz und verächtlich auf. »Doug Winer kommt weder ins Gefängnis, noch wird er von der Schule verwiesen.«

»Ach so? Und warum nicht?«

»Weil er ein *Winer* ist«, erwidert Kimberly, als wäre ich völlig blöde.

Ich ignoriere das. »Hat Lindsay Drogen genommen, Kimberly?«

Sie verdreht die Augen. »Du lieber Himmel, was ist denn mit Ihnen los? Warum kümmert Sie das überhaupt? Mir ist ja klar, dass Sie ein frustrierter Exrockstar sind, aber heute hört eben niemand mehr Ihre Musik. Jetzt sind Sie nur noch eine Büromaus an einer drittklassigen Schule. Jeder Affe könnte Ihren Job übernehmen. Warum mischen Sie sich überhaupt ein?«

»*Hat Lindsay Drogen genommen?*« Meine Stimme ist so laut und kalt, dass Kimberly zusammenzuckt.

»Ich weiß nicht«, schreit sie zurück. »Lindsay hat vieles gemacht … und mit vielen Leuten.«

»Wie meinst du das?« Ich kneife die Augen zusammen. »Was soll das heißen, mit vielen Leuten?«

Kimberly wirft mir einen sarkastischen Blick zu. »Was glauben Sie denn? Alle tun so, als sei Lindsay eine Heilige gewesen. Cheryl und die anderen mit dieser blöden Pullover-Idee. Sie war keine Heilige. Sie war einfach nur … Lindsay eben.«

»Mit was für Leuten hatte sie zu tun?«, herrsche ich sie an. »Mark und Doug und wer noch?«

Kimberly wendet sich schulterzuckend wieder ihrem

Spiegelbild zu. »Wenn Sie es unbedingt wissen wollen«, sagt sie, »dann fragen Sie doch Coach Andrews.«

Ich starre sie an. »Coach *Andrews?* Woher soll er das denn wissen?«

Kimberly verzieht spöttisch das Gesicht.

Mir bleibt der Mund offen stehen.

Ich fasse es nicht. »Ach, hör doch auf«, sage ich. Lindsay und *Coach Andrews*? »Meinst du das ernst?«

In diesem Moment geht die Tür zur Damentoilette auf und Megan McGarrety steckt ihren Kopf hinein.

»O Mann«, sagt sie zu Kimberly, »da bist du ja. Wir haben dich überall gesucht. Komm endlich, es ist Zeit für Lindsays Pullover.«

Kimberly wirft mir einen wissenden Blick zu und wendet sich zum Gehen.

»Warte, Kimberly«, sage ich. Ich muss sie unbedingt fragen, was sie mit Lindsay und Coach Andrews gemeint hat. Das kann doch nicht ihr Ernst gewesen sein. Oder doch? Coach Andrews? Er kommt mir so … steif vor.

Aber Kimberly ist bereits mit schwingendem Röckchen hinausgerannt. Es überrascht mich nicht, dass sie sich noch nicht einmal verabschiedet hat.

Ich bleibe wie erstarrt stehen und blicke auf die Tür, durch die die beiden Mädchen gerade verschwunden sind. Lindsay und *Coach Andrews*?

Selbst wenn es stimmt, kann ich mir nicht vorstellen, warum er sie umbringen sollte. Lindsay war schließlich über achtzehn. Ja, klar, das College billigt es nicht, wenn Mitglieder des Lehrkörpers mit ihren Studenten schlafen, aber sie hätten Coach Andrews deswegen nicht gleich entlassen. Immerhin ist er Phillip Allingtons Goldjunge, der Mann, der dem New York College wieder zu Ruhm und

Ehre verhelfen soll. Wahrscheinlich könnte sich der Trainer durch die gesamte weibliche Studentenschaft schlafen, und der Aufsichtsrat würde nicht mit der Wimper zucken, solange die Stiefmütterchen ihre Spiele gewinnen.

Warum also sollte er Lindsay umbringen?

Und wie hat diese Rotzgöre mich genannt? Büromaus? Ich bin weit mehr als das. Fisher Hall würde im Chaos versinken, wenn es mich nicht gäbe. Was glaubt sie denn, warum ich überhaupt so viele Fragen nach Lindsay stelle? Weil mir dieser Ort und die Menschen, die hier leben, etwas *bedeuten*. Wie viele Mädchen wären denn letztes Semester noch gestorben, wenn ich nicht gewesen wäre? Wenn es mich nicht gäbe, bekäme auch niemand sein Geld aus dem Verkaufsautomaten zurück. Wie würde es Kimberly Watkins denn *dann* in Fisher Hall gefallen?

Schäumend vor Wut verlasse ich die Toilette. Im Gang ist es totenstill. Die Mädchen haben vermutlich in der Sporthalle mit ihrem Tribut an Lindsay begonnen, und alle haben ihre Plätze wieder eingenommen. Von Weitem höre ich die Kapelle, die das Schullied ganz langsam spielt, wie die Mädchen es wollten, und eigentlich möchte ich auch gerne in die Halle, um zuzuschauen.

Aber ich habe Toms Nachos noch nicht besorgt und Petes Coke auch nicht. Von Coopers Popcorn ganz zu schweigen. Wahrscheinlich ist jetzt die beste Gelegenheit, um alles zu holen, weil es jetzt keine Schlange am Kiosk gibt.

Ich laufe um die Ecke, vorbei an den leeren Squashplätzen, wenn Sarah sich jemals ernsthaft im Sportcenter umschauen würde, hätte sie noch viel mehr Grund, sich darüber zu beschweren, wie schlecht der Fachbereich Psychologie behandelt wird. Allein in diesem Gebäude stecken bestimmt zwanzig oder dreißig Millionen des

Winer-Geldes. Es ist beinahe brandneu, und man kommt nur mit speziellen Scanner-Ausweisen durch die Sperren. Selbst in den Getränkeautomaten sind Scanner eingebaut, sodass man mit seiner Kantinenkarte eine Dose Coke kaufen kann.

Allerdings machen diese hochmodernen Automaten komische Geräusche. Sie summen nicht leise vor sich hin, sondern geben klopfende Laute von sich.

Aber Getränkeautomaten klopfen doch nicht.

Dann sehe ich plötzlich, dass ich nicht die einzige Person im Gang bin. Als ich um die Getränkeautomaten herum komme, sehe ich, dass das klopfende Geräusch von einem langen Küchenmesser verursacht wird, das einem Mann in Sportjacke und Krawatte wiederholt zwischen die Rippen gestoßen wird. Der Mann liegt zusammengesunken an der Wand und drei andere Männer, alle drei mit einem Basketball als Maske, mit kleinen Schlitzen an den Augen, damit sie etwas sehen können, beugen sich über ihn.

Als die drei Männer mich schreien hören – wenn man zufällig in eine solche Szene gerät, schreit man unwillkürlich –, drehen sie sich nach mir um, drei halbe Basketbälle mit Sehschlitzen schwenken in meine Richtung.

Natürlich schreie ich noch einmal. Entschuldigen Sie mal, aber das ist doch auch unheimlich.

Dann zieht einer der Männer das Messer aus dem Mann auf dem Boden. Es macht ein übles, saugendes Geräusch. Die Klinge ist ganz blutig. Bei dem Anblick dreht sich mir der Magen um.

Erst als der Mann mit dem Messer zu seinen Kumpanen sagt: »Haut ab!«, wird mir klar, was gerade passiert ist, ich bin zufällig Zeuge eines Verbrechens geworden.

Aber sie scheinen nicht daran interessiert zu sein, mich

umzubringen, sondern laufen im Gegenteil so schnell weg, dass die Sohlen ihrer Sneakers auf dem gebohnerten Fußboden quietschen.

Während das Kampflied des New York College leise von Weitem ertönt, sinke ich neben dem verletzten Mann auf die Knie. Krampfhaft versuche ich mich zu erinnern, was ich im Erste-Hilfe-Kurs, den Dr. Jessup in den Winterferien abgehalten hat, gelernt habe. Es war zwar nur eine Stunde, in die so viel Information wie möglich gequetscht wurde, aber ich weiß noch, dass es vor allem wichtig ist, Hilfe zu holen. Sofort ziehe ich mein Handy aus der Tasche und wähle Coopers Nummer, weil sie mir als Erste einfällt.

Es klingelt dreimal, bevor er sich meldet. Vermutlich ist Lindsays Tribut besonders bewegend.

»Bei den Squash-Plätzen ist jemand erstochen worden«, sage ich ins Telefon. Bei einem Notfall muss man ganz ruhig bleiben, das habe ich bei meiner Ausbildung zur stellvertretenden Wohnheimleiterin gelernt. »Ruf einen Krankenwagen und die Polizei. Die Typen, die es getan haben, haben Basketballmasken getragen. Niemand mit Basketballmaske darf das Stadion verlassen. Bring einen Erste-Hilfe-Kasten mit. Und komm sofort her!«

»Heather?«, fragt Cooper. »Heather, was ist denn? Wo bist du?«

Ich wiederhole alles, was ich gerade gesagt habe. Dabei blicke ich auf den erstochenen Mann und stelle entsetzt fest, dass ich ihn kenne.

Es ist Manuel, Julios Neffe.

»Beeil dich!«, schreie ich ins Telefon. Dann merke ich, dass das Blut aus Manuels Körper einen Teich um meine Knie bildet.

Ich ziehe mir den Pullover über den Kopf und stopfe ihn in das klaffende Loch in Manuels Bauch. Etwas Besseres fällt mir nicht ein. Im Erste-Hilfe-Kurs war nicht die Rede von zahlreichen Stichwunden im Bauch.

»Es wird alles gut«, sage ich zu Manuel. Er blickt mich mit halbgeschlossenen Augen an. Das Blut, das meine Jeans tränkt, ist eine zähe, fast schwarze Masse. Immer tiefer stopfe ich meinen Pullover in die größte Wunde und drücke ihn fest dagegen. »Manuel, es wird alles gut. Halt durch, ja? Jeden Moment ist Hilfe hier.«

»H-Heather«, rasselt Manuel. Blutiger Schaum dringt ihm aus dem Mund. Ich weiß, dass das kein gutes Zeichen ist.

»Es wird alles gut«, sage ich noch einmal so zuversichtlich, wie es mir möglich ist. »Hörst du mich, Manuel? Du wirst wieder gesund.«

»Heather«, sagt Manuel. Seine Stimme ist nur noch ein Wispern. »Ich war es. Ich habe ihn ihr gegeben.«

Ich drücke fest gegen die Wunde, das Blut hat meinen Pullover durchweicht und sammelt sich unter meinen Fingernägeln, und sage: »Du darfst nicht sprechen, Manuel. Hilfe ist unterwegs.«

»Sie hat mich darum gebeten«, fährt Manuel fort. Anscheinend deliriert er schon vor lauter Blutverlust und Schmerzen. »Sie hat mich darum gebeten, und ich habe ihn ihr gegeben. Ich hätte es nicht tun dürfen, aber sie hat geweint. Ich konnte es ihr nicht abschlagen. Sie war … sie war so …«

»Hörst du jetzt auf, Manuel?«, sage ich. Es erschreckt mich, wie viel Blut aus seinem Mund kommt. »Bitte. Bitte rede nicht.«

»Sie hat geweint«, sagt Manuel immer wieder. *Wo bleibt*

bloß Cooper? »Sie hat doch so geweint, ich konnte es ihr nicht abschlagen. Aber ich wusste es nicht. Ich wusste nicht, was sie mit ihr machen würden.«

»Manuel«, sage ich, wobei ich hoffe, dass er nicht hört, wie sehr meine Stimme zittert. »Du musst aufhören zu sprechen. Du verlierst viel zu viel Blut …«

»Aber sie wusste es«, fährt er fort. Er ist offensichtlich in seiner eigenen Welt. »Sie wussten, wo sie es hat …«

In diesem Augenblick biegt Cooper um die Ecke, dicht gefolgt von Pete und Tom. Pete zieht sofort sein Sicherheits-Walkie-Talkie aus der Tasche und spricht hinein, sie hätten mich gefunden, und sie sollten sofort mit einer Trage zu den Squash-Plätzen kommen.

Cooper hockt sich neben mich und zaubert einen Erste-Hilfe-Kasten hervor, den er anscheinend irgendwo gestohlen hat.

»Der Krankenwagen ist schon unterwegs«, sagt er. Manuel redet mit schwacher Stimme immer weiter.

»Ich habe ihn ihr gegeben, verstehst du nicht, Heather? Ich war es. Und sie wussten, dass ich es war.«

»Wer war das?«, fragt Cooper und holt Verbandszeug aus dem Erste-Hilfe-Kasten. »Hast du ihn gesehen?«

»Sie hatten alle Basketbälle über den Köpfen«, erwidere ich.

»*Was?*«

»Sie hatten alle Basketbälle über den Köpfen.« Ich nehme ihm den Verbandsmull aus der Hand, ziehe meinen Pullover heraus und ramme stattdessen die Verbandsrolle in die größte Wunde. »Halb abgeschnittene Basketbälle, mit Schlitzen für die Augen …«

»Mein Gott.« Tom beugt sich leichenblass über uns. »Ist das … Ist das *Manuel*?«

»Ja«, sage ich. Cooper zieht ein Augenlid von Manuel hoch.

»Er steht unter Schock«, sagt er, meiner Meinung nach ziemlich ruhig. »Kennst du ihn?«

»Er arbeitet in Fisher Hall. Sein Name ist Manuel.« Julio wird ausflippen, wenn er das hier sieht. Ich kann nur beten, dass er nicht nach seinem Neffen sucht.

»Es sollte eine Warnung sein«, sagt Manuel. »Eine Warnung für mich, damit ich niemandem sage, dass ich ihn ihr gegeben habe.«

»Wem hast du was gegeben, Manuel?«, fragt Cooper, obwohl ich versuche, das zu verhindern.

»Den Schlüssel«, sagt Manuel. »Ich hätte es nicht gedurft, aber ich habe ihr meinen Schlüssel gegeben.«

»Wem?«, fragt Cooper.

Ich fasse es nicht. Er verhört tatsächlich einen sterbenden Mann. »Cooper!«, sage ich.

Aber er ignoriert mich.

»Manuel, wem hast du deinen Schlüssel gegeben?«

»Lindsay«, sagt Manuel. »Ich habe Lindsay meinen Schlüssel gegeben. Sie hat geweint, sie hat gesagt, sie habe etwas in der Cafeteria vergessen, etwas, das sie unbedingt braucht. Es war Nacht, und alles war schon zu.«

Seine Augen fallen zu.

Aber da sind auch schon die Sanitäter da und schieben uns beide beiseite. Eigentlich bin ich erleichtert, weil ich denke, dass jetzt alles in Ordnung kommt.

Aber das zeigt bloß, wie wenig ich weiß.

15

I told a white lie
There's no sense denying
To tell you the truth
I wasn't even trying.

»Little White Lie«
Von Heather Wells

Wissen Sie, was passiert, wenn jemand während eines drittklassigen College-Basketballspiels, das von New York One übertragen wird, beinahe ermordet wird?

Alle spielen weiter.

Genau.

Natürlich wurden Polizisten an allen Ausgängen postiert, aber sie beendeten das Spiel – das die Stiefmütterchen im Übrigen vierundzwanzig zu vierzig verloren, allerdings nicht wegen Manuel. Das hat ihnen nämlich keiner erzählt. Nein, sie haben es einfach nur nicht gebracht. Und nach dem Spiel hielten die Bullen am Ausgang alle Zuschauer an und ließen sich Hände, Füße und den Inhalt der Taschen zeigen, sodass sie sie auf Blut und Waffen überprüfen konnten.

Aber sie sagten niemandem, nach was sie suchten.

Sie fanden auch nichts Belastendes. Sie konnten noch nicht mal die Männer mit Basketballmasken zum Verhör da behalten, weil so gut wie alle männlichen Besucher solche Masken trugen.

Es lag ja auch auf der Hand, für mich jedenfalls, dass die Typen, die Manuel niedergestochen hatten, schon längst über alle Berge waren. Ich meine, ich bezweifle sehr, dass sie sich das Spiel noch zu Ende angeschaut haben. Wahrscheinlich waren sie schon draußen, noch bevor die Polizei eintraf.

Sie waren bei der demütigenden Niederlage der Stiefmütterchen gar nicht mehr dabei.

Ich im Übrigen eigentlich auch nicht. Denn kaum hatten die Sanitäter Manuel mit seinem herzkranken Onkel in den Krankenwagen geschafft und waren davongefahren – der Notarzt sagte, er habe viel Blut verloren und einige innere Verletzungen, da jedoch kein lebenswichtiges Organ getroffen worden sei, würde er wahrscheinlich durchkommen –, brachten sie mich ins Präsidium, wo ich mit Detective Canavan Verbrecherfotos anschauen musste, obwohl ich ihm laut und deutlich erklärte, dass ich wegen der Masken die Gesichter gar nicht gesehen hatte.

»Was war mit ihrer Kleidung?«, will er wissen.

»Ich habe es Ihnen doch schon gesagt«, erwidere ich zum mindestens dreißigsten Mal. »Sie trugen ganz gewöhnliche, alltägliche Sachen. Jeans. Flanellhemden. Nichts Besonderes.«

»Und Sie haben nicht gehört, dass sie irgendetwas zum Opfer gesagt haben?«

Es irritiert mich, dass Detective Canavan Manuel ständig als Opfer bezeichnet. Dabei weiß er ganz genau, dass er einen Namen hat und wie er heißt.

Vielleicht ist es ja wie mit Sarahs Galgenhumor, und er distanziert sich dadurch von solchen Gewaltakten.

Ich würde mich auch gerne davon distanzieren. Jedes Mal, wenn ich die Augen schließe, sehe ich das Blut. Es war nicht rot, wie das Blut im Fernsehen. Es war dunkelbraun, so wie die Knie meiner Jeans jetzt sind.

»Sie haben nichts gesagt«, erwidere ich. »Sie haben nur auf ihn eingestochen.«

»Was wollte er da an den Getränkeautomaten?«, will Detective Canavan wissen.

»Woher soll ich das wissen?« Ich zucke mit den Schultern. »Vielleicht hatte er Durst. Die Schlange am Kiosk war echt lang.«

»Was wollten Sie denn da?«

»Das habe ich Ihnen doch schon gesagt. Ich musste zur Toilette, und in der anderen Damentoilette war es mir zu voll.«

Als Detective Canavan im Sportkomplex eintraf – natürlich hatten wir ihn angerufen, um ihm zu erzählen, dass Manuel erklärt hatte, er habe Lindsay einen Schlüssel gegeben –, hatte ich vorgeschlagen, er sollte das Spiel abbrechen und jede einzelne anwesende Person verhören, vor allem Coach Andrews, der anscheinend viel tiefer in die Sache verwickelt war, als ich ursprünglich angenommen hatte.

Aber Präsident Allington, der leider über den Vorfall informiert werden musste, da so viele Polizisten im Gebäude umherschwirrten, war absolut dagegen. Er meinte, gleich würde das Spiel weiter auf New York One übertragen, und außerdem habe das College genug schlechte Publicity für eine Woche gehabt. Das Letzte, was die Schule brauchen könne, seien Reporter, die überall herumschwirrten und Fragen zu einem Verbrechen stellten, das seiner Meinung nach überhaupt nichts mit Lindsays Tod zu tun habe, obwohl ich ihm erzählte, was Manuel gesagt hatte.

Präsident Allington versicherte uns auch, dass New York One uns durchaus verklagen könnte, wenn das Spiel jetzt abgebrochen würde, weil sie dann eine Million Dollar an Werbung verlieren würden.

Ich hätte ehrlich gesagt im Leben nicht vermutet, dass diese mickrige Bowflex-Werbung so viel einbringt, aber anscheinend gilt drittklassiger College-Basketball bei den Leuten, die sich für Trainingsgeräte zu Hause interessieren, als Pflichtsendung.

»Eines möchte ich betonen«, sagte Präsident Allington auch zu Detective Canavan, und zwar so leise, dass herumlungernde Reporter ihn nicht verstehen konnten, ich jedoch leider schon: »Das New York College ist in keiner Weise für den Tod an diesem Mädchen oder die Verletzungen, die Mr Juarez heute Abend zugefügt wurden, verantwortlich. Wenn er ihr tatsächlich einen Schlüssel gegeben hat, mit dem sie Zugang zur Cafeteria hatte, übernehmen wir auch dafür keine Verantwortung. Rechtlich gesehen ist das Hausfriedensbruch.«

Daraufhin bemerkte Detective Canavan: »Wollen Sie damit etwa sagen, Mr Allington, dass Lindsay nichts Besseres verdient hat, als dass man ihr den Kopf abgeschlagen hat, wenn sie sich mit Manuels Schlüssel in die Cafeteria geschlichen hat?«

Diese Bemerkung verwirrte Präsident Allington, und einer seiner Gefolgsleute musste helfend eingreifen: »Das wollte der Präsident keineswegs damit sagen. Er meinte lediglich, dass das College nicht zu Verantwortung gezogen werden kann, wenn ein Angestellter seine Schlüssel einer Studentin gibt, die später auf dem Gelände des Colleges umgebracht wird …«

Detective Canavan wartete das Ende des Satzes gar nicht mehr ab. Zu meiner Erleichterung nahm er mich mit.

Zumindest verspürte ich zunächst Erleichterung, weil ich so fürs Erste nicht mit Cooper über meinen Dad reden musste.

Leider bedeutete es jedoch, dass ich mit Detective Canavan reden musste.

»Und an mehr können Sie sich nicht erinnern? Jeans, Flanellhemden, Basketballmasken über den Gesichtern. Was war mit ihren Schuhen? Hatten sie Tennisschuhe an? Sportschuhe?«

»Sneakers«, erwidere ich, weil mir einfällt, wie sie auf dem Fußboden gequietscht haben.

»Hmm.« Er blinzelt mich an. Es ist schon spät, und wahrscheinlich war er schon den ganzen Tag im Präsidium. Die vielen Styroporbecher auf dem Fußboden an seinem Schreibtisch sind ein Zeichen dafür, wie er sein Energielevel aufrechterhält. »Das engt es sehr ein.«

»Tut mir leid. Was wollen Sie denn hören? Sie hatten …«

»Basketbälle über den Köpfen. Ja. Das erwähnten Sie bereits.«

»Sind wir dann jetzt fertig?«, will ich wissen.

»Ja, wir sind fertig«, entgegnet Detective Canavan. »Bis auf die übliche Warnung.«

»Warnung?«

»Dass Sie sich nicht in die Ermittlungen im Mordfall Lindsay Combs einmischen.«

»Ja, klar«, sage ich. Auch ich kann sarkastisch sein. »Ich

bin ja auch extra dazugekommen, als sie den armen Manuel beinahe erstochen hätten.«

»Wir wissen nicht, ob der Angriff auf Mr Juarez und Lindsays Mord etwas miteinander zu tun haben«, erwidert Detective Canavan. Als ich die Augenbrauen hochziehe, fügt er hinzu: »Noch nicht.«

»Na ja, wie auch immer«, sage ich. »Kann ich jetzt gehen?«

Er nickt, und ich bin in Windeseile verschwunden. Ich bin müde. Ich will nur noch nach Hause und meine Jeans ausziehen, die steif von Manuels Blut ist.

In der Eingangshalle des Präsidiums schaue ich automatisch zu dem Platz, auf dem Cooper immer sitzt, wenn er mich nach einem meiner zahlreichen Besuche bei Detective Canavan abholen kommt, heute ist ein neuer Rekord, zweimal in weniger als zwölf Stunden.

Aber der Platz ist leer. Die ganze Eingangshalle ist leer.

Ich stelle fest, dass es draußen heftig schneit. *Richtig* heftig. Ich kann den Range Rover, der vor dem Gebäude geparkt ist, kaum erkennen. Aber als ich durch das Fahrerfenster spähe, sehe ich Pattys Mann Frank. Er zuckt zusammen, als ich gegen die Scheibe klopfe, und lässt sie heruntergleiten.

»Heather!« Patty beugt sich auf dem Beifahrersitz vor. »Da bist du ja! Entschuldige, dass wir dich nicht gleich gesehen haben, aber wir hören uns ein Buch auf CD an. Ein Eltern-Ratgeber, den uns die neue Nanny empfohlen hat.«

»Die Nanny, die euch solche Angst einjagt?«, frage ich.

»Ja, genau. Du hättest ihr Gesicht sehen sollen, als wir ihr gesagt haben, wir müssten zur Polizei. Sie ist beinahe … na ja, ist ja egal. Komm, steig schnell ein, du musst ja halb erfroren sein!«

Ich klettere auf den Rücksitz. Innen ist es warm, und es riecht nach indischem Essen, weil Frank und Patty Samosas gegessen haben, während sie auf mich gewartet haben.

»Woher wusstet ihr, dass ich hier bin?«, frage ich, während sie mir eine Samosa mit Tamarindensauce nach hinten reichen. Mmmh, lecker!

»Cooper hat angerufen«, erklärt Frank. »Er sagte, er hätte zu tun, und ob wir dich abholen könnten. Wahrscheinlich einer seiner Fälle. An was arbeitet er denn gerade?«

»Woher soll ich das wissen?«, erwidere ich kauend. »Als ob er es mir erzählen würde.«

»Hast du wirklich gesehen, wie einer erstochen worden ist?«, fragt Patty und dreht sich zu mir um. »Hattest du keine Angst? Was ist das da auf deiner Jeans?«

»Ich hatte keine Zeit, um Angst zu haben«, erwidere ich. »Das ist Blut.«

»Ach, du lieber Himmel!« Patty dreht sich schnell wieder nach vorne um. »Heather!«

»Ist schon okay«, sage ich. »Ich werde mir eine neue kaufen.« Wenn ich Pech habe, muss ich eine Nummer größer nehmen, dank all der Feiertagsschlemmereien.

Größe 14 ist für eine amerikanische Frau immer noch Durchschnitt. Aber man will sich ja schließlich nicht ständig neue Jeans kaufen. Das geht ziemlich ins Geld. Stattdessen sollte man besser weniger Bodega-Brathähnchen essen. Vielleicht.

Obwohl das davon abhängt, wie man in der neuen Jeans aussieht.

»Da kommt ganz schön was runter«, bemerkt Frank, als er losfährt. Sein exklusiver Parkplatz wäre unter normalen Umständen sofort wieder besetzt, aber jetzt tobt ein Blizzard, und niemand ist auf der Straße. Die Flocken fallen dick und schnell, und Straßen und Bürgersteige sind schon von der weißen Pracht bedeckt. »Ich kann mir gar nicht vorstellen, dass Cooper bei dem Wetter echte Detektivarbeit leisten kann.«

Frank ist fasziniert von der Tatsache, dass Cooper Privatdetektiv ist. Die meisten Menschen sind von Rockstars fasziniert, aber Rockstars träumen anscheinend davon, Privatdetektiv zu sein. Oder wie ich, eine echte Größe 8 zu tragen und trotzdem essen zu können, was ich will.

Obwohl ich ja eigentlich kein Rockstar mehr bin.

»Heather, du bist aber dieses Mal vorsichtig, ja?«, sorgt sich Patty. »Mit diesem toten Mädchen, meine ich. Du mischst dich doch nicht in die Ermittlungen ein, oder? Nicht so wie letztes Mal?«

»Ach, du lieber Himmel, nein«, sage ich. Patty braucht ja nichts von meinem Ausflug zum Tau-Phi-Haus zu wissen. Als ehemaliges Model und Frau eines Rockstars muss sie sich schon genug Sorgen machen, ganz zu schweigen davon, dass sie Mutter eines Kleinkindes ist, das letzten Berichten zufolge auf einen Rutsch schon einen ganzen Bagel – beinahe so groß wie sein eigener Kopf – essen kann.

Die Nanny fand das nicht so toll.

»Gut«, sagt Patty. »Ich finde nämlich, sie bezahlen dir nicht genug, damit du dich wie letztes Mal beinahe umbringen lässt.«

Als Frank vor Coopers Haus hält, sehe ich, dass in ein paar Zimmern Licht brennt, was mich wundert, da es bedeutet, dass Cooper doch zu Hause sein muss.

Aber bevor ich aussteigen kann, sagt Frank: »Ach so, Heather, wegen des Auftritts bei Joe's …«

Ich erstarre. Bei all dem Blut hatte ich Franks Aufforderung, mit ihm und seiner Band aufzutreten, ganz vergessen.

»Oh«, sage ich und suche hektisch nach einer Ausrede. »Ja. Der Gig. Können wir ein anderes Mal darüber sprechen? Ich bin jetzt echt müde und kann nicht mehr klar denken …«

»Da gibt es nichts zu denken«, sagt Frank fröhlich. »Da sind nur ich und die Jungs und ungefähr hundertsechzig Freunde und Familienmitglieder. Na, komm schon. Es wird bestimmt lustig.«

»Frank«, wirft Patty, die mein Gesicht gesehen hat, ein. »Vielleicht ist jetzt nicht gerade der beste Zeitpunkt, um sie danach zu fragen.«

»Na komm, Heather«, sagt Frank und ignoriert seine Frau. »Du überwindest deine Bühnenangst nie mehr, wenn du nicht mehr auftrittst. Bei Freunden ist es doch nicht so schlimm.«

Bühnenangst? Ist das mein Problem? Komisch, ich dachte, es sei die Angst, ausgebuht und mit Dingen beworfen zu werden. Oder schlimmer noch, dass die Zuschauer höhnisch kichern, so wie Jordan und Coopers Dad, als ich ihnen an jenem schicksalhaften Tag im Büro von Cartwright Offices meine eigenen Songs vorgespielt habe …

»Ich denke darüber nach«, sage ich zu Frank. »Danke, dass ihr mich abgeholt habt. Bis bald.«

Bevor Patty oder ihr Mann noch etwas sagen können, hüpfe ich aus dem Auto und renne zur Haustür.

Puh. Das war knapp.

Drinnen werde ich von Lucy freudig begrüßt, aber anscheinend war schon jemand mit ihr draußen, denn sie macht nicht so einen dringlichen Eindruck wie sonst.

»Hallo«, rufe ich und lege Mantel und Schal ab.

Niemand antwortet. Aber ich rieche etwas Ungewöhnliches. Es dauert ein wenig, bis ich den Duft einordnen kann. Dann merke ich, warum das so ist: Es ist eine Kerze. Cooper und ich haben es nicht so mit Kerzen. Cooper, weil er ein Mann ist, und ich, weil es in Fisher Hall schon so oft gebrannt hat, dass ich Angst habe, ich könnte vergessen, die Kerze zu löschen, und ebenfalls einen Brand zu verursachen.

Warum hat also jemand in diesem Haus eine Kerze angezündet?

Der Geruch kommt von oben, nicht aus dem Wohnzimmer oder aus der Küche und auch nicht aus Coopers Arbeitszimmer. Er kommt von oben, wo Cooper schläft.

Es trifft mich wie ein Hammer. Anscheinend ist Cooper zu Hause und hat jemanden bei sich.

In seinem Zimmer.

Mit Kerzen.

Das kann nur eines bedeuten: Er ist mit einer Frau zusammen.

Natürlich. Deshalb konnte er nicht im Präsidium auf mich warten und musste Frank und Patty anrufen! Er hat ein Date!

Ich bleibe unten an der Treppe stehen und überlege, warum mich diese Erkenntnis so aus der Fassung bringt. Ich meine, schließlich weiß Cooper ja nicht, dass ich in ihn verliebt bin. Warum soll er sich also nicht mit anderen Frauen treffen? Dass er es bis jetzt noch nicht getan hat, seit ich eingezogen bin – er hat jedenfalls noch nie eine mit nach Hause gebracht –, bedeutet ja noch lange nicht, dass er es nicht tun kann oder darf.

Eigentlich haben wir über Gäste, die über Nacht bleiben, nie gesprochen. Die Frage hat sich einfach nie gestellt.

Bis jetzt.

Na ja, und? Eine Frau schläft bei ihm. Das hat doch nicht das Geringste mit mir zu tun. Ich werde jetzt leise in den zweiten Stock schleichen und zu Bett gehen. Warum sollte ich denn klopfen und ihn fragen, wie es ihm geht? Obwohl ich ja schrecklich gerne wüsste, wie sie aussieht. Cooper hat in seiner Familie den Ruf, immer superintelligente, unglaublich schöne, ja, fast exotische Frauen zu haben. Also Gehirnchirurginnen, die früher Model waren, so etwas in der Art.

Selbst wenn ich glaubte, in romantischer Hinsicht eine Chance bei Cooper zu haben, dürfte ein Blick auf seine zahlreichen Exfrauen genügen, um mich zu kurieren. Ich meine, welcher Mann möchte schon eine ausgelutschte Expopsängerin, die jetzt als stellvertretende Wohnheimleiterin arbeitet und Jeans in vorgetäuschter Größe 8 oder vielleicht auch 10 trägt, wenn er eine Ärztin haben könnte, die früher einmal Miss Delaware war?

Ja, genau. Niemand. Es sei denn, die Ärztin ist todlangweilig. Und kann Ella Fitzgerald nicht leiden (ich kenne alle ihre Songs auswendig). Vielleicht ist sie auch nicht so warmherzig und lustig wie ich …

Hör auf. *Hör auf.*

So leise wie möglich schleiche ich die Treppe zum zweiten Stockwerk hinauf, neben mir keucht Lucy, als mir etwas Seltsames auffällt. Die Tür zu Coopers Schlafzimmer steht offen, aber es ist kein Licht an. Wohingegen die Tür zum Gästezimmer auf der anderen Seite des Flurs offen steht, *und* es ist Licht an, *und* dieses Licht flackert. Wie eine Kerzenflamme.

Wer um Himmels willen könnte mit einer Kerze in unserem Gästezimmer sein?

»Hallo?«, sage ich noch einmal. Denn wenn Cooper seine Freundin im Gästezimmer beglückt, dann ist es sein Problem, wenn ich hereinplatze. Sein Zimmer ist mir heilig, ich habe mich noch nie getraut, hineinzugehen, zumal er dort auch so selten anzutreffen ist. Außerdem jagt mir tausend Dollar teure Bettwäsche Angst ein.

Aber das Gästezimmer?

Die Tür ist nur leicht angelehnt, ist also eigentlich offen. Ich stoße sie ein wenig weiter auf und sage zum dritten Mal: »Hallo…?«

…und dann schreie ich laut auf, als ich meinen Vater in der Position des abwärtsschauenden Hundes sehe.

16

Love is a line in a bad movie
Heartbreak an old song on the radio
And you, you're nothing but trouble
But trouble knows the way to my heart.

Untitled
Von Heather Wells

»Ich finde Yoga äußerst entspannend«, erklärt Dad. »Im Lager habe ich es jeden Morgen und jeden Abend gemacht. Es wirkt außerordentlich verjüngend.«

Es hört sich merkwürdig an, dass mein Vater das Gefängnis als Lager bezeichnet, vor allem während er Yoga macht.

»Dad«, sage ich, »kannst du mal eine Minute lang aufhören und mit mir reden?«

»Ja, natürlich, Liebling«, sagt mein Vater und springt auf.

Ich fasse es nicht. Er ist ganz offensichtlich eingezogen. Sein Koffer liegt offen und leer am Fenster. Seine Schuhe stehen ordentlich wie beim Militär vor der Kommode. Auf dem antiken Schreibtisch befindet sich neben einem Stapel Papier auch eine Schreibmaschine – eine Schreibmaschine!

Er trägt einen blauen Pyjama mit dunkelblauer Paspel, auf seinem Nachttisch liegt eine Lincoln-Biographie und daneben brennt ein dickes, grünes Teelicht.

»Mein Gott«, sage ich kopfschüttelnd. »Wie bist du hier hereingekommen? Bist du eingebrochen?«

»Natürlich nicht«, erwidert Dad empört. »Ich habe ja im Lager vieles gelernt, aber nicht, wie man Sicherheitsschlösser knackt. Dein junger Mann hat mich eingeladen.«

»Mein ...« Mir verschlägt es die Sprache. »Dad! Ich habe dir doch gesagt, er ist nicht mein junger Mann. Du hast doch hoffentlich nicht zu ihm gesagt, dass ich ihn lie ...«

»Heather.« Dad schaut mich traurig an. »Natürlich nicht. Ich würde dein Vertrauen nie so enttäuschen. Ich habe Mr Cartwright gegenüber nur zum Ausdruck gebracht, dass mir meine jetzige Lebenssituation nicht gefällt, und er hat mir sein Gästezimmer angeboten ...«

»Dad!«, stöhne ich. »Das ist nicht dein Ernst!«

»Nun, das Chelsea Hotel war für einen Mann in meiner Lage wohl kaum ein geeigneter Ort«, sagt er geduldig. »Ich weiß nicht, ob du dir darüber im Klaren bist, Heather, aber im Chelsea Hotel haben viele Menschen mit kriminellem Hintergrund gelebt. Sogar Mörder. Das ist nicht die richtige Umgebung für jemanden, der versucht, ein anständiges Leben zu führen. Außerdem war es so laut. Ständig laute Musik und Autohupen. – Nein, das hier« er blickt sich zufrieden in dem hübschen Zimmer um – »entspricht mir wesentlich mehr.«

»Dad.« Ich kann mich nicht mehr auf den Beinen halten und sinke auf die Bettkante. »Hat Cooper gesagt, wie lange du bleiben könntest?«

»Ja«, erwidert Dad und krault Lucy, die mir ins Zimmer gefolgt ist, hinter dem Ohr. »Er hat gesagt, ich könne so lange bleiben, wie ich brauche, um wieder Fuß zu fassen.«

»Dad!« Ich würde am liebsten schreien. »Das kannst du nicht machen. Ich möchte ja gerne an unserer Beziehung, also an deiner und meiner, arbeiten, aber … du kannst Coopers Großzügigkeit nicht so ausnutzen.«

»Das tue ich ja gar nicht«, erwidert Dad sachlich. »Statt Miete werde ich für ihn arbeiten.«

Ich blinzele. »Was?«

»Er stellt mich bei Cartwright Investigations ein«, erklärt Dad ein bisschen zu stolz, finde ich. »Ich werde so wie du für ihn arbeiten und ihm dabei helfen, Leute zu beschatten. Er sagt, ich habe genau das richtige Aussehen dafür … unauffällig. Er sagt, ich kann mich unsichtbar machen.«

Ich blinzele heftiger. »Du kannst dich unsichtbar machen?«

»Ja, genau.« Dad öffnet die Schublade an seinem Nachttisch und holt eine kleine Holzflöte heraus. »Ich versuche es als Kompliment zu sehen, die Tatsache, dass ich so unauffällig bin, meine ich. Ich weiß, dass deine Mutter das auch so empfunden hat, aber mir war nicht klar, dass das allgemein gilt. Nun gut. Hör mal, das ist eine kleine Melodie, die ich im Lager gelernt habe. Sie ist so friedlich, und nach heute Abend kannst du sicher ein wenig Entspannung brauchen.« Er hebt die Flöte an die Lippen und beginnt zu spielen.

Ich sitze eine Zeitlang da und lausche auf die klagenden und, wie er angekündigt hat, seltsam friedlichen Töne. Dann schüttele ich mich und sage: »Dad.«

Sofort hört er auf zu spielen. »Ja, Liebes?«

Es sind all diese Kosenamen, die mich umbringen. Oder in mir den Wunsch erwecken, ihn umzubringen.

»Ich gehe jetzt ins Bett. Wir reden morgen früh darüber.«

»In Ordnung«, sagt er. »Allerdings weiß ich nicht, was es noch zu bereden gibt. Cooper ist ganz offensichtlich ein Mann mit Verstand. Ich wüsste nicht, warum ich etwas dagegen haben sollte, wenn er mich einstellen will.«

Das weiß ich auch nicht. Aber ich kann mir auch nicht vorstellen, wie ich Cooper davon überzeugen soll, dass ich die Frau seiner Träume bin, wenn mein Dad ebenfalls hier wohnt. Wie soll ich ihm denn jemals das romantische Steak für zwei zubereiten, das ich schon so lange plane? An einem Steak für *drei* ist nichts romantisch.

»Mir ist klar, dass ich nicht immer der beste Vater für dich war, Heather«, fährt Dad fort. »Weder ich noch deine Mutter waren gute Vorbilder für dich. Aber ich hoffe, dass wir beide trotzdem eine liebevolle Beziehung zueinander aufbauen können. Das ist mein größter Wunsch, Heather, denn jeder braucht eine Familie.«

Familie? Brauche ich eine Familie? Fehlt mir das? Eine Familie?

»Du siehst müde aus«, sagt Dad. »Aber das ist ja auch verständlich nach dem anstrengenden Tag. Warte, vielleicht kann ich dich ja damit beruhigen.« Dann beginnt er wieder Flöte zu spielen.

Okay. *Das* brauche ich nicht.

Ich beuge mich über den Nachttisch, blase Dads grünes Teelicht aus und nehme es weg.

»Es besteht Brandgefahr«, herrsche ich ihn in meiner geschäftsmäßigsten Stimme an.

Damit marschiere ich aus dem Zimmer und laufe nach oben in meine Wohnung.

Es hört nicht auf zu schneien. Als ich am Morgen aufwache und aus dem Fenster blicke, sehe ich, dass immer noch dicke Flocken fallen.

Als ich aufstehe, was nicht einfach ist, da es im Bett so gemütlich ist, zumal Lucy quer über mir liegt, und ans Fenster trete, blicke ich auf ein Winterwunderland.

Wenn Schnee liegt, sieht New York City ganz anders aus. Schon ein paar Zentimeter machen einen Unterschied, aller Schmutz und alle Graffiti verschwinden darunter, alles sieht frisch und neu aus.

Ein halber Meter Schnee, der anscheinend über Nacht gefallen ist, lässt die Stadt wirken, als läge sie auf einem anderen Planeten. Alles ist still, keine Hupen, keine Sirenen, alle Geräusche sind gedämpft, die Äste der Bäume biegen sich unter den Schneemassen, und auf jeder Fensterbank liegen weiße Flocken. Plötzlich wird mir klar, was heute ist: Ein Schneetag!

Rasch wähle ich die Nummer der Wetter-Hotline des Colleges. Ja! Heute findet kein Unterricht statt. Die Schule ist geschlossen. Die gesamte Stadt ist geschlossen, und nur die notwendigen Hilfseinsätze sollten auf den Straßen unterwegs sein. *Ja!*

Wenn man allerdings nur zwei Blocks von seinem Arbeitsplatz entfernt wohnt, kann man eigentlich nicht behaupten, dass man nicht zur Arbeit gelangen kann.

Aber man kann immerhin zu spät kommen.

Ich bade in aller Ruhe und ziehe mich an. Da meine Lieblingsjeans blutverschmiert ist, muss ich auf meine Ersatzjeans zurückgreifen. Entsetzt stelle ich fest, dass sie ein wenig eng ist. Okay, mehr als ein wenig. Ich muss meinen alten Trick anwenden, zusammengerollte Socken in den Hosenbund stecken und tiefe Kniebeugen machen, damit sie sich weitet. Na ja, sage ich mir, sie ist ja auch gerade erst aus dem Trockner gekommen. Vor zwei Wochen.

Als ich die Socken herausziehe, bevor ich hinuntergehe, ist sie nicht mehr ganz so eng. Zumindest kann ich jetzt atmen.

Und beim Atmen merke ich, dass es irgendwie anders riecht. Anders als sonst in diesem Haus.

Speck. Und wenn ich mich nicht irre, Eier.

Ich laufe die Treppe hinunter, dicht gefolgt von Lucy, und als ich in die Küche komme, stelle ich erschreckt fest, dass Cooper dort sitzt und Zeitung liest, während mein Dad in brauner Kordhose und Wollpullover am Herd steht und Frühstück macht.

»Das muss aufhören«, sage ich laut.

Dad dreht sich um und lächelt mich an. »Guten Morgen, mein Schatz. Saft?«

Cooper blickt hinter seiner Zeitung hervor. »Warum bist du schon auf?«, will er wissen. »In den Nachrichten haben sie gerade gesagt, dass das New York College geschlossen ist.«

Ich ignoriere ihn. Lucy allerdings, die an der Hintertür kratzt, weil sie hinausgelassen werden möchte, kann ich nicht ignorieren. Als ich die Tür öffne, dringt ein eisiger Luftschwall in die Küche. Lucy blickt missmutig nach draußen, marschiert aber tapfer los. Ich schließe die Tür hinter ihr und drehe mich zu meinem Vater um. Ich bin zu einer Entscheidung gekommen, und die hat nichts mit der Holzflöte zu tun.

»Dad«, sage ich. »Du kannst hier nicht wohnen. Es tut mir leid, Cooper. Es war nett von dir, es ihm anzubieten, aber es ist zu komisch.«

»Entspann dich«, sagt Cooper hinter seiner Zeitung.

Ich spüre förmlich, wie mein Blutdruck in die Höhe schnellt. Warum passiert das eigentlich immer nur dann, wenn jemand *Entspann dich* zu mir sagt?

»Im Ernst«, sage ich. »Ich meine, schließlich wohne ich auch hier. Ich bin auch bei Cartwright Investigations angestellt. Werde ich gar nicht gefragt?«

»Nein«, sagt Cooper hinter seiner Zeitung.

»Liebling«, sagt Dad und reicht mir eine dampfende Tasse Kaffee. »Trink erst mal. Du warst schon immer ein Morgenmuffel. Wie deine Mutter.«

»Ich bin nicht wie Mom«, erwidere ich, nehme aber den Kaffee trotzdem entgegen, weil er köstlich duftet. »Hörst du? Ich bin überhaupt nicht wie sie. Merkst du denn gar nicht, was du angerichtet hast, Cooper? Du hast diesen Mann aufgefordert, hier einzuziehen, und schon erzählt er mir, ich sei wie meine Mutter. Dabei bin ich überhaupt nicht wie sie.«

»Dann lass ihn doch hierbleiben, damit er das selber herausfinden kann«, sagt Cooper hinter seiner Zeitung.

»Deine Mutter ist eine reizende Person, Heather«, wirft Dad ein und legt zwei Spiegeleier und ein wenig Speck auf einen Teller. »Nur eben morgens nicht. So wie du. Hier.« Er reicht mir den Teller. »So hast du dein Frühstück als kleines Mädchen immer gerne gemocht. Hoffentlich ist das immer noch so.«

Ich blicke auf den Teller. Er hat die Eier so arrangiert, dass sie die Augen bilden und der Speck den lächelnden Mund, so wie er es in meiner Kindheit immer gemacht hat.

Am liebsten würde ich in Tränen ausbrechen.

Verdammt. Warum tut er mir das an?

»Ja, gut, danke«, murmele ich und setze mich an den Küchentisch.

»So«, sagt Cooper und senkt endlich die Zeitung, »dann ist ja jetzt alles geklärt. Heather, dein Dad wird eine Zeitlang bei uns bleiben, bis er weiß, wie es weitergeht. Und das ist auch gut so, denn ich kann Hilfe gebrauchen. Ich habe mehr zu tun, als ich allein bewältigen kann, und dein Dad verfügt genau über die Qualitäten, die ich bei einem Assistenten brauche.«

»Er kann sich *unsichtbar* machen«, sage ich und widme mich einem Streifen Speck, der im Übrigen köstlich ist. Und ich bin nicht die Einzige, die so denkt. Lucy, die an der Hintertür gekratzt hat und von Dad wieder hereingelassen worden ist, kaut ebenfalls glücklich auf einem Streifen, den ich ihr unter dem Tisch zugesteckt habe.

»Genau«, sagt Cooper, »eine Fähigkeit, die man nicht unterschätzen sollte, wenn man als Privatdetektiv arbeitet.«

Das Telefon klingelt. Dad sagt: »Ich gehe schon dran«, und verlässt die Küche.

Kaum ist er weg, sagt Cooper in einem völlig anderen Tonfall: »Hör mal, wenn es für dich ein Problem bedeutet, dann besorge ich ihm woanders ein Zimmer. Ich wusste nicht, dass zwischen euch so viel … Unausgesprochenes … ist. Ich dachte, es wäre gut für dich.«

Ich starre ihn an. »*Gut* für mich? Wie kann es *gut* für mich sein, wenn mein gerade aus dem Gefängnis entlassener Vater bei mir wohnt?«

»Na ja, ich weiß nicht.« Cooper windet sich unbehaglich. »Es ist nur … du hast ja keinen.«

»Du ja auch nicht«, entgegne ich bissig.

»Aber ich brauche niemanden«, sagt er.

»Ich auch nicht«, erwidere ich.

»Heather«, sagt er. »Doch. In deiner Familie ist niemand

gestorben, hat dir sein Stadthaus hinterlassen und dich reich und unabhängig gemacht. Ich will dir ja nicht zu nahe treten, aber dreiundzwanzigtausend Dollar im Jahr sind ein Witz in Manhattan. Du brauchst so viel Freunde und Familie, wie du kriegen kannst.«

»Sogar Knastbrüder?«, frage ich.

»Hör mal«, sagt Cooper, »dein Dad ist äußerst intelligent. Ich bin sicher, er fällt schon wieder auf die Füße. Und dann bist du sicher gerne in seiner Nähe, und wenn auch nur, damit er dir ein bisschen Geld zukommen lässt. Wenigstens die Studiengebühren schuldet er dir.«

»Ich brauche keine Studiengebühren«, erwidere ich. »Sie sind mir erlassen worden, weil ich da arbeite, erinnerst du dich?«

»Ja«, sagt Cooper. Er klingt so, als zwinge er sich, geduldig zu sein. »Aber du müsstest dort nicht arbeiten, wenn dein Dad dein Schulgeld bezahlen würde.«

Ich blinzele verwirrt. »Du meinst, ich soll meinen Job aufgeben?«

»Wenn du wirklich ein Examen machen willst, ja.« Er trinkt einen Schluck Kaffee.

Was er sagt, klingt vernünftig, aber ich kann mir trotzdem nicht vorstellen, nicht in Fisher Hall zu arbeiten. Ich bin zwar erst seit etwas über einem halben Jahr da, aber es kommt mir so vor, als hätte ich mein ganzes Leben lang nichts anderes gemacht. Der Gedanke, *nicht* jeden Tag dorthin zu gehen, kommt mir komisch vor.

Empfindet das jeder so, der in einem Büro arbeitet? Oder liegt es daran, dass ich meinen Job mag?

»Na ja«, sage ich und blicke kläglich auf meinen Teller. Meinen leeren Teller. »Vermutlich hast du Recht. Ich … ich habe nur das Gefühl, ich nehme deine Gastfreundschaft sowieso schon über Gebühr in Anspruch. Ich will nicht, dass du jetzt auch noch von meiner Familie ausgesaugt wirst.«

»Das lass mal meine Sorge sein«, sagt Cooper trocken. »Ich kann schon auf mich selber aufpassen. Und außerdem nimmst du überhaupt nichts in Anspruch. Meine Buchhaltung war noch nie so gut in Ordnung. Die Rechnungen gehen endlich pünktlich raus, *und* sie sind auch noch akkurat. Deshalb verstehe ich auch gar nicht, warum du einen Mathe-Aufbaukurs machen musst, wo du so gut…«

Ich keuche auf, als ich *Mathe-Aufbaukurs* höre, weil mir plötzlich etwas einfällt. »O nein!«

»Was ist los?«, fragt Cooper erschreckt.

»Gestern Abend war meine erste Vorlesung«, sage ich und lasse den Kopf auf die Hände sinken. »Und ich habe es vergessen, mein erster Kurs für die College-Zulassung, und ich habe ihn verpasst!«

»Dafür hat dein Professor sicher Verständnis, Heather«, sagt Cooper. »Vor allem, wenn er in der letzten Zeit Zeitung gelesen hat.«

Dad kommt mit dem schnurlosen Telefon in die Küche. »Es ist für dich, Heather«, sagt er. »Dein Chef, Tom. Was für ein netter junger Mann! Wir haben uns ausführlich über das Spiel gestern Abend unterhalten. Wirklich, für dritte Liga haben eure Jungs ziemlich gut gespielt.«

Ich verdrehe die Augen, als ich das Telefon entgegennehme. Wenn ich noch ein Wort über Basketball höre, fange ich an zu schreien.

Was soll ich eigentlich mit dem anfangen, was Kimberly gestern Abend gesagt hat? Hatten Coach Andrews und Lindsay Combs tatsächlich was miteinander? Und selbst, wenn es stimmt, warum sollte er sie deshalb umbringen?

»Ich weiß, dass die Schule geschlossen ist«, sage ich zu Tom. »Aber ich komme trotzdem.« Wenn ich mir meinen neuesten Hausgenossen so ansehe, könnte kein Monsun mich davon abhalten, geschweige denn so ein kleiner Schneesturm.

»Ja, klar«, sagt Tom. Die Idee, dass ich wie alle anderen New Yorker heute zu Hause bleiben könnte, ist ihm offenbar gar nicht gekommen. »Ich bin froh, dass ich dich noch erwischt habe, bevor du gehst. Dr. Jessup hat angerufen …«

Ich stöhne. Das ist kein gutes Zeichen.

»Ja«, fährt Tom fort. »Er hat aus seinem Haus in Westchester oder wo immer er wohnt, angerufen. Er möchte sichergehen, dass jemand aus unserer Abteilung Manuel heute im Krankenhaus besucht. Wir sollen uns um ihn kümmern und ihm Blumen vorbeibringen. Dabei hat heute wegen des Schneesturms kein einziger Blumenladen auf. Aber er sagt, wenn du ihm etwas aus dem Kiosk im Krankenhaus mitbringst, kann ich es dir aus der Kaffeekasse zurückgeben …«

»Oh«, sage ich verwirrt. Das ist eine anspruchsvolle Aufgabe. Für gewöhnlich bittet Dr. Jessup seine Angestellten nicht darum, ihn offiziell zu vertreten. Nicht dass er uns nicht vertraut. Nur … na ja, ich persönlich bin nicht gerade seine beliebteste Angestellte, seitdem ich die stellvertretende Wohnheimleiterin von Water Hall bei diesem Vertrauensspiel fallen gelassen habe. »Bist du sicher, dass er tatsächlich mich gemeint hat?«

»Na ja«, antwortet Tom, »er hat keinen Namen genannt. Aber er möchte auf jeden Fall, dass jemand von der Abteilung für Zimmereinrichtung hingeht, damit es so aussieht, als ob es uns am Herzen läge …«

»Es liegt uns tatsächlich am Herzen«, unterbreche ich ihn.

»Na ja, klar«, sagt Tom, »aber ich glaube, er meinte damit eher die Abteilung im Allgemeinen und nicht diejenigen, die Manuel kennen. Da dachte ich, da du ja diejenige bist, die Manuel das Leben gerettet hat, und …«

»Und außerdem bin ich zwei Blocks näher am St. Vincent's als jeder andere in Fisher Hall«, beende ich den Satz für ihn.

»Ja, so in etwa«, sagt Tom. »Und, machst du es? Wenn du eins findest, kannst du auch mit dem Taxi hin- und zurückfahren. Wenn du den Beleg mitbringst, wird auch das bezahlt, sagt Dr. Jessup.«

»Ja, nur zu gerne«, antworte ich. Es ist ein glücklicher Tag für mich, wenn ich auf Kosten der Abteilung Geld ausgeben kann. »Und wie geht es dir?«, frage ich beiläufig, obwohl die Antwort für mein zukünftiges Glück lebenswichtig ist. Ich kann nicht wissen, was für einen grässlichen Chef ich vielleicht einmal bekomme, wenn Tom nicht mehr da ist. Vielleicht jemanden wie Dr. Kilgore. »Denkst du immer noch daran, vor ein paar Tagen hast du erwähnt, dass du am liebsten wieder nach Texas …«

»Ich versuche, einen Schritt nach dem anderen zu machen, Heather«, erwidert Tom seufzend. »Auf Mord und Totschlag bin ich während meines Studiums nicht vorbereitet worden.«

»Ja, klar«, sage ich. »Aber dafür habt ihr in Texas auch keine lustigen Schneestürme. Jedenfalls nicht besonders häufig.«

»Das stimmt«, erwidert er. Aber besonders überzeugt

scheint er von den Vorzügen New Yorks trotzdem nicht zu sein. »Na ja, bis später dann. Zieh dich warm an.«

»Danke«, sage ich und lege auf.

Cooper wirft mir über den Rand seiner Kaffeetasse einen seltsamen Blick zu.

»Gehst du ins St. Vincent's, um Manuel zu besuchen?«, fragt er leichthin.

»Ja«, sage ich, ohne ihn anzusehen. Ich weiß, was er denkt. Und nichts könnte weiter von der Wahrheit entfernt sein. Na ja, vielleicht nicht *nichts* ... »Ich kriege wahrscheinlich kein Taxi, deshalb packe ich mich besser warm ein.«

»Du überbringst Manuel nur die Genesungswünsche von der Abteilung«, sagt Cooper, »und gehst dann sofort wieder, oder? Du kommst doch nicht auf die Idee, da zu bleiben und zu versuchen, ihm Fragen zu stellen, wie zum Beispiel, ob er eine Ahnung hat, wer ihn gestern Abend niedergestochen hat oder so?«

Ich lache herzlich. »Cooper!«, rufe ich. »Du bist vielleicht lustig! *Natürlich* täte ich das nie! Der arme Junge ist immerhin brutal überfallen worden. Sie haben ihn die ganze Nacht operiert, wahrscheinlich ist er noch nicht einmal wach. Ich husche nur leise hinein, lasse die Blumen und die Ballons da und verschwinde sofort wieder.«

»Na gut«, sagt Cooper. »Detective Canavan hat dir nämlich gesagt, du sollst dich aus den Ermittlungen zu dem Mord an Lindsay heraushalten.«

»Ja, absolut«, erwidere ich.

Dad, der unser Gespräch genauso intensiv verfolgt hat wie das Basketballspiel gestern Abend, verzieht verwirrt das Gesicht. »Warum sollte Heather sich denn in die Ermittlungen zum Tod des armen Mädchens einmischen?«

»Ach«, erwidert Cooper, »ich möchte es mal so formulieren: Deine Tochter neigt dazu, sich in das Leben und den Tod der Wohnheimbewohner einzumischen.«

Dad blickt mich ernst an. »Liebling, das solltest du wirklich der Polizei überlassen. Am Ende wirst du noch verletzt.«

Ich blicke von Dad zu Cooper und wieder zurück. Schlagartig wird mir klar, dass sie jetzt in der Überzahl sind. Sie sind zu zweit, und ich bin allein.

Frustriert schreie ich auf und stampfe aus der Küche.

17

This town ain't just steel and concrete
This town ain't just millions of stories
Teeth knocked out, but I'm still smiling
A street-smart fighter sayin',
»Come on and try me.«

»Street Fighter«
Von Heather Wells

Zum Glück hat der Kiosk im Krankenhaus auf. Die Blumen sehen zwar nicht gerade frisch aus, doch die Bedingungen auf den Straßen sind auch so schlecht, dass ich nicht nur kein Taxi bekommen habe, sondern mitten auf der Straße laufen musste, um nicht bis zu den Knien einzusinken.

Aber sie haben Ballons in jeder Größe und Ausführung, und auch der Heliumtank ist in Betrieb, deshalb vergnüge ich mich damit, einen riesigen Ballonstrauß zusammenzustellen. Dazu kaufe ich noch einen großen Bären mit einem Schild, auf dem *Gute Besserung* steht. Das Schild lasse ich aber abmachen, damit Manuel den Teddybär später noch einer Freundin oder Nichte schenken kann. Solche Dinge muss man beachten, wenn man einem Mann Stofftiere schenkt.

Dann begebe ich mich auf die Intensivstation, auf der Manuel liegt. Er ist wach, aber noch sehr mitgenommen und hängt an zahlreichen Schläuchen. Sein Zimmer ist voller Menschen, auf einem Stuhl neben Julio, der ebenfalls die Augen geschlossen hat, sitzt zusammengesunken eine schlafende Frau, die offensichtlich seine Mutter ist. Ich sehe zwei Polizisten, jeder an einem Eingang zur Intensivstation, aber Detective Canavan kann ich nirgendwo entdecken. Entweder war er wegen der Wetterverhältnisse noch nicht hier, oder er ist schon wieder gegangen.

An der Wand vor Manuels Zimmer lehnen zwei Aufpasser in Zivil, deren Hosenbeine vom Schnee draußen ganz feucht sind. Sie trinken Kaffee aus Styroporbechern, und als ich näher komme, sagt einer von ihnen gerade: »Hat Canavan irgendwas aus ihm rausbekommen?«

»Nichts, worauf er sich einen Reim machen konnte.« Der jüngere Mann trägt eine Krawatte mit buntem, tropischem Muster. »Er hat ihn gefragt, ob er wüsste, warum er niedergestochen worden sei, aber er hat nur gestöhnt.«

»Hat Canavan ihn denn nach dem Schlüssel gefragt?«

»Ja. Dasselbe. Nichts.«

»Was ist mit dem Mädchen?«

»Nichts.«

»Vielleicht sollte der Onkel mal mit ihm reden«, meint der Ältere und nickt zu Julio hinüber. »Möglicherweise reagiert er ja besser auf Gesichter, die er kennt.«

»Der Junge ist völlig neben der Spur«, erwidert sein Kollege schulterzuckend. »Aus dem kriegst du nichts raus.«

Beide Männer bemerken mich zur gleichen Zeit. Mit meinem riesigen Ballonstrauß bin ich auch irgendwie schwer zu übersehen. Und es fällt ihnen auf, dass ich sie belauscht habe.

»Können wir Ihnen behilflich sein, Miss?«, fragt der Jüngere gelangweilt.

»Oh, hi«, sage ich. »Ich wollte Sie nicht unterbrechen. Ich bin von der Abteilung für Wohnheimzimmer aus dem New York College, wo Manuel Juarez arbeitet, und wollte ihn besuchen, um zu sehen, wie es ihm geht.«

»Können Sie sich ausweisen?«, fragt der ältere Detective. Er klingt genauso gelangweilt wie sein jüngerer Kollege.

Ich ziehe meinen Ausweis aus der Tasche und gebe in der Zwischenzeit dem Jüngeren der beiden den Ballonstrauß zum Halten.

»Hübscher Bär«, kommentiert er trocken.

»Danke«, erwidere ich. »Das finde ich auch.«

Sie überprüfen meinen Ausweis. Dann reicht der Ältere ihn mir wieder und sagt: »Sie können reingehen.« Mit dem Kinn weist er auf die Tür von Manuels Zimmer.

Ich nehme meine Ballons und manövriere mich damit durch die Tür. Leise gehe ich auf Manuels Bett zu. Er beobachtet mich dabei, gibt allerdings keinen Laut von sich. Die einzigen Geräusche im Zimmer sind das stetige Atmen seines Onkels und der Frau, von der ich annehme, dass sie seine Mutter ist. Dazu klicken noch die Maschinen an Manuels Bett.

»Hallo, Manuel«, sage ich lächelnd und halte die Ballons so, dass er sie sehen kann. »Die sind für dich, von uns allen aus Fisher Hall. Hoffentlich geht es dir bald wieder besser. Tut mir leid mit dem Bären, ich weiß ja, das ist ein bisschen, na ja. Aber Blumen hatten sie nicht mehr.«

Manuel bringt ein kleines Lächeln zustande und ermutigt fahre ich fort: »Dir geht es nicht so toll, was? Es tut mir so leid, was diese Typen mit dir angestellt haben, Manuel. Das ist zum Kotzen!«

Manuel öffnet den Mund, um etwas zu sagen, aber es kommt nur ein grunzendes Geräusch heraus. Ich sehe, wie sein Blick zu dem braunen Krug auf dem Tisch an seinem Bett wandert. Daneben stehen ein paar Pappbecher.

»Möchtest du etwas Wasser?«, frage ich. »Oder darfst du noch nichts trinken? Manchmal verbieten sie es ja, wenn man noch mal operiert werden muss oder so.«

Manuel schüttelt den Kopf. Ich lasse die Ballons los, die sofort an die Decke steigen, und gieße ein wenig Wasser in einen Pappbecher.

»Bitte«, sage ich und reiche ihm den Becher.

Er ist jedoch zu schwach, um die Hand zu heben, es hängen sowieso viel zu viele Schläuche daran, deshalb halte ich ihn an seine Lippen. Durstig trinkt er.

Als er alles ausgetrunken hat, wirft er erneut einen Blick auf den Krug, also denke ich mir, dass er noch mehr Wasser möchte. Ich schenke ihm noch einmal Wasser ein, und er trinkt auch diesen Becher ganz aus, nur langsamer dieses Mal. Als er fertig ist, frage ich ihn, ob er noch etwas möchte. Manuel schüttelt den Kopf. Jetzt kann er endlich wieder sprechen.

»Ich hatte solchen Durst«, sagt er. »Ich habe versucht, mich denen da verständlich zu machen«, er weist mit dem Kopf auf den Gang, wo die beiden Polizisten stehen. »Aber sie haben mich nicht verstanden. Reden konnte ich nicht, weil mein Hals so trocken war. Danke.«

»Oh«, erwidere ich. »Kein Problem.«

»Danke für gestern Abend«, fügt Manuel hinzu. Sehr laut kann er immer noch nicht sprechen, aber auch als Gesunder hat er keine besonders laute Stimme gehabt, deshalb kann ich nur schwer verstehen, was er sagt. Aber ich beuge mich so dicht über ihn, dass ich das Meiste mitbekomme. »Onkel Julio hat gesagt, Sie haben mir das Leben gerettet.«

Ich schüttele den Kopf. »O nein«, erwidere ich. »Das waren die Sanitäter und der Notarzt. Ich war einfach nur zum richtigen Zeitpunkt am richtigen Ort.«

»Da hatte ich ja noch mal Glück.« Manuel lächelt mühsam. »Was mir keiner gesagt hat – haben wir gewonnen?«

»Das Basketballspiel?« Ich muss unwillkürlich lachen. »Nein. In der zweiten Halbzeit haben sie uns fertiggemacht.«

»Es war meine Schuld«, sagt Manuel mit gequältem Gesichtsausdruck.

»Nein, es war nicht deine Schuld.« Ich lache immer noch. »Die Stiefmütterchen haben es versiebt, das ist alles.«

»Meine Schuld«, wiederholt Manuel. Seine Stimme bricht.

Ich höre auf zu lachen, weil ich merke, dass er weint. Dicke Tränen quellen unter seinen Augenlidern hervor, und er ist zu schwach, um die Hand zu heben und sie wegzuwischen.

»Es ist nicht deine Schuld, Manuel«, sage ich. »Wie kommst du nur auf die Idee? Die Jungs in der Mannschaft haben erst nach dem Spiel erfahren, was passiert ist, weil Coach Andrews es ihnen nicht gesagt hat …«

»Nein«, sagt Manuel. Die Tränen strömen ihm jetzt übers Gesicht. »Es war meine Schuld mit Lindsay. Meine Schuld, dass sie gestorben ist.«

Ach, du lieber Himmel. »Manuel«, erwidere ich, »es ist ganz bestimmt nicht deine Schuld, dass Lindsay umgebracht worden ist. Ganz sicher nicht.«

»Ich habe ihr den Schlüssel gegeben«, beharrt Manuel. Mit Mühe ballt er eine Faust und schlägt jämmerlich leicht auf die Matratze.

»Das bedeutet noch lange nicht, dass du sie umgebracht hast.«

»Aber sie wäre nicht tot, wenn ich ihn ihr nicht gegeben hätte. Ich hätte nein sagen sollen, als sie mich gefragt hat. Ich hätte nein sagen sollen. Aber sie hat so geweint.«

»Ja«, sage ich. Ich blicke aus dem Zimmer zu den beiden Polizisten im Gang. Sie sind verschwunden. Wo sind sie hingegangen? Am liebsten würde ich hinter ihnen herrennen und sie hereinholen, aber ich will nicht, dass Manuel aufhört zu reden. »Das hast du gestern Abend schon gesagt. Wann ist sie denn weinend zu dir gekommen, Manuel? Wann hat sie dich um den Schlüssel gebeten?«

»Montagabend, kurz bevor ich nach Hause ging«, sagt er. »Es war kurz nach sieben, weil die Cafeteria eben erst geschlossen worden war. Ich hatte eine Doppelschicht gemacht, weil Fernando zu der Geburtstagsfeier seiner Großmutter musste. An dem Feiertag, Sie wissen schon. Als ich den Mantel anzog, um nach Hause zu gehen, kam sie zu mir und fragte, ob ich ihr meinen Schlüssel zur Cafeteria borgen könne, weil sie etwas darin vergessen habe.«

»Hat sie gesagt, was?«, frage ich und blicke zur Tür. Wo sind diese Typen bloß? »Was sie vergessen hatte, meine ich.«

Manuel schüttelt den Kopf. Er weint immer noch.

»Ich hätte mit ihr gehen sollen. Ich hätte ihr die Tür aufschließen und warten sollen, bis sie geholt hatte, was sie in der Cafeteria vergessen hatte. Aber ich war verabredet«, so wie er *verabredet* sagt, ist ganz klar, dass er ein Mädchen meint, »und ich war sowieso schon zu spät, außerdem … na ja, es war Lindsay.«

»Ja, klar«, sage ich ermutigend. »Wir kannten ja Lindsay alle und vertrauten ihr.« Allerdings bekomme ich langsam das Gefühl, dass wir das besser nicht getan hätten.

»Ja. Trotzdem hätte ich ihn ihr nicht geben dürfen«, fährt Manuel fort. »Aber sie war so hübsch und nett. Und alle mochten sie. Ich konnte mir einfach nicht vorstellen, dass sie den Schlüssel für etwas Schlimmes brauchte. Sie sagte, es sei echt wichtig, irgendetwas, das sie den Leuten zurückgeben müsse, von denen sie es geliehen hatte. Sonst würden sie böse, sagte sie.«

Mir wird es plötzlich ganz kalt. »Hat sie nicht gesagt, was das für Leute waren?«

Manuel schüttelt den Kopf.

»Und sie hat auch ganz bestimmt im Plural geredet, es war also mehr als eine Person?«

Er nickt.

Na, das war ja merkwürdig. Oder wollte Lindsay einfach nur das Geschlecht der Person, von der sie geredet hatte, nicht preisgeben?

»Du hast ihr also den Schlüssel gegeben«, sage ich.

Manuel nickt kläglich. »Sie hat gesagt, sie würde ihn mir zurückgeben. Sie würde am nächsten Morgen um zehn vorne am Empfang vorbeikommen und ihn mir geben. Ich wartete. Ich habe noch da vorne gewartet, als die Polizei kam. Niemand hat mir gesagt, was los war. Sie gingen einfach alle an mir vorbei. Ich stand da und wartete auf sie, dabei lag sie die ganze Zeit über tot in der Cafeteria!«

Manuel versagt die Stimme, weil er so heftig schluchzt.

Eine der Maschinen, mit der er durch einen Schlauch verbunden ist, beginnt zu piepsen. Die Frau, die ich für seine Mutter halte, regt sich verschlafen.

»Wenn …«, sagt Manuel. »Wenn …«

»Sag jetzt nichts, Manuel«, unterbreche ich ihn. Zu der Frau, die gerade aufgewacht ist, sage ich: »Holen Sie eine Krankenschwester.« Sie reißt die Augen auf und rennt aus dem Zimmer.

»Wenn …«, wiederholt Manuel.

»Manuel, du darfst nicht sprechen«, sage ich. Auch Julio ist mittlerweile wach und murmelt seinem Neffen irgendetwas auf Spanisch zu.

Aber Manuel beruhigt sich nicht.

»Aber wenn es nicht meine Schuld war«, stößt er schließlich hervor, »warum haben sie denn dann versucht, mich zu töten?«

»Weil sie glauben, du wüsstest, wer sie sind«, erwidere ich. »Die Leute, die Lindsay umgebracht haben, glauben, du könntest sie identifizieren. Offensichtlich hat Lindsay etwas zu dir gesagt, das sie auf diese Idee gebracht hat. Versuch dich zu erinnern, Manuel.«

»Sie sagte … Sie sagte etwas über jemanden namens …«

»Doug?«, unterbreche ich ihn aufgeregt. »Hat sie etwas über jemanden gesagt, der Doug heißt? Oder Mark vielleicht?«

Das Piepsen wird immer lauter, und jetzt stürzen eine Ärztin und zwei Schwestern ins Zimmer, gefolgt von Manuels Mutter und den beiden Detectives.

»Nein«, erwidert Manuel. Seine Stimme wird schwächer. »Ich glaube, der Name war Steve. Sie hat gesagt, Steve würde schrecklich böse werden …«

Steve? Wer ist *Steve*?

Manuel fallen die Augen zu. Die Ärztin bellt: »Gehen Sie aus dem Weg«, und ich springe zur Seite, während sie sich an Manuels Schläuchen zu schaffen macht. Gott sei Dank hört das Piepsen auf, und die Maschine arbeitet wieder leiser. Die Ärztin wirkt erleichtert. Manuel ist eingeschlafen.

»Und jetzt alle hinaus«, sagt eine der Schwestern und scheucht uns alle zur Tür. »Er braucht seine Ruhe.«

»Aber ich bin seine Mutter«, wendet die ältere Frau ein.

»Sie können bleiben«, entscheidet die Krankenschwester. »Aber die anderen müssen gehen.«

Ich fühle mich schrecklich. Zusammen mit den beiden Polizisten gehe ich hinaus, während Julio und Mrs Juarez bei Manuel bleiben.

»Was war denn mit ihm los?«, fragt mich der jüngere Detective im Gang.

Und ich erzähle es ihm. Ich erzähle ihnen alles, was Manuel gesagt hat, vor allem das mit Steve.

Sie blicken mich gelangweilt an.

»Das wissen wir doch alles schon«, sagt der Ältere, es klingt irgendwie anklagend, so als würde ich absichtlich ihre Zeit verschwenden.

»Nein, das nicht«, erwidere ich schockiert.

»Doch«, pflichtet der Jüngere der beiden seinem Partner bei. »Es stand alles im Bericht. Das mit dem Schlüssel hat er alles gestern Abend schon gesagt.«

»Nicht das mit Steve«, erwidere ich.

»Doch, ich bin mir ziemlich sicher, dass auch etwas von einem Steve im Bericht stand«, sagt der ältere Polizist.

»Steve«, meint der Jüngere, »oder vielleicht auch John.«

»Es gibt keinen John«, sage ich. »Nur einen Doug. Oder

vielleicht einen Mark. Mark war der Freund des toten Mädchens, aber sie war nebenbei auch noch mit einem Doug zusammen. Und jetzt gibt es auf einmal Steve. Ich weiß allerdings nichts von einem Steve ...«

»Das ist uns alles schon bekannt«, unterbricht mich der jüngere Detective verärgert.

Ich blicke ihn böse an. »Wo ist Detective Canavan?«

»Er ist heute nicht in die Stadt gekommen«, informiert mich der Ältere. »Wo er wohnt, liegt noch mehr Schnee.«

»Und?«, sage ich. »Rufen Sie ihn an, und erzählen Sie ihm von diesem Steve? Oder muss ich es tun?«

Der jüngere Polizist erwidert: »Wir haben es Ihnen doch schon gesagt, Miss. Wir wissen von ...«

»Klar, wir rufen ihn an«, unterbricht ihn der Ältere.

Der Jüngere wirft ihm einen verblüfften Blick zu. »Aber, Marty ...«

»Wir rufen ihn an«, wiederholt der ältere Polizist und zwinkert seinem Kollegen zu. Daraufhin sagt der Jüngere: »O ja. Ja. Wir rufen ihn an.«

Ich starre sie fassungslos an. Offensichtlich hat Detective Canavan ihnen schon von mir erzählt. Und es scheint nichts Gutes gewesen zu sein.

»Wissen Sie was?«, sage ich trotzig. »Ich habe seine Handynummer. Ich könnte ihn eigentlich selber anrufen.«

»Na, dann machen Sie das doch«, entgegnet Marty, der ältere Detective.

Der Jüngere verkneift sich ein Lachen.

Ich spüre, wie ich rot werde. Gehe ich Detective Canavan tatsächlich so auf die Nerven? Na ja, das weiß ich ja. Aber ich habe nicht gedacht, dass er herumläuft und seinen Kollegen davon erzählt. Ob die im Präsidium alle Witze über mich machen?

Wahrscheinlich.

»Gut«, sage ich. »Dann gehe ich jetzt einfach.« Ich wende mich zum Gehen.

»Warten Sie, Miss Wells.«

Ich drehe mich wieder zu ihnen um. Der jüngere Detective streckt mir einen Kugelschreiber und einen Notizblock entgegen.

»Entschuldigung, Miss Wells, aber fast hätte ich es vergessen.« Er macht ein absolut ernstes Gesicht. »Kann ich ein Autogramm von Ihnen haben?«

Ich kneife die Augen zusammen und mustere ihn. Was soll das jetzt für ein Witz sein?

»Im Ernst«, sagt er. »Ich habe meiner kleinen Schwester erzählt, dass Sie häufig auf dem Revier sind, und da hat sie mich gebeten, ob ich ihr ein Autogramm von Ihnen mitbringen kann.«

Er macht einen aufrichtigen Eindruck. Ich nehme den Kugelschreiber und den Notizblock, und es tut mir fast leid, dass ich so unfreundlich zu ihm war.

»Klar«, sage ich. »Wie heißt Ihre Schwester denn?«

»Oh, sie möchte nur Ihre Unterschrift«, sagt der Polizist. »Sie sagt, Autogramme verkaufen sich bei eBay nicht so gut, wenn sie persönlich sind.«

Ich blicke ihn entrüstet an. »Sie will mein Autogramm haben, um es zu verkaufen?«

»Na ja, klar«, erwidert der Detective erstaunt. »Was soll sie denn sonst mit all Ihren alten CDs machen? Sie hat gesagt, sie kann sie mit einem Autogramm besser verkaufen, weil sie sich dann von den Millionen anderer Leute abhebt, die ihre Heather-Wells-Sammlung verkaufen.«

Ich reiche ihm Block und Kugelschreiber. »Auf Wiedersehen, meine Herren«, sage ich und marschiere davon.

»Och, jetzt aber!«, ruft der jüngere Detective mir nach. »Heather! Seien Sie doch nicht so!«

»Können wir nicht einfach nur gute Freunde sein?«, ruft Marty mir nach. Er muss so sehr lachen, dass er kaum sprechen kann.

Als ich den Aufzug erreicht habe, drehe ich mich um und teile den beiden mit, was ich von ihnen halte. Mit meinem Mittelfinger. Aber darüber müssen sie nur noch mehr lachen.

Es stimmt nicht, wenn immer behauptet wird, eine Notsituation brächte das Beste bei New Yorkern zum Vorschein. Das stimmt überhaupt nicht.

18

Don't let love pass you like a headlight
Carrying your heart on through the night
No use in waiting for things to happen
Pull on over, put up a fight.

»Don't Let Love«
Von Heather Wells

Ich schaffe es, heil bis zur Fisher Hall zu gelangen – mehr oder weniger. Ein Taxi finde ich nicht, es gibt keine. Die wenigen Autos, die ich auf der Straße sehe, sind Polizeiwagen. Eines rutscht auf der Sixth Avenue mit dem Hinterteil weg und bleibt in einem Schneehaufen stecken, sodass Leute aus einem Coffee Shop in der Nähe angerannt kommen, um es herausschieben.

Ich gehöre allerdings nicht dazu. Ich habe heute von Polizisten die Nase voll.

Immer noch sauer wegen des Autogramms trete ich schließlich in mein Büro. Tom sitzt immer noch auf meinem Platz, und die Tür zu seinem Büro ist zu. Dahinter höre ich die Stimme von Dr. Kilgore.

»O nein«, sage ich und zerre mir die Mütze vom Kopf. »Ist sie etwa schon wieder hier?«

»Die ganze restliche Woche leider«, erwidert Tom düster. »Aber du kannst dich freuen, morgen ist ja schon Freitag.«

»Trotzdem.« Ich ziehe mir den Mantel aus und sinke auf Sarahs Stuhl. »Ich fühle mich eingeengt. Wer ist drin?«

»Cheryl Haebig«, antwortet er.

»*Schon wieder?*«

Er zuckt mit den Schultern. »Ihre Zimmergenossin wurde ermordet. Sie ist völlig fertig deswegen.«

Ich betrachte den Monet-Druck an der Wand. »Lindsay war gar nicht so unschuldig, wie alle glauben«, höre ich mich sagen.

Tom zieht die Augenbrauen hoch. »Hallo?«

»Ja, war sie wirklich nicht«, sage ich. »Sie hat Manuel überredet, ihr den Schlüssel für die Cafeteria zu geben. Weswegen brauchte sie ihn? Sie sagte ihm, sie habe etwas dort vergessen, was sie dringend bräuchte. Aber wenn das so war, warum ist sie dann nicht zu einer der studentischen Hilfskräfte gegangen? Sie hätten ihr ebenso wie Manuel aufschließen können, wenn sie dort nur etwas holen musste. Nein, sie ist zu ihm gegangen, weil er eine Verabredung hatte, und sie wusste, dass er keine Zeit hätte, um auf sie zu warten. So konnte sie seinen Schlüssel die ganze Nacht über behalten. Sie hat ihn regelrecht bearbeitet, wie sie das mit allen Jungen gemacht hat. Und auch mit den Mädchen. Magda war geradezu verrückt nach ihr.«

»Lindsay scheint dich ja sehr zu beschäftigen«, sagt Tom. »Vielleicht solltest du als Nächste zu Dr. Kilgore hinein.«

»Halt den Mund«, erwidere ich.

Er grinst frech. »Du hast ein paar Nachrichten.« Er reicht sie mir.

Jordan Cartwright. Jordan Cartwright. Jordan Cartwright. Tad Tocco.

Warten Sie mal. Wer ist denn Tad Tocco?

»Ich hole Kaffee«, erklärt Tom und erhebt sich. »Willst du auch welchen?«

»Ja«, sage ich geistesabwesend. »Kaffee wäre gut.« Wer ist Tad Tocco, und warum kommt mir der Name so bekannt vor?

Tom hat das Büro schon verlassen, als ich ihm hinterherrufe: »Mach ein bisschen heißen Kakao hinein!«

»Okay!«, schreit Tom zurück.

Toms Bürotür wird aufgerissen, und Dr. Kilgore steckt den Kopf heraus.

»Könnten Sie bitte leiser sprechen«, sagt sie gereizt. »Ich habe eine äußerst aufgewühlte Studentin hier.«

»Ja, sicher«, erwidere ich schuldbewusst. »Entschuldigung.«

Sie wirft mir einen finsteren Blick zu und schlägt die Tür wieder zu.

Ich sinke noch ein wenig mehr auf meinem Stuhl in mich zusammen. Sarah hat die Schulzeitung auf ihrem Schreibtisch liegen lassen. Sie ist auf der Sportseite aufgeschlagen, mit einem Foto von Coach Andrews, der in die Hände klatscht und etwas in Richtung Spielfeld ruft. Darunter steht: *Steven Andrews feuert seine Spieler an.*

Mir gefriert das Blut in den Adern.

Steven. Steven *Andrews.*

Automatisch greife ich zum Hörer, um die Sportabteilung anzurufen.

»Äh, hi«, sage ich, als endlich jemand abhebt. »Ist Coach Andrews heute da?«

Mürrisch, wahrscheinlich weil er ebenso wie ich an

einem solchen Tag ins Büro kommen musste, antwortet der Typ am anderen Ende der Leitung: »Wo soll er denn sonst sein? Er hat doch am Wochenende schon wieder ein Spiel.«

Dann legt er einfach auf. Aber das ist mir egal, weil ich bereits herausgefunden habe, was ich wissen will. Coach Andrews ist da. Das bedeutet, ich kann zum Winer-Komplex hinübergehen und ihn nach seiner Beziehung zu Lindsay fragen.

Nein, warten Sie. Das kann ich natürlich nicht. Ich habe es versprochen. Ich habe dieses Mal allen versprochen, dass ich mich nicht einmische.

Aber ich habe Magda auch versprochen, dass ich nicht zulasse, dass Lindsays Name durch den Dreck gezogen wird. Und wenn Coach Andrews tatsächlich mit Lindsay geschlafen hat, wie Kimberly behauptet, dann bedeutet das, dass er seine Machtposition ausgenutzt hat. Na ja, zumindest so viel Macht, wie ein Basketballtrainer über einen Cheerleader haben kann. Auf jeden Fall war es eine unpassende Beziehung.

Aber was sollte Lindsay in der Cafeteria vergessen haben, das sie Coach Andrews unbedingt zurückgeben musste?

Es gibt nur einen Weg, um das herauszufinden. Ich laufe aus dem Büro, hole mir aus dem Recycling-Stapel unten an der Kellertreppe noch rasch einen nicht zu kleinen Karton und durchquere gerade die Eingangshalle, als ich beinahe mit meinem Chef zusammenstoße, der mit zwei Tassen Kaffee aus der Cafeteria kommt.

»Wohin gehst du?«, will Tom wissen und mustert neugierig den Karton.

»Lindsays Eltern haben angerufen«, lüge ich. Es ist wirklich beängstigend, mit welcher Leichtigkeit mir solche Ausreden über die Lippen gehen. Kein Wunder, dass ich mich nicht mehr traue, vor Publikum aufzutreten, es wird ja immer deutlicher, dass mein wahres Talent ganz woanders liegt. »Sie möchten, dass jemand ihr Schließfach im Winer-Komplex leer räumt.«

Tom blickt mich verwirrt an. »Ich habe gedacht, das hätten Cheryl und ihre Freundinnen schon gemacht, als sie den Pullover geholt haben.«

»Vermutlich nicht«, erwidere ich schulterzuckend. »Ich bin gleich wieder zurück. Bis später.«

Bevor er noch etwas sagen kann, stürze ich mich in die Kälte, wobei ich den Karton als Windschutz vor mein Gesicht halte. Ich komme nur langsam vorwärts, weil bisher noch niemand den Bürgersteig freischaufeln konnte. Es hat ununterbrochen geschneit. Aber ich habe meine Timberlands an, deshalb bleiben meine Füße trocken und relativ warm. Außerdem liebe ich Schnee. Er deckt die leeren Marihuana-Tütchen und Lachgas-Behälter auf den Gehwegen zu und dämpft die Straßengeräusche. Wer ein Auto besitzt, wird es allerdings mindestens eine Woche lang nicht ausgraben können, denn die Schneepflüge, die mit orange und weiß blinkenden Lichtern vorbeifahren, türmen den Schnee an beiden Seiten der Straße nur noch höher auf.

Aber es sieht wirklich hübsch aus. Vor allem im Washington Square Park, wo das Brunnenbecken voller Schnee ist und die Statuen von George Washington weiße Schneeperücken aufhaben. Eiszapfen hängen von den dunklen Ästen der Bäume, an denen früher einmal Verbrecher aufgehängt wurden. Nur Eichhörnchen huschen über die weiße Schneefläche unter diesen Bäumen, wo in alten Zeiten keine grünen Bänke standen, sondern sich die Armengräber der Stadt befanden. Der Hundeauslauf ist ebenso leer wie die Spielplätze, die Schaukeln schwingen einsam im Wind. Leben herrscht nur auf dem Schachfeld, das wie immer von Obdachlosen und fanatischen Schachspielern, die jedem Wetter trotzen, bevölkert ist.

So liebe ich meine Stadt: fast leer.

Gott, ich bin wirklich eine abgestumpfte New Yorkerin geworden.

So hübsch die Stadt jedoch aussieht, ich bin trotzdem froh, als ich endlich am Sportkomplex angelangt bin und mir auf der Gummimatte den Schnee von den Schuhen treten kann. Auch mein Gesicht taut langsam auf, als ich meinen Ausweis hervorhole und ihn dem Sicherheitsbeamten zeige, der mich durchwinkt. Im Gebäude stinkt es wie immer nach Schweiß und Chlor aus dem Schwimmbad. Es ist fast leer, die meisten Studenten scheinen bei dem Wetter keine Lust zum Trainieren zu haben.

Nur die Stiefmütterchen machen da eine Ausnahme. Als ich mich über das Geländer im Innenhof beuge, sehe ich sie unten auf dem Spielfeld Korbwürfe trainieren. Da die Bänke alle zurückgeschoben sind, sieht das Spielfeld größer aus als sonst. Während ich zuschaue, wirft jemand Mark – ich erkenne ihn von oben an seiner Frisur – den Ball zu.

»Shepelsky«, sagt er. »Leg ihn rein.«

Geschickt fängt Mark den Ball, dribbelt und wirft dann. Er springt hoch in die Luft, und als er wieder aufkommt, machen die Gummisohlen seiner Sneakers das gleiche quietschende Geräusch auf dem glatten, glänzenden Boden, wie ich es gestern Abend gehört habe, als Manuels maskierte Angreifer vom Tatort flohen.

Natürlich hat das nichts zu bedeuten. Alle Turnschuhe quietschen so. Außerdem waren Mark und seine Freunde mit Sicherheit in der Kabine, als Manuel niedergestochen wurde, und wurden von ihrem Trainer zusammengestaucht. Sie können gar nichts mit dem Überfall auf Manuel zu tun haben.

Es sei denn, Coach Andrews hätte sie auf Manuel gejagt.

Ich glaube, jetzt geht meine Fantasie mit mir durch. Am besten gehe ich jetzt erst einmal mit meinem Karton in das Büro von Coach Andrews und überprüfe, ob an meiner verrückten Idee etwas dran ist, bevor ich hier die wildesten Theorien entwickele.

Wenn wir hier in einer Erstliga-Schule wären, wo der Basketballtrainer direkt hinter Gott kommt, dann hätte jemand wie Coach Andrews sicher einen persönlichen Assistenten, der ihn abschirmt. Aber so sitzt nur eine schlecht gelaunte studentische Hilfskraft vor dem Sportbüro und liest.

»Hey«, sage ich zu ihm, »ist Coach Andrews da?«

Der Junge blickt noch nicht einmal von seinem Buch auf, sondern weist nur mit dem Daumen auf die offene Tür.

»Da drin«, sagt er.

Ich bedanke mich und trete an die Tür. Steven Andrews sitzt an seinem Schreibtisch und brütet über irgendwelchen Spielplänen. Er sieht aus wie Napoleon, der die nächste Schlacht plant.

»Äh, Coach Andrews?«, sage ich.

Er blickt auf. »Ja?« Als ich meine Mütze abziehe und mir die Haare wieder elektrisch geladen um den Kopf wehen, scheint er mich zu erkennen. »Oh, hi. Sie sind … Mary?«

»Heather«, sage ich und setze mich auf den Stuhl auf

der anderen Seite seines Schreibtisches. Die Büros im Winer-Sportkomplex sind wesentlich schöner eingerichtet als bei uns. Hier gibt es keine orangefarbenen Vinylsofas, ganz bestimmt nicht! Hier ist alles aus schwarzem Leder und Chrom.

Ich wette, Coach Andrews verdient auch mehr als dreiundzwanzigtausendfünfhundert Dollars im Jahr.

Ich bezweifle allerdings, dass er kostenlos so viele Dove-Bars essen kann, wie er will.

»Ach ja«, erwidert er. »Entschuldigung. Heather. Sie arbeiten drüben in Fisher Hall.«

»Genau«, sage ich. »Wo Lindsay gewohnt hat.«

Aufmerksam beobachte ich, wie er reagiert, als ich den Namen nenne.

Aber es gibt keine Reaktion. Er zuckt nicht zusammen, und er wird auch nicht blass. Er blickt mich nur fragend an.

Mann. Das ist eine harte Nuss.

»Ja«, fahre ich fort. »Ich habe mich gefragt, ob ihr Schließfach hier schon ausgeräumt worden ist.«

Coach Andrews blickt mich verwirrt an. »Ihr Schließfach?«

»Ja«, sage ich. »Ihr Schließfach hier im Sportkomplex. Ich nehme doch an, dass sie eines hatte.«

»Ja, sicher«, sagt Coach Andrews. »Aber würden Sie sich da nicht besser an die Trainerin der Cheerleader, Vivian Chambers, wenden? Sie kann Ihnen sicher sagen, welches Schließfach Lindsay gehörte und wie die Kombination dafür lautet. Sie sitzt in dem Büro am Ende des Ganges. Allerdings glaube ich nicht, dass sie heute hier ist. Wegen des Schnees …«

»Ach so«, sage ich. »Die Trainerin der Cheerleader. Ja,

klar. Nur, na ja, jetzt bin ich schon mal hier und habe den Karton dabei.«

»Ja.« Coach Andrews sieht so aus, als wolle er mir wirklich helfen. Im Ernst. Ich meine, der Typ hat am Wochenende ein wichtiges Spiel, und er ist tatsächlich bereit, sich die Zeit zu nehmen, um einer Kollegin zu helfen. Dazu noch einer Kollegin, die wesentlich weniger verdient als er. »Wahrscheinlich kann die Hausverwaltung mir Nummer und Kombination sagen. Warten Sie, ich rufe rasch dort an.«

»Wow«, sage ich. Ist er so hilfsbereit, weil er so ein netter Kerl ist? Oder hat er ein schlechtes Gewissen wegen Lindsay? »Das ist aber nett von Ihnen. Danke.«

»Kein Problem«, erwidert Coach Andrews und greift zum Telefonhörer. »Falls heute überhaupt jemand dort arbeitet…« Am anderen Ende geht jemand ans Telefon, und Steven Andrews sagt: »Oh, Jonas, toll, du bist trotz Schnee da. Hör mal, ich habe hier eine Frau aus der Abteilung für Wohnheimzimmer, die Lindsay Combs Schließfach ausräumen möchte. Ihr habt doch bestimmt Zugang zu der Kombination. Ach so, ja, und welche Nummer das Fach hat. Viv hat es nämlich heute früh nicht zur Arbeit geschafft… Habt ihr? Ja, das wäre wunderbar. Okay, ja, sag mir Bescheid.«

Er legt auf und strahlt mich an. »Sie haben Glück«, sagt er. »Sie schauen nach und rufen dann wieder an.«

Ich bin ernsthaft verblüfft. »Das ist… danke. Das ist wirklich nett von Ihnen.«

»Oh, kein Problem«, sagt Coach Andrews noch einmal. »Ich bin Ihnen gerne behilflich. Es ist so schrecklich, was Lindsay passiert ist.«

»Ja, nicht wahr«, entgegne ich. »Vor allem, weil Lindsay … na ja, sie war so beliebt. Man kann sich nur schwer vorstellen, dass sie Feinde hatte.«

»Ja.« Coach Andrews lehnt sich in seinem Stuhl zurück. »Das beschäftigt mich auch am meisten. Eigentlich mochte sie doch jeder.«

»Fast jeder«, sage ich und denke dabei an Kimberly, die sie ja wohl nicht so gut leiden konnte.

»Na ja«, erwidert Coach Andrews, »außer ihrem Mörder.«

Hmmm. Er scheint nichts davon gewusst zu haben, dass Kimberly und Lindsay nicht so gut miteinander konnten.

»Ja«, sage ich. »Es liegt auf der Hand, dass irgendjemand sie nicht mochte. Oder jemand hat versucht, sie zum Schweigen zu bringen.«

Steven Andrews blickt mich aus seinen blauen Augen groß und arglos an. »Warum? Lindsay war doch ein nettes Mädchen. Das macht es ja so schwierig, für mich jedenfalls. Für Sie ist das sicher alles noch viel schlimmer. Für Sie und für Ihren Chef, wie heißt er noch mal? Tom und weiter?«

Ich blinzele. »Snelling. Tom Snelling.«

»Ach ja«, meint der Trainer. »Er ist … Er ist neu hier, oder?«

»Er hat letzten Monat angefangen«, sage ich. Wie sind wir jetzt eigentlich von Lindsay auf Tom gekommen?

»Wo kommt er her?«, will Coach Andrews wissen.

»Von der Texas A & M«, sage ich. »Bei Lindsay …«

»Wow«, unterbricht mich der Trainer, »das muss ja heftig für ihn sein. Von so einem kleinen College in den Big Apple. Ich meine, für mich war es schon schwer genug, dabei komme ich aus Burlington.«

»Ja«, erwidere ich. »Das war bestimmt nicht einfach.

Aber Tom macht das schon.« Sicherheitshalber erwähne ich nicht, dass er kündigen möchte. »Was ich mich bei Lindsay gefragt habe …«

»Er ist doch nicht verheiratet, oder?«, fragt Coach Andrews beiläufig.

Zu beiläufig.

Ich starre ihn an. »Wer? *Tom*?«

»Ja.« Seine Wangen sind irgendwie, na ja, rosig geworden. »Ich meine, ich hätte keinen Ring gesehen.«

»Tom ist *schwul*«, sage ich. Sicher, der Typ ist Basketballtrainer, aber so blöd kann er doch nicht sein.

»Ja, ich *weiß*«, erwidert Coach Andrews. Seine Wangen sind mittlerweile hochrot. »Ich habe mich ja auch nur gefragt, ob er eine Beziehung hat.«

Verwirrt blinzelnd schüttele ich den Kopf. »N-nein …«

»Oh.« Der Trainer wirkt erleichtert, nein, sogar glücklich, über meine Antwort. »Ich habe nämlich gedacht, es ist doch schwer, in eine neue Stadt zu ziehen und mit einem neuen Job anzufangen und so. Vielleicht möchte er ja mal ein Bier trinken gehen oder so. Ich …«

Sein Telefon klingelt. Coach Andrews nimmt den Hörer ab. »Andrews«, sagt er. »Oh, prima. Warten Sie, ich schreibe es auf.«

Während Coach Andrews sich Lindsays Schließfachnummer und ihre Kombination notiert, versuche ich zu verdauen, was ich gerade erfahren habe, denn wenn ich mich nicht irre, ist Coach Andrews *schwul*.

Und scheint mit meinem Chef ausgehen zu wollen.

»Toll, vielen Dank«, sagt der Trainer und legt auf.

»So«, fährt er fort und schiebt mir den Zettel zu. »Gehen Sie einfach nur in die Damenumkleide, da finden Sie es. Nummer sechs zwo fünf.«

Ich nehme das Blatt Papier, falte es zusammen und stecke es benommen in die Hosentasche. »Danke«, sage ich.

»Kein Problem«, erwidert Coach Andrews. »Wo waren wir noch stehen geblieben?«

»Ich … Ich …« Meine Schultern sacken herunter. »Ich weiß nicht.«

»Ach so, ja, Tom«, sagt er. »Richten Sie ihm doch bitte aus, er soll mich mal anrufen. Sie wissen schon, wenn er mal was unternehmen möchte.«

»Unternehmen möchte«, wiederhole ich. »Mit Ihnen.«

»Ja.« Mein Gesichtsausdruck scheint Coach Andrews zu erschrecken, denn plötzlich fragt er besorgt: »War das jetzt unpassend? Vielleicht sollte ich ihn einfach selber anrufen.«

»Ja, vielleicht sollten Sie das«, erwidere ich mit erstickter Stimme.

»In Ordnung.« Der Trainer nickt. »Sie haben Recht, das sollte ich wirklich. Ich dachte nur … Na ja, Sie wirken so cool, und ich dachte, dass Sie vielleicht, ach, ist ja egal.«

Entweder ist das der raffinierteste Versuch, den Mordverdacht von sich abzulenken, oder Coach Andrews ist tatsächlich schwul.

Hatte Kimberly mich angelogen? Es sieht langsam so aus. Jetzt beugt sich Steven Andrews auch noch vor und flüstert: »Ich will ja nicht wie ein Mädchen klingen, aber ich habe *alle* Ihre Alben.«

Ein letztes Mal blinzele ich verwirrt. Dann sage ich: »Toll. Ich gehe dann jetzt.«

»Tschüs«, sagt er fröhlich.

Und ich nehme meinen Karton und verlasse so schnell wie möglich sein Büro.

19

It's 4 A.M., and my arm's sticking out
But there's not a taxi anywhere about.
Should have seen it wasn't meant to be
Going home, it's the subway for me.

»Taxi«
Von Heather Wells

»Ruf Coach Andrews an«, sage ich zu Tom, als ich ins Büro zurückkomme.

Er blickt von seinem Computer auf, oder ich sollte vielleicht besser sagen *meinem* Computer. »Was?«

»Ruf Steve Andrews an«, sage ich, lass mich auf Sarahs Stuhl sinken und werfe meinen Karton auf den Boden. Er ist leer. Wie Tom gesagt hat, hat schon jemand Lindsays Schließfach ausgeräumt. »Ich glaube, er ist in dich verknallt.«

Tom reißt seine haselnussbraunen Augen auf. »Willst du mich verarschen?«

»Ruf ihn an«, erwidere ich und wickele mir den Schal ab. »Dann wirst du es ja sehen.«

»Der Trainer ist *schwul*?« Tom macht einen erstaunten Eindruck.

»Es sieht so aus! Hat dein Schwulenradar dir das nicht gemeldet?«

»Der geht bei jedem heißen Typen los«, erwidert Tom. »Aber das bedeutet noch lange nicht, dass es auch stimmt!«

»Na ja, auf jeden Fall hat er mich nach dir gefragt«, sage ich. »Entweder ist das Teil seines diabolischen Plans, damit wir ihn nicht des Mordes an Lindsay verdächtigen, oder er hat sich wirklich in dich verknallt. Ruf ihn doch bitte an, damit wir es herausfinden.«

Tom streckt schon die Hand nach dem Hörer aus, besinnt sich jedoch dann eines Besseren. Verwirrt wendet er sich noch einmal zu mir. »Warte mal. Was hat denn Coach Andrews mit dem Mord an Lindsay zu tun?«

»Entweder gar nichts oder alles«, erwidere ich. »Ruf ihn an.«

Tom schüttelt den Kopf. »Nö. So etwas Wichtiges mache ich lieber ohne Publikum. Ich gehe hinauf in meine Wohnung.« Er schiebt seinen – nein, eigentlich meinen – Stuhl zurück und steht auf. »Und zwar jetzt gleich.«

»Gut. Berichte mir, was er gesagt hat«, rufe ich ihm nach. Als er weg ist, sitze ich da und frage mich, wie weit Andrews tatsächlich gehen würde, falls er nicht schwul ist. Würde er sich mit Tom einlassen, nur um den Verdacht von sich abzulenken? Wäre ein heterosexueller Mann dazu in der Lage? Na ja, wahrscheinlich ist er bi. Obwohl, bi kommt er mir eigentlich nicht vor.

Aber er war mir natürlich bis heute auch nicht schwul vorgekommen. Das hat er ausgezeichnet versteckt. Aber wenn man ein schwuler Basketballtrainer ist, *muss* man das wahrscheinlich auch, jedenfalls wenn man seinen Job behalten möchte.

Ich überlege gerade, ob Präsident Allington wohl eine Ahnung hat, dass sein Goldjunge schwul ist, als Gavin McGoren in mein Büro kommt.

»Was gibt's?«, fragt er und wirft sich auf die Couch gegenüber von meinem – ich meine, Toms – Schreibtisch.

Ich werfe ihm einen fragenden Blick zu.

»Woher soll ich das wissen?«, sage ich. »Heute ist schneefrei, und es findet kein Unterricht statt. Warum bist du überhaupt hier? Solltest du nicht in einer Bar in SoHo sein und dich um den Verstand trinken?«

»Das wäre ich auch«, erwidert Gavin, »aber Ihr Boss sagt, ich müsse zu ihm kommen, um«, er gräbt ein klein zusammengefaltetes, schmieriges Schreiben aus der Gesäßtasche seiner Jeans, »um mich wegen Alkoholmissbrauch beraten zu lassen.«

»Ha«, sage ich fröhlich, »Pech für dich.«

»Hat Ihnen eigentlich schon mal jemand gesagt, dass Sie keine besonders professionelle Einstellung zu Ihrem Job haben?«, will Gavin wissen.

»Hat dir eigentlich schon mal jemand gesagt, dass es äußerst gefährlich, ja, dumm ist, einundzwanzig Schnäpse an einem einzigen Abend zu trinken?«

Er wirft mir einen beleidigten Blick zu. »Wie kommt es eigentlich, dass sie den Typen noch nicht geschnappt haben, der Lindsay abgemurkst hat?«, fragt er.

»Weil niemand weiß, wer es war.« Und dabei reißen sich manche von uns ein Bein aus, um es herauszukriegen.

»Wow«, stellt Gavin fest. »Da fühle ich mich aber sicher und wohlbehütet in meinem Umfeld. Meine Mom will übrigens, dass ich nach Water Hall ziehe, weil da keinem der Kopf abgehackt wird.«

Ich blicke ihn erschreckt an. »Aber das machst du nicht, oder?«

»Ich weiß nicht«, erwidert Gavin, wobei er es vermeidet, mich anzusehen. »Es ist näher an der Filmschule.«

»Ach, du lieber Himmel, du denkst wahrhaftig darüber nach!« Ich fasse es nicht.

»Na ja.« Gavin windet sich unbehaglich. »Es ist nicht gerade cool, im Heim des Todes zu wohnen.«

»Ich könnte es mir sehr cool vorstellen«, wende ich ein. »Jedenfalls für einen Typen, der der nächste Quentin Tarantino werden will.«

»Eli Roth«, korrigiert er mich.

»Na ja, ist ja egal«, sage ich. »Aber bitte, zieh nach Water Hall, wenn du solche Angst hast. Hier.« Ich bücke mich und ergreife den leeren Karton, den ich in den Winer-Sportkomplex und wieder zurück geschleppt habe. »Du kannst schon mal anfangen zu packen.«

»Ich habe keine Angst«, erklärt Gavin und reckt das Kinn. Ich stelle fest, dass sein spärlicher Bartwuchs langsam üppiger wird. »Haben Sie denn Angst?«

»Nein, Angst habe ich nicht«, sage ich. »Ich bin wütend. Ich möchte wissen, wer Lindsay ermordet hat und warum. Und ich möchte sichergehen, dass sie geschnappt werden.«

»Und«, fragt Gavin und stellt wieder Blickkontakt her, »gibt es schon Spuren?«

»Ich weiß nicht«, erwidere ich. »Und wenn, dann sagen sie es mir nicht. Ich möchte dich was fragen. Glaubst du, Coach Andrews ist schwul?«

»Schwul?« Gavin lacht. »Nein!«

»Warum nicht?«

»Na ja, er ist Sportler.«

»Es gibt in der Geschichte einige schwule Sportler«, erwidere ich.

Gavin schnaubt. »Ja, klar. Damengolfer.«

»Nein«, sage ich. »Greg Louganis zum Beispiel.«

Er starrt mich verständnislos an. »Wer ist das denn?«

»Ist egal«, seufze ich. »Er könnte ja auch schwul sein und will nur nicht, dass es jemand erfährt, weil es den Spielern Angst machen könnte.«

»Ach, meinen Sie?«, fragt Gavin spöttisch.

»Aber du hältst ihn nicht für schwul«, sage ich.

»Woher soll ich das wissen«, erklärt Gavin. »Ich kenne den Typ ja gar nicht. Ich weiß nur, dass er Basketballtrainer ist, und die sind nicht schwul. Meistens jedenfalls nicht.«

»Hast du denn jemals was über Coach Andrews und Lindsay gehört?«

»Wie jetzt, ob sie was miteinander hatten?«, will Gavin wissen.

»Ja.«

»Nein«, sagt er. »Und das fände ich auch eklig. Er ist bestimmt schon dreißig.«

Ich kneife die Augen zusammen. »Ah ja! Und das ist uralt!«

Gavin verzieht spöttisch das Gesicht. »Genau. Außerdem dachte ich, Lindsay hat eine heiße Affäre mit Mark Shepelsky.«

»Die hatte sich anscheinend abgekühlt«, erwidere ich. »In der letzten Zeit hat sie mehr mit einem gewissen Doug Winer rumgehangen. Kennst du ihn?«

»Nicht wirklich.« Er zuckt mit den Schultern. »Seinen Bruder Steve kenne ich besser.«

Plötzlich scheint sich die Erdachse zu verschieben.

»*Was?*« Ich kann nicht glauben, was ich gerade gehört habe.

Verwirrt über meine Reaktion stammelt Gavin: »St-Steve. Ja. Steve Winer. Wussten Sie nicht …«

»*Steve?*« Ich blicke ihn eindringlich an. »Doug Winer hat einen Bruder, der Steve heißt? Im *Ernst?*«

»Ja.« Gavin wirft mir einen seltsamen Blick zu. »Ich war letztes Semester in einem Film-Seminar mit ihm. Wir haben zusammen an einem Projekt gearbeitet. Irgendwie ist es zäh gelaufen, aber Steve ist auch lahm. Wir waren viel zusammen. Er ist Senior und wohnt drüben im Tau-Phi-Haus.«

»Er ist auch ein Tau Phi?« Ich fasse es nicht.

»Ja, er ist so etwas wie Präsident vom Haus. Na ja, das sollte er wohl auch sein, schließlich ist er der Älteste da. Der Typ ist fünfundzwanzig und geht immer noch in Einführungskurse und so einen Scheiß. Steve will mal genauso viel Geld verdienen wie sein Daddy, aber er ist so blöd und so faul, dass ihm nichts Besseres einfällt, als zu dealen.« Gavin zuckt mit den Schultern. »Er verkauft den Party-Kids Koks und Shit, und Dad und das New York College auch, soviel ich weiß, drückt beide Augen zu. Na ja, die Schule unternimmt bestimmt nichts, schließlich hat der alte Winer den Sportkomplex gespendet.« Gavin kichert. »Schade nur, dass seine eigenen Kinder die meiste Zeit zu zugedröhnt sind, um dort zu trainieren.«

»Dann dealen die beiden Winer-Jungs also hauptberuflich?«, frage ich. Coach Andrews interessiert mich auf einmal nicht mehr.

»Von hauptberuflich weiß ich nichts«, erwidert Gavin schulterzuckend. »Ich meine, klar, sie dealen beide, man muss ja seine eigene Ware nicht unbedingt auch ausprobieren. Aber als ich das Seminar mit ihm hatte, da hat Steve die ganze Zeit über was genommen. Deshalb ist er auch ständig eingeschlafen, wenn wir eigentlich am Projekt arbeiten sollten. Ich musste praktisch die ganze Arbeit allein machen. Natürlich haben wir ein A bekommen, aber bestimmt nicht wegen Winer.«

»Und was dealt er so?«, frage ich.

»Winer kann alles besorgen, was man haben will. Aber er hat Prinzipien. Er verkauft nur an Leute, die bereit sind, alternative Realitätsebenen zu erfahren. Er bildet sich mächtig was ein auf seine Prinzipien.« Gavin verdreht die Augen. »Wissen Sie, was er als Kind für ein Hobby hatte? Er hat Katzen bis zum Hals im Boden eingegraben und ist dann mit dem Rasenmäher drübergefahren.«

»Das ist ja ekelhaft.« Ich reiße die Augen auf.

»Das ist noch nicht alles. Manchmal hat er ihnen auch einen Stein an den Schwanz genagelt und hat sie in den Pool geworfen. Der Typ ist ein Irrer. Und dann noch die Sache mit dem Geld. Der Alte hat einen Haufen Geld als Bauunternehmer verdient, und er möchte, dass seine Jungen auch Unternehmergeist zeigen und so. Nach dem Examen kriegen sie keinen Pfennig mehr, deshalb versucht Steve ja auch, die Kuh so lange zu melken, wie es geht.«

Ich mustere ihn misstrauisch. »Gavin«, sage ich, »woher weißt du das alles?«

»Was?«

»Das über die Winers.«

Gavin blickt mich verständnislos an. »Keine Ahnung. Ich habe mit ihnen Party gemacht.«

»Du hast mit ihnen *Party gemacht*?«

»Ja«, erwidert Gavin. »Ich halte Steve zwar für einen Loser, aber der Typ hat Verbindungen. Warum sollte ich denn die Brücke verbrennen, auch wenn er unser Projekt total in den Sand gesetzt hat? Wissen Sie, wenn ich meine eigene Produktionsfirma gründen will, brauche ich Investoren. Und Drogengeld ist immer noch besser als gar kein Geld. Ich brauche ja nicht zu fragen, wo es herkommt. Außerdem kommen zu diesen Tau-Phi-Partys immer tolle Schnitten. Heute Abend findet wieder eine statt…« Er bricht ab und korrigiert sich hastig. »Ich meine Frauen. Nicht Schnitten. Frauen.«

»Heute Abend ist eine Party im Tau-Phi-Haus?«, frage ich.

»Äh«, sagt Gavin. »Ja?«

Plötzlich weiß ich, wo ich heute Abend hingehen möchte.

»Kannst du mich da einschleusen?«

Gavin blickt mich verwirrt an. »Was?«

»Auf die Party. Ich möchte Steve Winer kennen lernen.«

Gavin reißt seine normalerweise schläfrigen braunen Augen auf. »Wollen Sie etwa Koks kaufen? O Mann! Ich habe immer gedacht, Sie wären sauber! Als Sie ein Star waren, haben Sie doch ständig irgendwelche Anti-Drogen-Kampagnen mitgemacht…«

»Ich will kein *Koks*«, sage ich.

»Koks ist auch nicht gut für Sie. Cannabis ist das Richtige für Sie. Ich kann Ihnen hervorragendes Cannabis besorgen, das macht Sie sofort locker. Sie können nämlich manchmal ganz schön verkrampft sein, Heather, das ist mir immer schon aufgefallen.«

»Ich will kein Cannabis«, zische ich. »Ich will nur Steve Winer ein paar Fragen über Lindsay Combs stellen. Ich glaube nämlich, dass er darüber etwas weiß.«

Gavins Augen schrumpfen wieder auf die normale Größe. »Ach so. Sollte das nicht besser die Polizei machen?«

»Das sollte man meinen, was?« Ich lache bitter auf. »Aber soweit ich erkennen kann, hat die Polizei daran anscheinend kein Interesse. Also, was meinst du? Kannst du mich reinbringen?«

»Klar«, erwidert Gavin. »Wenn Sie gerne möchten, kann ich das tun. Ich kann Sie heute Abend mit auf die Party nehmen.«

»Wirklich?« Ich beuge mich vor. »Würdest du das wirklich tun?«

»Äh«, sagt Gavin. Er sieht so aus, als hielte er mich für durchgeknallt. »Ja, klar. Das ist nicht schwierig.«

»Wow.« Ich blicke ihn eindringlich an, weil ich herausfinden möchte, ob er mir wirklich helfen will oder ob er nur versucht, sich bei mir einzuschleimen. »Das wäre toll. Auf so einer Verbindungsparty war ich noch nie. Um wie viel Uhr fängt sie an? Was soll ich anziehen?« An das *Fette Weiber raus* versuche ich gar nicht erst zu denken. Wenn sie mich nun nicht hereinlassen, weil sie mich zu dick finden? Gott, wie peinlich!

Ich meine, für sie.

»Sie waren noch nie auf einer Verbindungsparty?« Gavin ist total geschockt. »Noch nicht mal auf dem College?«

Ich beschließe, das einfach zu überhören. »Nuttig, oder? Ich sollte mir was Nuttiges anziehen.«

Gavin meidet meinen Blick. »Ja, das funktioniert bestimmt ganz gut. Vor elf fangen die Partys meistens nicht an. Soll ich Sie dann abholen?«

»Um elf?«, schreie ich auf, aber dann fällt mir Dr. Kilgore

ein, die hinter dem Gitter in Toms Büro leise murmelt, und ich senke meine Stimme. »Um elf?« Um die Zeit spiele ich für gewöhnlich noch ein bisschen auf meiner Gitarre, je nachdem, an was für einem Song ich gerade arbeite, und dann heißt es »Licht aus«. »Das ist aber spät!«

Gavin grinst. »Da musst du dir den Wecker stellen, Oma, was?«

»Nein«, erwidere ich stirnrunzelnd. Wer ist hier eine Oma? »Ich meine, wenn das der früheste …«

»Ja.«

»Okay, gut. Aber du kannst mich nicht abholen kommen. Wir treffen uns um elf vor der Waverly Hall.«

Gavin lächelt. »Was ist los? Haben Sie Angst, dass Ihr Freund uns sieht?«

»Ich habe dir doch gesagt, er ist nicht …«

»Ja, ja, ja«, unterbricht mich Gavin. »Er ist nicht Ihr Freund. Und als Nächstes behaupten Sie bestimmt noch, dass das hier kein Date ist.«

Ich starre ihn an. »Das ist es auch nicht. Ich dachte, das hättest du verstanden. Ich versuche, dem Mord an Lindsay Combs auf den Grund zu gehen. Das ist keineswegs ein Date. Aber ich bin dir wirklich dankbar …«

»Liebe Güte!«, explodiert Gavin. »Ich habe doch bloß Spaß gemacht! Warum sind Sie immer so kompliziert?«

Ich blinzele ihn an. »Wie?«

»So professionell und so.«

»Du hast eben noch gesagt, ich sei *nicht* besonders professionell«, erinnere ich ihn.

»Genau so«, erwidert er. »Bei Ihnen gibt es ständig nur heiß und kalt. Was soll das?«

»Was soll was?«, fragt Tom, der gerade strahlend das Büro betritt. Er setzt sich an meinen Schreibtisch, und ich sehe ihm am Gesicht an, dass das Gespräch mit Coach Andrews äußerst zufriedenstellend verlaufen ist.

Was mag das bedeuten? Ob es wohl von Anfang an der falsche Steve war?

Aber warum sollte Kimberly mich anlügen?

»Dieses Ding hier«, sagt Gavin und wedelt mit dem Disziplinarschreiben. »Mann, ich weiß ja, dass ich Scheiße gebaut habe, aber müssen wir wirklich die ganze Prozedur durchziehen? Ich brauche keine Belehrung über Alkoholmissbrauch, die habe ich schon in der Notaufnahme im St. Vinnie's bekommen.«

»Na ja, Gavin«, erwidert Tom und lehnt sich auf seinem Stuhl zurück. »Du hast Glück. Da ich im Moment nicht in mein Büro kann und außerdem zufällig noch blendend gelaunt bin, bekommst du diese Woche keine Beratung wegen Alkoholmissbrauchs.«

Gavin blickt ihn erschreckt an. »Warten Sie, was?«

»Für diese Woche bist du erlöst. Ich werde einen neuen Termin machen, aber für jetzt… Hau ab«, sagt Tom und wedelt mit der Hand. »Du kannst gehen.«

»Ach, du liebe Scheiße«, jubelt Gavin. Dann dreht er sich um und zeigt auf mich. »Bis später dann, Süße!«

Tom wirft mir einen fragenden Blick zu. »Süße?«

»Frag nicht«, erwidere ich. »Besser nicht. Sehe ich es also richtig, dass du und Steve …«

»Heute Abend sieben Uhr.« Tom grinst von einem Ohr zum anderen. »Dinner bei Po.«

»Romantisch«, stelle ich fest.

»Ich hoffe es«, gurrt Tom.

Ich auch, um seinetwillen. Wenn sich nämlich herausstellt, dass ich mich irre und Steven Andrews gar nicht schwul ist, dann ist wohl doch etwas dran an dem, was

Kimberly mir gestern Abend auf der Damentoilette erzählt hat.

Aber vorher konzentriere ich mich noch auf die einzige andere Spur, die ich habe. Manuels geheimnisvoller »Steve«. Es ist ja wirklich ein zu großer Zufall, dass der Bruder von Doug Winer so heißt. Wenn er etwas über Lindsays Tod weiß, dann sehe ich es ihm sicher an, das hoffe ich zumindest.

Wenn ich nicht vorher als fettes Weib hinausgeworfen werde.

20

Like Michael and his Jesus Juice
Like OJ and his glove
We just fit together
My true dysfunctional love.

»We Fit«
Von Heather Wells

Da ich noch nie auf einer Verbindungsparty war, weiß ich nicht so recht, was ich anziehen soll. Möglichst schlampenmäßig soll es sein, aber in was für einem Ausmaß? Außerdem ist es kalt draußen. Will ich mich also wirklich in dünner Strumpfhose und Minirock auf den Weg machen? Und ist ein Mini für eine Frau meines Alters überhaupt passend, ganz zu schweigen von den zahlreichen Zellulitis-Grübchen, die ich in der letzten Zeit entwickelt habe?

Ich kann niemanden fragen. Patty kann ich nicht anrufen, weil ihr dann sofort einfällt, dass ich Frank noch keine Antwort wegen des Auftritts bei Joe's gegeben habe, und Magda ist mir auch keine Hilfe. Als ich sie anrufe und sie frage, ob ich einen Mini tragen soll, sagt sie bloß: »Ja, klar.« Und als ich sie frage, ob ich einen Pullover dazu anziehen kann, ruft sie aus: »Einen Pullover? Natürlich nicht. Hast du nicht irgendwas Durchsichtiges? Am besten mit Leopardenmuster?«

Schließlich entscheide ich mich für einen schwarzen Minirock, der zwar ein bisschen eng sitzt, aber die kleine Ausbuchtung, die mein Bauch trotz der Miederstrumpfhose macht, verdecke ich mit einem hauchdünnen, wenn auch nicht durchsichtigen, Oberteil von Betsey Johnson. Ich schlüpfe in ein paar dünne, schwarze, kniehohe Stiefel, die von dem Salz der Schneepflüge mit Sicherheit sofort ruiniert sein werden, und mache mich dann an meine Frisur. Ich möchte ganz anders aussehen als bei meinem letzten Besuch im Tau-Phi-Haus, deshalb stecke ich mir die Haare sexy durcheinander auf, wenn ich die Mütze ausziehe, sehen sie sowieso so aus.

Ein paar Spritzer von Beyoncés neuestem Parfüm – hey, ich weiß, dass es nicht richtig ist, den Duft einer Popstar-Konkurrentin zu tragen, aber im Gegensatz zu dem Parfüm von Tania oder Britney riecht das von Beyoncé richtig gut, wie Fruchtcocktail, lecker –, dann bin ich so weit.

Ich habe jedoch nicht damit gerechnet, dass mir vor dem Haus Jordan Cartwright über den Weg läuft.

Im Ernst. Warum gerade mir? Ich bin ganz leise die Treppe hinuntergeschlichen und sicher an den beiden anderen Männern in meinem Leben vorbeigekommen, ohne dass auch nur einer von ihnen Verdacht geschöpft hat. Dad hat in seinem Zimmer auf der Flöte gespielt, und Cooper war in seinem Zimmer, wo er Gott weiß was gemacht hat, ich weiß es zwar nicht, aber er hat dabei sicher Kopfhörer auf, weil sich bei Dads Gedudel kein Mensch konzentrieren kann. Und als ich aus der Haustür trete, stoße ich auf eine vermummte Gestalt, die gerade versucht, mit Langlaufskiern die Treppe hinaufzuklettern.

»Heather?« Der Vermummte blinzelt mich in dem Licht, das aus dem Flur fällt, an. »Oh, Gott sei Dank, du bist es.«

Obwohl seine Stimme unter all den Schals, die er sich um Gesicht und Hals gewickelt hat, nur gedämpft hervordringt, erkenne ich sie sofort.

»*Jordan!*« Hastig schließe ich die Haustür hinter mir und steige vorsichtig die Treppe herunter, keine leichte Aufgabe auf hochhackigen Schuhen, wenn man bedenkt, dass die Stufen vereist sind. »Was machst du hier? Und sind das ... *Skier?*«

»Du hast mich nicht zurückgerufen.« Jordan schiebt den Schal herunter, sodass ich seinen Mund sehen kann, und nimmt die Skibrille ab, die seine Augen verdeckt hat. »Ich muss dringend mit dir sprechen. Dad ist mit der Limo unterwegs, die Fahrdienste kommen nicht über die Brücken, und Cabs gab es keine. Deshalb musste ich mit Skiern von der Fifth Avenue hierherkommen.«

Ich starre ihn an. »Jordan«, sage ich, »du hättest die Subway nehmen können.«

Er reißt die Augen auf. »Die *Subway*? Um diese Uhrzeit? Heather, da wird man *überfallen*!«

Ich schüttele den Kopf. Es hat endlich aufgehört zu schneien, aber es ist immer noch bitterkalt. Meine Beine sind schon erfroren, da sie nur von einer dünnen Nylonschicht umhüllt sind.

»Jordan«, sage ich ungeduldig, »was willst du?«

»Ich ... Ich heirate übermorgen«, sagt Jordan.

»Ja«, erwidere ich. »So ist es. Ich hoffe, du bist nicht extra den ganzen Weg hierhergekommen, um mich daran zu erinnern und mich zu bitten, an deiner Hochzeit teilzunehmen. Ich komme nämlich trotzdem nicht.«

»Nein«, sagt Jordan. Man kann es im Schein der Straßenlaterne nur schwach erkennen, aber er sieht angegriffen aus. »Heather, ich *heirate* übermorgen.«

»Ich weiß«, erwidere ich. Und plötzlich wird mir klar, was er vorhat.

Er ist betrunken.

»O nein.« Abwehrend strecke ich die Hände aus. »Nein. Das tust du mir jetzt nicht an. Dafür habe ich auch keine Zeit, Jordan. Ich bin mit jemandem verabredet.«

»Mit wem?« Jordans Augen schimmern feucht. »Du siehst irgendwie … Du hast dich so schick gemacht, Heather … Hast du einen Freund?«

»Gott!« Ich fasse es nicht. Zum Glück kann man meine Stimme nicht allzu weit hören, weil der Schnee, der einen halben Meter hoch auf den Autodächern liegt, sie verschluckt. »Jordan, wenn du sie nicht mehr heiraten willst, dann erzähl es *ihr* und nicht mir. Mir ist egal, was du machst. Wir haben uns getrennt, weißt du noch? Und zwar hast *du* dich von *mir* getrennt. Wegen *ihr*.«

»Menschen machen Fehler«, murmelt Jordan.

»Nein, Jordan«, erwidere ich. »Unsere Trennung war kein Fehler. Es war *richtig*, dass wir uns getrennt haben. Wir gehören nicht zusammen.«

»Aber ich liebe dich doch noch.«

»Ja, natürlich«, erwidere ich. »So wie ich dich liebe. Wie einen Bruder. Deshalb mussten wir uns auch trennen, Jordan. Geschwister dürfen nicht … du weißt schon. Es ist eklig.«

»An dem Abend, als wir es da oben gemacht haben, war es nicht eklig«, sagt er und nickt zu Coopers Haustür.

»Ja, klar«, erwidere ich sarkastisch. »Deshalb bist du ja auch so schnell abgehauen, als wir fertig waren. Weil es gar nicht eklig war.«

»Nein, war es auch nicht«, beharrt Jordan. »Na ja, vielleicht war es komisch. Ein bisschen.«

»Genau«, sage ich. »Jordan, du willst doch bloß mit mir zusammen sein, weil ich dir vertraut bin. Wir waren so lange zusammen, wir sind praktisch zusammen aufgewachsen. Aber das ist kein guter Grund für zwei Menschen, um zusammenzubleiben. Es muss Leidenschaft da sein. Und die haben wir nicht. Aber ich glaube, bei Tania und dir ist sie vorhanden.«

»Ja.« Jordan verzieht verbittert das Gesicht. »Ja, klar, sie hat mordsmäßig viel Leidenschaft. Ich komme kaum mit.«

Das ist nicht gerade das, was man über die neue Freundin des Ex hören will. Auch wenn man ihn tatsächlich als Bruder betrachtet. Meistens jedenfalls.

»Na«, schlage ich vor, »dann mach dich mal mit deinen Skiern wieder auf den Weg nach Uptown, nimm ein Aspirin, und geh ins Bett. Morgen früh geht es dir bestimmt wieder besser, das kann ich dir versprechen.«

»Wohin gehst du?«, fragt Jordan klagend.

»Ich muss zu einer Party«, erwidere ich und schaue in meiner Handtasche nach, ob ich auch meinen Lippenstift und mein Pfefferspray eingesteckt habe.

»Was meinst du mit *müssen*?«, will Jordan wissen und läuft auf Skiern neben mir her, während ich den Bürgersteig entlanggehe. »Hat es was mit der Arbeit zu tun oder so?«

»So was in der Art«, antworte ich.

Bis zur Ecke, wo eine Ampel einsam an einer menschenleeren Kreuzung blinkt, läuft Jordan auf Skiern neben mir her. Nicht einmal Reggie ist bei diesem Wetter unterwegs. Der Wind vom Park ist schneidend kalt, und ich wünschte, ich könnte in der Badewanne liegen und die neueste Nora Roberts lesen, statt mit meinem Ex an verlassenen Straßenecken zu stehen.

»Na ja«, sagt er schließlich. »Okay. Tschüs also.«

»Tschüs, Jordan«, erwidere ich, erleichtert, dass er endlich geht.

Während er auf seinen Skiern langsam in Richtung Fifth Avenue gleitet, durchquere ich den Park. Ich bereue meine Entscheidung, keine Jeans anzuziehen, bitterlich. Klar, es würde nicht so aufreizend aussehen, aber es wäre bestimmt um einiges wärmer.

Durch den Park zu kommen, ist der reinste Mord. Heute habe ich kein Auge für die Schönheit des frisch gefallenen Schnees. Die Wege sind zwar geräumt, aber nicht besonders gut, und es hat danach auch noch weiter geschneit. Meine Stiefel sind nicht wasserdicht, da sie hauptsächlich für drinnen gedacht sind, am besten vor einem flackernden Kaminfeuer auf einem Bärenfell. Zumindest hat sich da das Mädchen auf dem Foto im Katalog geräkelt. Ich hätte besser in einem der unzähligen Schuhläden auf der Eighth Street gestöbert, statt sie online zu bestellen. Allerdings ist es für mich sicherer, etwas am Computer zu kaufen, weil ich dann nicht durch Doughnut-Werbung abgelenkt werde.

Als ich an Waverly Hall ankomme, hoffe ich halb, dass Gavin nicht da ist und ich wieder nach Hause gehen kann.

Aber da steht er, frierend im eisigen Wind aus dem Park. Als ich auf meinen hochhackigen Stiefeln auf ihn zustolpere, sagt er: »Sie schulden mir was. Ich friere mir hier die Eier ab.«

»Gut«, erwidere ich. »Deine Eier bringen dich sowieso nur in Schwierigkeiten.«

Ich muss ihm die Hand auf die Schulter legen, um nicht umzufallen, als ich mir den Schnee von den Stiefeln klopfe. Er blickt auf meine Beine und stößt einen Pfiff aus.

»Du liebe Güte, Süße«, sagt er. »Sie haben sich aber fein herausgeputzt.«

Ich lasse seine Schulter los und gebe ihm einen Klaps auf den Hinterkopf.

»Guck nach vorne, Gavin«, sage ich. »Wir haben einen Auftrag zu erfüllen. Hier wird nicht geglotzt. Und nenn mich nicht Süße.«

»Ich habe nicht geglotzt«, widerspricht Gavin.

»Jetzt komm«, sage ich. Langsam habe ich starke Vorbehalte, nicht nur wegen des Minirocks, sondern auch, weil ich Gavins Hilfe in Anspruch nehme. Darf eine verantwortungsbewusste Verwaltungsangestellte des Colleges sich mitten in der Nacht mit Studenten draußen vor einem Gebäude treffen, in dem Verbindungspartys stattfinden? Verstärke ich sein falsches Verhalten nicht nur, indem ich ihn zu einem solchen Ereignis begleite? O Gott, ja, das tue ich!

»Gavin«, sage ich, als wir durch den Hof des Gebäudes auf die Eingangstür zugehen. Ich sehe zwar keine Unterwäsche mehr in den Büschen, weil alles voller Schnee ist, aber aus einem der oberen Stockwerke ertönt so laute Musik, dass meine Eingeweide vibrieren. »Vielleicht ist das keine gute Idee. Ich will dich nicht in Schwierigkeiten bringen …«

»Wie meinen Sie das?«, fragt Gavin, während er mir – ganz Gentleman – die Tür aufhält. »Warum soll ich denn in Schwierigkeiten kommen?«

»Na ja«, erwidere ich. Warme Luft schlägt uns entgegen. »Wegen des Alkohols.«

Trotz der Wärme erschauert Gavin. »Ich trinke nie wieder was. Glauben Sie nicht, ich hätte meine Lektion gelernt?«

»Kommt rein, oder macht die Tür zu«, ruft der Wachmann. Also eilen wir hinein.

»Es ist nur«, flüstere ich, während wir uns unter den finsteren Blicken des Sicherheitsbeamten den Schnee von den Schuhen treten, »wenn Steve und Doug tatsächlich etwas mit dem Mord an Lindsay zu tun haben, dann sind sie äußerst gefährlich ...«

»Genau«, sagt Gavin. »Deshalb sollten Sie auch nichts trinken, was Sie nicht selber aufgemacht oder eingeschenkt haben. Und lassen Sie Ihr Bierglas nicht aus den Augen, nicht eine Sekunde lang ...«

»Wirklich?« Ich ziehe die Augenbrauen hoch. »Glaubst du wirklich ...?«

»Ich glaube nicht«, sagt Gavin. »Ich *weiß*.«

»Na ja, ich ...«

Hinter uns öffnet sich erneut die Eingangstür, und ein Eskimo kommt herein.

Es ist allerdings kein Eskimo. Es ist Jordan.

»Aha!«, ruft er aus, schiebt seine Skibrille hoch und richtet seinen Zeigefinger auf mich. »Ich wusste es!«

»Jordan!«, sage ich fassungslos. »Bist du mir gefolgt?«

»Ja.« Jordan hat Probleme, seine Skier durch die Tür zu bekommen. »Und das scheint ja auch gut zu sein. Du hast doch gesagt, du hättest keinen Freund!«

»Schließen Sie die Tür!«, bellt der griesgrämige alte Wachmann.

Jordan versucht es, aber die Skier sind ständig im Weg. Verärgert trete ich zu ihm und helfe ihm, indem ich an einem seiner Skistöcke ziehe. Endlich geht die Tür zu.

»Wer ist der Typ?«, will Gavin wissen. Dann setzt er in

einem völlig anderen Tonfall hinzu: »Mann, sind Sie etwa *Jordan Cartwright?*«

Jordan setzt seine Skibrille ab. »Ja«, erwidert er. Er mustert Gavin, wobei ihm natürlich das Ziegenbärtchen und die jugendliche Kleidung nicht entgehen. »Musstest du dich unbedingt an einem Kleinkind vergreifen, Heather?«, fragt er verbittert.

»Gavin wohnt bei mir im Studentenwohnheim«, schniefe ich. »Er ist nicht mein Freund.«

»Hey.« Gavin lächelt ein wenig. Mir hätte klar sein müssen, dass er jetzt etwas sagen würde, was mir nicht gefallen würde. »Meiner Mom hat Ihr letztes Album gut gefallen, Mann. Und auch meiner Grandma. Sie ist ein großer Fan von Ihnen.«

Jordan, der gerade dabei ist, seine Schals abzuwickeln, bedenkt ihn mit einem finsteren Blick. »Halt die Klappe, Kleiner«, sagt er.

Gavin tut beleidigt. »Redet man so mit dem Sohn der wahrscheinlich einzigen Person, die Ihre letzte CD gekauft hat? Das ist nicht nett von Ihnen, Mann.«

»Ich meine es ernst«, sagt Jordan. »Ich bin quer durch die Stadt auf Skiern hierhergelaufen, und ich bin nicht in der Stimmung für Fez.«

Gavin macht einen überraschten Eindruck. Dann grinst er mich fröhlich an. »Jordan Cartwright hat *Fez* gesagt«, erklärt er.

»Hört auf«, sage ich. »Beide. Jordan, schnall deine Skier wieder an. Wir gehen auf eine Party, und du bist nicht eingeladen. Gavin, sag oben Bescheid, damit uns jemand eintragen lassen kann.«

Gavin blinzelt verwirrt. »Bei den Verbindungen braucht sich keiner eintragen zu lassen.«

»Red keinen Unsinn«, erwidere ich. »Überall auf dem Campus muss man sich eintragen lassen. Ich würde ja meinen Ausweis vorzeigen, damit wir reinkommen, aber es soll niemand wissen, dass ich hier angestellt bin.« Ich blicke zu meinem Ex, der immer noch seine zahlreichen Schals abwickelt. »Im Ernst, Jordan. Gavin und ich müssen hier einen Auftrag erfüllen, und du bist nicht eingeladen.«

»Was für ein Auftrag?«, will Jordan wissen.

»Einer, bei dem wir nicht auffallen dürfen«, erwidere ich. »Und das wird uns nicht gelingen, wenn wir mit Jordan Cartwright im Schlepptau hereinschneien.«

»Ich kann mich ganz unauffällig benehmen«, bietet Jordan an.

»Die griechischen Bruderschaften brauchen sich nicht einzutragen«, wirft Gavin gelangweilt ein.

Ich blicke zu dem Sicherheitsbeamten. »Wirklich?«

»Jeder kann nach oben«, erwidert der Mann schulterzuckend. Er wirkt fast so gelangweilt wie Gavin. »Ich weiß nur nicht, warum sie es alle so gerne möchten.«

»Hat das irgendetwas mit dem toten Mädchen zu tun?«, will Jordan wissen. »Heather, weiß Cooper, was du hier machst?«

»Nein«, zische ich durch zusammengebissene Zähne. Ich bin so wütend. »Und wenn du es ihm sagst, dann… dann erzähle ich Tania, dass du sie betrogen hast!«

»Das weiß sie schon«, erwidert Jordan und blickt mich verwirrt an. »Ich erzähle Tania alles. Sie hat gesagt, es sei okay, solange ich es nicht noch mal mache. Hör mal, warum kann ich denn nicht einfach mit euch kommen? Ich glaube, ich könnte gut Detektiv spielen!«

»Nein, könntest du nicht«, sage ich. Ich ärgere mich immer noch über die Information, dass seine Verlobte weiß, dass er sie betrogen hat. Ob sie wohl auch weiß, dass es mit mir war? Dann wäre es nämlich kein Wunder, dass sie mir immer so giftige Blicke zuwirft, wenn sie mich sieht.

Andererseits kann Tania wahrscheinlich gar nicht anders gucken.

»Du bist nicht unauffällig«, sage ich zu Jordan.

Er sieht mich beleidigt an. »Bin ich doch«, erklärt er. Hastig lehnt er seine Skier mitsamt Stöcken und Brille an die Wand. »Können Sie darauf aufpassen?«, fragt er den Sicherheitsbeamten.

»Nein«, sagt der Mann. Er ist wieder hinter seine Theke gegangen, um sich weiter irgendeine Sendung in seinem winzigen Fernseher anzuschauen.

»Siehst du?« Jordan breitet die Arme aus. Er trägt einen Lammfellmantel, zahlreiche verschiedene Schals, Jeans, Skistiefel und einen Wollpullover mit Schneeflockenmuster. »Ich bin völlig unauffällig.«

»Können wir endlich raufgehen?«, will Gavin wissen und wirft einen nervösen Blick auf die Tür. »Da kommt ein ganzer Haufen Leute. In den Aufzug passen maximal drei Personen, und ich will nicht warten.«

Ich habe es satt, mich mit Jordan herumzustreiten. Schulterzuckend zeige ich auf den Aufzug. »Lasst uns gehen«, sage ich.

Ich bin fast sicher, dass Jordan leise »Klasse!« sagt.

Aber das kann doch nicht sein.

Oder?

21

When night ends
At breaking dawn
You know you've been partying
Way too long.

»Party Song«
Von Heather Wells

Ich habe Partys noch nie gemocht. Die Musik ist immer zu laut, und man kann sich nicht richtig unterhalten.

Obwohl eigentlich eine Party wie die im Tau-Phi-Haus eine gute Sache sein könnte. Hier will sowieso niemand tiefsinnige Gespräche führen. Alle sind super-attraktiv, die Mädchen mit glatt geföhnten Haaren, die Jungen mit gegelten zerzausten Frisuren, die aussehen sollen, als kämen sie gerade aus dem Bett. Dabei weiß doch jeder, dass sie vor der Party geduscht haben.

Hier drinnen bekommt man nichts davon mit, dass draußen die Temperaturen unter dem Gefrierpunkt liegen, die Mädchen tragen so dünne Trägertops und tiefe Ausschnitte, dass eine Stripperin erröten würde. Dicke Winterstiefel sieht man nirgendwo. Die Studenten auf dem New York College wissen, was sich gehört.

Als wir aus dem baufälligen Aufzug kommen, stelle ich entsetzt fest, dass die Worte *Fette Weiber raus* immer noch an der Wand im Flur stehen, obwohl man sich anscheinend Mühe gegeben hat, sie zu entfernen. Jedenfalls leuchten sie nicht mehr so wie vorher.

Aber sie sind immer noch da.

Auf der Party sehe ich niemanden, der Größe 14 trägt. Wenn ich schätzen müsste, würde ich sagen, dass die durchschnittliche Kleidergröße 2 ist.

Ich weiß wirklich nicht, wo diese Mädchen ihre Tangas hernehmen, denn sie müssen zweifellos in der Kinderabteilung einkaufen, um etwas zu finden, das ihnen passt.

Aber nicht jeder findet ihre unglaublich schlanken Taillen (wie bringen sie nur all ihre inneren Organe da unter? Die Leber und so? Ist das nicht alles schrecklich zusammengequetscht?) so furchtbar. Jordan jedenfalls amüsiert sich blendend, denn wir sind noch nicht ganz durch die Tür getreten, da rennt ein Mädel in Größe 2 auf ihn zu und kreischt: »O mein Gott, sind Sie nicht Jordan Cartwright? Waren Sie nicht bei Easy Street? O mein Gott, ich habe alle Ihre CDs!«

Weitere 2er Größen umringen ihn, wackeln mit ihren mageren Hüften und quietschen. Eine von ihnen bietet Jordan einen Plastikbecher mit Bier aus einem Fässchen in der Nähe an. Ich höre ihn sagen. »Wisst ihr, nachdem mein Solo-Album herausgekommen ist, haben die Medien ein bisschen auf mich eingeschlagen, weil die Leute nur das gut finden, was sie kennen«, und schon ist er verschwunden, aufgesaugt in die Größe-2-Zone.

»Lass ihn«, sage ich zu Gavin, der Jordan besorgt nachblickt. Aber es ist ja auch ein gefährlicher Anblick. Manche Mädchen sehen so aus, als hätten sie seit Tagen nichts gegessen. »Es ist zu spät. Jetzt muss er sich selber retten. Siehst du Doug irgendwo?«

Gavin blickt sich um. Es ist so voll und so schwach beleuchtet, dass man eigentlich niemanden erkennen kann. Aber es gelingt Gavin, Doug Winer in einer Ecke am Fenster mit irgendeinem Mädchen auszumachen. Ob es Dana, das Mädchen, das an dem Morgen bei ihm war, ist, kann ich nicht erkennen. Aber auf jeden Fall hält sie Doug beschäftigt, im Moment brauche ich mir keine Sorgen zu machen, dass er den Kopf hebt und mich sieht.

»Hervorragend«, sage ich. »Und welcher ist Steve?«

Wieder blickt sich Gavin um. Er zeigt auf einen der Billardtische und sagt: »Der da, am Poolbillard. Der große Blonde.«

»Okay«, sage ich. Ich muss schreien, damit er mich versteht, weil die Musik so laut wummert. Es ist Techno-Pop, den ich eigentlich ganz gern mag. Um zu tanzen. Aber leider tanzt hier niemand. Ob es wohl nicht cool ist, auf College-Partys zu tanzen? »Wir gehen hin. Du stellst mich ihm vor, okay?«

»In Ordnung«, sagt Gavin. »Ich sage, Sie wären meine Freundin.«

Ich schüttele den Kopf. »Das glaubt er dir nie. Ich bin zu alt für dich.«

»Sie sind nicht zu alt für mich«, erklärt Gavin.

Ich knöpfe schon meinen Mantel auf und ziehe mir die Mütze vom Kopf. »Du hast mich Oma genannt.«

»Das war doch nur ein Witz«, erwidert Gavin verlegen. »Sie könnten nie im Leben meine Grandma sein. Ich meine, wie alt sind Sie überhaupt? Fünfundzwanzig?«

»Äh«, sage ich. »Ja.« Was sind schon vier Jahre? »Aber trotzdem. Sag ihm, ich sei deine Schwester.«

Gavins Ziegenbärtchen bebt empört. »Wir sehen uns überhaupt nicht ähnlich!«

»O Gott!« Langsam bekomme ich Kopfschmerzen vom Techno-Pop. Was mache ich überhaupt hier? Ich sollte zu Hause im Bett liegen, wie all die anderen Endzwanziger. Jetzt läuft gerade *Letterman*. Ich verpasse *Letterman!* Ich hänge mir den Mantel gefaltet über den Arm, weil ich nicht weiß, was ich sonst damit tun soll. Es gibt keine Garderobe, und ich traue mich nicht, ihn einfach irgendwo hinzulegen. Womöglich kotzt dann noch einer darauf! »Gut. Sag einfach, ich sei eine Freundin, die gerne ihren Bewusstseinszustand verändern möchte.«

Gavin nickt. »Okay. Aber gehen Sie bloß nicht allein mit ihm irgendwohin, wenn er fragt.«

Wider Willen fühle ich mich geschmeichelt. Ein bisschen jedenfalls. Ich drehe mir die Strähne, die aus meiner Hochfrisur gerutscht ist, um den Finger. »Meinst du, dass er das macht?«

»Steve springt auf alles, was sich bewegt«, erwidert Gavin. »Er ist ein Tier.«

Jetzt fühle ich mich nicht mehr geschmeichelt. »Na gut«, sage ich und ziehe meinen Minirock ein wenig herunter. »Dann mal los.«

Wir drängen uns durch das Gewühl zum Poolbillard, wo zwei Typen vor einem jubelnden Publikum in Größe 2 abwechselnd spielen. Wo kommen nur all diese winzigen Mädchen her? Gibt es so eine Art Insel, auf der sie gefangen gehalten und nur nachts freigelassen werden? Tagsüber sehe ich sie nämlich nie.

Dann fällt es mir ein. Die Insel ist Manhattan, und ich sehe sie deshalb tagsüber nicht, weil sie alle Praktikum bei Condé Nast machen.

Gavin wartet höflich, bis der große Typ alle sechs Kugeln unter dem anerkennenden Seufzen der 2er-Größen in das Loch in der Ecke bugsiert hat. Dann sagt er: »Steve-O.«

Der Große blickt auf, und ich erkenne Doug Winers hellblaue Augen, aber damit erschöpft sich die Ähnlichkeit auch schon. Im Gegensatz zu seinem kleinen, untersetzten Bruder ist Steve Winer lang und schlaksig, ein Basketballer neben einem Ringer. Er trägt einen schwarzen Cashmere-Pullover, dessen hochgeschobene Ärmel muskulöse Unterarme enthüllen, und eine so verwaschene Jeans, dass sie bestimmt von einem Designer stammt. Die Frisur ist so sorgfältig mit Schaumfestiger bearbeitet wie bei allen Jungens hier auf der Party, mit Ausnahme von Gavin, dessen Haare zerzaust sind, weil er sich nach dem Aufstehen tatsächlich nicht gekämmt hat.

»McGoren«, sagt Steve, und ein Lächeln breitet sich auf seinem hübschen Gesicht aus. »Lange nicht gesehen, Mann.«

Gavin schlendert an den Tisch und schüttelt die Hand, die Steve ihm entgegenstreckt. Dabei stelle ich fest, dass seine Jeans so tief auf den Hüften hängt, dass ein paar Zentimeter seines beachtlichen Waschbrettbauches zu sehen sind.

Der Anblick seines Bauchs und die Tatsache, dass unter seinem Hosenbund ein paar goldene Haarbüschel hervorlugen, geben mir den Rest. Mir bleibt die Luft weg. Steve Winer mag ja ein Student und potenzieller Mörder sein und deshalb tabu.

Aber er hat einen fantastischen Körper.

»Hey, Kumpel«, sagt Gavin träge, »wie läuft's denn so?«

»Schön, dich zu sehen, Mann«, antwortet Steve. »Wie

geht's auf der Schule? Hast du immer noch Film als Hauptfach?«

»Ja, klar«, sagt Gavin. »Letztes Semester habe ich meinen Schein in Experimentellem Film gemacht.«

»Ohne Scheiß?« Aber Steve scheint nicht überrascht zu sein. »Na, wenn das jemand schafft, dann du. Hast du Mitch noch mal gesehen, der in unserer Gruppe im Theorie-Seminar war?«

»Nein, nicht so oft«, sagt Gavin. »Den haben sie wegen Meth eingebuchtet.«

»Scheiße.« Steve schüttelt den Kopf. »Verdammte Scheiße.«

»Na ja, zum Glück haben sie ihn bloß in städtische Sicherheitsverwahrung genommen und nicht ins Bundesgefängnis gesteckt.«

»Na, da hat er ja noch mal Glück gehabt.«

»Ja. Er durfte zwei Teile an Sportausrüstung mitnehmen, und da hat er sein Hacky-sack und ein Frisbee mitgenommen. Jetzt hat er schon seine eigene Frisbee-Mannschaft. Die erste im Knast überhaupt.«

»Mitch war schon immer viel zu leistungsorientiert«, bemerkt Steve. Sein Blick fällt auf mich, und ich versuche, ein genauso leeres Gesicht zu machen wie die 2er-Größen um mich herum. Es fällt mir nicht besonders schwer. Ich brauche mir bloß vorzustellen, ich hätte, genauso wie sie, seit vierundzwanzig Stunden nichts mehr gegessen.

»Wer ist deine Freundin?«, will Steve wissen.

»Oh, das ist Heather«, sagt Gavin. »Sie ist in meinem Drehbuch-Workshop.«

Bei dieser Improvisation von Gavin gerate ich leicht in Panik, ich habe keine Ahnung von Film-Workshops. Aber ich beuge mich vor, wobei ich dafür sorge, dass meine

Brüste, die im schwarzen Halbschalen-Spitzenbüstenhalter unter der durchsichtigen Bluse deutlich sichtbar sind, gegen den Stoff drücken, und sage: »Nett, dich kennen zu lernen, Steve. Ich glaube, wir haben eine gemeinsame Freundin.«

Steves Blick bleibt an meinen Titten hängen. O ja! Merkt euch das, ihr 2er-Größen!

»Ach ja?«, sagt er. »Und wer soll das sein?«

»Ach, diese Lindsay… Ich glaube, sie heißt Lindsay Combs.«

Gavin bekommt fast einen Erstickungsanfall, dabei hat er gar nichts zu trinken. Wahrscheinlich findet er meine Improvisation genauso daneben wie ich seine.

»Ich glaube, ich kenne keinen, der so heißt«, sagt Steve. Er reißt seinen Blick von meinem Oberkörper los und blickt mir direkt in die Augen. So viel zu diesen Körpersprache-Experten in *Us Weekly*, die immer behaupten, dass Lügner Blickkontakt vermeiden würden.

»Wirklich nicht?« Ich tue so, als würde ich nicht merken, wie all die 2er-Größen um mich herum sich anstupsen und flüstern. Dass *sie* Lindsay Combs gekannt haben, war mir klar. »Das ist ja komisch. Sie hat mir erst letzte Woche von dir erzählt. Ach, warte mal. Vielleicht hat sie auch *Doug Winer* gesagt.«

»Ja«, sagt Steve. Bilde ich mir das ein, oder hat er sich ein bisschen entspannt? »Ja, das ist mein Bruder. Sie hat bestimmt ihn gemeint.«

»Oh«, sage ich und kichere so hirnlos wie möglich. »Entschuldigung! Da habe ich den falschen Winer erwischt.«

»Warte mal!« Eine der 2er-Größen, die ein bisschen betrunkener – oder was auch immer – als die anderen zu sein scheint, lallt mich an. »Du hast doch gehört, was mit Lindsay passiert ist, oder?«

Ich reiße die Augen auf und blicke sie ausdruckslos an. »Nein. Was denn?«

»Ach, du lieber Himmel«, sagt das Mädchen. »Sie ist total ermordet worden.«

»Total«, stimmt ihre Freundin zu, die so aussieht, als ob sie auf Größe 4 zuginge. »Sie haben ihren Kopf in einem Kochtopf auf dem Herd im Todestrakt gefunden!«

Alle 2er- und 4er-Größen um den Poolbillardtisch kreischen auf. »Iiihh!«

Ich tue so, als sei ich völlig geschockt. »O mein Gott!«, schreie ich. »Kein Wunder, dass sie letztes Mal nicht im Hörspiel-Seminar war.«

Gavin ist so weiß geworden wie die kleine Billardkugel. »Lindsay hat BWL studiert«, murmelt er dicht an meinem Ohr.

Verdammt! Das hatte ich ganz vergessen!

Aber es ist schon okay. Die Musik dröhnt so laut, dass wahrscheinlich nur er mich gehört hat. Steve Winer hat gerade nach seinem Martiniglas gegriffen – im Ernst, der Typ trinkt Martini auf einer Verbindungsparty –, während sein Gegner sich zu einem Stoß bereit macht, der uns Zuschauer ein wenig vom Tisch zurückdrängt.

Als alle wieder nach vorne strömen, um Steves nächsten Stoß zu beobachten, sage ich: »O mein Gott, wer macht denn so etwas? Wer bringt denn Lindsay um? Sie war so nett.«

Ich sehe, dass einige der 2er-Größen sich nervöse Blicke zuwerfen. Eine geht sogar weg und murmelt, sie müsse mal pinkeln.

»Ich meine«, fahre ich fort, »ich habe was über sie und

den Basketballtrainer gehört …« Ich stelle das einfach mal so in den Raum.

Die Reaktion hätte ich mir denken können. Die 2er-Größen blicken mich verwirrt an.

»Lindsay und Coach *Andrews*?« Eine Brünette schüttelt den Kopf. »Davon habe ich noch nie etwas gehört. Ich weiß nur, dass man seinen Stoff nicht herumliegen lassen sollte, wenn Lindsay in der Nähe war …«

Die Brünette bricht ab, als ihre Freundin ihr den Ellbogen in die Seite stößt und mit einem nervösen Blick auf Steve »Schscht« sagt.

Aber es ist schon zu spät. Steve hat daneben gezielt, und er scheint nicht besonders glücklich darüber zu sein. Er wirft Gavin einen Blick zu und sagt: »Deine Freundin redet ein bisschen viel.«

»Ja, klar«, erwidert Gavin, der bestürzt wirkt, »sie hat Drehbuch im Hauptfach.«

Steve blickt mich aus seinen blassblauen Augen an. Ich glaube nicht, dass ich es mir einbilde, er mag ja gut aussehen, aber er hat auch etwas Unheimliches.

»Ach ja?«, sagt er. »Hat dir schon mal jemand gesagt, dass du genauso aussiehst wie diese … wie heißt sie noch mal? Dieser Popstar, der immer in den Einkaufszentren gesungen hat?«

»Heather Wells!«, wirft die 4er-Größe ein. Sie ist nicht ganz so betrunken wie die anderen, wahrscheinlich weil sie mehr Körperfett hat. »O mein Gott, sie sieht tatsächlich aus wie Heather Wells! Und hast du nicht auch gesagt, dass sie Heather heißt?«, fragt sie Gavin.

»Ja«, antworte ich mit schwacher Stimme. »Ja, das sagt man mir oft. Ich heiße Heather und sehe aus wie Heather Wells.«

»So ein *Zufall*!« Eine der 2er-Größen, die so unsicher auf den Beinen ist, dass sie sich am Billardtisch festhalten muss, lallt: »Ihr werdet nicht glauben, wer hier ist. Jordan Cartwright. Von Easy Street. Und zwar der echte, nicht nur ein Doppelgänger!«

Die Mädchen stoßen ungläubig aufgeregte Schreie aus und fragen ihre Freundin, wo sie Jordan gesehen hat. Das Mädchen zeigt in die Richtung, und dann schwirren sie alle ab, um sich Jordans Autogramm zu holen … auf ihre Brüste.

»Du lieber Himmel«, sage ich zu den Jungs, als die Mädchen alle weg sind. »So wie sich sein letztes Album verkauft hat, sollte man ja nicht glauben, dass Jordan Cartwright noch populär ist.«

»Der Typ ist schwul«, versichert uns Steves Gegner. Seit Steve den letzten Stoß versiebt hat, hat er die Kontrolle übernommen und schießt jetzt Steves Kugeln eine nach der anderen ab. Steve scheint sich nicht besonders darüber zu freuen, seinem Gesichtsausdruck nach zu urteilen. »Ich habe gehört, dass die Hochzeit mit Tania Trace nur stattfinden soll, um die Tatsache zu verschleiern, dass er und Ricky Martin Arschkumpel sind.«

»Wow«, sage ich. Ich finde das Gerücht toll, auch wenn ich weiß, dass es nicht wahr ist. »Wirklich?«

»Ja«, fährt Steves Gegner fort. »Und seine Haare sind ein Transplantat. Der Typ ist so kahl wie diese Billardkugel.«

»Wow«, sage ich noch einmal. »Und dabei geben sie sich immer solche Mühe, es unter der Maske zu verstecken, wenn er bei *Total Request Live* ist.«

»Tja«, sagt Gavin und packt mich am Arm. »Tut mir leid, dass wir euch bei eurem Spiel gestört haben. Wir gehen jetzt einfach wieder.«

»Nein, ihr könnt ruhig bleiben«, sagt Steve. Er steht auf seinen Billardqueue gestützt da und starrt mich schon die ganze Zeit an. »Ich mag deine Freundin. Heather, oder? Und wie weiter?«

»Snelling«, erwidere ich, ohne zu zögern. Ich habe keine Ahnung, warum mir gerade der Name meines Chefs so flüssig über die Lippen kommt. Aber so ist es. Plötzlich heiße ich Heather Snelling. »Das ist ein polnischer Name.«

»Ach ja? Klingt irgendwie eher englisch oder so.«

»Ist es aber nicht«, erwidere ich. »Woher kommt Winer?«

»Das ist deutsch«, sagt Steve. »Du hast Lindsay also in einem deiner Drehbuch-Seminare kennen gelernt?«

»Nein, im Hörspiel-Seminar«, korrigiere ich ihn. Ich will wenigstens bei meinen Lügen bleiben. »Was hat das Mädchen da eben gemeint, als sie sagte, dass man seinen Stoff nicht rumliegen lassen sollte, wenn Lindsay in der Nähe war?«

»Lindsay scheint dich aber sehr zu interessieren«, sagt Steve. Sein Gegner hat endlich einen Stoß versiebt und wartet jetzt ungeduldig darauf, dass Steve weitermacht. Alle paar Sekunden sagt er: »Steve, du bist dran.«

Aber Steve ignoriert ihn. So wie ich Gavin ignoriere, der ständig an meinem Ärmel zupft und sagt: »Los, komm, Heather. Da sind noch andere Leute, die ich kenne. Ich möchte dich ihnen gerne vorstellen.« Das ist sowieso eine platte Lüge.

»Na ja«, erwidere ich und blicke Steve in die Augen, »sie war eben ein besonderes Mädchen.«

»Ja, das war sie zweifellos«, stimmt Steve mir mit tonloser Stimme zu.

»Ich dachte, du kennst sie nicht«, erinnere ich ihn.

»Okay«, sagt Steve, lässt seinen Queue fallen und tritt

rasch auf mich zu – und auf Gavin, der meinen Arm fester packt. »Wer zum Teufel ist die Schlampe, McGoren?«

»Du meine Güte!« Die Stimme, die hinter mir ertönt, ist mir leider vertraut. Als ich den Kopf drehe, sehe ich Doug Winer, den Arm um die Schultern einer spärlich bekleideten Größe 8 gelegt, anscheinend stehen die beiden Winer-Jungen nicht auf kleine Größen. Mit knallrotem Gesicht zeigt er auf mich. »Das ist die Zicke, die mit dem Typen da war, der gestern versucht hat, mir die Hand zu brechen.«

Alle Liebenswürdigkeit ist aus Steves Gesicht verschwunden. »Ach«, sagt er befriedigt. »Eine Freundin aus dem Seminar, was?« Der Blick, mit dem er Gavin bedenkt, ist nicht freundlich.

Ich bedauere die ganze Geschichte sofort. Nicht die Tatsache, dass ich nicht zu Hause auf meinem Bett sitze und Gitarre spiele, während Lucy neben mir liegt, sondern die Tatsache, dass ich Gavin hineingeritten habe. Ja, natürlich hat er sich freiwillig erboten, aber ich hätte sein Angebot nicht annehmen dürfen. Das weiß ich, als ich das Glitzern in Steves Augen sehe. Es ist so kalt und hart wie die Metallstatuen von George Washington im Park unter uns.

Ich weiß nicht, ob der Typ Lindsay ermordet hat. Aber ich weiß, dass wir in Schwierigkeiten stecken. In großen Schwierigkeiten.

Gavin scheint das noch nicht realisiert zu haben, jedenfalls sagt er ganz ruhig: »Wovon redest du, Mann? Heather ist meine Freundin. Sie wollte doch nur ein bisschen Stoff abstauben.«

He. *Was? Was wollte ich?*

»Quatsch«, höhnt Doug. »Sie war mit dem Typen da, der in mein Zimmer gekommen ist und mir all die Fragen über Lindsay gestellt hat. Sie ist ein beschissener Bulle.«

Da Gavin tatsächlich keine Ahnung hat, wovon Doug redet, ist seine Empörung relativ glaubhaft. »Hey, Mann«, sagt er zu dem kleineren Winer und funkelt ihn böse an, »hast du ein bisschen zu viel von deinen eigenen Waren zu dir genommen? Crack macht krank, das weißt du doch.«

Steve Winer verschränkt die Arme über der Brust. Seine Unterarme sind dunkel gebräunt, anscheinend war er kürzlich irgendwo, wo es warm war. »Ich deale kein Crack.«

»Das sagt man doch auch bloß so«, erwidert Gavin spöttisch. Ich beobachte ihn voller Bewunderung. Er studiert ja eigentlich Film, weil er Regisseur werden möchte, aber als Schauspieler wäre er auch nicht schlecht. »Hör mal, wenn du mich verscheißern willst, dann bin ich durch die Tür.«

Steve verzieht die Lippen. »Weißt du, was du bist, McGoren?«

Gavin wirkt nicht im Geringsten besorgt. »Nein, was bin ich denn?«

»Ein Spitzel.« In diesem Moment erheben sich zwei Typen von einer schwarzen Ledercouch. Ich hatte sie gar nicht bemerkt, aber anscheinend haben sie schon die ganze Zeit da gesessen und sich ein Basketballspiel auf dem Breitwand-Fernseher angeschaut. Die Mädchen, die sich ihr Autogramm von Jordan geholt haben, kommen langsam wieder zum Billardtisch zurück, haben aber aufgehört zu kichern und beobachten gebannt das Drama, das sich vor ihren Augen entwickelt, als sei es eine Episode aus *Real World*.

»Wir mögen keine Spitzel«, sagt einer der Tau-Phis. Er ist ein wenig jünger als Steve und hat gewaltige Armmuskeln.

»Ja«, pflichtet ihm sein Zwilling bei. Na ja, er ist nicht wirklich sein Zwilling, nur was den Bizeps angeht.

Ich blicke von einem zum anderen. Sie sind wahrscheinlich nicht miteinander verwandt, und trotzdem sehen sie sich ähnlich. Sie tragen die gleichen Klamotten wie Steve und haben auch blaue Augen ohne jeden Anflug von Wärme oder Intelligenz.

»Himmel, Steve«, sagt Gavin vorwurfsvoll. Er zeigt mit dem Daumen auf mich. Meinen Arm hat er noch nicht losgelassen. »Sie ist doch nur eine Freundin von mir, die dir was abkaufen will. Aber wenn ihr euch gebärdet wie Arschlöcher, dann vergiss es. Wir hauen ab. Komm, Heather.«

Aber Gavins Rückzugsversuch wird von Doug Winer vereitelt. Er stellt sich uns direkt in den Weg.

»Niemand bedroht ungestraft einen Winer«, sagt er zu mir. »Egal wer du bist, es wird dir leidtun.«

»Ja?« Ich weiß nicht, was über mich kommt. Gavin versucht, mich wegzuziehen, aber ich weiche nicht von der Stelle. Um alles noch schlimmer zu machen, höre ich mich auch noch fragen: »So wie es Lindsay leidgetan hat?«

Dougs Gesicht wird so rot wie die Lichter auf den Wolkenkratzern, die ich im dunklen Fenster hinter ihm blinken sehe.

»Fick dich«, schreit er.

Wahrscheinlich hätte ich mich nicht zu wundern brauchen, als eine Sekunde später Doug Winers Kopf in meinem Bauch landet. Schließlich habe ich ihn ja geradezu dazu aufgefordert. Na ja, irgendwie schon.

22

Truth is it just
Don't mean a thing
To have the man
But not the ring.

»Marriage Song«
Von Heather Wells

Das Gefühl, wenn zweihundert Pfund Verbindungsbruder auf dem Magen landen, ist schwer zu beschreiben. Eigentlich ist es ein Glück, dass ich so dick bin. Wenn ich Größe 2 hätte, hätte ich vermutlich nicht überlebt.

Aber da Doug, um bei der Wahrheit zu bleiben, gar nicht so viel mehr wiegt als ich, ich ihn außerdem kommen sah und deshalb die Bauchmuskeln anspannen konnte, liege ich jetzt bloß außer Atem auf dem Fußboden. Innere Verletzungen habe ich glaube ich nicht.

Gavin dagegen geht es nicht so gut. Oh, es wäre ihm gar nichts passiert, wenn er einfach stehen geblieben wäre. Aber er wollte ja Doug unbedingt zurückhalten.

Und Doug kämpft, eigentlich überrascht mich das nicht, mit allen Mitteln, denn als Gavin ihn an den Schultern packt, beißt Doug ihm in den Finger.

Da ich nicht zulassen kann, dass ein Student aus meinem Wohnheim aufgegessen wird, hole ich mit dem Bein aus, Mantel und Handtasche halte ich immer noch in der Hand, und trete mit voller Wucht in den Bereich von Dougs Körper, wo die meisten Jungen nicht gerne einen Absatz spüren möchten. Also, ich mache ja vielleicht kein Yoga, eigentlich so gut wie überhaupt keinen Sport, aber wie alle Mädchen, die mal eine Zeitlang in New York gelebt haben, bin ich absolut in der Lage, jemanden mit meinen Schuhen zu verletzen.

Als Doug mit den Händen vor seinen intimsten Teilen auf dem Boden zusammenbricht, ist plötzlich der Teufel los. Gegenstände und Körper werden durch die Gegend geschleudert, als habe sich der Saal auf einmal in eine Kampfarena verwandelt. Die Spiegel hinter der Bar werden von einer Billardkugel zertrümmert. Gavin wirft einen Verbindungsbruder in den Breitbild-Fernseher, der umfällt und in einem Funkenregen zerplatzt. Die 2er-Größen rennen kreischend in den Flur, und einer der Flipper bricht unter Jordans Gewicht zusammen. Ich frage gar nicht erst, was er darauf macht, oder warum ihm die Hose um die Knöchel hängt.

Es herrscht ein solches Chaos, dass ich mir Gavin schnappe und schreie: »Lass uns abhauen!« Jeder von uns schlingt sich einen Arm von Jordan über die Schultern, der nicht mehr in der Lage ist, allein zu gehen, und schleppen ihn den Flur entlang.

Genau in diesem Augenblick geht die Sprinkleranlage an, weil der umgestürzte Fernseher angefangen hat zu brennen.

Die 2er-Größen im Flur beginnen zu kreischen, weil ihre glattgefönten Haare sich in der Feuchtigkeit kringeln, und wir rennen mit unserem halb bewusstlosen Ex-Boy-Band-Mitglied ins Treppenhaus und bleiben erst stehen, als wir auf der Straße angekommen sind.

»Heilige Scheiße«, brüllt Gavin, während die eisige Luft unsere Lungen füllt. »Hast du das gesehen? Hast du das *gesehen*?«

»Ja«, antworte ich. Ich taumele ein wenig. Jordan ist nicht gerade leicht. »Das war nicht cool.«

»Nicht cool? Nicht cool?« Glücklich schüttelt Gavin den Kopf, während wir über den Washington Square North schlittern und versuchen, in westliche Richtung zu gelangen. »Ich wünschte, ich hätte meine Videokamera dabei gehabt! Keins von den Mädchen hat einen BH angehabt. Als das Wasser auf sie …«

»Gavin«, unterbreche ich ihn, »halt mal Ausschau nach einem Taxi. Wir müssen Jordan zur Upper East Side bringen, wo er wohnt.«

»Es gibt keine Taxis«, erwidert Gavin spöttisch. »Außer uns ist kein Mensch unterwegs.«

Er hat Recht. Der Park ist eine tote Zone. Die Straßen darum herum sind nicht geräumt worden, deshalb fährt hier auch niemand. Lediglich auf der Eighth Street kommen ein paar Autos vorbei, aber sie ist zu weit weg, und ganz gleich, wie heftig wir winken, die Taxifahrer dort sehen uns nicht.

Ich bin mit den Nerven am Ende, weil ich nicht weiß, was ich mit Jordan tun soll. Er hat sicher nicht gelogen, als er gesagt hat, die Fahrdienste kämen nicht über die Brücke. Auf gar keinen Fall rufe ich seinen Dad an, den Mann, der mir erklärt hat, meinen Wütende-Rockerbraut-Scheiß wollte kein Mensch hören, um ihn zu bitten, seinen Sohn mit der Privatlimousine abholen zu lassen.

Jordan hingegen ist fröhlich und guter Dinge. Munter stolpert er zwischen uns dahin, aber er ist so hinüber, dass ich ihn auf keinen Fall irgendwo sitzen lassen kann, so verführerisch die Idee auch sein mag. Er würde erfrieren. Und bis zur Subway sind es Blocks, *lange* Blocks, keine kurzen, in die entgegengesetzte Richtung. Außerdem müssten wir wieder an Waverly Hall vorbei, um zum Astor Place zu gelangen.

Ich will nicht riskieren, irgendwelchen wütenden Verbindungsbrüdern zu begegnen. Außerdem sind in der Ferne Sirenen zu hören. Wahrscheinlich wird automatisch die Feuerwache verständigt, wenn die Sprinkleranlage angeht.

Jordan hebt den Kopf. Er hat die Sirenen auch gehört und schreit fröhlich: »Oh, hey! Da kommen die Bullen!«

»Ich fasse es nicht, dass du jemals mit dem Typen verlobt warst«, sagt Gavin angewidert. Offensichtlich hat er mich gegooglet. »Er ist so ein Vollidiot!«

»Er war nicht immer so«, versichere ich Gavin. Aber eigentlich denke ich, dass Jordan wahrscheinlich doch immer so war. Es ist mir nur nie aufgefallen, weil ich so jung und dumm war. Und total in ihn verschossen. »Außerdem heiratet er übermorgen. Er ist einfach ein bisschen nervös.«

»Nicht übermorgen«, erwidert Gavin. »Morgen. Es ist schon nach Mitternacht. Offiziell haben wir schon Freitag.«

»Scheiße«, sage ich. Die Cartwrights fragen sich bestimmt, was ihrem jüngsten Sohn zugestoßen ist. Tania ist wahrscheinlich völlig in Panik. Das heißt, wenn sie überhaupt gemerkt hat, dass er nicht mehr da ist. So kann ich ihn nicht zu ihr zurückschicken, mit halb offener Hose und Lippenstiftspuren überall. Gott, warum kann er nicht wenigstens ein bisschen wie sein Bruder sein?

Ach, du lieber Himmel. Sein Bruder. Cooper bringt mich um, wenn er herausfindet, wo ich war. Und ich muss es ihm sagen. Schließlich kann ich nicht Jordan so mit nach Hause bringen, ohne es zu erklären.

Und ich *muss* Jordan mit nach Hause nehmen, etwas anderes bleibt mir gar nicht übrig. Viel weiter kann ich ihn nicht mehr schleppen. Außerdem erfriere ich. Nylonstrumpfhosen sind definitiv nicht die geeignete Beinkleidung nach einem Blizzard in Manhattan im Januar. Ich weiß gar nicht, wie diese Mädchen mit ihren tief ausgeschnittenen, bauchfreien Hemdchen das aushalten. Kriegen sie keinen kalten Bauchnabel?

»Okay«, sage ich zu Gavin, als wir an der Ecke Washington Square Park North und West ankommen. »Wir bringen ihn zu mir nach Hause.«

»Im Ernst? Ich darf in deine Wohnung?« Gavin grinst. »*Geil!*«

»Nein, es ist überhaupt nicht geil, Gavin«, fahre ich ihn an. »Es ist sogar das *Gegenteil* von geil. Jordans Bruder ist mein Vermieter, er wird sauer sein, *sehr* sauer, wenn er uns hereinkommen hört und Jordan so sieht. Wir müssen also ganz leise sein. Superleise!«

»Ja, das mache ich schon«, erwidert Gavin galant.

»Ich will nämlich nicht nur Cooper nicht aufwecken«, fahre ich fort. »Mein, äh, Dad wohnt auch da.«

»Ich lerne deinen *Dad* kennen? Der im *Gefängnis* war.« Ja. Gavin googlet mich. Definitiv.

»Nein, du wirst ihn nicht kennen lernen«, sage ich. »Weil er hoffentlich, wie Cooper auch, schläft. Wir wecken ihn nicht auf. Klar?«

»Klar«, erwidert Gavin seufzend.

»Heather.« Jordan macht sich noch ein bisschen schwerer.

»Halt die Klappe, Jordan«, sage ich. »Wir sind gleich da.«

»Heather«, sagt Jordan noch einmal.

»Jordan«, sage ich. »Ich schwöre bei Gott, wenn du auf mich draufkotzt, bringe ich dich um.«

»Heather«, sagt Jordan zum dritten Mal. »Ich glaube, sie haben mir was ins Bier getan.«

Ich werfe ihm einen erschreckten Blick zu. »Du meinst, du bist nicht immer so nach einer Party?«

»Natürlich nicht«, lallt Jordan. »Ich habe doch nur ein einziges Bier getrunken.«

»Ja, klar«, erwidere ich. »Aber wie viele Gläser Wein waren es, bevor du zu mir gekommen bist?«

»Nur zehn«, sagt Jordan unschuldig. »Ach, apropos: Wo sind meine Skier?«

»Oh, denen geht es bestimmt gut, Jordan«, erwidere ich. »Du kannst sie morgen früh abholen. Warum sollte dir jemand was ins Bier tun?«

»Um mich auszunutzen natürlich«, sagt Jordan. »Alle wollen sie etwas von mir. Alle wollen ein Stück vom Jordan-Cartwright-Kuchen.«

Gavin, dem Jordans Bierfahne ins Gesicht weht, rümpft die Nase. »Ich nicht«, meint er.

Wir sind an Coopers Haus angekommen. Ich bleibe stehen, um meine Schlüssel aus der Handtasche zu holen und halte dabei Gavin einen kleinen Vortrag.

»Wenn wir jetzt hineinkommen, laden wir Jordan einfach auf der Couch im Wohnzimmer ab«, sage ich. »Danach bringe ich dich zurück nach Fisher Hall.«

»Ist nicht nötig. Ich brauche keine Begleitung«, murrt Gavin.

»Diese Verbindungsbrüder sind ganz schön wütend«, sage ich. »Und sie wissen, wo du wohnst.«

»Ach, Quatsch«, erwidert Gavin. »Außer meinem Namen weiß Steve überhaupt nichts von mir. Er fand mich nie cool genug, weil ich meinen Körper nicht gerne mit Chemie vollpumpe.«

»Abgesehen von einundzwanzig Schnäpsen.«

»Ich meine außer Alkohol«, berichtigt sich Gavin.

»Gut«, sage ich. »Wir streiten uns später darüber. Erst einmal legen wir Jordan jetzt auf die Couch, dann überlegen wir uns, wie du am besten nach Hause kommst.«

»Es ist ja nur zwei Blocks entfernt«, sagt Gavin.

»Heather.«

»Jetzt nicht, Jordan«, sage ich. »Gavin, ich will nur nicht …«

»Heather«, sagt Jordan wieder.«

»*Was ist denn,* Jordan?«

»Da ist Cooper.«

Ich blicke hoch.

Tatsächlich ist Coopers Gesicht hinter der Scheibe in der Tür zu erkennen. Eine Sekunde später hören wir, wie er aufsperrt.

»Okay«, sage ich zu Gavin. Das Herz schlägt mir auf einmal bis zum Hals. »Änderung des Plans. Bei drei lassen wir Jordan fallen, und dann rennen wir weg, so schnell wir können. Eins. Zwei.«

»Vergiss es«, sagt Cooper, der auf dem Treppenabsatz steht. Er trägt eine Kordhose und einen Wollpullover. Er sieht warm, ruhig und vernünftig aus. Am liebsten würde ich mich in seine Arme werfen, meinen Kopf an seine Brust legen, seinen Duft einatmen und ihm erzählen, was ich für einen schrecklichen Abend hinter mir habe.

Stattdessen sage ich: »Ich kann alles erklären.«

»Daran zweifle ich nicht«, erwidert Cooper. »Na los. Bringt ihn hinein.«

Wir schleppen Jordan mühsam ins Haus, vor allem, weil jetzt auch noch Lucy auftaucht und aufgeregt an uns hochspringt. Na ja, hauptsächlich an mir. Zum Glück sind meine Beine so erfroren, dass ich ihre Krallen nicht spüre, als sie mir die Nylonstrümpfe zerreißt.

Zwischendurch versucht sie auch, Jordans Hand zu lecken, und auf einmal wird er ganz lebendig. Als wir ihn an Cooper vorbei durch die Diele zerren, sagt er: »Hi, Bruderherz! Was ist passiert?«

»Deine Verlobte hat angerufen, das ist passiert«, sagt Cooper, macht die Tür hinter uns zu und schließt wieder ab. »Bist du einfach abgehauen, ohne jemandem Bescheid zu sagen, wohin du gehst?«

»Ja, so ungefähr«, erwidert Jordan. Wir lassen ihn los, und er sinkt mit dem Rücken an die zerschlissene rosafarbene Couch seines Großvaters. Jetzt beginnt Lucy ihn ernsthaft abzulecken.

»Au. Netter Hund. Macht doch bitte, dass sich das Zimmer nicht mehr dreht.«

»Wie ist er überhaupt hierhergekommen?«, fragt Cooper. »Es gibt doch keine Taxis. Und du kannst mir nicht weismachen, dass Jordan die Subway genommen hat.«

»Mit Skiern«, erkläre ich. Im Haus ist es wundervoll warm. Meine Oberschenkel zucken, weil sie langsam auftauen.

»Mit Skiern?« Cooper zieht die Augenbrauen hoch. »Wo sind denn seine Skier?«

»Er hat sie verloren«, sagt Gavin.

»Oh«, sagt Cooper und sieht Gavin an, als fiele ihm seine Anwesenheit erst jetzt auf, »du schon wieder.«

»Sie sollten Heather nicht böse sein«, sagt Gavin. »Der Typ ist an allem schuld. Sie hat nur versucht, ihn mit einem Spaziergang im Park nüchtern zu machen, aber er wollte nicht. Zufällig bin ich vorbeigekommen und habe ihr geholfen, ihn hierherzubringen. Es hätte ja Gott weiß was passieren können. Der Typ hätte erfrieren können. Oder noch schlimmer. Ich habe gehört, es gibt hier einen Arzt, der schnappt sich die Betrunkenen im Park, nimmt ihnen die Nieren raus und spendet sie an reiche Bolivianer, die an der Dialyse hängen. Morgens wacht man dann auf und alles tut einem weh und peng! Jemand hat deine Nieren gestohlen.«

Wow! Gavin ist wirklich der König der Improvisation. Er lügt mit einer solchen Leichtigkeit und so überzeugend, dass ich mich frage, wie viele Märchen er mir schon aufgetischt hat.

Cooper jedoch wirkt nicht sonderlich beeindruckt.

»Ja, klar«, sagt er. »Danke für deine Hilfe. Ich glaube, mit dem Rest werden wir jetzt allein fertig. Tschüs dann.«

»Ich bringe dich nach Hause«, sage ich zu Gavin, aber eine Stimme von der Tür her unterbricht mich.

»Da ist sie ja!« Mein Dad kommt in Pyjama und Morgenmantel herein. An seinen zerzausten Haaren sieht man deutlich, dass er schon geschlafen hat, aber Tanias Anruf hat ihn ebenso wie Cooper geweckt. »Heather, wir haben uns solche Sorgen gemacht. Als diese Tania anrief und wir dich nicht finden konnten. Tu das nie wieder, junge Dame! Wenn du ausgehen willst, dann sag bitte einem von uns Bescheid, wo du hingehst.«

Ich blinzele ungläubig. »Meinst du das etwa ernst?«, frage ich.

»*Ich* bringe Gavin nach Hause«, erklärt Cooper und gibt dadurch zu erkennen, dass er meinen nächsten Schritt, ihn zu meiden, schon vorausgesehen hat. »Heather, hol ein paar Decken für Jordan. Alan, ruf Tania an, und sag ihr, dass Jordan hier übernachtet.«

Dad nickt. »Ich werde behaupten, dass er auf einem spontanen Junggesellenabschied war«, meint er. »Er ist zum Schlafen hierhergekommen, weil er sie nicht stören will.«

Ich starre die beiden nur an. Zum einen deshalb, weil ich fast vergessen hatte, dass mein Dad auch einen Vornamen besitzt, und zum anderen wegen der absurden Äußerungen meines Vaters.

»Jordan hat überhaupt keine Freunde«, sage ich. »Wer soll ihm denn eine Junggesellenparty geben? Und so taktvoll, jemanden nicht stören zu wollen, ist er noch nie gewesen.«

»Selbstverständlich habe ich Freunde«, wirft Jordan ein. »Ihr zwei seid meine Freunde. Oder sechs. Oder wie viele ihr auch immer seid.«

»Mich muss niemand nach Hause begleiten«, erklärt Gavin, als Cooper nach seinem Mantel greift.

»Das mag ja sein«, erwidert Cooper grimmig. »Aber ich brauche frische Luft. Na los, komm.«

Die beiden verschwinden und lassen mich allein mit Jordan und meinem Vater, den beiden Männern, die mich im Stich gelassen haben, als ich sie am meisten brauchte, und die jetzt angekrochen kommen, wo ich sie überhaupt nicht brauchen kann.

»Du schuldest mir was«, sage ich zu Jordan, nachdem ich ihm eine Decke und eine Salatschüssel gebracht habe, falls er sich übergeben muss. Obwohl ich ziemlich sicher bin, dass er sich morgen früh sowieso an nichts mehr erinnert, füge ich hinzu: »Und ich komme immer noch nicht zu deiner Hochzeit.« Zu meinem Dad sage ich: »Wenn du Tania anrufst, sag ihr nicht, dass ich bei ihm war.«

»Ich war zwar in den letzten zwanzig Jahren im Gefängnis, Heather«, sagt Dad mit verletzter Würde, »aber ich weiß trotzdem noch, wie so etwas funktioniert.«

»Dann ist es ja gut«, erwidere ich. Ich rufe nach Lucy und laufe eilig die Treppe hinauf in meine Wohnung. Wenn ich mich beeile, liege ich vielleicht schon im Bett, bevor Cooper zurückkommt. Sarah würde mir sicher Ausweichtechniken vorwerfen.

Aber bei Cooper ist Ausweichen manchmal das einzig Richtige.

23

'Cause when she's his wife
And not you
She's not the only one
Who's playing the fool.

»Marriage Song«
Von Heather Wells

Am nächsten Morgen schleiche ich mich davon, um nicht auf Cooper zu treffen. Dafür stehe ich extra um so eine unchristliche Zeit wie acht Uhr früh auf und bin um halb neun schon geduscht, angezogen und aus der Tür. Das ist für mich so ungewöhnlich, dass ich auch meinem Dad aus dem Weg gehe, der in seinem Zimmer den »Morgengruß« auf seiner indianischen Flöte spielt. Normalerweise lasse ich mich vor fünf vor neun nicht unten blicken. Ich nehme die Timberlands in die Hand und laufe auf Socken die Treppe herunter, damit die Bodendielen nicht knarren.

Von Cooper ist nichts zu sehen, ein kurzer Blick durch seine halb offene Schlafzimmertür enthüllt ein ordentlich gemachtes Bett, und seltsamerweise ist auch Jordan nicht mehr da. Die Decken, die ich ihm gebracht hatte, liegen gefaltet am Fußende der Couch, und darauf steht die zum

Glück leere Salatschüssel. Anscheinend hat Cooper seinen Bruder geweckt und bringt ihn jetzt in seinem Auto nach Uptown. Von allein wäre Jordan nach dem Alkoholkonsum von gestern heute Morgen nie so früh aufgewacht. Ich habe schon erlebt, dass Jordan nach einem Besäufnis bis vier Uhr nachmittags geschlafen hat. Dass wir beide Morgenmuffel sind, war eine unserer wenigen Gemeinsamkeiten, abgesehen von einer Vorliebe für Girl-Scout-Plätzchen (er: Thin Mints. Ich: Do-Si-Does).

Ich habe ein Gefühl, als hätte ich gerade in der Lotterie gewonnen. Ich lasse Lucy hinaus, damit sie ihr Geschäft machen kann, nehme mir einen Proteinriegel mit Chocolate Chips für Energie auf dem Weg zur Arbeit, lasse sie hinein und wende mich zum Gehen. An der Haustür hängt ein Zettel.

Heather, steht darauf in Coopers ordentlicher, unendlich winziger Schrift, die ich in meiner Eigenschaft als seine Buchhalterin lesen gelernt habe, *wir müssen miteinander reden.*

Heather, wir müssen miteinander reden? Heather, wir müssen miteinander reden? Gibt es vier unheilvollere Worte als *wir müssen miteinander reden?* Im Ernst, wer will schon eine solche Notiz an der Haustür vorfinden?

Niemand, da wette ich mit Ihnen.

Deshalb nehme ich sie auch ab und stecke sie zusammengeknüllt in meine Tasche.

Worüber mag Cooper mit mir reden wollen? Über die Tatsache, dass ich seinen Bruder gestern Nacht sturzbetrunken hierhergeschleppt habe, damit er auf Coopers Couch seinen Rausch ausschlafen konnte, obwohl Cooper doch gar nichts mehr mit seiner Familie zu tun haben will? Über die Tatsache, dass ich mich aus dem Haus schleiche, um im Mordfall Lindsay Combs zu ermitteln, ohne jemandem zu sagen, wo ich hingehe, und nachdem ich geschworen hatte, dass ich dieses Mal alles der Polizei überlassen würde? Oder möglicherweise über die Tatsache, dass ich das Leben eines meiner Wohnheimbewohner in Gefahr gebracht habe?

Vielleicht hat es auch gar nichts mit den Vorkommnissen der gestrigen Nacht zu tun. Vielleicht ist Cooper einfach die Wells und ihre Macken leid, Dads indianische Flöte und meine Neigung, betrunkene Popstars und einundzwanzigjährige Möchtegern-Gangstas in Baggyhosen mit nach Hause zu bringen. Einige von uns hätten eine solche Behandlung sicher verdient.

Und ich meine damit nicht Lucy oder meinen Dad.

Nachdenklich und traurig gehe ich zur Arbeit. Selbst der Proteinriegel schmeckt mehr nach Pappe und viel weniger nach Kit Kat als sonst. Ich möchte nicht aus Coopers Haus geworfen werden. Es ist das einzige Zuhause, das ich je gehabt habe, abgesehen von der Wohnung, in der Jordan und ich zusammengelebt haben, die ich aber jetzt nicht mehr betreten kann, ohne dabei vor mir zu sehen, wie sich Tania Traces Lippen um seinen …

»Heather!« Reggie steht wieder an seiner üblichen Ecke und scheint überrascht zu sein, mich so früh am Tag schon zu sehen. *Ich* hingegen bin überrascht, dass er schon wieder bei der Arbeit ist. Es hat zwar aufgehört zu schneien, und die Schneepflüge haben ein bisschen geräumt, aber an den Straßenrändern türmen sich immer noch riesige Schneeberge.

»Morgen, Reggie«, sage ich. »Das war vielleicht ein Sturm, was?«

»Ja, ich war nicht besonders glücklich darüber«, erwidert Reggie. Er trägt einen goldenen Tommy-Hilfiger-Parka gegen die Kälte. In der behandschuhten Hand hält er einen dampfenden Becher Kaffee. »Manchmal denke ich, es wäre besser, wieder auf die Insel zurückzukehren.«

»Aber was würdest du da denn arbeiten?«, frage ich ehrlich interessiert.

»Meine Eltern haben eine Bananenplantage«, sagt Reggie. »Ich könnte sie managen. Sie bitten mich schon lange darum, endlich wieder nach Hause zu kommen. Aber hier verdiene ich mehr Geld.«

Unwillkürlich vergleiche ich die Winer-Jungen und ihre familiäre Situation mit Reggie. Der Dad von Doug und Steve Winer möchte, dass sie selber Geld verdienen, deshalb verkaufen die Jungen Drogen. Reggies Eltern hingegen wollen, dass er das Familienunternehmen übernimmt, aber er verdient mehr Geld, indem er dealt. Das Ganze ist einfach … blöd.

»Ich glaube, eine Bananenfarm wäre für dich besser, Reggie«, sage ich. »Auf jeden Fall wäre es da weniger gefährlich.«

Reggie überlegt. »Außer in der Hurrikan-Saison«, sagt er schließlich. »Aber wenn ich da wäre, würde ich nicht jeden Morgen dein fröhliches Gesicht sehen, Heather.«

»Ich könnte dich ja besuchen«, sage ich. »Ich war noch nie auf einer Bananenplantage.«

»Es würde dir auch sicher nicht gefallen.« Reggie grinst und zeigt dabei sämtliche Goldzähne. »Wir stehen noch vor Tagesanbruch auf. Wegen der Hähne.«

»Ach du lieber Himmel«, sage ich. »Das klingt ja schrecklich. Kein Wunder, dass du lieber in New York bist.«

»Außerdem, wenn man es hier schafft, dann schafft man es überall«, entgegnet Reggie schulterzuckend.

»Absolut«, sage ich. »Ach, übrigens, hast du was über Doug Winer gehört, den Typ, nach dem ich dich gefragt habe?«

Reggies Lächeln erlischt. »Nein«, sagt er. »Aber ich habe gehört, dass es in einem der Verbindungshäuser letzte Nacht Rabatz gegeben hat.«

Ich ziehe die Augenbrauen hoch. »Tatsächlich? Wow! Was denn für Rabatz?«

»Dein Ex, Jordan Cartwright, war angeblich darin verwickelt«, sagt Reggie. »Aber das ist bestimmt nur ein Gerücht, denn was sollte der berühmte Jordan Cartwright zwei Tage vor seiner Hochzeit auf einer Verbindungsparty?«

»Ja, genau«, erwidere ich. »Das ist bestimmt nur ein Gerücht. Na ja, ich gehe jetzt besser. Ich will nicht zu spät kommen!«

»Nein«, stimmt Reggie mir ernst zu. »Du doch nicht.«

»Bis später! Erkälte dich nicht!« Fröhlich winkend biege ich um die Ecke auf den Washington Square West. Puh! Das war knapp. Es ist ja irre, dass die Drogendealer schon erfahren haben, was letzte Nacht vorgefallen ist. Vielleicht steht ja auch in der Zeitung etwas darüber. Gott sei Dank braucht sich bei den Griechen niemand einzutragen. Ich bekäme bestimmt jede Menge Probleme auf der Arbeit, wenn herauskäme, dass ich da gewesen bin.

Als ich um zwanzig vor neun die Eingangshalle von Fisher Hall betrete, erstickt Pete, der am Empfang sitzt, beinahe an seinem Bagel.

»Was ist los?«, fragt er gespielt besorgt. »Ist das Ende aller Zeiten angebrochen?«

»Sehr lustig«, erwidere ich. »Ich war schon öfter pünktlich.«

»Ja«, sagt Pete. »Aber nie zu früh.«

»Vielleicht schlage ich eine neue Seite auf«, erwidere ich.

»Vielleicht kriege ich dieses Jahr eine Gehaltserhöhung«, sagt Pete und lacht sich über seinen eigenen Witz kaputt.

Ich verziehe das Gesicht, nehme von der studentischen Hilfskraft die Eintragungen der letzten Nacht entgegen und eile in mein Büro. Zu meiner Erleichterung stelle ich fest, dass die äußere Tür noch fest verschlossen ist. Ja! Ich bin die Erste! Tom wird bestimmt überrascht sein!

Ich lege Mantel und Mütze ab und gehe in die Cafeteria, um mir Kaffee und ein Bagel zu holen. Magda sitzt wieder auf ihrem üblichen Posten. Sie sieht heute besser aus als in den vergangenen Tagen. Ihr Lidschatten ist leuchtend pinkfarben, ihre Haare sind hochtoupiert, und ihr Eyeliner ist unverschmiert und schwarz wie Kohle. Sie lächelt, als sie mich sieht.

»Da bist du ja«, ruft sie. »Mein kleiner Popstar. Hast du deine Magda vermisst?«

»Ja«, erwidere ich. »Hattest du einen schönen freien Tag?«

»Ja«, sagt Magda in normalem Tonfall. »Ich habe ihn gebraucht. Weißt du, was ich meine? Zur Abwechslung war es mal ganz nett, nicht an diesen Ort zu denken.« In diesem Augenblick kommen zwei Studenten herein, und sie schreit mit völlig anderer Stimme: »Sieh mal an! Da kommen ja zwei von meinen Filmstars. Guten Morgen, kleine Filmstars!«

Die Studenten beäugen sie unbehaglich, als sie ihre Essenskarten, die gleichzeitig auch als Studentenausweis dienen, durch den Scanner zieht. Als sie weitergegangen sind, fährt Magda in normalem Tonfall fort: »Ich habe gehört, du hast Manuel besucht. Wie geht es ihm?«

»Als ich gestern da war, noch nicht so gut«, sage ich. »Aber als ich gestern Abend nach Hause gegangen bin, habe ich gehört, dass sie ihn auf die normale Station verlegt haben. Er scheint also auf dem Weg der Besserung zu sein.«

»Gut«, sagt Magda. »Hat die Polizei die Leute, die das getan haben, immer noch nicht geschnappt?«

»Nein«, erwidere ich. Fast bin ich versucht, Magda zu erzählen, dass ich eine Ahnung habe, wer es war. Aber zuerst einmal muss ich hören, wie Toms Date war. »Aber sie tun sicher ihr Bestes.«

Magda verzieht das Gesicht. »Sie tun gar nichts, um den Mörder der kleinen Lindsay zu fassen«, sagt sie. »Es ist schon drei Tage her, und sie haben immer noch keinen verhaftet. Das liegt daran, dass sie ein Mädchen ist«, fügt sie finster hinzu. Nachdenklich stützt sie das Kinn auf die Hand. »Wenn sie den Kopf eines Mannes gefunden hätten, dann hätten sie schon längst jemanden festgenommen. Was Mädchen passiert, vor allem Mädchen wie Lindsay, ist der Polizei egal.«

»Magda, das stimmt nicht«, versichere ich ihr. »Sie strengen sich sehr an. Sie nehmen bestimmt bald jemanden fest. Gestern waren sie eingeschneit, wie du ja auch.«

Aber Magdas Blick bleibt skeptisch. Wenn sie davon überzeugt ist, dass sie Recht hat, kann man sie nicht umstimmen. Also hole ich mir ein Bagel, mit Cream Cheese und Schinken natürlich, und einen Kakao-Kaffee und gehe wieder an meinen Schreibtisch.

Während ich noch da sitze und mich frage, wer Tad Tocco ist und warum ich ihn zurückrufen soll – er hat eine Durchwahl im New York College – stolpert Tom verschlafen ins Büro. Überrascht sieht er mich an.

»Boah«, sagt er, »ist das eine Illusion?«

»Nein«, erwidere ich, »ich bin es wirklich. Ich bin pünktlich hier.«

»Du bist *zu früh.*« Tom schüttelt den Kopf. »Hören denn die Wunder niemals auf?«

»Und?« Ich beobachte ihn aufmerksam. »Wie war's? Mit Coach Andrews, meine ich.«

Er zieht den Schlüssel aus der Tasche, um die Tür zu seinem Büro aufzuschließen, aber ich sehe doch das kleine, heimliche Lächeln, das seine Mundwinkel umspielt.

»Gut«, sagt er.

»Ja, klar«, erwidere ich. »Na, komm schon. Erzähl.«

»Ich will es nicht vermasseln«, sagt Tom. »Ehrlich, Heather, ich habe die Neigung, mich zu schnell in etwas hineinzustürzen. Und das will ich dieses Mal nicht. Ich will es einfach nicht.«

»Also …« Ich mustere ihn. »Wenn du es langsam angehen willst, dann heißt das, dass es gut gelaufen ist.«

»Ja, richtig toll«, sagt Tom. Jetzt kann er sein Lächeln nicht mehr verbergen. »Steve ist einfach, na ja, er ist großartig. Aber wie schon gesagt, wir lassen es langsam angehen.«

Wir. Er fängt schon an, *wir* zu sagen.

Natürlich freue ich mich für ihn. Aber ich bin auch ein bisschen traurig für mich. Nicht, weil ich auch eines Tages Teil eines *wir* sein möchte, obwohl ich das natürlich doch gerne möchte.

Nein, sondern weil ich mir jetzt überlegen muss, warum Kimberly mich angelogen hat, es sei denn, Steven Andrews ist so ein guter Schauspieler wie Heath Ledger, aber das bezweifle ich irgendwie.

Auf jeden Fall freue ich mich für Tom.

»Wenn du es langsam angehen willst, dann bedeutet

das doch, dass es eine Weile dauern soll, oder?«, stelle ich fest.

Errötend zuckt er mit den Schultern. »Schauen wir mal«, erwidert er und geht in sein Büro.

Das erinnert mich an etwas anderes. »Wo ist eigentlich Dr. Tod? Kommt sie heute?«

»Nein, zum Glück nicht«, erwidert Tom. »Der Beratungsdienst hat beschlossen, dass Studenten, die noch Trauerarbeit leisten müssen, auch durch den Park gehen können.«

»Lass mich raten«, sage ich. »Cheryl Haebig ist ein paar Mal zu oft bei Dr. Kilgore vorbeigekommen.«

»Ich glaube, Cheryl Haebig hat Dr. Kilgore beinahe in den Wahnsinn getrieben«, erwidert Tom fröhlich. »Mein Büro gehört auf jeden Fall wieder mir. Mir allein! Ich gehe jetzt in die Cafeteria, hole mir ein Tablett und frühstücke an *meinem Schreibtisch.*«

»Viel Vergnügen«, sage ich und denke dabei, wie nett es doch ist, einen Chef zu haben, der absolut nichts dabei findet, an seinem Schreibtisch zu frühstücken. Mit Tom habe ich wirklich Glück, und ich bin froh, dass er nirgendwo anders hingeht. Im Moment jedenfalls nicht.

Ich schaue gerade die Eingangsformulare durch, als Gavin auftaucht. Er wirft mir einen seltsam unbehaglichen Blick zu.

»Äh, hi, Heather«, sagt er steif. »Ist Tom da? Ich muss mit ihm einen neuen Termin für die Alkoholberatung ausmachen.«

»Ja, er ist da«, erwidere ich. »Aber er ist gerade in die Cafeteria gegangen, um sich was zu essen zu holen. Setz dich. Er kommt bestimmt gleich wieder.«

Gavin setzt sich auf die Couch neben meinem Schreibtisch. Allerdings lehnt er sich nicht so wie sonst mit obszön gespreizten Beinen zurück, sondern sitzt sehr gerade und blickt starr geradeaus. Er bringt noch nicht einmal meine Büroklammern oder die Action-Figürchen aus *Toy Story* 2 von McDonald's, die auf meinem Schreibtisch stehen, durcheinander.

Ich starre ihn an. »Gavin? Alles in Ordnung?«

»Was?« Er meidet entschlossen meinen Blick und betrachtet den Monet-Druck an der Wand. »Bei mir? Klar, mir geht es gut. Warum?«

»Ich weiß nicht«, sage ich. »Du kommst mir so … distanziert vor.«

»Ich bin nicht distanziert«, erwidert Gavin. »Ich gebe dir nur Raum. Dein Freund Cooper hat mir heute Nacht gesagt, dass du echt viel Freiraum brauchst, und deshalb versuche ich, ihn dir zu geben.«

Etwas Kaltes kriecht an mir hoch. Ich glaube, es ist eine Vorahnung.

»Warte mal«, sage ich. »Cooper hat gemeint, ich brauche Freiraum?«

»Ja.« Gavin nickt. »Gestern Abend, als er mich zurückgebracht hat. Das war übrigens nicht nötig. Ich meine, ich bin einundzwanzig. Ich brauche niemanden, der mich ins Heim begleitet.«

»Studentenwohnheim«, korrigiere ich ihn automatisch. »Und was hat Cooper sonst noch so über mich gesagt?«

»Na ja.« Gavin windet sich unbehaglich und wendet sich wieder dem Monet zu. »Wie verletzt du warst, als sein Bruder Jordan dich betrogen hat, und dass du ganz durcheinander warst und immer noch nicht über den Verlust hinweg bist und noch nicht bereit für eine neue Liebesbeziehung …«

»WAS?« Ich springe auf. »*Was* hat er gesagt?«

»Na ja, du weißt schon.« Gavin blickt mich fragend an. »Ich meine, wenn man bedenkt, wie sehr du ihn immer noch liebst …«

Ich platze fast. »Wen?«

»Na ja, Jordan Cartwright natürlich.« Gavin wirft mir einen erschreckten Blick zu. »O Scheiße«, sagt er, als er meinen Gesichtsausdruck sieht. »Das habe ich ganz vergessen. Cooper hat gesagt, ich solle dir nichts von unserem Gespräch erzählen. Du sagst es ihm doch nicht, oder? Der Typ macht mir irgendwie Angst …«

Gavin bricht ab. Warum sieht er mich nur so ängstlich an? Vielleicht sehe ich gerade so furchterregend aus, weil mir die Augen aus dem Kopf quellen.

»Das ist doch auch der Grund, warum du morgen nicht auf Jordans Hochzeit gehst, oder?«, plappert er weiter. »Du liebst ihn noch so sehr, dass du es nicht ertragen kannst zuzusehen, wie er eine andere heiratet. Auf jeden Fall denkt dein Freund Cooper das. Er glaubt, du trauerst immer noch um Jordan, und es wird noch eine Weile dauern, bis du über ihn hinweg bist …«

Der Schrei steigt von meinen Fußsohlen stetig auf, wie Dampf aus einem Wasserkessel. Ich will gerade den Kopf zurückwerfen, um ihn herauszulassen, als Tom mit schneeweißem Gesicht ins Büro taumelt. Er trägt kein Tablett mit Frühstück.

»Sie haben gerade den Rest von ihr gefunden«, sagt er und sinkt neben Gavin auf die Couch.

Der Schrei verschwindet wieder.

»Den Rest von wem?«, will Gavin wissen.

»Von Lindsay«, sagt Tom.

24

They say that only time will tell
Until then, I'm in a living hell
What can I do, what can I say
I can't BELIEVE how much I weigh.

»Scale«
Von Heather Wells

Magda sitzt weinend an der Kasse.

»Magda«, sage ich mindestens zum fünften Mal, »erzähl es mir. Sag mir, was passiert ist.«

Magda schüttelt den Kopf. Gegen alle Gesetze der Physik und trotz des Haarsprays ist ihre Frisur zusammengebrochen und hängt traurig an einer Seite des Kopfes herunter.

»Magda, sag mir, was sie gefunden haben. Tom will nicht darüber sprechen. Gerald lässt keinen in die Küche. Die Polizei ist schon auf dem Weg. Sag es mir einfach.«

Magda kann nicht sprechen. Sie ist außer sich vor Trauer. Pete braucht sich mit den Studenten, die er aus der Cafeteria scheucht, gar nicht herumzustreiten, sie gehen freiwillig und werfen nervöse Blicke in Magdas Richtung.

Wenn man bedenkt, wie laut sie heult, ist das auch kein Wunder.

»Magda, du bist hysterisch«, sage ich. »Beruhige dich doch.«

Aber Magda kann sich nicht beruhigen. Also stoße ich einen tiefen Seufzer aus und gebe ihr eine Ohrfeige.

Reflexartig schlägt sie zurück.

»Au!«, schreie ich und halte mir die Wange. »Warum hast du *das* denn gemacht?«

»Du hast mich zuerst geschlagen!«, erklärt Magda wütend und greift sich ebenfalls an die Wange.

»Ja, aber du warst hysterisch!« Magda hat vielleicht Kraft in den Armen. Ich sehe Sternchen. »Ich habe doch nur versucht, dich da rauszuholen. Es war nicht nötig, dass du zurückschlägst.«

»Man darf hysterische Leute nicht ohrfeigen«, giftet Magda mich an. »Haben sie dir das in deinen teuren Erste-Hilfe-Kursen nicht beigebracht?«

»Magda, sag mir, was sie gefunden haben.«

»Ich zeige es dir«, erklärt Magda und streckt die Hand aus. Auf der Handfläche liegt ein merkwürdig aussehendes Objekt. Es ist aus Gold, sieht aus wie ein Ohrring, nur größer und gebogen. An einem Ende befindet sich ein Diamant. Das Gold ist ziemlich angeschlagen, als hätte jemand darauf herumgekaut.

»Was ist das?«, frage ich.

»Woher haben Sie das?«

Magda und ich blicken verblüfft auf. Cheryl Haebig steht mit ihrem Freund Jeff da. Sie hat die Augen aufgerissen und starrt das Objekt auf Magdas Handfläche an. Pete, der immer noch versucht, alle hinauszuscheuchen, wirft uns einen frustrierten Blick zu.

»Cher«, sagt Jeff und zupft seine Freundin am Ärmel, »komm. Wir sollen gehen.«

»Nein«, erwidert Cheryl kopfschüttelnd und starrt wie gebannt auf Magdas Hand. »Woher haben Sie das? Sagen Sie es mir.«

»Erkennst du es, Cheryl?«, frage ich. »Was ist das?«

»Das ist Lindsays Nabelring«, sagt Cheryl. Ihr Gesicht ist so weiß geworden wie die Bluse, die sie trägt. »O Gott. Wo haben Sie ihn her?«

Magda presst die Lippen zusammen und schließt die Finger wieder über dem Ring. »Nein«, erwidert sie in der Singsang-Stimme, die sie nur bei den Studenten benutzt. »Sie gehen jetzt besser in den Unterricht, sonst kommen Sie noch zu spät …«

Aber Cheryl tritt noch dichter an sie heran und sagt mit einer Stimme, so hart wie der Marmorfußboden: *»Sagen Sie es mir!«*

Magda schluckt, blickt mich an und erwidert dann mit ihrer normalen Stimme: »Es hat unten im Müllschlucker gesteckt. In dem, der die ganze Woche über nicht richtig funktioniert hat. Der Haustechniker hat ihn sich endlich angeschaut und hat das hier gefunden.«

Sie dreht den Ring um. Auf der Rückseite ist *Lindsay* eingraviert, obwohl man es kaum erkennen kann, weil das Gold so abgeblättert ist.

Cheryl keucht auf und schwankt auf einmal. Rasch geleiten Pete und Jeff sie zu einem Stuhl.

»Sie soll den Kopf zwischen die Knie stecken«, sage ich zu Jeff. Er nickt panisch und veranlasst seine Freundin, den Kopf so weit herunterzunehmen, dass ihre honigblonden Haare über den Fußboden wischen.

Ich wende mich wieder an Magda und blicke auf den

Ring. »Sie haben sie in den Müllschlucker gesteckt?«, flüstere ich.

Magda schüttelt den Kopf. »Sie haben es versucht, aber Knochen werden nicht zermahlen.«

»Warte mal … *dann liegen sie immer noch da drin?*«

Magda nickt. Wir flüstern, damit Cheryl uns nicht hören kann. »Der Abfluss war verstopft, und niemand hat sich darum gekümmert, weil er ständig verstopft ist. Wir haben einfach den anderen Müllschlucker genommen.«

»Und die Polizei hat auch nicht hineingeguckt?«

Magda rümpft die Nase. »Nein, das Wasser war zu … na ja, du weißt ja, wie eklig es ist. Außerdem hat es am Montagabend Chili gegeben.«

Mir wird übel.

»Ach, du lieber Himmel«, sage ich.

»Ja.« Magda blickt auf den Bauchnabelring. »Wer konnte einem so netten, hübschen Mädchen so etwas antun? Wer, Heather? *Wer*?«

»Ich werde es herausfinden«, verspreche ich. Blind vor Tränen trete ich zu Cheryl, die immer noch mit dem Kopf zwischen den Knien da sitzt. Ich hocke mich neben sie. »Cheryl, haben Lindsay und Coach Andrews miteinander geschlafen?«

»Was?« Jeff reißt erstaunt die Augen auf. »Coach A und Lind? Auf keinen Fall!«

Cheryl hebt den Kopf. Sie ist ganz rot im Gesicht, weil ihr das Blut in den Kopf gelaufen ist. Auf ihren Wangen sind Tränenspuren, und auch an ihren Wimpern glitzern Tränen.

»Coach Andrews?«, sagt sie schniefend. »N-nein. Nein, natürlich nicht.«

»Bist du sicher?«, frage ich.

Cheryl nickt. »Ja«, sagt sie. »Ich meine, Coach A ist …« Sie wirft Jeff einen Blick zu. »Äh.«

»Was?«, forscht Jeff ängstlich. »Was ist mit Coach A, Cher?«

Cheryl seufzt. »Na ja, wir sind uns nicht sicher«, sagt sie, »aber wir haben immer vermutet, dass Coach A schwul ist.«

»Was?« Jetzt sieht Jeff so aus, als wolle er gleich in Tränen ausbrechen. »Coach Andrews? Auf keinen Fall. Auf gar keinen Fall!«

Cheryl wirft mir einen jammervollen Blick zu. »Sie verstehen sicher, warum wir den Verdacht lieber für uns behalten haben«, sagt sie.

»Ja, das verstehe ich.« Ich tätschele Cheryls Handgelenk. »Danke.«

Ich richte mich auf und laufe an Pete vorbei aus der Cafeteria zu den Aufzügen.

»Heather?« Magda folgt mir auf ihren Stilettos. »Wohin gehst du?«

Ich drücke auf den Knopf nach oben und die Aufzugtüren gleiten auseinander.

»Heather.« Auch Pete ist in die Lobby gekommen und blickt mir besorgt nach. »Was ist los?«

Ich ignoriere sie beide. Ich trete in den Aufzug und drücke auf den Knopf zum zwölften Stockwerk. Als die Türen zugehen, sehe ich, dass Magda auf mich zukommt, als wolle sie mich davon abhalten, allein nach oben zu fahren.

Aber es ist besser so. Ihr würde sowieso nicht gefallen, was ich vorhabe. Es gefällt mir ja selber nicht.

Aber irgendjemand muss es tun.

Als sich die Türen zum zwölften Stock öffnen, marschiere

ich zu Zimmer 1218. Im Gang ist es still. Es ist erst kurz nach neun Uhr morgens, und die Kinder, die keinen Unterricht haben, schlafen noch.

Aber ein Kind werde ich jetzt aufwecken.

»Wohnheimleitung«, schreie ich und hämmere mit der Faust gegen die Tür. Wir dürfen die Zimmer nicht ohne Ankündigung betreten.

Aber das bedeutet nicht, dass wir auf die Aufforderung der Bewohner warten müssen. Und das tue ich auch nicht. Ich schließe mit meinem Generalschlüssel auf und trete ein.

Wie ich gehofft hatte, liegt Kimberly in ihrem Bett. Das andere Bett – sie haben sogar denselben Bettüberwurf in den Farben des New York College – ist leer. Kimberly setzt sich verschlafen auf.

»W-was ist los?«, fragt sie. »Ach, du lieber Himmel. Was machen *Sie* denn hier?«

»Steh auf«, sage ich.

»Was? Warum?« Obwohl sie gerade aus dem Tiefschlaf erwacht ist, sieht Kimberly Watkins hübsch aus. Ihr Gesicht ist nicht mit verschiedenen Anti-Falten-Cremes zugekleistert, und ihre Haare stehen nicht hoch, sondern fallen glatt und ordentlich um ihr Gesicht.

»Brennt es?«, will Kimberly wissen.

»Nein«, erwidere ich. »Los, komm.«

Kimberly ist aus dem Bett gekrabbelt und steht in einem zu großen New-York-College-T-Shirt und Boxershorts vor mir. An den Füßen hat sie graue Wollsocken.

»Warten Sie«, sagt sie und schiebt sich eine Haarsträhne hinter ein Ohr. »Wohin gehen wir? Ich muss mich erst anziehen. Ich muss mir die Zähne …«

Aber ich habe sie schon am Arm gepackt und ziehe sie

hinter mir her. Sie versucht, sich zu wehren, aber ich bin viel größer und kräftiger als sie. Außerdem bin ich hellwach und sie nicht.

»Wo-wohin bringen Sie mich?«, stammelt sie, während sie neben mir her zum Aufzug stolpert. Wenn sie nicht selber laufen würde, würde ich sie hinter mir herschleppen, so viel hat sie mittlerweile schon begriffen.

»Ich muss dir etwas zeigen«, erwidere ich.

Kimberly blinzelt nervös. »Ich – ich will es nicht sehen.«

Eine Minute lang überlege ich, ob ich sie wie einen Handball an die Wand schleudern soll, aber das tue ich natürlich nicht. Stattdessen sage ich: »Du wirst es aber sehen. Du wirst es dir anschauen, und dann unterhalten wir beide uns. Verstanden?«

Der Aufzug ist noch da. Ich schiebe sie in die Kabine und drücke auf den Knopf zur Lobby.

»Sie sind verrückt«, sagt Kimberly mit zitternder Stimme, als wir hinunterfahren. Langsam wird sie wach. »Wissen Sie das? Dafür werden Sie gefeuert.«

»Ach ja?« Ich lache herzlich. Das ist der beste Witz des Tages.

»Ich meine es ernst. Sie können mich nicht so behandeln. Präsident Allington wird wütend auf Sie sein, wenn er es erfährt.«

»Präsident Allington«, sage ich, als wir in der Lobby ankommen und die Türen des Aufzugs aufgleiten, »kann mich am Arsch lecken.«

Ich ziehe sie an der Tür zu meinem Büro vorbei auf die Empfangstheke zu. Die studentische Hilfskraft blickt von der *Cosmo*, die sie aus irgendeinem Postfach entwendet hat, auf und starrt mich erschreckt an. Pete, der gerade Feuerwehrleute ins Gebäude winkt – ganz gleich, aus welchem

Grund wir 911 anrufen, ob ein Student durchdreht, ob es um Drogen oder um menschliche Knochen im Müllschlucker geht, immer kommt zuerst die New Yorker Feuerwehr –, hält inne und blickt mich an.

»Ich hoffe, du weißt, was du tust«, sagt er, als ich Kimberly an ihm vorbeizerre.

»Stehen Sie doch nicht so dumm rum«, schreit Kimberly ihn an. »Halten Sie sie auf! Sehen Sie nicht, was sie macht? Sie hält mich gegen meinen Willen fest! *Sie tut mir weh*!«

Petes Walkie-Talkie knistert. Er hebt es an die Lippen und sagt: »Nein, hier in der Lobby ist alles in Ordnung.«

»Blöder Mietbulle!«, giftet Kimberly, als ich sie durch die Türen der Cafeteria schiebe.

Magda, die am Eingang neben ihrem Boss Gerald und ein paar Feuerwehrleuten steht, blickt erschreckt auf. Sie zeigt gerade den Feuerwehrleuten, was sie in der Hand hält. Cheryl sitzt immer noch auf ihrem Stuhl, einen sehr blassen, ernsten Jeff Turner neben sich. Ich packe Kimberly hinten am Nacken und drücke ihr Gesicht in die Richtung von Magdas offener Handfläche.

»Siehst du das?«, frage ich. »Weißt du, was das ist?«

Kimberly versucht, sich meinem Griff zu entwinden. »Nein«, sagt sie mürrisch. »Wovon reden Sie? Lassen Sie mich los!«

»Zeig es ihr«, sage ich zu Magda, und Magda hält Kimberly netterweise den Nabelring vor die Augen.

»Erkennst du ihn?«, frage ich sie.

Kimberly reißt die Augen auf und starrt wie gebannt auf das Schmuckstück.

»Ja«, sagt sie mit ersterbender Stimme. »Ich erkenne ihn.«

»Was ist das?«, frage ich sie und lasse ihren Nacken los.

Sie kann ihren Blick sowieso nicht von dem Nabelring wenden.

»Es ist ein Nabelring.«

»Wessen Nabelring?«

»Lindsays.«

»Das stimmt«, sage ich. »Es ist Lindsays. Weißt du, wo wir ihn gefunden haben?«

»Nein.« Kimberlys Stimme klingt belegt. Ich frage mich, ob sie wohl anfangen wird zu weinen oder sich einfach nur übergibt.

»Im Müllschlucker«, sage ich. »Sie haben versucht, den Körper deiner Freundin Lindsay zu zermahlen. *Als ob sie Müll wäre*!«

»Nein«, sagt Kimberly, für einen Cheerleader ungewöhnlich leise.

»Du weißt ja, was die Leute, die Lindsay umgebracht haben, vorgestern Abend beim Spiel mit Manuel Juarez gemacht haben«, fahre ich fort. »Und nur, weil sie Angst hatten, Lindsay könnte irgendetwas zu ihm über sie gesagt haben. Wie findest du das, Kimberly?«

Mit tränenerstickter Stimme murmelt Kimberly: »Ich weiß nicht, was das mit mir zu tun hat.«

»Leg dich nicht mit mir an, Kimberly«, sage ich. »Zuerst wolltest du mir weismachen, dass Lindsays Zimmergenossin sie aus Eifersucht umgebracht hätte. Dann hast du versucht mir einzureden, Coach Andrews und Lindsay hätten was miteinander, dabei wusstest du ganz genau, dass Coach Andrews homosexuell ist …«

Hinter mir keucht jemand auf. Ich weiß, dass es Cheryl Haebig ist.

»Gib es zu, Kimberly«, sage ich. »Du weißt, wer Lindsay getötet hat.«

Kimberly schüttelt so heftig den Kopf, dass ihr die Haare in die Stirn fallen. »Nein, ich …«

»Willst du den Müllschlucker sehen, in den sie Lindsay gesteckt haben, Kimberly?«, sage ich. »Er ist völlig verstopft mit ihrem Blut und ihren Knochen. Aber wenn du willst, zeige ich ihn dir.«

Kimberly stöhnt leise auf. Die Feuerwehrleute starren mich an, als sei ich ein kranker Freak. Wahrscheinlich haben sie Recht. Ich bin tatsächlich ein kranker Freak. Aber es macht mir nichts aus, Kimberly so zu behandeln. Überhaupt nichts.

»Willst du wissen, was sie mit Lindsay gemacht haben, Kim? Willst du es wissen?« Sie schüttelt den Kopf, aber ich rede trotzdem weiter. »Zuerst hat jemand sie gewürgt – so fest und so lange, dass die Blutäderchen in ihren Augen geplatzt sind. Wahrscheinlich hat sie nach Luft gerungen, aber das hat den, der sie festgehalten hat, nicht gestört, und er hat sie nicht losgelassen. Sie ist gestorben. Aber das war ihnen nicht genug, denn dann haben sie sie zerhackt. Sie haben sie zerhackt und ihre Körperteile in den Müllschlucker geworfen …«

»Nein«, schluchzt Kimberly. »Nein, das ist nicht wahr!«

»Es ist absolut wahr, und das weißt du auch. Ich sage dir noch was, Kimberly. Du bist die Nächste. Du bist als Nächste an der Reihe.«

Sie reißt die Augen auf. »Nein! Das sagen Sie nur, um mir Angst zu machen!«

»Zuerst Lindsay. Dann Manuel. Dann du.«

»Nein!« Kimberly weicht zurück, stößt aber unglückseligerweise gegen Cheryl Haebig, die aufgesprungen ist und Kimberly mit blitzenden Augen finster anschaut.

Aber das scheint Kimberly nicht aufzufallen. Als sie Cheryl sieht, schreit sie erleichtert: »Oh, Gott sei Dank! Cheryl, sag es ihr, sag dieser Schlampe, dass ich nichts weiß.«

Aber Cheryl schüttelt nur den Kopf.

»Du hast ihr erzählt, Lindsay und Coach A hätten was miteinander?«, fährt sie sie an. »Warum hast du das getan? Warum? Du wusstest doch, dass es nicht stimmt.«

Als Kimberly merkt, dass sie auch von ihr keine Unterstützung bekommt, weicht sie kopfschüttelnd noch weiter zurück. »Du … du verstehst das nicht«, schluchzt sie.

»Oh, und ob ich das verstehe«, erwidert Cheryl. Kimberly steht mittlerweile mit dem Rücken zu Magdas Kasse und blickt Cheryl, die auf sie zugetreten ist, furchtsam entgegen. »Du warst immer schon eifersüchtig auf Lindsay. Du wolltest immer so beliebt sein wie sie. Aber das wirst du nie sein, weil du eine blöde …«

Cheryl spricht den Satz nicht zu Ende. Kimberly ist an der Kasse zusammengebrochen und liegt weinend am Boden.

»Nein«, schluchzt sie, »nein, ich war es nicht. Ich habe nichts getan. Ich habe sie nicht umgebracht.«

»Aber du weißt, wer es getan hat«, sage ich und trete einen Schritt vor. »Oder, Kimberly?«

Sie schüttelt den Kopf. »Nein! Ich schwöre, ich weiß es nicht! Ich … ich weiß nur, was Lindsay getan hat.«

Cheryl und ich schauen uns verblüfft an.

»Was hat denn Lindsay getan, Kimberly?«, frage ich.

Kimberly hat die Beine an die Brust gezogen. Sie murmelt: »Sie hat seinen Vorrat gestohlen.«

»*Was?*«

»Sie hat seinen Vorrat gestohlen! Gott, sind Sie blöd?« Kimberly wirft uns einen bösen Blick zu. »Sie hat seinen gesamten Stoff gestohlen, ungefähr ein Gramm Koks. Sie war sauer auf ihn, weil er so geizig damit war. Sie hat ihm einen geblasen, und er hat ihr nur ein oder zwei Linien gegeben. Außerdem hat er nebenbei auch noch andere Mädchen gehabt. Das hat sie wütend gemacht.«

Unwillkürlich weicht Cheryl einen Schritt zurück, als sie das hört. »Du lügst«, sagt sie zu Kimberly.

»Warte mal«, werfe ich ein. »Wessen Vorrat? Den von Doug Winer? Sprichst du von Doug Winer?«

»Ja.« Kimberly nickt kläglich. »Sie hat nicht geglaubt, dass es ihm überhaupt auffällt. Oder dass er denkt, einer von seinen Kommilitonen hätte es genommen. Ach, sieh mich doch nicht so an, Cheryl!« Sie wirft ihrer Mannschaftskollegin einen finsteren Blick zu. »Lindsay war bestimmt keine Heilige, das weißt du doch. Warum konntet ihr sie nicht einfach sehen, wie sie war – eine Kokshure! Sie hat nur bekommen, was sie verdient hat!«

Kimberly schluchzt mittlerweile so heftig, dass sie hyperventiliert. Sie hält sich den Bauch, als ob sie Blinddarmentzündung hätte. Die Knie hat sie an die Brust gezogen und die Stirn daraufgelegt.

Aber während Cheryl sich erschreckt zurückzieht, bin ich noch nicht bereit, Kimberly vom Haken zu lassen.

»Aber Doug hat bemerkt, dass das Koks nicht mehr da war«, sage ich. »Er hat es bemerkt, und er hat danach gesucht, oder?«

Kimberly nickt.

»Deshalb musste Lindsay unbedingt in die Cafeteria. Sie musste ihm sein Koks zurückgeben. Sie hat es nämlich hier drin versteckt, oder? In ihrem Zimmer hätte Ann es ja finden können, da war es nicht sicher.« Wieder nickt sie. »Also holte sie sich den Schlüssel von Manuel, schmuggelte Doug irgendwie ins Gebäude und … und dann? Wenn sie es ihm zurückgegeben hat, warum hat er sie dann umgebracht?«

»Woher soll ich das wissen?« Kimberly hebt langsam den Kopf, als wäre er sehr schwer. »Ich weiß nur, dass Lindsay letztendlich bekommen hat, was sie verdient hat.«

»Du …« Cheryl atmet heftig. Tränen stehen ihr in den Augen. »Du … du *Schlampe*!«

Sie holt aus, um Kimberly zu schlagen.

Aber bevor ihre Hand in Kimberlys Gesicht trifft, wird sie festgehalten.

»Es reicht jetzt«, sagt Detective Canavan, der hinter uns aufgetaucht ist, ruhig, »*meine Damen.*«

25

Now there's a storm front coming over me
High winds, choppy sea
Don't know how long I can stay afloat
A chocoholic in a sinking boat.

»Sinking«
Von Heather Wells

»Das ist es doch«, sage ich zu Pete, als wir nach der Arbeit an einem klebrigen Tisch hinten in der Stoned Crow sitzen. »Das ist doch offensichtlich das Motiv.«

Der Wachmann sieht mich so verwirrt an wie Magda. »*Was?*«, sagen beide unisono.

»Deshalb hat er sie umgebracht«, erkläre ich geduldig. »Lindsay lief durch die Gegend und erzählte ihren besten Freundinnen, dass er mit Drogen dealte. Er musste sie zum Schweigen bringen, wenn er nicht gefasst werden wollte.«

»Du musst doch nicht jemandem den Kopf abhacken, um ihn zum Schweigen zu bringen«, sagt Magda empört.

»Ja, genau«, stimmt Pete ihr zu. »Ich meine, Mord ist ziemlich extrem, findest du nicht? Nur weil deine Freundin den Mund nicht halten kann, bringst du sie doch nicht gleich um.«

»Vielleicht sollte es eine Warnung sein«, wirft Sarah ein. Sie schaut sich ein Basketballspiel auf einem der Fernseher, die von der Decke hängen, an. »Vielleicht wollte er seinen anderen Kunden damit sagen: Haltet bloß die Klappe, sonst ereilt euch das gleiche Schicksal. Ach, du liebe Güte! Foul! Foul! Ist der Schiedsrichter blind?«

»Vielleicht«, sagt Pete und stochert in dem Burrito aus der Mikrowelle, das er im Deli unten an der Straße gekauft hat. Aber das ist eben der Preis, den man bezahlen muss, wenn die Cafeteria an der Arbeitsstelle mal wieder wegen polizeilicher Ermittlungen geschlossen ist, damit die Spurensicherung Leichenteile aus dem Müllschlucker ziehen kann. Das Burrito ist das Erste, was Pete seit dem Frühstück zu sich nimmt. Ich halte mich an Bier und Popcorn. »Vielleicht hält so ein kranker Perverser wie Winer so was ja für lustig.«

»Wir wissen gar nicht mit Sicherheit, ob es überhaupt der kleine Winer war«, sagt Magda.

Pete und ich starren sie an.

»Na ja, stimmt doch«, meint sie. »Nur weil das Mädchen gesagt hat, dass Lindsay sich mit ihm treffen wollte, braucht er noch lange nicht derjenige gewesen zu sein, den sie tatsächlich getroffen hat. Ihr habt doch gehört, was der Detective gesagt hat.«

»Er hat lediglich gesagt, wir sollten uns um unseren eigenen Mist kümmern«, erinnere ich sie. »Und ob es Doug oder sein Bruder war oder nicht, darüber hat er sich gar nicht geäußert.« Dabei hatte ich ihn auf die Seite genommen, ihm erzählt, was ich auf der Verbindungsparty beobachtet hatte, und dann hinzugefügt: »Offensichtlich haben Doug und Steve – schließlich hat Manuel gesagt, Lindsay habe den Namen Steve erwähnt – sie getötet, weil sie zu viel über ihren Drogenhandel geredet hat, und den Kopf haben sie als Warnung für ihre anderen Kunden dagelassen. Sie müssen sie verhaften!«

Detective Canavan jedoch schätzte es gar nicht, dass ich ihm vorschreiben wollte, was er tun »musste«. Er runzelte lediglich die Stirn und sagte: »Ich hätte wissen müssen, dass Sie gestern Abend auf dieser Party waren. Müssen Sie eigentlich immer gleich Aufruhr veranstalten?«

Ich war beleidigt. Ich bin schon an vielen Orten gewesen, wo kein Tumult ausgebrochen ist. An sehr vielen Orten. Hier zum Beispiel in der Kneipe gegenüber von Fisher Hall.

Ja, okay, vielleicht liegt das auch daran, dass es erst vier Minuten nach fünf ist. Die meisten Leute arbeiten noch, und außer uns sind nicht viele Gäste da.

Aber bis jetzt ist auch noch kein Tumult ausgebrochen.

»Und wann verhaften sie diese Jungen?«, will Magda wissen.

»*Wenn* sie sie überhaupt verhaften«, sagt Pete.

»Aber das müssen sie doch«, erwidert Magda und schaut trübsinnig in ihr alkoholisches Getränk, einen White Russian. Pete und ich können noch nicht einmal hinschauen, ohne zu würgen. »Sie haben doch Kimberly zum Verhör mitgenommen, und selbst wenn sie auf dem Präsidium alles abstreitet, haben sie doch gehört, was sie in der Cafeteria gesagt hat.«

»Aber ist das ein Beweis?«, fragt Pete. »Ist das nicht bloß Hörensagen, wie sie es in *Law and Order* immer nennen?«

»Meinst du, sie haben nicht einen einzigen Fingerabdruck in der Küche gefunden?«, erwidert Magda. »Nicht ein einziges Haar, das sie einer DNA-Analyse unterziehen können?«

»Wer weiß schon, was sie gefunden haben«, sage ich und schiebe mir traurig eine Handvoll muffiges Kneipen-Popcorn in den Mund. Warum schmeckt mir muffiges Kneipen-Popcorn überhaupt so gut? Vor allem zu kaltem Bier? »Das werden wir vermutlich als Letzte erfahren.«

»Wenigstens wird Manuel wieder gesund«, sagt Pete. »Julio sagt, es gehe ihm jeden Tag besser. Aber es stehen immer noch Polizisten vor seinem Krankenzimmer.«

»Was macht er denn, wenn sie ihn entlassen?«, will Magda wissen. »Vor seinem Haus postieren sie doch bestimmt keine Wachen.«

»Bis dahin müssen sie Doug längst verhaftet haben«, wirft Sarah ein. »Schließlich hat er sie bestimmt erwürgt. Die Frage ist nur, ob er es absichtlich getan hat? Vielleicht hat er sie ja auch bei einem Sexspiel erstickt und ist dann in Panik geraten. Nach dem, was ihr mir so erzählt habt, scheint er sich nicht allzu gut unter Kontrolle zu haben.«

»Ja. Habe ich euch schon erzählt, dass er mir seinen Kopf in den Bauch gerammt hat?«, frage ich.

»Aber dass er dann ihre Gliedmaßen in den Müllschlucker wirft, um Beweise loszuwerden?« Sarah schüttelt den Kopf. »Doug ist nicht schlau genug für so etwas, auch wenn es nicht funktioniert hat, weil der Müllschlucker kaputt gegangen ist. O mein Gott, Foul! Foul!«

Ich blicke von meiner leeren Popcorn-Schüssel auf und stelle fest, dass nicht nur Pete und Magda Sarah ungläubig anstarren. Auch die Bardame Belinda, ein Punk mit kahl rasiertem Schädel und Latzhose, blinzelt sie erstaunt an.

Sarah blickt in die Runde und sagt defensiv: »Entschuldigt mal, man kann ja wohl mehrere Interessen haben. Ich meine, ich kann doch neben Psychologie auch noch an

Sport interessiert sein. Das nennt man vielseitig interessiert, Leute.«

»Willst du noch Popcorn?«, fragt Belinda sie. Für jemanden mit so vielen Nasenringen sieht sie ganz schön ängstlich aus.

»Äh, nein«, erwidert Sarah. »Das Zeug ist muffig.«

»Aber ich nehme noch welches. Danke«, sage ich.

»Apropos«, meint Pete und erhebt sich. »Ich muss nach Hause, bevor meine Kinder die Wohnung auseinandernehmen. Magda, soll ich dich zur Subway fahren?«

»O ja«, erwidert Magda und erhebt sich ebenfalls.

»Warte doch«, protestiere ich. »Ich habe gerade noch Popcorn bestellt.«

»Tut mir leid, Schätzchen«, sagt Magda und schlüpft in ihren falschen Kaninchenpelz. »Draußen sind mindestens zwölf Grad minus, und ich habe keine Lust, zu Fuß zur Subway zu gehen. Bis Montag dann.«

»Bis dann, Leute«, murmele ich traurig. Ich würde ja auch gehen, aber ich habe noch ein halbes Bier. Man kann sein Bier nicht einfach so stehen lassen. Das ist unamerikanisch.

Eine Minute später jedoch bedauere ich es, nicht gegangen zu sein, als ich noch die Möglichkeit dazu hatte, denn die Tür geht auf, und raten Sie mal, wer hereinkommt?

Jordan.

»Oh, da bist du ja.« Er sieht mich sofort, was nicht schwierig ist, da außer mir nur noch Sarah und zwei Typen aus der Mathematik da sind, die Pool-Billard spielen. Jordan setzt sich auf den Stuhl, aus dem Pete gerade aufgestanden ist, und verkündet, während er seine Jacke auszieht: »Cooper hat mir gesagt, dass du manchmal nach der Arbeit hierhergehst.«

Ich werfe ihm einen finsteren Blick zu. Warum, weiß ich nicht. Wahrscheinlich, weil er gerade Coopers Namen erwähnt hat, und Cooper auf der Liste meiner Lieblingsleute im Moment nicht gerade weit oben steht.

Sein Bruder eigentlich auch nicht.

»Hübsch hier«, erklärt Jordan und blickt sich um. Das soll ganz offensichtlich sarkastisch gemeint sein. Die Bar im Four Seasons entspricht eher seinen Vorstellungen von hübsch. Aber die kann ich mir nicht leisten. Nicht mehr.

»Na ja, du kennst mich ja«, erwidere ich leichthin. »Nur das Beste.«

»Ja.« Jordan hört auf, sich umzusehen, und blickt mich an. Das ist irgendwie noch schlimmer, weil ich im Moment nicht gerade hinreißend aussehe. Der Ausflug gestern Nacht hat Tränensäcke unter meinen Augen hinterlassen, und ich habe mir heute Morgen die Haare nicht gewaschen. Allerdings habe ich sie in der Nacht noch gewaschen, damit sie nicht nach dem Zigarettenrauch im Tau-Phi-Haus stinken. Dann bin ich mit nassen Haaren ins Bett gegangen, und jetzt sehen sie irgendwie verfilzt aus. Hinzu kommt die Tatsache, dass ich meine zweitbeste Jeans trage, ich hatte noch keine Zeit, mir für die Hose mit den Blutflecken an den Knien einen Ersatz zu besorgen, und sie sitzt so eng, dass sie überall kneift.

Jordan ist heute allerdings auch nicht gerade der Hauptgewinn. Er hat dunkle Ringe unter den Augen, und seine Frisur ist noch schlimmer als meine. Seine blonden Haare stehen in alle Richtungen büschelig ab.

»Willst du ein Bier?«, frage ich ihn, da Belinda fragend zu uns herüberschaut.

»O Gott, nein.« Jordan erschauert. »Nach gestern Abend

trinke ich nie mehr was. Ich glaube ernsthaft, dass mir jemand was ins Bier getan hat. Schließlich hatte ich nur ein einziges.«

»Aber du hast mir gesagt, du hättest schon zehn Gläser Wein getrunken, bevor du downtown gekommen bist«, erinnere ich ihn.

»Ja und?«, erwidert Jordan. »So viel trinke ich meistens. Aber ich war noch nie zuvor so groggy wie gestern Abend.«

»Warum sollte dich jemand mit Drogen willenlos machen?«, frage ich. »Schließlich ist es ja nicht so, als ob du was gegen Sex mit Fremden hättest.«

Er wirft mir einen finsteren Blick zu. »Hey, das ist nicht fair«, sagt er. »Ich weiß auch nicht, warum das jemand macht. Vielleicht war es ja ein hässliches Mädchen oder so. Jemand, mit dem ich normalerweise nichts zu tun haben will.«

»Ich habe kein einziges hässliches Mädchen auf der Party gesehen.« Fröhlich füge ich hinzu: »Vielleicht war es ja einer von den Typen! Verbindungen sind wahre Treibhäuser latenter Homosexualität!«

Jordan verzieht das Gesicht. »Bitte, Heather, lass uns einfach von was anderem reden, okay? Es reicht doch, wenn ich sage, ich trinke nie wieder.«

Jordan befingert verlegen die Schnitzereien auf der Tischplatte. Er blickt mich nicht an. »Wegen gestern Abend, Heather …«

»Ich habe keine Ahnung, wo deine Skier sind, Jordan«, unterbreche ich ihn. »Ich habe in Waverly Hall angerufen, aber der Wachmann hat behauptet, es seien keine Skier da. Anscheinend sind sie gestohlen worden. Es tut mir leid, aber weißt du …«

Er zuckt zusammen. Vermutlich weil ich so laut geredet habe.

»Die blöden Skier sind mir völlig egal«, sagt er. »Ich spreche von uns.«

Ich blinzele verwirrt. Dann fällt mir ein, dass Cooper ihn ja heute Morgen nach Hause gefahren hat.

O nein!

»Jordan«, erwidere ich rasch, »ich liebe dich nicht mehr, und es ist mir egal, was Cooper dir erzählt hat. Klar habe ich dich früher geliebt, aber das ist lange her. Ich habe mich weiterentwickelt ...«

Er blickt mich verwirrt an. »Cooper? Wovon redest du da?«

»Hat er dich heute früh nicht nach Hause gefahren?«

»Doch. Aber wir haben nicht über dich geredet, sondern über Mom und Dad. Es war nett. Ich habe schon lange kein richtiges Gespräch unter vier Augen mehr mit Cooper geführt, und ich glaube, wir haben einiges geklärt. Unsere Differenzen, meine ich. Wir sind uns einig, dass wir uns überhaupt nicht ähnlich sind, aber das ist schon in Ordnung. Und was seine Beziehung zu Mom und Dad angeht, na ja, deshalb können wir doch trotzdem miteinander auskommen.«

Ich kann kaum glauben, was ich da höre. Cooper kann Jordan nicht ausstehen. Es geht ja sogar so weit, dass er nicht abnimmt, wenn er sieht, dass sein Bruder anruft, oder dass er ihm die Tür nicht aufmacht, wenn er läutet.

»Wow«, sage ich bewundernd. »Das ist ja ... Das ist ja ... na ja, ein Fortschritt. Wie schön für euch.«

»Ja«, sagt Jordan. »Ich glaube, ich habe ihn überredet, morgen zu unserer Hochzeit zu kommen. Er hat zwar abgelehnt, mein Trauzeuge zu sein, wie ich ihn gebeten hatte, aber er hat gesagt, er würde kommen.«

Ich bin aufrichtig geschockt. Cooper kann seine Familie nicht ausstehen, und jetzt will er tatsächlich an einer Riesen-Prunkhochzeit in der St. Patrick's Cathedral mit anschließendem Empfang im Plaza teilnehmen? Das sieht ihm so gar nicht ähnlich.

»Nun«, sage ich, weil mir nichts anderes einfällt. »Das ist ja großartig, Jordan. Ich freue mich sehr für dich.«

»Es bedeutet mir wirklich viel«, erwidert Jordan. »Noch besser wäre es allerdings, wenn, na ja, wenn du morgen auch kommen würdest, Heather.«

Ich umklammere mein Bierglas. »O Jordan«, sage ich. »Das ist lieb von dir. Aber …«

»Deshalb fällt es mir ja so schwer, dir das jetzt zu sagen«, fährt Jordan fort, als hätte ich gar nicht den Mund aufgemacht. »Aber so ist es eben, Heather.« Er legt seine Hand über meine Finger, die sich um mein Bierglas geschlossen haben, dann blickt er mir ernst in die Augen. »Es tut mir wirklich weh, dir das sagen zu müssen, aber ich kann dich nicht auf meine Hochzeit morgen einladen.«

Ich blinzele ihn an. »Jordan«, sage ich, »ich …«

»Bitte, lass mich aussprechen.« Jordan drückt meine Hand. »Es ist nicht, weil ich dich nicht dabeihaben möchte, Heather. Es ist sogar mein größter Wunsch, dich dabeizuhaben. Du bist die Person, der ich am längsten am nächsten gestanden habe, und wenn ich jemanden am wichtigsten Tag meines Lebens neben mir haben möchte, dann bist du das.«

»Äh, Jordan«, sage ich, »ich bin geschmeichelt. Echt. Aber sollte die Person, die du an diesem Tag unbedingt neben dir haben willst, nicht …«

»Das ist natürlich Tania«, unterbricht Jordan mich.

»Genau«, sage ich. »Das meine ich doch. Sollte nicht Tania diejenige sein, die du an deiner Seite haben möchtest? Vor allem, wenn man bedenkt …«

»Nein, ich meine, doch. Tania möchte nicht, dass du dabei bist«, erwidert Jordan. »Nicht nach letzter Nacht. Sie war nicht besonders glücklich, als sie herausfand, dass ich die Nacht mit dir verbracht …«

»Du liebe Güte, Jordan!«, stoße ich hervor. Ich ziehe meine Hand unter seiner weg und werfe einen raschen Blick auf Sarah und Belinda, um mich zu vergewissern, dass sie nichts gehört haben. »Du hast die Nacht nicht mit mir verbracht! Du hast sie im Wohnzimmer deines Bruders auf der Couch verbracht!«

»Ich weiß«, erwidert Jordan. Immerhin besitzt er den Anstand, rot zu werden. »Aber Tania glaubt mir nicht. Sie denkt, du seiest immer noch in mich verliebt, und …«

»Ach, du liebe Güte!«, schreie ich los. »Warum glauben bloß alle, ich sei noch in dich verliebt? Das bin ich nicht! Ich habe mich in dem Moment entliebt, als ich hereinkam und Tania mit deinem …«

»Hey«, unterbricht mich Jordan und senkt den Kopf, weil die zwei Mathe-Typen interessiert zu uns herüberschauen. »Es besteht keine Notwendigkeit für eine solche Ausdrucksweise.«

»Aber im Ernst, Jordan«, fahre ich leiser fort, »ich habe schon aufgehört, dich zu lieben, als du auf Tournee in Japan warst und ständig all diese Tempel besichtigt hast. Allerdings waren es in Wirklichkeit gar keine Tempel, oder?«

Jordans Röte wird tiefer. »Nein. Ich hatte keine Ahnung, dass du es wusstest. Du hast nie etwas gesagt.«

Ich zucke mit den Schultern. »Was gab es da zu sagen? Außerdem habe ich gedacht, dass sich das schon wieder gibt. Aber es gab sich ja nicht.«

»Ich wusste ja nicht, dass eine Frau mit einem Ping-Pong-Ball so viel anstellen kann«, sagt Jordan verträumt.

»So, so«, erwidere ich spröde. »Na, zum Glück hat Tania ja viele Talente.«

Der Name seiner Verlobten holt ihn mit einem Schlag aus seiner Träumerei. Das hatte ich auch beabsichtigt.

»Es macht dir also wirklich nichts aus?«, erkundigt er sich besorgt. »Dass du nicht zur Hochzeit kommen kannst, meine ich.«

»Jordan, ich hatte nie die Absicht, zu deiner Hochzeit zu kommen. Erinnerst du dich? Ich habe es dir *gesagt*, und zwar mindestens fünf Mal.«

Wieder ergreift er meine Hand. »Heather«, sagt er und blickt mich aus blutunterlaufenen Augen eindringlich an. »Ich kann dir gar nicht sagen, wie viel mir das bedeutet. Es beweist, dass ich dir etwas bedeute, zumindest ein bisschen. Ich hoffe, du glaubst mir, wenn ich dir sage, wie leid es mir tut, dass alles so gekommen ist. Aber jetzt muss ich eine neue Seite in meinem Leben aufschlagen, mit meiner neuen Partnerin. Wenn es dich tröstet, kann ich dir versichern, dass auch du eines Tages jemanden finden wirst, mit dem du dein Leben teilen kannst, mit dem du …«

»Jordan«, sage ich und tätschele ihm die Hand. »Diesen Jemand *habe* ich bereits gefunden. Ihr Name ist Lucy.«

Jordan verzieht das Gesicht und lässt meine Hand los. »Ich meine einen Mann, Heather, keinen Hund. Warum musst du immer alles ins Lächerliche ziehen?«

»Ich weiß nicht«, erwidere ich seufzend. »Wahrscheinlich bin ich einfach so. Du hast Glück, dass du mir entkommen bist.«

Jordan schüttelt traurig den Kopf. »Du wirst nie wieder so werden wie damals, als wir uns kennen lernten. Damals warst du so süß. Zynismus kanntest du gar nicht.«

»Damals hatte mein Freund auch noch nicht das Gefühl, etwas zu verpassen, weil ich keine vaginalen Tricks mit einem Tischtennisball beherrschte«, gebe ich zurück.

»Das reicht«, sagt Jordan. Er zieht seine Jacke wieder an und steht auf. »Ich gehe dann mal. Bis, na ja, irgendwann mal.«

»Wenn du von der Hochzeitsreise zurück bist«, sage ich. »Wohin fahrt ihr überhaupt?«

Jordan weicht meinem Blick aus. »Nach Japan. Tania ist da auf Tournee.«

»Ah ja«, sage ich. »*Ja mata.*«

Mit finsterem Gesicht verlässt Jordan die Kneipe. Erst als er weg ist, dreht sich Sarah von der Theke um, im Fernseher läuft sowieso Werbung, und sagt: »Herr im Himmel. Was hast du am Schluss eigentlich zu ihm gesagt?«

Ich zucke mit den Schultern. »Leb wohl.«

26

My heart was like a broken book
My soul was torn, not worth a look
Then you found me, and I just knew
Dreams really could come true.

»Book«
Von Heather Wells

Nach diesem Tag freue ich mich auf einen Abend allein. Ich werde meine Gitarre hervorkramen und ein bisschen spielen, und dann den Kamin anmachen, mich auf die Couch legen und alle Fernsehsendungen anschauen, die ich während der Woche aufgenommen habe. Ich glaube, im Kühlschrank befindet sich noch ein Rest indisches Essen, und dann kann ich ein paar Samosas und etwas Nan zu mir nehmen, während ich mir die Wiederholungen von *America's Next Top Model* anschaue. Kann man seinen Freitagabend besser verbringen? Vor allem einen Freitagabend nach einer Woche voller Leichen und Verbindungsbrüder.

Als ich jedoch durch die Haustür komme, fällt mir ein, dass ich einen wesentlichen Faktor in meiner Planung nicht berücksichtigt habe.

Ich wohne ja jetzt mit meinem Vater zusammen.

Der Geruch in der Diele ist unmissverständlich. Jemand brät die Steaks, die ich auf dem Jefferson Market gekauft habe. Die Steaks, die ich für mich und Cooper gekauft habe, die ich aber bis jetzt noch nicht zubereiten konnte, weil, na ja, weil eben so viel passiert ist.

Ich schlüpfe aus meinem Mantel und schleiche in die Küche. Dad steht in einer Schürze vor dem Herd und brät meine Steaks in einer Eisenpfanne mit den Pilzen und Zwiebeln, die ich ebenfalls gekauft hatte. Er hat den Küchentisch für zwei gedeckt, mit Servietten, Kerzen und allem Drum und Dran. Lucy liegt in einem ihrer zahlreichen Hundekörbchen. Cooper bringt ständig neue mit, nicht ich. Er findet sie süß. Sie hebt den Kopf, als ich hereinkomme und wedelt mit dem Schwanz. Anscheinend war sie schon draußen.

»Na«, sage ich. Ich muss laut sprechen, weil aus Coopers Stereoanlage Bollywood-Musik dringt. »Erwartest du Besuch?«

Dad zuckt zusammen und dreht sich erschrocken um. Er trinkt eine von meinen Diet Cokes.

»Heather!«, schreit er. »Da bist du ja! Ich habe dich gar nicht kommen hören!«

Ich blicke finster auf die Steaks, ich kann nicht anders. Sie waren oben in meiner Wohnung in *meinem* Kühlschrank. Ich schließe ihn zwar nicht ab, aber ich schätze es auch nicht gerade, wenn fremde Männer darin herumschnüffeln.

Und Dad *ist* ein fremder Mann. Jedenfalls relativ gesehen.

»Ich hoffe, es macht dir nichts aus«, sagt Dad, der anscheinend bemerkt, wo ich hinblicke. »Ich habe mir gedacht, dass man sie besser braten sollte, weil sie sonst schlecht werden. Ich war in deiner Wohnung und habe die Nummer deiner Mutter gesucht.«

»Im *Kühlschrank*?«, frage ich.

»Ich wollte nur mal gucken, was du so isst«, erwidert er freundlich. »Ich habe das Gefühl, dich kaum zu kennen. Tut mir leid, aber waren die Steaks für eine besondere Gelegenheit gedacht? Dann hättest du sie besser ins Tiefkühlfach gelegt. Sie halten dann länger.«

Der Geruch nach gebratenem Fleisch und Zwiebeln ist köstlich. Mir wird ein bisschen schwindlig.

»Ich wollte sie aufheben, aber es ist egal«, sage ich traurig. Es ist deshalb egal, weil Cooper, zumindest laut Gavin, glaubt, ich sei immer noch schrecklich in seinen Bruder verliebt. Das wird sich auch nicht ändern, wenn ich für ihn Abendessen koche. Wahrscheinlich werde ich auf der Bühne Tischtennisbälle aus meiner Ying Yang schleudern müssen, bevor mir jemals jemand glaubt, dass ich über Jordan hinweg bin. Einschließlich Jordan.

»Na, das ist gut«, erwidert Dad. »Sie sind gleich fertig. Du magst dein Steak ein bisschen blutig, oder?«

Überrascht ziehe ich die Augenbrauen hoch. »Du ... du hast sie für mich gebraten?«

»Für wen denn sonst?« Dad wirft mir einen erstaunten Blick zu.

»Na ja.« Ich kaue an meiner Unterlippe. »Für eine Damenbekanntschaft vielleicht.«

»Heather, ich bin doch erst seit einer Woche aus dem Gefängnis«, sagt Dad. »Das ist ja wohl kaum genug Zeit für Damenbekanntschaften.«

»Na ja, dann für Cooper«, schlage ich vor.

»Cooper ist mit seinem jüngsten Fall beschäftigt«, erwidert Dad. »Leider musst du mit mir vorliebnehmen. Ich war mir zwar nicht sicher, wann du nach Hause kommst, aber ich habe dich ganz gut abgepasst, oder? Setz dich. Da steht auch eine Flasche Wein. Ich hoffe, es macht dir nichts aus, allein zu trinken. Ich bleibe lieber bei Coke.«

Schockiert lasse ich mich auf einen Stuhl sinken.

»Dad«, sage ich und blicke auf den sorgfältig gedeckten Tisch, »du musst kein Abendessen für mich machen. Und auch kein Frühstück.«

»Das ist doch das Mindeste, was ich tun kann«, sagt Dad. Er nimmt die Steaks aus der Pfanne und richtet sie mit den Zwiebeln und den Pilzen auf zwei Tellern an. »Sie müssen nur noch kurz ruhen«, erklärt er. »Dann sind sie saftiger. Und?« Er setzt sich mir gegenüber. »Wie war dein Tag?«

Ich blicke ihn an. Kurz gerate ich in Versuchung, ihm alles zu erzählen. *Eigentlich nicht so gut, Dad. Wir haben herausgefunden, was sie mit dem Rest von Lindsay Combs gemacht haben, und es war nicht schön. Anschließend habe ich eine Studentin misshandelt, und wenn meine Vorgesetzten das herausfinden, werde ich wahrscheinlich entlassen.*

Laut sage ich jedoch: »Ganz gut. Und wie war es bei dir?«

»Gut, gut«, erwidert Dad. »Ich musste in Coopers Auftrag einen Mann verfolgen, von seinem Büro zum Mittagessen und wieder zurück ins Büro.«

Ich ziehe die Augenbrauen hoch. Ob ich jetzt wohl endlich erfahre, was Cooper den ganzen Tag über so macht?

»Wirklich? Wer hat ihn denn engagiert, damit er dem Typen folgt? Was soll er getan haben?«

»Oh, das darf ich dir nicht erzählen«, erwidert Dad freundlich. »Hier.« Er schenkt mir ein Glas Rotwein ein und reicht es mir.

»Aber ich arbeite doch auch in dem Unternehmen«, wende ich ein. »Das Kunde-Detektiv-Privileg gilt auch für mich.«

»Oh, das glaube ich nicht.« Dad schüttelt den Kopf. »Cooper hat mir ausdrücklich verboten, dir etwas zu erzählen.«

»Das ist nicht fair!«, schreie ich.

»Er hat gesagt, dass du das sagen würdest. Tut mir leid, Liebes. Aber es scheint ihm wirklich lieber zu sein, wenn du nichts weißt. Ich glaube, das liegt an deiner Neigung, dich in Situationen zu bringen, aus denen du dich lieber heraushalten solltest. So wie dieser Mord in deinem Heim. Ich glaube, die Steaks sind jetzt gut.«

Dad springt auf, um die Teller zu holen. Ich trinke einen Schluck Wein und blicke finster in die Kerzenflammen.

»Studentenwohnheim«, sage ich, als er die Teller mit den perfekt gebratenen Steaks auf den Tisch stellt.

»Wie bitte?«

»Es ist ein Studentenwohnheim«, sage ich. »Kein *Heim*. Das klingt nicht nach der Wärme und Geborgenheit, die wir anstreben. Na ja, von dem sinnlosen Morden mal abgesehen.« Ich schneide ein Stück Fleisch ab und stecke es in den Mund. Himmlisch. Perfekt mariniert.

»Ich verstehe«, erwidert Dad. »Deshalb haben wir auch Eglin als Camp bezeichnet und nicht als das, was es war – ein Gefängnis.«

»Genau«, sage ich und trinke einen Schluck Wein.

»Und, wie schmeckt dir dein Steak?«, fragt Dad.

»Großartig«, erwidere ich und trinke noch einen Schluck Wein. »Okay, wir tauschen also höfliche Bemerkungen über unseren Arbeitsplatz oder über die Haft aus. Worum geht es in Wirklichkeit? Warum bist du hier, Dad? Es kann doch nicht daran liegen, dass du nirgendwo anders unterkommst. Ich weiß doch, dass du viele reiche Freunde hast, an die du dich wenden könntest. Und dieses ›Ich möchte meine Tochter besser kennen lernen‹, Entschuldigung, Dad, aber das kaufe ich dir nicht ab. Also, informier mich bitte, was dahintersteckt. Und denk daran, dass ich dir über bin.«

Dad legt seine Gabel hin und stößt einen Seufzer aus. Dann trinkt er einen Schluck Diet Coke und sagt: »Du bist so sehr wie deine Mutter, das ist schon unheimlich.«

Wie immer, wenn er so etwas sagt, möchte ich am liebsten widersprechen. Aber dieses Mal halte ich mich zurück.

»Ja, wir wissen schon, dass du das glaubst«, sage ich. »Darauf brauchen wir jetzt nicht weiter einzugehen. Warum hast du heute in meiner Wohnung nach Moms Nummer gesucht?«

»Weil ich seit einigen Jahren eine Art Programm verfolge«, sagt Dad. »Wenn man gewisse Schritte unternimmt, kann man am Ende spirituelle Erleuchtung erlangen. Und einer dieser Schritte ist, dass man sich mit denen aussöhnen muss, die man verletzt hat. Deshalb wollte ich deine Mutter anrufen, um alles wiedergutzumachen.«

»Dad«, sage ich. »Mom hat dich *verlassen.* Meinst du nicht, *sie* müsste etwas wiedergutmachen? Bei uns beiden?«

Dad schüttelt den Kopf. »Ich habe deiner Mutter bei der Hochzeit versprochen, sie zu lieben und zu unterstützen, und zwar nicht nur emotional, sondern auch finanziell, vor allem, während sie zu Hause war und dich großzog. Als ich ins Gefängnis ging, konnte ich meinen Teil dieses Abkommens nicht mehr einlösen. Es ist eigentlich meine

Schuld, dass deine Mutter dich auf die Straße schicken musste, damit ihr zwei leben konntet.«

»Ja, klar«, erwidere ich sarkastisch. »Sie konnte nicht als Empfangsdame bei einem Arzt arbeiten, weil sie ihr schrecklich musikalisches Kind den Menschenmengen in Einkaufszentren vorführen musste.«

Dad schnalzt verweisend mit der Zunge.

»Heather«, sagt er, »jetzt versuch nicht, die Geschichte neu zu schreiben. Du bist gerne aufgetreten. Wir bekamen dich praktisch nicht von der Bühne herunter. Du kannst mir glauben, dass ich es versucht habe. Deine Mutter hat nur ihre Pflicht getan, und du hast dich nie beschwert.«

Ich lege ebenfalls meine Gabel beiseite. »Dad, ich war elf. Glaubst du wirklich, dass ich in dem Alter schon allein Entscheidungen treffen konnte?«

Dad blickt auf seinen Teller. »Na ja, dieses Thema musst du mit deiner Mutter ausdiskutieren. Damals war ich schon nicht mehr aktiv an deiner Erziehung beteiligt.«

»Das stimmt«, erwidere ich. Na ja, als ob ich jemals Gelegenheit hätte, mit Mom etwas »auszudiskutieren«. Am Telefon ist das ein bisschen schwierig. Dad aber hatte es anscheinend ernsthaft vor. »Und? Hast du die Nummer gefunden?«

»Ja«, sagt Dad. »Sie war in deinem Adressbuch. Ein paar von den Adressen darin sind ziemlich alt. Du solltest dir mal ein neues Buch anlegen. Wenn du willst, kann ich das morgen für dich machen.«

Ich ignoriere sein Angebot.

»Hast du sie angerufen?«

»Ja«, sagt Dad.

»Und hast du dich entschuldigt?«

»Ich habe es versucht«, sagt Dad, »aber wie du ja weißt,

kann deine Mutter sehr schwierig sein. Sie hat sich einfach geweigert zuzugeben, dass ich sie überhaupt verletzt habe. Im Gegenteil, sie hat mich, wie du eben, daran erinnert, dass sie *mich* verlassen hat, und wenn sich jemand entschuldigen müsste, dann sei sie das. Aber sie käme gar nicht auf die Idee, weil sie der Meinung sei, ich hätte es nicht besser verdient.«

Ich nicke. »Ja, du hast Recht, das klingt nach Mom. Im Übrigen tut es echt weh, wenn du mir immer sagst, ich sei genauso wie sie. Wenn du versuchen würdest, dich bei mir zu entschuldigen, wäre ich viel entgegenkommender als sie.«

»Nun, gut zu wissen«, erwidert Dad. »Du bist nämlich die Nächste auf meiner Liste.«

Ich zucke mit den Schultern. »Entschuldigung angenommen.«

»Ich habe doch noch gar nichts gesagt.«

»Doch«, erwidere ich. »Dieses Abendessen reicht schon aus. Es ist so köstlich!«

»Dieses Abendessen reicht überhaupt nicht aus«, sagt Dad. »Du hast in den wichtigen Jahren des Heranwachsens praktisch keine Vaterfigur gehabt. Eine solche Verletzung heilt man nicht mit einem einzigen gebratenen Steak.«

»Na ja«, erwidere ich, »da du ja jetzt hier wohnst, kannst du es vielleicht mit vielen gebratenen Steaks gutmachen. Vielleicht jeden Freitagabend oder so. Obwohl du vielleicht die Speisenfolge auch mal ein bisschen variieren möchtest. Ich mag übrigens auch gerne Schweinekoteletts. Oh, und Brathühnchen.«

»Heather«, sagt mein Vater traurig. »Essen ist nicht das richtige Heilmittel für den Schaden, den ich dir zugefügt habe. Ich weiß, dass du von allen Menschen, die ich verletzt habe, indem ich das Gesetz übertreten habe, am meisten gelitten hast. Ich habe dich mit deiner Mutter allein gelassen, die dich auf Tournee durch die Einkaufszentren geschickt hat. Und selbst wenn es dir gefallen hat, darf ein Kind nicht so aufwachsen, in einem Wohnwagen von Einkaufszentrum zu Einkaufszentrum, ausgebeutet von der eigenen Mutter, die eigentlich nur dein Bestes im Sinn haben sollte.«

»Es hat mehr Spaß gemacht, als zur Schule zu gehen«, entgegne ich. »Und wie du schon bemerkt hast, es war damals schwer, mich von der Bühne zu holen.«

»Aber du hast die normalen Freuden einer Kindheit nie kennen gelernt. Ich glaube, dass du teilweise deshalb heute so bist, wie du bist.«

Ich starre ihn an. »Was gibt es an mir auszusetzen?«, frage ich.

»Nun ja, zum einen bist du beinahe dreißig und hast weder Mann noch Kinder. Anscheinend ist dir nicht klar, dass Familie das Wichtigste auf der Welt ist, nicht deine Gitarre, auf der du nachts immer zupfst, und auch nicht dein Job. *Familie,* Heather. Glaub es mir: Ich weiß, wovon ich rede, weil ich meine verloren habe.«

Ich lege meine Gabel beiseite und sage sanft: »Heutzutage gibt es viele verschiedene Formen von Familie, Dad. Sie bestehen nicht nur aus einem Mann, einer Frau und Kindern. Manche bestehen aus einem Mädchen, einem Hund, ihrem Dad, ihrem besten Freund und den Leuten, mit denen sie zusammenarbeitet. Ganz zu schweigen vom Drogendealer um die Ecke. Gehört nicht jemand, den man mag, automatisch zur Familie?«

»Aber machst du dir denn keine Gedanken darüber«,

fährt Dad fort, nachdem er diese Information verdaut hat, »dass im Alter mal niemand für dich sorgt, wenn du keine Kinder hast?«

»Nein«, erwidere ich. »Ich könnte ja auch Kinder haben, die mich hassen. Ich habe Freunde, die sich jetzt um mich kümmern, also werde ich wahrscheinlich auch im Alter noch Freunde haben. Wir werden füreinander da sein. Und in der Zwischenzeit zahle ich so viel wie möglich in meine Altersvorsorge ein.«

Dad blickt mich an, und ich stelle besorgt fest, dass in seinen Augen Tränen schimmern.

»Das ist gut durchdacht, Heather«, sagt er. »Vor allem spüre ich, dass diese sogenannten Familienmitglieder, die du hast, netter zu dir gewesen sind als deine tatsächlichen Blutsverwandten.«

»Na ja«, erwidere ich, »zumindest hat keiner von ihnen mein Geld gestohlen und ist damit außer Landes geflohen. Jedenfalls noch nicht.«

Dad erhebt seine Dose mit Diet Coke. »Darauf sollten wir trinken«, sagt er. Ich stoße mit meinem Weinglas mit ihm an. »Dann macht es dir also wirklich nichts aus, dass ich hier bin und versuche, alles wiedergutzumachen, auch wenn du sagst, das brauche ich nicht?«

»Nein, es ist mir egal«, erwidere ich, »solange du nicht von mir erwartest, dass ich für dich sorge, wenn du alt bist. Ich habe nämlich kaum genug Geld, um mich selber zu erhalten, geschweige denn einen betagten Vater.«

»Was hältst du denn davon«, fragt Dad, »wenn wir übereinkommen, uns gegenseitig nur emotional zu unterstützen?«

»Das ist eine gute Idee«, sage ich und spieße mein letztes Stück Fleisch auf.

»Anscheinend kann ich jetzt den Salat servieren«, sagt Dad. Er steht auf und geht zum Kühlschrank, aus dem er die Salatschüssel holt, in die Jordan zum Glück nicht gekotzt hat. Er hat einen gemischten Blattsalat mit Kirschtomaten und sehr zu meiner Freude mit Croutons gemacht.

»Hoffentlich magst du Dressing mit Blauschimmelkäse«, sagt Dad. Ohne meine Antwort abzuwarten (aber im Ernst, wer mag Dressing mit Blauschimmelkäse nicht?) fährt er fort: »So, und jetzt zu dir und Cooper.«

Ich verschlucke mich fast am Wein.

»Das ist nur meine Meinung«, sagt Dad, »und ich muss zugeben, dass ich schon lange kein Date mehr hatte. Aber wenn du wirklich in romantischer Hinsicht mit ihm Fortschritte machen möchtest, dann würde ich vorschlagen, dass du nicht so viel Zeit mit seinem jüngeren Bruder verbringst. Mir ist natürlich klar, dass du schrecklich lange mit Jordan zusammen warst und es sicher schwer ist loszulassen. Aber bei Cooper spüre ich doch einige Vorbehalte seiner Familie gegenüber, und wenn ich du wäre, würde ich mich ein wenig von ihnen fernhalten. Vor allem von Jordan.«

Ich esse den Salat, den er mir auf den Teller getan hat.

»Prima, Dad«, sage ich, »danke für den Tipp.« Was soll ich sonst sagen? Ich werde auf gar keinen Fall mit meinem *Dad* mein Liebesleben oder den Mangel daran erörtern.

Er scheint das jedoch nicht zu merken, denn er redet einfach weiter.

»Wenn Jordan erst einmal verheiratet ist, und Cooper merkt, dass du über ihn hinweg bist, dann wirst du viel bessere Chancen bei ihm haben.« Dad setzt sich wieder und isst ebenfalls Salat. »Es kann allerdings nichts schaden, wenn du morgens ein bisschen freundlicher wärst.«

Ich esse noch mehr Salat. »Gut«, erwidere ich. »Ich werde an deinen Rat denken.«

»Allerdings glaube ich, dass du gestern Nacht einen recht positiven Eindruck hinterlassen hast«, meint Dad.

Ich höre auf zu kauen. »Gestern Nacht? Als Cooper mich dabei erwischt hat, wie ich seinen sturzbetrunkenen Bruder ins Haus geschleppt habe?«

»Nein«, sagt Dad liebenswürdig. »Ich dachte eher an die Tatsache, dass du einen Rock getragen hast. Das solltest du öfter tun. Junge Männer sehen es gerne, wenn ein Mädchen einen Rock trägt. Ich habe gesehen, wie Cooper dich angestarrt hat.«

Ich erkläre meinem Dad nicht, dass Cooper mich wahrscheinlich nur angestarrt hat, weil der Rock so kurz war, dass ich aussah wie eine Nutte. Wahrscheinlich musste er sich das Lachen verkneifen.

Solche Dinge kann man seinem Vater nicht sagen.

»Ich habe dich übrigens gar nicht gefragt«, sagt Dad eine Weile später beim Dessert (DoveBars, natürlich), »ob du heute Abend etwas vorhast? Halte ich dich von etwas ab?«

»Nur von *America's Next Top Model*«, erwidere ich.

»Was ist das?«, fragt Dad unschuldig.

»O Dad«, sage ich. Und dann zeige ich es ihm. Ich meine, wenn er wirklich etwas wiedergutmachen will, dann ist es ein hervorragender Start, mit mir zusammen ANTM zu gucken.

27

Don't count me out
Who's counting?
I won't be numbered
I'm not wasting breath
I'm not going under.

»Drowning«
Von Heather Wells

Nach der vierten Episode von ANTM hintereinander ist Dad eingeschlafen. Ich glaube nicht, dass ich ihm das übelnehmen kann. Während Frauen es faszinierend finden, hübschen Mädchen dabei zuzuschauen, wie sie komplizierte Gedankenspiele spielen – wie heute in der Cafeteria mit Cheryl und Kimberly –, hält der durchschnittliche heterosexuelle Mann nur wenige Stunden durch, ehe er, wie Dad und Pattys Mann Frank, vor Langeweile umfällt.

Er wacht nicht einmal auf, als das Telefon klingelt. An Yoga ist wahrscheinlich wirklich was dran, zumindest schläft man so tief und fest, dass nicht einmal das Klingeln des Telefons einen aufwecken kann.

»Hallo?«, flüstere ich. Auf dem Display steht *Unbekannte Nummer.*

»Hallo, Heather?«, sagt eine vage vertraute Männerstimme.

»Ja«, erwidere ich. »Wer spricht da?«

»Na, wer schon«, sagt die Stimme. »Wer würde dich denn schon am Freitagabend anrufen?«

Ich überlege. Eigentlich wüsste ich außer Patty niemanden, der mich um diese Uhrzeit anrufen würde. Allerdings wohnt ja jetzt diese strenge Nanny bei ihr, da würde sie bestimmt nicht mehr so spät zum Hörer greifen.

Außerdem hat Patty keine Männerstimme.

»Ist dort…« Ich weiß, es klingt lächerlich, aber ich sage es trotzdem. »Tad Tocco? Es tut mir leid, dass ich Sie nicht früher zurückgerufen habe, aber ich hatte so viel zu tun.«

Ich höre herzliches Lachen. Wer immer am anderen Ende der Leitung ist, amüsiert sich prächtig. Sofort denke ich an Studenten.

Betrunkene Studenten.

»Nein, hier ist nicht Tad«, sagt die Stimme. »Ich bin ein Freund von dir von gestern Abend. Sag bloß nicht, dass du dich nicht an mich erinnerst.«

Auf einmal fallen mir diese eisblauen Augen wieder ein.

Alles Blut scheint aus meinen Gliedmaßen zu weichen. Ich sitze da wie erstarrt, eingerahmt von meinem schlafenden Dad auf der einen und der schlafenden Lucy auf der anderen Seite.

»Hallo, Steve«, bringe ich mühsam hervor. Meine Lippen sind ganz taub. »Woher hast du meine Nummer?«

»Du willst wissen, woher ich deinen Nachnamen weiß, sodass ich sie nachschauen konnte?« Steve lacht. »Das hat mir ein Vögelchen gesagt. Willst du mit ihm sprechen? Es steht direkt neben mir.«

Dann höre ich Gavin McGoren ins Telefon fluchen, stetig und mit viel Fantasie. Sein Vokabular hätte ich sowieso überall erkannt, weil Gavin es immer von sich gegeben hat, wenn ich ihn beim Lift-Surfen erwischt habe.

Dann höre ich ein klatschendes Geräusch, wie Haut auf Haut, und eine Sekunde später sagt Steve: »Sag es ihr, verdammt noch mal. Sag ihr, was wir dir aufgetragen haben.«

»Fick … dich«, ist Gavins Reaktion. Ich höre Kampfgeräusche und noch mehr Klatschen. Als Steves Stimme wieder ertönt, ist er außer Atem.

»Na ja, du kannst es dir wohl vorstellen«, sagt er. »Wir feiern schon wieder eine Party. Dieses Mal bist du tatsächlich eingeladen. Damit wir auch sicher sein können, dass du auftauchst, haben wir uns deinen Freund Gavin schon mal geschnappt. Wenn du nicht genau tust, was ich dir sage, wird er körperlichen Schaden erleiden. Das willst du doch sicher nicht, oder?«

Ich bin so entsetzt, dass ich kaum Luft bekomme. »Nein«, sage ich.

»Das habe ich mir doch gedacht. Also, pass auf: Du kommst her. Allein. Wenn du die Bullen rufst, verletzen wir ihn. Wenn du nicht erscheinst, werden …«

»Heather, nicht …«, brüllt Gavin, wird aber rasch zum Schweigen gebracht.

»… werden wir ihm sehr, sehr weh tun«, beendet Steve seinen Satz. »Kapiert?«

»Ja, kapiert«, erwidere ich. »Ich komme. Aber wo ist er? Im Tau-Phi-Haus?«

»Bitte.« Steve klingt gelangweilt. »Wir sind *hier*, Heather. Ich glaube, du weißt schon, wo.«

»In der Fisher Hall«, sage ich. Aus den Fenstern meines

Wohnzimmers blickt man auf die Rückseite des zwanzigstöckigen Gebäudes, in dem ich arbeite. Nach den Studentenwohnheim-Standards des New York College ist es noch früh, und die meisten Fenster sind hell erleuchtet, da die Studenten sich fürs Ausgehen bereit machen, ohne zu ahnen, dass sich in der verschlossenen und abgesperrten Cafeteria im Parterre gerade etwas Unaussprechliches ereignet.

Auf einmal ist es mir nicht mehr kalt. Ich werde wütend. Wie können sie es wagen? Wirklich, wie kommen sie auf die Idee, dass sie *noch einmal* ungestraft davonkommen? Glauben sie im Ernst, ich würde einfach zuschauen, wie sie Fisher Hall in den Todestrakt verwandeln?

Ja, okay, vielleicht ist es das ja schon. Aber ich werde nicht zulassen, dass es so bleibt.

»Heather?« Steves Stimme dringt warm an mein Ohr. Es ist erstaunlich, wie charmant psychopathische Killer sein können, wenn sie sich Mühe geben. »Bist du noch da?«

»Oh, ich bin hier«, erwidere ich. »Und ich komme gleich herüber.«

»Gut«, erwidert Steve erfreut. »Wir freuen uns darauf, dich zu sehen. Denk daran, ich habe gesagt, allein.«

»Keine Sorge«, versichere ich ihm. »Ich komme allein.« Als ob mir jemand dabei helfen müsste, Steve Winer in seinen mageren Arsch zu treten. Es ist eine schlechte Entscheidung von ihm, mich auf meinem eigenen Territorium herauszufordern. Er mag ja mit so einem kleinen Mädchen wie Lindsay fertig geworden sein, ohne erwischt zu werden, aber wenn er glaubt, er könne mich ohne Kampf erledigen, dann hat er sich geschnitten. Ich werde so viel Krach schlagen, dass das gesamte Gebäude an den Türen zur Cafeteria zusammenströmen wird!

Außerdem ist er, genau wie sein Bruder, nicht gerade der Hellste.

»Gut«, sagt Steve. »Denk daran. Keine Bullen, sonst ist dein Freund ein toter Mann.«

Ich höre einen Schlag und dann einen Schrei. Der Schrei kommt von Gavin.

Mir ist klar, dass Steve Winer zwar nicht besonders schlau sein mag, aber ich darf ihn auf keinen Fall unterschätzen.

Als ich auflege, blinzelt mein Vater mich verschlafen an.

»Heather?«, fragt er. »Was ist los?«

»Im Heim ist irgendwas los«, sage ich und schreibe ihm die Nummer auf einen Zettel. »Ich meine, im Studentenwohnheim. Irgendetwas Schlimmes. Ruf bitte diese Person an und sag ihm, er soll so schnell wie möglich dorthin kommen. Sag ihm, ich sei in der Cafeteria. Und er soll Verstärkung mitbringen.«

Dad betrachtet die Nummer. »Wohin gehst du?«

»Ich gehe in die Fisher Hall«, erwidere ich und nehme meinen Mantel. »Ich bin so schnell wie möglich wieder zurück.«

Dad wirkt verwirrt. »Das gefällt mir nicht, Heather«, sagt er. »Sie bezahlen dir nicht genug dafür, dass du auch noch mitten in der Nacht dahin läufst.«

»Wem sagst du das?«, erwidere ich und bin aus der Tür.

Der Weg bis zur Fisher Hall ist mir noch nie so lang vorgekommen. Obwohl ich beinahe renne, scheint es ewig zu dauern. Zum Teil liegt es sicher daran, dass ich die glatten Stellen auf dem Bürgersteig umgehen muss, aber zum Teil auch daran, dass mir das Herz bis zum Hals schlägt. Wenn sie Gavin etwas getan haben, wenn sie ihm auch nur ein Haar gekrümmt haben.

Ich achte so sehr auf meine Schritte, dass ich Reggie erst bemerke, als ich auf ihn pralle.

»Hey, kleine Dame«, schreit er, als wir zusammenstoßen. »Wohin bist du denn mitten in der Nacht so eilig unterwegs?«

»Du liebe Güte, Reggie«, sage ich und ringe nach Luft. »Gehst du denn nie nach Hause?«

»Freitagnacht ist meine beste Zeit«, erwidert Reggie. »Heather, was ist los? Du bist so weiß wie, na ja, wie ein weißes Mädchen.«

»Die Typen«, keuche ich, »von denen ich dir erzählt habe. Sie haben einen meiner Studenten. In der Cafeteria. Wenn ich mich nicht beeile, tun sie ihm etwas.«

»He, he, he!« Reggie packt mich an beiden Armen und hält mich fest. »Im Ernst? Heather, meinst du nicht, du solltest die Polizei rufen?«

»Das habe ich doch getan!« Ich reiße mich los. »Mein Dad ruft sie an. Aber in der Zwischenzeit muss jemand was tun.«

»Und warum musst du das unbedingt sein?«, will Reggie wissen.

Aber ich habe mich bereits aus seinem Griff befreit und renne über den frisch geräumten Gehweg.

Als ich die Tür zur Fisher Hall aufreiße, lüftet sich das Geheimnis, wie Doug und seine Verbindungsbrüder ganz zu schweigen von seinem echten Bruder in das Gebäude kommen konnten, um Lindsay umzubringen, ohne dass sie eingetragen worden sind.

»Sie!«, schreie ich. Es ist der griesgrämige, alte Wachmann von Waverly Hall.

»Ausweis«, sagt er. *Er erkennt mich noch nicht mal.*

»Sie waren gestern Abend in Waverly Hall«, keuche ich und zeige anklagend mit dem Finger auf ihn.

»Ja«, erwidert er schulterzuckend. »Da bin ich auch normalerweise. Aber ich mache auch Vertretungen, so wie hier heute Abend. Ich muss erst Ihren Ausweis sehen, bevor ich Sie hineinlassen kann.«

Ich klappe meine Brieftasche auf, um ihm meinen Personalausweis zu zeigen. »Ich bin die stellvertretende Leiterin dieses Wohnheimes«, sage ich zu ihm. »Ich weiß, dass Sie heute Abend eine Gruppe Tau-Phis hier hereingelassen haben, ohne dass sie sich eintragen mussten. Und an dem Montag, als sie einen Mord begangen haben, haben Sie es ebenfalls gemacht.«

Der griesgrämige, alte Wachmann, auf seinem Namensschild steht Curtiss, grunzt. »Davon weiß ich nichts«, sagt er mürrisch.

»Ja«, erwidere ich. »Sie werden es gleich merken. Rufen Sie bitte den Leiter des Studentenwohnheims oben in seiner Wohnung an, und sagen Sie ihm, er soll in die Cafeteria kommen. Und wenn die Polizei kommt, schicken Sie sie auch dorthin.«

»Polizei?« Curtiss wirft mir einen erschreckten Blick zu. »Was …«

Aber ich laufe bereits an ihm vorbei.

Allerdings gehe ich nicht durch den Haupteingang in die Cafeteria. Ich werde doch nicht blindlings in ihre Falle tappen. Stattdessen laufe ich den Gang entlang, vorbei an meinem Büro, am Büro der Studentenvertretung – geschlossen, wie immer – zum Hintereingang der Küche. Auch diese Tür ist verschlossen.

Aber ich habe ja einen Generalschlüssel. Ich ziehe ihn

aus der Tasche, nehme meine Dose Pfefferspray in die andere Hand und schließe so leise wie möglich auf.

In der Küche ist es dunkel. Wie ich erwartet hatte, sind sie im Speisesaal. In der Küche haben sie niemanden postiert. Sie haben noch nicht einmal das Licht hier angemacht. Amateure.

Angestrengt lauschend schleiche ich vorwärts. Aus dem Speisesaal dringt das Murmeln männlicher Stimmen. Dort ist auch Licht, allerdings haben sie nicht die Deckenbeleuchtung eingeschaltet. Nein, es ist eine Art flackernde Lampe, eine Taschenlampe?

Oder Kerzenflammen?

Wenn sie dort drinnen Kerzen angezündet haben, kriegen sie aber Probleme. Das ist im Studentenwohnheim nicht erlaubt.

Ich weiß nicht genau, wie ich vorgehen soll. Am besten schleiche ich mich so dicht wie möglich an die Essensausgabe heran und versuche von dort aus, etwas zu erkennen. Dann schleiche ich mich zurück und erstatte Detective Canavan, der ja jeden Moment kommen muss, Bericht. Dann weiß er wenigstens ungefähr, mit wie vielen Personen er rechnen muss.

Ich krabbele hinter den Dampftischen entlang, wobei ich denke, dass ich mal ein ernsthaftes Wort mit Gerald reden muss, weil es hier hinten einfach eklig ist. Die Knie meiner Jeans sind schon ganz schmutzig, dann ertasten meine Finger auch noch etwas Pelziges, das mit einem Quietschen davon hüpft.

Beinahe hätte ich laut aufgeschrien.

Zum Glück nur beinahe. Der Anblick, der sich mir bietet, als ich hinter den Dampftischen hervorspähe, erschreckt mich.

Ungefähr ein Dutzend Gestalten in Kapuzengewändern, so ähnlich wie Mönchsroben, nur blutrot, stehen um einen der Esstische herum, den sie von seinem normalen Platz weggeholt und mitten in den Saal geschoben haben. Er ist von einer ebenfalls blutroten Tischdecke bedeckt, auf der verschiedene Gegenstände liegen, die ich nicht erkennen kann, weil ich zu weit weg bin. Einer davon muss jedenfalls ein Kerzenleuchter sein, weil das flackernde Licht tatsächlich von Kerzen stammt.

Weiter vorne sitzt an der Seite eine Gestalt, die mit den Handgelenken an einen Stuhl gefesselt ist. Es ist Gavin, er hat Klebeband über dem Mund.

Das wird ganz schön weh tun, wenn ich es ihm abziehe, vor allem an seinem Ziegenbärtchen.

Natürlich weiß ich sofort, was das alles zu bedeuten hat, schließlich gucke ich ja regelmäßig Fernsehen. Es ist eine Art Initiationsritual der Bruderschaften, wie in diesem Film *The Skulls*.

Das will ich gar nicht sehen. Gavin scheint in Ordnung zu sein, zumindest ist er im Moment nicht akut in Gefahr. Ich beschließe, mich zurückzuziehen und auf Verstärkung zu warten.

Rückwärts krieche ich zur Küche, dabei bleibe ich mit der Manteltasche an einer Mixschüssel aus Stahl hängen, die viel zu tief im Regal steht. Klappernd fällt sie auf den schmutzigen Boden, und auf einmal stehen ein Paar Adidas vor mir, die unter dem Saum eines roten Gewands hervorlugen.

»Was haben wir denn da?«, sagt eine tiefe männliche Stimme. Dann legt mir jemand die Hände unter die Achseln und zieht mich hoch.

Natürlich lasse ich das nicht widerspruchslos über mich

ergehen. Ich hebe den Arm, um Pfefferspray unter die Kapuze zu sprühen, aber die Dose wird mir aus der Hand geschlagen. Da ich Timberlands trage, das geeignete Schuhwerk für eine unerschrockene stellvertretende Studentenwohnheim-Leiterin, ziele ich mit den Stahlkappen auf das Schienbein des Typen und höre ihn heftig fluchen.

Leider lässt er mich jedoch nicht los, es kommt ihm sogar noch ein weiterer Junge zu Hilfe. Außerdem fallen noch mehr Stahlschüsseln aus dem Regal und machen einen Höllenlärm.

Das kommt mir gerade recht. Alle im Gebäude sollen angerannt kommen. Ich fange aus Leibeskräften an zu schreien, während sie mich zu dem Tisch schleppen, der in der Mitte des Saals steht.

Ich höre erst auf zu schreien, als Steve Winer – ich glaube zumindest, dass er es ist; er ist der Größte und hat eine elegante Goldkante um die Kapuze seiner Robe, wie es dem Präsidenten einer Verbindung zusteht – auf Gavin zutritt und ihm mit einer Art Zepter so fest ins Gesicht schlägt, dass sein Kopf zurückfliegt.

Eine Minute lang bewegt Gavin sich nicht, aber dann wendet er mir sein Gesicht zu, und ich sehe den blutenden Schnitt auf seiner Wange. Seine Augen lodern vor Wut. Die Tränen laufen ihm übers Gesicht.

»Hör auf zu schreien«, sagt Steve und zeigt auf mich.

»Sie hat mich auch getreten«, erklärt Adidas, der neben mir steht.

»Getreten wird auch nicht mehr«, fügt Steve hinzu. »Wenn du noch mal trittst und schreist, schlage ich den Kleinen hier noch mal. Kapiert?«

Mit relativ ruhiger Stimme erwidere ich: »Jede Minute

wird die Polizei hier sein. Du hast mir zwar gesagt, ich soll sie nicht anrufen, aber … zu spät.«

Steve schiebt seine Kapuze zurück, damit er mich besser sehen kann. Die einzige Lichtquelle, es ist wirklich ein Kandelaber, der mitten auf dem behelfsmäßigen Altar steht, ist nicht wirklich hell, aber ich kann seinen Gesichtsausdruck trotzdem erkennen. Er wirkt nicht besonders alarmiert.

Das jagt mir Angst ein.

Tatsächlich wird eine Sekunde später die Schwingtür zur Cafeteria aufgerissen, und Crusty Curtiss kommt hereingeschlurft. Er verzieht wütend das Gesicht. In der Hand hält er ein halb aufgegessenes Sandwich.

»Kannst du nicht dafür sorgen, dass sie das Maul hält?«, sagt er in gereiztem Tonfall zu Steve. »Die Leute fragen alle, was zum Teufel hier eigentlich los ist?«

Ich starre ihn entsetzt an. Steve gluckst, als er meinen Gesichtsausdruck sieht.

»O ja«, sagt er. »Es gibt überall auf der Welt loyale Tau-Phis. Sogar als Wachleute auf großen städtischen Colleges.«

»Es sind ein paar Bullen da gewesen«, sagt Curtiss zu mir. Er hat von seinem Sandwich abgebissen und spricht jetzt mit vollem Mund. »Ich habe ihnen gesagt, ich hätte keine Ahnung, wovon sie reden. Ich sei schon den ganzen Abend hier, hätte dich aber nicht gesehen. Da sind sie wieder abgezogen. Sie kamen mir ziemlich angesäuert vor. Ich glaube nicht, dass sie noch mal wiederkommen.«

Ich werfe ihm einen finsteren Blick zu. »Sie sind gefeuert«, sage ich.

Curtiss lacht. Er scheint sich prächtig zu amüsieren.

»Gefeuert«, sagt er. »Ja, klar.«

Dann dreht er sich um und schlurft wieder an seinen Arbeitsplatz.

Ich blicke Steve an. »Okay«, sage ich. »Lass es uns zu Ende bringen. Aber Gavin solltest du gehen lassen. Schließlich hast du mit mir Probleme, nicht mit ihm.«

»Wir haben überhaupt keine *Probleme*«, erwidert Steve höflich. »Mit keinem von euch beiden.«

»Ach so.« Ich blicke auf die versammelten Tau-Phis und überlege, welcher wohl Doug ist. »Was mache ich dann hier?«

»Oh, habe ich das nicht schon am Telefon erklärt?«, will Steve wissen. »Vermutlich habe ich das vergessen.« Er tritt an den Tisch und ergreift ein langes, verziertes Messer. Der Griff ist aus Gold und mit Halbedelsteinen besetzt.

Die Klinge jedoch sieht äußerst scharf aus.

»Anwärter«, sagt Steve, »es ist Zeit.«

Aus dem Schatten treten sechs weitere vermummte Gestalten, die anscheinend an Magdas Registrierkasse gewartet haben.

»Zeit für was?«, frage ich neugierig.

»Für die Initiation«, erwidert Steve.

28

No one seems to care anymore
Hiding away, shut behind a door
Never coming out to see the light of day
I don't want to live my life that way.

»Untitled«
Von Heather Wells

»Oh, du machst dich über mich lustig«, sage ich angewidert.

»Anwärter«, sagt Steve, ohne mich zu beachten. »Ihr bekommt jetzt die Gelegenheit, eure Ergebenheit gegenüber dem Haus Tau Phi Epsilon zu beweisen.«

»Im Ernst«, werfe ich ein. »Das ist blöder Quatsch.«

Steve wirft mir einen Blick zu. »Wenn du nicht endlich den Mund hältst«, sagt er, »erledigen wir zuerst deinen Freund, dann dich.«

Ich blinzele. Ich will ja still sein, bestimmt. Aber …

»Gavin ist nicht mein Freund«, sage ich. »Und mal ganz im Ernst. Findest du nicht auch, dass genug getötet worden ist?«

»Äh.« Einer der Anwärter schiebt seine Kapuze zurück. Erstaunt sehe ich, dass darunter Jeff Turner steckt, Cheryl

Haebigs Freund. »Entschuldige, aber was hat sie überhaupt hier zu suchen?«

»Halt die Klappe!« Steve wirft Jeff einen finsteren Blick zu. »Niemand hat dir erlaubt zu sprechen.«

»Aber, Mann«, erwidert Jeff. »Sie ist stellvertretende Leiterin des Wohnheims. Sie wird erzählen …«

»Sie wird überhaupt nichts erzählen«, unterbricht Steve ihn. »Sie wird nämlich tot sein.«

Das scheint nicht nur Jeff zu schockieren. Einige der anderen Anwärter werden unruhig.

»Mann«, sagt Jeff, »soll das ein Witz sein?«

»Ruhe, Anwärter!«, donnert Steve. »Wenn ihr Tau-Phis werden wollt, müsst ihr auch bereit sein, Opfer zu bringen!«

»Oh, klar«, werfe ich ein, um auszunutzen, dass ich die Anwärter, zumindest Jeff, auf meiner Seite habe. »War Lindsay Combs das auch, Steve? Ein Opfer? Hast du sie deshalb umgebracht?«

Die Anwärter werden immer nervöser. Steve blickt mich böse an.

»Die Schlampe hat ein Mitglied unserer Verbindung betrogen«, fährt er mich an. »Sie musste bestraft werden.«

»Ach ja«, erwidere ich. »Indem ihr ihr den Kopf abgehackt und ihre Leiche im Müllschlucker entsorgt habt?«

Jeff wirft Steve einen schockierten Blick zu. »Hey, Mann! Das warst *du?*«

»Ja, sicher war das Steve«, erwidere ich. »Und nur, weil Lindsay etwas genommen hat …«

»Was ihr nicht rechtmäßig gehörte«, bellt Steve. »Und sie wollte es nicht zurückgeben …«

»Sie hat es doch versucht«, erwidere ich. »Sie hat deinen Bruder hier hineingelassen …«

»Aber es war weg!«, schreit Steve. »Sie hat behauptet, irgendjemand habe es gestohlen, als ob wir ihr das glauben würden! Sie war eine Lügnerin und eine Diebin. Sie hat für ihren Verrat den Tod verdient!«

»Mann!« Ungläubig schaut Jeff Steve an. »Lindsay war die *beste Freundin* meiner Freundin!«

»Dann solltest du mir lieber danken«, sagt Steve erhaben. »Denn wenn deine Freundin weiterhin mit einer solchen Frau Umgang gehabt hätte, dann hätte sie letztendlich von ihr auch nur Stehlen und Betrügen gelernt.«

Es dauert eine Minute, bis Jeff begreift, was Steve gerade gesagt hat. Aber dann zögert er nicht länger.

»Das war's.« Er schüttelt den Kopf. »Ich bin raus. Ich wollte dieser blöden Verbindung sowieso nur beitreten, weil mein Dad darin war. Aber ich habe nicht vor, Leute umzubringen. Du willst mir mit einem Paddel den Arsch versohlen? In Ordnung. Ich soll vierundzwanzig Dosen Bier schlucken? Kein Problem. Aber Mädchen umbringen? Vergiss es. Ihr Typen seid ja krank …«

Während er das sagt, beginnt er, den Umhang abzulegen. Steve schüttelt traurig den Kopf. Dann nickt er zwei von den Vermummten zu, die um seinen Altar herumstehen. Sie treten auf Jeff zu und boxen ihn in den Bauch, bis er zu Boden sinkt. Ungeachtet seiner Schmerzensschreie treten sie auf den wehrlosen Jungen ein. Die anderen Anwärter stehen wie erstarrt daneben und sehen zu, wie einer von ihnen zusammengeschlagen wird.

Sie sind nicht die Einzigen, die wie erstarrt dastehen. Ich kann es ebenfalls nicht fassen. Wo bleibt die Polizei? Sie können doch diesem Idioten Curtiss nicht wirklich glauben, oder?

Laut sage ich zu einem der Anwärter, die einfach nur

zusehen, wie ihr Freund zu Tode geprügelt wird. »Und wisst ihr, was Lindsay gestohlen hat? Doug Winers Koksvorrat.«

Die Reaktion der Jungen auf meine Bemerkung kann ich nur ahnen, weil ihre Gesichter immer noch unter den Kapuzen verborgen sind. Aber ich sehe, dass sie immer unruhiger werden.

»Hört nicht auf sie«, befiehlt Steve ihnen. »Sie lügt. Das tun sie alle, sie versuchen, unsere Verbindung zu verteufeln, indem sie bösartige Lügen über uns verbreiten.«

»Äh, wir müssen euch gar nicht verteufeln«, sage ich. »Das macht ihr ganz gut selber. Oder willst du etwa behaupten, dass dein Bruder Doug seine Freundin nicht erwürgt hat, nur weil sie sein Koks geklaut hat?«

Einer der Typen, die auf Jeff Turner einprügeln, hält inne. Er kommt auf mich zu und zieht die Kapuze herunter. Es ist Doug Winer.

»Das nimmst du zurück!«, schreit er. »Ich war es nicht! Ich habe sie nicht umgebracht!«

Steve packt seinen kleinen Bruder am Arm. »Doug …«

»Ich war es nicht!«, schreit Doug. »Ihr habt keine Beweise!« Zu Steve sagt er: »Sie hat keinen Beweis!«

»Oh, wir haben jede Menge Beweise«, erwidere ich. Ich muss auf jeden Fall Zeit schinden. Steve sollte das eigentlich wissen, aber er scheint ganz vergessen zu haben, dass er Gavin als Druckmittel benutzen wollte, um mich zum Schweigen zu bringen. Mehr will ich auch gar nicht. »Wir haben heute nämlich ihre Leiche gefunden. Jedenfalls das, was noch davon übrig war.«

Steve wirft mir einen ungläubigen Blick zu. »Was redest du da für eine Scheiße?«

»Die Leiche. Lindsays Leiche. Du hast nicht bedacht,

dass in Müllschluckern keine Knochen zermahlen werden können und auch keine Nabelringe. Wir haben heute früh Lindsays Nabelring gefunden.«

Doug gibt einen Laut von sich, wie ihn die Mädchen manchmal machen, wenn ich ihnen sage, dass sie nächstes Jahr kein Einzelzimmer haben können. Es ist eine Mischung aus Seufzen und protestierendem Aufschrei.

Steve packt das Messer fester. Die Klinge blitzt im Kerzenlicht. »Sie blufft. Und selbst wenn nicht, was soll's? Sie haben nichts, was sie zu uns führt. Dafür haben wir zu gründlich sauber gemacht.«

»Ja.« Ich schwitze, mir ist so heiß in meinem Wintermantel. Aber vielleicht liegt es auch gar nicht an der Wärme, sondern an meinen Nerven. Mein Magen ist wie zusammengeschnürt. Vielleicht hätte ich den zweiten Dove-Riegel nicht essen sollen. Jeff liegt mittlerweile ganz still da. Ich kann nicht sehen, ob er bewusstlos ist oder nur so tut, damit er nicht mehr getreten wird. »Ihr Typen könnt ja vielleicht tolle Partys feiern und Initiationsrituale erfinden, aber im Saubermachen seid ihr absolute Nieten. Sie haben jede Menge Haare gefunden.«

Doug blickt seinen Bruder erschreckt an. »Steve?«

»Halt's Maul!«, fährt Steve ihn an. »Sie blufft.«

»Nein, das tut sie nicht.« Doug ist kreidebleich geworden. »Sie wusste es doch! Sie wusste über das Koks Bescheid!«

»Dass ihr den Kopf dagelassen habt, war euer erster Fehler«, fahre ich im Plauderton fort. »Vielleicht wärt ihr damit sogar noch durchgekommen, wenn ihr ihn nicht im Topf auf dem Herd deponiert hättet. Dann hätte möglicherweise noch eine Chance bestanden, dass sie die Knochen und den Nabelring nicht mit Lindsay in Zusammenhang gebracht hätten. Sie hätten ja glauben können, Lindsay wäre einfach abgehauen. Niemand hätte gewusst, dass ihr überhaupt da wart, und es hätte sich auch niemand gefragt, wie ihr hineingekommen seid. Euer zweiter Fehler war, Manuel fertig zu machen. Er hätte niemandem von dem Schlüssel erzählt, wenn ihr ihm nicht solche Angst eingejagt hättet. Und selbst wenn, er ist ja nur Hausmeister, und niemand hört auf einen Hausmeister.« Ich schüttele den Kopf. »Aber nein! Ihr musstet euch aufspielen.«

»Steve«, winselt Doug. »Du hast gesagt, niemand wüsste, dass wir es waren. Du hast gesagt, das würde nie jemand herausbekommen! Wenn Dad erfährt, was wir getan haben …«

»Halt die Klappe!«, schreit Steve so laut, dass ich zusammenzucke. Sogar die beiden Typen, die mich festhalten, erschrecken. »Halt endlich einmal die Klappe, du kleines Stück Scheiße!«

Aber Doug hört nicht auf seinen Bruder. »Himmel, Stevie!«, schreit er mit überkippender Stimme. »Du hast mir versprochen, dass Dad nichts davon erfährt. Du hast gesagt, du würdest dich um alles kümmern.«

»Das habe ich auch, du Schisser!«, herrscht Steve ihn an. »So wie ich mich ständig um deinen blöden Scheißkram kümmere.«

»Du hast gesagt, mach dir keine Sorgen! Überlass alles mir, hast du gesagt.« Doug weint fast. »Du Scheißkerl! Einen Scheißdreck hast du dich gekümmert! Jetzt, wo Lindsay tot ist, kommen wir in den Knast, und ich weiß immer noch nicht, was mit meinem Koks ist!«

Steve hat anscheinend noch nicht gemerkt, dass sein Bruder sie jetzt alle beide reingeritten hat. Er schreit ihn an: »Wer ist denn das blöde Arschloch, das die Schlampe abgemurkst hat? Habe ich dir etwa gesagt, du sollst sie umbringen? Habe ich dir das etwa gesagt? Nein, keinen Ton habe ich davon gesagt!«

»Es war nicht meine Schuld, dass sie gestorben ist!« Doug stolpert auf mich zu und packt zu meinem Entsetzen die Aufschläge meines Mantels. Eine Sekunde später schluchzt er mir ins Gesicht. »Ich wollte sie nicht umbringen! Ehrlich nicht. Aber sie hat mich so böse gemacht, weil sie mein Koks geklaut hat. Und dann wollte sie es noch nicht mal zurückgeben! Die ganze Geschichte, dass es angeblich jemand hier gestohlen hat, das war so ein blöder Scheiß! Sie hätte es mir einfach nur zurückzugeben brauchen, aber nein. Eigentlich habe ich gedacht, Lindsay wäre anders. Ich dachte, sie würde mich wirklich mögen, nicht so wie die anderen Mädchen, die nur wegen meines Nachnamens mit mir zusammen sein wollen. Ich wollte sie gar nicht so fest würgen.«

»Halt die Klappe, Doug!« Steves Stimme ist hart. »Ich meine es ernst. Halt endlich die Klappe.«

Doug lässt mich los und geht auf seinen älteren Bruder los. Die Tränen strömen ihm übers Gesicht. »Du hast mir gesagt, du würdest dich darum kümmern, Steve. Du hast mir gesagt, ich soll mir keine Sorgen machen. Warum musstest du das denn mit ihrem Kopf machen? Ich habe dir nicht …«

»Halt's Maul!« So wie Steves Hände zittern, ist mir klar, dass er jeden Moment die Nerven verliert. Das Messer, das er in der Hand hält, zeigt in der einen Minute auf mich und in der anderen auf Doug, ich frage mich, ob Steve Winer wohl wirklich seinen eigenen Bruder erstechen würde.

Irgendwie hoffe ich, dass es so wäre.

»Was hast du denn von mir erwartet, du kleiner Scheißer?« Steve ist mittlerweile so böse, dass seine Stimme nur noch ein Zischen ist. »Du rufst mich mitten in der Nacht an, weinst wie ein Baby und erzählst mir, du hättest deine Freundin umgebracht. Ich muss extra aufstehen, den ganzen Weg hierherkommen und deine Bescherung sauber machen. Und du willst mich auch noch kritisieren? Du besitzt die *Frechheit*, *meine* Methoden in Frage zu stellen?«

Doug weist hilflos auf mich. »Himmelherrgott, Steve! Diese blöde stellvertretende Wohnheimleiterin hat es herausgefunden. Was glaubst du, wie lange es noch dauert, bis die Polizei es weiß?«

Steve blinzelt mich an, dann leckt er sich nervös über die Lippen. Wie eine Schlange schießt seine Zunge hervor. »Ich weiß. Deshalb müssen wir sie auch loswerden.«

Einer der beiden vermummten Typen, die mich festhalten, tritt von einem Fuß auf den anderen und sagt: »Äh, Kumpel. Du hast gesagt, wir erschrecken sie nur ein bisschen, wie den Hausmeister.«

»Erschrecken?«, schreie ich. »Er wäre fast verblutet!«

»Wenn du noch einen einzigen Ton von dir gibst«, sagt Steve und zeigt mit dem Messer auf mich, »dann mache ich dich auf der Stelle kalt.« Er dreht die Messerspitze von mir weg und weist damit auf ein Glas, das auf dem behelfsmäßigen Altar steht. Es sieht so aus, als sei es mit Wasser gefüllt. »Trink das«, befiehlt Steve.

Ich blicke auf das Glas. Keine Ahnung, was darin ist. Aber angesichts dessen, was Jordan vor zwei Tagen passiert ist, könnte es Rohypnol sein, ein beliebtes Beruhigungsmittel im College. Wenn ich es trinken würde, wäre ich wahrscheinlich wesentlich leichter zu handhaben, wenn er mich wirklich erstechen wollte.

Ich habe die Nase voll. Mir ist heiß, ich habe Magenschmerzen und mache mir schreckliche Sorgen um Gavin und Jeff. Cooper hätte Doug Winer besser umgebracht, als er die Möglichkeit dazu hatte. Oder ich hätte besser eins von Dougs Kissen genommen und es ihm so lange aufs Gesicht gedrückt, bis er aufgehört hätte zu strampeln.

Nein. Nein, das wäre eine zu freundliche Methode. Ich wünschte, ich hätte ihm selber die Hände um den Hals gelegt und das Leben aus ihm herausgedrückt, so wie Doug es bei Lindsay gemacht hat.

»Na los, Heather«, sage Steve und macht eine ungeduldige Geste mit dem Messer. »Wir haben nicht die ganze Nacht lang Zeit.«

»Äh, Steve«, sagt der andere Typ neben mir. »Ehrlich, Mann, langsam wird es komisch.«

»Halt's Maul«, erwidert Steve. Er holt das Glas und hält es mir unter die Nase. »Trink!«

Ich wende das Gesicht ab. »Nein.«

Damit hat er nicht gerechnet. »*Was?*«

»Nein«, wiederhole ich. Ich spüre, dass die anderen im Raum auf meiner Seite stehen. Den Tau-Phis dämmert langsam, dass ihr Anführer eine Schraube locker hat. Sie werden nicht zulassen, dass er mir etwas tut, da bin ich mir ziemlich sicher. »Ich trinke das nicht.«

»Was soll das heißen, du trinkst das nicht?« Ein Lächeln huscht über Steves Gesicht. »Bist du blind? Ich halte dir ein Messer an die Kehle!«

»Ja und?« Ich zucke mit den Schultern. »Was macht das schon? Du willst mich so oder so umbringen.«

Das will Steve nicht hören. Sein Lächeln erlischt, er drückt dem Typ neben mir das Glas in die Hand, marschiert zu Gavin, reißt ihm den Kopf an den Haaren nach hinten und hält ihm das Messer an die entblößte Kehle.

»Steve, Mann, nicht!«, schreit einer meiner Bewacher, aber da habe ich das Glas bereits genommen, stoße hervor: »Ich trinke es, ich trinke es!« und stürze den Inhalt in einem Zug hinunter.

»Jetzt reicht es aber«, sagt der Typ, der das Glas gehalten hatte. »Ich mache nicht mehr mit. Jeff hat Recht, ihr Typen seid ja völlig durchgeknallt.«

Er wendet sich zum Gehen und einige andere Tau-Phis, unter ihnen auch die Anwärter, abgesehen von Jeff Turner, der leblos wie ein Toter auf dem Boden liegt, schließen sich ihm an.

»Lasst sie nicht gehen«, befiehlt Steve den Tau-Phis, die Jeff bewusstlos getreten haben. Aber sogar sie zögern.

»Habt ihr nicht gehört?« Steve lässt Gavins Haare los und blickt sich verwirrt um, als seine Verbindungsbrüder sich einer nach dem anderen von ihm zurückziehen. »Hey, Leute. Das könnt ihr doch nicht machen. Ihr habt ein Gelübde abgelegt. Ein Treuegelübde. Wo sind… Ihr könnt doch nicht…«

Doug verfolgt die Szene angstvoll. »Himmel, Steve«, sagt er. »Lass sie gehen. Nur…«

Mitten im Satz bricht er jedoch ab. Steve hat das Messer fallen lassen und zieht eine kleine Pistole aus den Tiefen seines Gewandes. Damit zielt er auf die Brust seines Bruders.

»Douglas«, sagt er. »Ich habe dein ständiges Gewinsel langsam satt.«

»Himmel, Steve!«, schreit Doug erneut. Die Angst in seiner tränenerstickten Stimme bewegt seine Verbindungsbrüder, stehen zu bleiben und sich umzudrehen.

In diesem Moment weiß ich ganz genau, was ich zu tun habe, weil jetzt gerade niemand auf mich achtet. Alle blicken auf Steve, der mit dem Rücken zu mir steht.

Als ich sehe, wie sich sein Zeigefinger um den Abzug krümmt, werfe ich mich mit ausgebreiteten Armen auf den Fußboden. Ich weiß nämlich etwas über den Fußboden in der Cafeteria von Fisher Hall, das Steve Winer niemals erfahren wird: Er ist quietschsauber. Julio putzt ja vielleicht nicht hinter den Dampftischen, aber der Fußboden in der Cafeteria ist sein Bereich, und er wachst ihn immer so gründlich, dass er spiegelblank und glatt wie eine Eisfläche ist. Ich rutsche darauf entlang wie ein Eisschnellläufer, der eine Bauchlandung gemacht hat, und als ich an Steves Bein stoße, packe ich es und reiße ihn zu mir herunter.

Dann ergreife ich Steves Handgelenk und schlage meine Zähne hinein, damit er die Waffe fallen lässt. Er schreit auf und windet sich vor Schmerzen.

Doug löst sich aus seiner Erstarrung, er war der Einzige, der nicht so viel Verstand hatte, sich zu ducken, als Steve mit der Pistole herumfuchtelte, und steht deshalb jetzt wahrscheinlich auch als Einziger aufrecht. Geistesgegenwärtig bückt er sich nach der Pistole und hebt sie mit zitternden Fingern auf. Dann zielt er …

Na ja, eigentlich auf mich.

»Nein!«, schreit Steve. »Schieß nicht, du kleiner Scheißidiot! Am Ende triffst du noch mich!«

»Ich *will* ja dich treffen!«, kreischt Doug. Er kreischt wirklich. Die Tränen strömen ihm übers Gesicht. »Ich bin es so leid, dass du mir ständig erzählst, was ich für ein Versager bin! Und okay, vielleicht bin ich ja ein Scheißversager, aber wenigstens bin ich kein Monster! Ja, ich habe Lindsay umgebracht, aber ich wollte es nicht tun. Du bist der kranke Scheißkerl, der es so toll fand, ihren Kopf auf den Herd zu stellen. Wer macht denn so eine Scheiße, Steve? *Wer?* Und dann mussten wir auch noch den armen Hausmeister überfallen, und jetzt sollen wir die Dame hier umbringen und warum? Damit du vor deinen Verbindungsbrüdern dastehst wie ein toller, harter Typ. Weil Dad als Tau-Phi ein harter Typ war.«

Die Mündung der Pistole wackelt nervös von mir zu Steve und wieder zurück. Steve, der unter mir liegt, beginnt heftig zu schwitzen.

»Doug«, sagt er. »Dougie, bitte. Gib mir die…«

»Aber Dad hat niemanden umgebracht, Steve!«, fährt Doug fort, als hätte er nichts gehört. »Er hat keinen mit dem Messer bedroht. Er war ein harter Typ, ohne so eine Scheiße machen zu müssen. Warum kapierst du das nicht? Egal was du tust, *du wirst nie wie Dad sein!*«

»Okay«, sagt Steve. »Ich werde nie wie Dad sein. Und jetzt leg die Pistole weg…«

»Nein!«, schreit Doug. »Ich weiß doch, was dann passiert. Dann drehst du wieder alles herum und schiebst mir die Schuld zu. Das machst du doch immer! Aber ich lasse es mir nicht mehr gefallen! Nie mehr!«

Jetzt zielt er mit der Waffe mitten auf Steves Stirn.

In diesem Moment sagt eine vage vertraute Stimme von der Tür der Cafeteria her: »Lass die Pistole fallen, Junge.«

Doug blickt auf. Auf seinem Gesicht spiegelt sich eine Mischung aus Bestürzung und Empörung. Auch ich schaue in die Richtung und sehe verwirrt, dass Reggie – ja, Drogendealer Reggie – eine sehr große, glänzende 9-mm-Glock auf Doug Winers Brustkorb gerichtet hat.

»Lass die Waffe fallen«, sagt Reggie. Seltsamerweise ist sein jamaikanischer Akzent völlig verschwunden. »Ich möchte dir nicht gerne weh tun, aber wenn es sein muss, werde ich schießen. Ich glaube, das wissen wir beide.«

Steve, der immer noch unter mir liegt, schreit: »Oh, Officer, Gott sei Dank sind Sie da! Der Typ hier ist durchgedreht und wollte mich umbringen!«

»Oh, oh«, sagt Reggie ausdruckslos. »Gib mir die Pistole, mein Sohn.«

Doug wirft seinem Bruder einen Blick zu. Steve lächelt ermutigend. »Na los, Dougie, gib dem netten Polizisten die Pistole.«

Mittlerweile schluchzt Doug so heftig, dass er sowieso nicht mehr schießen kann. »Du bist so ein Scheißkerl, Steve«, sagt er, als er Reggie die Pistole gibt. Dieser reicht sie an Detective Canavan weiter, der ebenfalls mit gezogener Pistole hinter ihm steht.

»Sie wissen wahrscheinlich nicht, dass Sie gerade uns allen das Leben gerettet haben«, schwafelt Steve Winer. »Mein Bruder wollte mich umbringen ...«

»Ja, klar«, sagt Reggie und greift nach den Handschellen, die an seinem Gürtel hängen. »Heather, würdest du dich bitte von Mr Winer erheben.«

Gehorsam rolle ich von Steve Winer herunter. Dabei fällt mir auf, dass sich der Raum irgendwie um mich dreht. Aber angenehm.

»Reggie!«, schreie ich vom Fußboden aus. »Du bist ein verdeckter Ermittler? Warum hast du mir das nicht *gesagt?*«

»Weil er beim FBI ist.« Detective Canavan steht über mir

und weist zwanzig uniformierte Beamte an, jeden zu verhaften, der einen roten Umhang trägt. » Sie sind mitten in eine verdeckte Ermittlung des Drogendezernats hineingeraten. Herzlichen Glückwunsch übrigens.«

»Detective!«, schreie ich fröhlich. »Warum haben Sie so lange gebraucht?«

»Wir hatten ein kleines Problem hereinzukommen«, erklärt er. »Der Wachmann war nicht kooperativ. Und niemand hatte einen Schlüssel.« Er verdreht die Augen. »Das ist im Übrigen typisch für dieses College. Warum sind Ihre Pupillen so groß?«

»Weil ich mich so freue, Sie zu sehen!«, schreie ich. Als er sich zu mir herunterbeugt, um mir aufzuhelfen, schlinge ich die Arme um seinen Hals. »Ich liebe Sie einfach!«

»Äh«, sagt Detective Canavan, als ich mich an ihn klammere, der Raum dreht sich so sehr um mich. »Wells? Haben Sie etwas genommen?«

»Sie haben sie gezwungen, etwas zu trinken.« Das kommt von Gavin, der von der Putzfrau oder besser Undercover-Drogenagentin losgebunden worden ist. Zwei Sanitäter, die buchstäblich aus dem Nichts aufgetaucht sind, untersuchen seine Platzwunde im Gesicht. Wie ich mir gedacht habe, hat das Klebeband einen hässlichen roten Fleck über seinem Mund hinterlassen und einige Haare von seinem weichen, dünnen Bärtchen mitgenommen, das jetzt noch mickriger aussieht.

»Gavin!«, schreie ich, lasse Detective Canavan los und schlinge meine Arme um ihn, sehr zum Ärger der Sanitäter, die an ihm herumdoktern. »Ich liebe dich auch! Aber nur als Freund!«

Gavin wirkt darüber gar nicht so glücklich, wie er sein sollte. »Das ist wahrscheinlich das Roofie«, sagt er und versucht, sich aus meiner Umklammerung zu befreien. Besonders höflich finde ich das ja nicht.

»Okay«, sagt Detective Canavan und ergreift mich am Arm. »Dann kommen Sie mal.«

»Wohin gehen wir denn?«, frage ich.

»Ach«, sagt Detective Canavan. »Ich glaube, es wäre nicht verkehrt, mit dem Krankenhaus anzufangen, damit sie ein bisschen Flüssigkeit in Sie hineinpumpen.«

»Aber ich bin kein bisschen durstig«, versichere ich ihm. »Ich könnte allerdings ein wenig Eiscreme vertragen. Hey, wollen Sie einen DoveBar? Sie sind da drüben im Tiefkühler. Hey, jeder kann sich einen nehmen. Hey, ihr«, rufe ich den anderen zu. »Nehmt euch einen DoveBar. Ich gebe einen aus!«

»Na, kommen Sie, Wells«, sagt Detective Canavan und packt mich fest am Arm. »Das reicht jetzt.«

Als er mich aus der Cafeteria in die Lobby führt, vergesse ich bei dem Anblick, der sich mir bietet, alle DoveBars. Und zwar nicht wegen Crusty Curtiss in Handschellen, obwohl auch das ein erfreulicher Anblick ist. Es liegt auch nicht an der Tatsache, dass die Hälfte der Wohnheimbewohner versammelt sind, während Tom, Sarah und die anderen studentischen Hilfskräfte versuchen, sie zu überreden, wieder ihren üblichen Freitagabendvergnügungen nachzugehen.

Nein. Es ist mein Vater.

»Dad!«, schreie ich, reiße mich von Detective Canavan los und werfe mich meinem Vater in die Arme.

»Heather!«, sagt er, überrascht, aber nicht unglücklich über meine stürmische Begrüßung. »Gott sei Dank, dir ist nichts passiert!«

»Ich liebe dich so *sehr*!«, sage ich zu ihm.

»Sie liebt im Moment jeden«, erklärt Detective Canavan. »Sie steht unter Rohypnol.«

»Aber das ist nicht der Grund, warum ich dich liebe«, versichere ich meinem Vater, um seine Gefühle nicht zu verletzen. »Und auch nicht, weil du die Polizei und mich davor bewahrt hast, enthauptet zu werden.«

»Na«, erwidert Dad schmunzelnd, »das ist ja gut zu wissen. Ihr Mund ist blutig. Warum hat sie einen blutigen Mund?«

In diesem Moment bemerke ich, dass Dad nicht allein da steht. Cooper steht neben ihm! Er zieht eins seiner allgegenwärtigen Taschentücher hervor. Anscheinend sind Taschentücher ein wichtiges Arbeitsinstrument für einen Privatdetektiv.

»Ach, das«, sagt Detective Canavan. »Sie hat bloß einen von den Typen gebissen.«

»Cooper«, schreie ich und werfe ihm die Arme um den Hals, während er versucht, Steve Winers Blut von meinen Lippen zu tupfen. »Ich freue mich so, dich zu sehen.«

»Das merke ich«, sagt Cooper. Aus irgendeinem Grund lacht er. »Halt still, du hast da …«

»Ich liebe dich so *sehr*«, erkläre ich ihm. »Obwohl du Gavin erzählt hast, ich würde immer noch deinen Bruder lieben. Warum sagst du so was, Cooper? Ich liebe Jordan *überhaupt* nicht mehr.«

»Okay«, erwidert Cooper, »ich glaube dir. Aber halt jetzt endlich mal still.«

»Ich liebe ihn nicht«, versichere ich ihm. »Ich liebe Jordan nicht. Ich liebe *dich*! Wirklich!«

Dann taucht auf einmal Reggie wieder in meinem Blickfeld auf. Cooper ist gerade damit fertig geworden, mir den Mund abzuputzen, und ich schreie: »Reggie! Ich liebe dich!

Ich liebe dich so sehr! Ich möchte dich auf deiner Bananenplantage besuchen!«

»Eigentlich habe ich gar keine Bananenplantage, Heather«, sagt Reggie. Auch er lacht. Warum lachen eigentlich alle? Im Ernst, vielleicht sollte ich ja aufhören, Songs zu schreiben, und stattdessen auf Stand-up-Comedian umsatteln. Anscheinend finden mich ja alle schrecklich komisch. »Ich bin aus Iowa.«

»Ist schon okay«, erwidere ich. Einer der Sanitäter löst sanft meine Arme von Coopers Hals. »Ich liebe dich trotzdem. Ich liebe euch *alle*! Dich, Tom und Sarah und sogar Dr. Kilgore. Wo ist sie überhaupt?«

Dann dreht sich der Raum auf einmal ganz schnell, *richtig* schnell, und ich werde unwiderstehlich müde.

Danach erinnere ich mich an nichts mehr.

29

You said you love me
And that shit don't come from nowhere
Nowhere except the heart.

»Gavin's Song«
Von Heather Wells

Mein Kopf pocht.

Im Ernst.

Das ist nicht lustig.

Ich kann mir gar nicht vorstellen, dass Leute diese Droge zur Entspannung nehmen. Wenn sich Jordan gestern – war es erst gestern? – in der Stoned Crow so gefühlt hat, dann kann ich verstehen, dass er kein Bier wollte. Ich will nie wieder trinken. Nichts. Noch nicht einmal Wasser. Noch nicht einmal …

»Heather.«

Ich öffne ein Auge. Neben meinem Krankenbett steht mein Chef. Ist es zu fassen? Ich schlage die Augen auf und sehe ausgerechnet meinen Chef? Ich meine, klar, ich liebe Tom.

Aber so sehr nun auch wieder nicht.

»Wie geht es dir?«

»Beschissen.«

»Das tut mir leid.« Er hebt die Hand, in der er einige Ballons mit der Aufschrift *gute Besserung* hält. »Von der Abteilung.«

Stöhnend schließe ich die Augen. Es ist ein schlechtes Zeichen, wenn die Farben der Ballons einem zu grell erscheinen.

»Es geht dir bestimmt bald besser«, meint Tom. Seine Stimme klingt nach unterdrücktem Lachen. »Sie pumpen dich mit Flüssigkeit und Vitamin B voll.«

»Ich will nach Hause«, jammere ich. Ich kann noch nicht einmal meinen Arm heben, weil er so voller Nadeln steckt.

»Na, da hast du Glück«, sagt Tom. »Du brauchst nicht hierzubleiben. Sie wollen dir nur noch ein paar Stunden lang intravenös Flüssigkeit zuführen, und dann darfst du bestimmt gehen.«

Ich stöhne. Es ist nicht zu fassen, da liege ich in der gleichen Notaufnahme, in der ich schon so viele Studenten besucht habe, die in ähnlicher Verfassung waren wie ich jetzt.

Aber mir war nie klar, dass sie sich so beschissen gefühlt haben.

»Hör mal«, fährt Tom mit ernsterer Stimme fort. »Du sollst die Erste sein, die es erfährt.«

Erneut öffne ich ein Auge. »Kündigst du tatsächlich?«, frage ich.

»Nein, keineswegs.« Tom schmunzelt. »Ich werde befördert. Zum Bereichskoordinator.«

Ich öffne auch das andere Auge. »Was?«

»Stan war so beeindruckt davon, wie ich die Sache mit Lindsay im Griff hatte, dass er mich befördert hat«, berichtet Tom aufgeregt. »Ich bin zwar immer noch im Zuständigkeitsbereich Zimmer, bin aber jetzt für Waverly Hall zuständig. Das Verbindungshaus, Heather. Stan sagt, ihm ist klar geworden, dass in dem Gebäude ein Erwachsener wohnen muss, ich werde zehntausend Dollar mehr im Jahr verdienen. Natürlich habe ich mit solchen Typen wie den Tau-Phis zu tun, aber das dürfte nicht mehr so schwierig sein, da Steve und Doug ja festgenommen worden sind. Und Steven, Coach Andrews, sagt, dass er mir gerne helfen …«

Ich schließe die Augen. Das ist doch nicht zu glauben. Endlich habe ich einmal einen Boss, den ich mag, und dann nehmen sie ihn mir weg.

Und mal ehrlich, Tom hatte die Sache mit Lindsay gar nicht im Griff. Das war *ich*. Ich war schließlich diejenige, die fast umgebracht worden ist, als ich die Mörder gestellt habe. Wo bleibt denn *meine* Beförderung?

Irgendwie denke ich, sie hätten mich am besten getötet. Dann täte mir jetzt wenigstens der Kopf nicht so weh.

»Wow«, sage ich. »Das ist großartig, Tom.«

»Mach dir keine Sorgen«, erwidert Tom und tätschelt mir die Hand. »Ich sorge dafür, dass du einen Wahnsinnschef bekommst. Okay?«

»Ja«, sage ich. »Okay.«

Anscheinend bin ich danach wieder eingeschlafen, denn als ich die Augen wieder aufschlage, ist Tom weg. An seine Stelle sind Magda, Sarah und Pete getreten.

»Geht weg«, sage ich zu ihnen.

»Oh, Gott sei Dank!« Magda verzieht erleichtert das Gesicht. »Es geht ihr gut.«

»Nein, ich meine das ernst«, sage ich. »Mein Kopf bringt mich um.«

»Das liegt daran, dass die Wirkung des Benzodiazepins nachlässt«, zwitschert Sarah fröhlich. »Das ist ein Beruhigungsmittel für das zentrale Nervensystem. Du wirst dich noch eine ganze Weile beschissen fühlen.«

Ich funkele sie böse an. »Vielen Dank.«

»Wir wollten nur mal schnell schauen, wie es dir geht«, sagt Pete. »Und dir sagen, dass du dir keine Sorgen zu machen brauchst.«

»Ja«, wirft Magda ein und wackelt aufgeregt an meinem Bett. »Sie haben das Kokain gefunden.«

»Genau«, fährt Pete fort. »Sie haben das Kokain gefunden. Doug Winers Vorrat, den Lindsay gestohlen hatte.«

Jetzt mache ich die Augen doch ganz auf. »Wirklich? Wo war es denn?«

»Was glaubst du?«, fragt Sarah. »In Kimberly Watkins' Zimmer.«

»Aber …« Es fällt mir schwer, einen klaren Gedanken zu fassen. »Kimberly und Lindsay haben gemeinsame Sache gemacht?«

Sarah schüttelt den Kopf. »Nein. Lindsay hatte den Beutel mit Koks unter ihren Lieblingstisch in der Cafeteria geklebt, und als sie es Doug zurückgeben wollte, war es nicht mehr da. Jemand anderer hatte es nämlich gefunden. Jemand, der regelmäßig mit Lindsay an diesem Tisch saß.«

Ich starre sie an. »*Kimberly Watkins?* Kimberly hatte die ganze Zeit über Dougs Koks?« Als Sarah nickt, frage ich: »Und wie ist es herausgekommen?«

»Durch Cheryl«, erklärt Magda. »Sie war so wütend auf Kimberly, wegen dem, was sie über Lindsay und Coach Andrews gesagt hatte, und auch weil der arme Jeff zusammengeschlagen worden ist – es geht ihm übrigens schon wieder besser, er hat nur ein paar Rippen gebrochen –, dass sie sie zur Rede stellte, und na ja, sie haben sich nicht gerade wie Filmstars aufgeführt.«

»Doch, mit Paris Hilton und Nicole Richie könnte man sie schon vergleichen«, wirft Sarah ein.

»Cheryl ist wie eine Furie auf Kimberly losgegangen«, sagt Pete. »Kimberly hat alles gestanden. Sie wollte anscheinend selber mit dem Drogendealen anfangen. Sie hat gesehen, wie Lindsay das Koks versteckt hat und hat es bei nächster Gelegenheit geklaut. Als Lindsay dann tot war, hatte sie zu viel Angst, irgendetwas zu unternehmen, weil sie fürchtete, die Winer-Jungen würden mit ihr dasselbe wie mit Lindsay machen, wenn sie herausfänden, dass sie den Stoff hatte.«

»Deshalb hat sie auch ständig versucht, mich auf falsche Fährten zu bringen«, murmele ich.

»Genau«, sagt Sarah. »Auf jeden Fall ist Cheryl sofort zur Polizei gegangen, jetzt haben sie auch Kimberly festgenommen. Das Drogendezernat hat seit Monaten daran gearbeitet, den bisher größten Studenten-Drogenring auf dem Campus zu sprengen. Aber sie hatten erst nach dem Mord an Lindsay eine genauere Vorstellung davon, wo der Stoff herkam. Deshalb musste Reggie auch Undercover im Park arbeiten. Sie hofften, dass er dabei was herausfinden würde, und dann hast du ihn nach den Winer-Jungen gefragt. Aber Beweise hatten sie damit noch lange nicht.«

Sarah zuckt mit den Schultern. »Jetzt müssen sich die Winers zusammen mit noch ein paar anderen Verbindungsbrüdern zusätzlich zu Drogenbesitz und Dealen wegen Mordes und versuchten Mordes vor Gericht verantworten ... Daddy Winer hat schon den besten Strafverteidiger in der Stadt engagiert. Aber das wird wohl nichts nützen, wenn du aussagst. Ach ja und Kimberly im Übrigen auch.

Sie hat sich freiwillig als Zeugin der Anklage zur Verfügung gestellt, damit die Anklage gegen sie wegen Drogenbesitz fallen gelassen wird.«

»Sie haben Kimberly aber von der Schule verwiesen, oder?«, frage ich.

»Ja«, erwidert Magda. »Alle. Auch die Winers.«

»Gut«, sage ich schwach. Mir fallen die Augen schon wieder zu. »Dann habe ich ja nächste Woche reichlich Zimmer zu verteilen.«

Eine Zeitlang versinke ich erneut in gnädiger Dunkelheit, das Beruhigungsmittel für das Zentralnervensystem scheint wieder zu funktionieren. Als ich die Augen wieder öffne, stehen Detective Canavan und Reggie an meinem Bett.

»Du«, sage ich zu Reggie, »du hast mich angelogen.«

Er lächelt, und ich stelle betrübt fest, dass die Goldzähne leider verschwunden sind.

»Tut mir leid«, sagt er. »Ich war im Dienst.«

»Brian ist Sonderagent im Drogendezernat, Heather«, erklärt Detective Canavan. »Er hat fast ein Jahr lang verdeckt im Park ermittelt, um herauszufinden, woher die Partydrogen auf dem Campus kamen. Dank deines Hinweises auf die Winers konnte Brian seine Leute anweisen, eine Agentin als Putzfrau verkleidet einzuschmuggeln«, die Putzfrau, die im Gang des Tau-Phi-Hauses an dem *Fette Weiber raus* herumgeputzt hatte, »sodass sie letztlich genügend Beweise hatten, um die Winers nicht nur wegen Drogenhandels, sondern auch wegen Mordes und versuchten Mordes zu verhaften.«

Ich blicke Reggie an. »Brian?«

Er zuckt mit den Schultern. »Reggie klingt mehr nach Straße, weißt du?«

»Warst du jemals in Jamaika?«, frage ich.

»Um Himmels willen, nein«, antwortet er. »Wenn ich frei habe, fahre ich in die Berge. Ich bin ein begeisterter Skifahrer.«

Ich blicke Detective Canavan an. »Bekomme ich einen Orden oder so?«

»Äh«, erwidert Detective Canavan. »Nein. Aber ich habe das hier.« Er hält einen Dove-Candyriegel aus dunkler Schokolade hoch. »Eiscreme wäre geschmolzen«, erklärt er.

Ich hebe meine Hand, in der all die Infusionsnadeln stecken, und schnappe mir den Schokoriegel.

»Diese Stadt«, sage ich, »wird immer geiziger mit den Belohnungen für Tapferkeit.«

Sie gehen, und ich esse meinen Candyriegel. Er ist köstlich. So köstlich, dass ich wieder einschlafe. Als ich erneut aufwache, verschlingt mich Gavin McGoren mit seinen Blicken.

»Na, na«, sagt er grinsend. »Ist das nicht eine hübsche Umkehrung der Ereignisse? Dieses Mal liegst *du* im Krankenbett und nicht ich. Ich muss sagen, so gefällt es mir besser.«

»Wer hat dich denn hier hereingelassen?«, frage ich ihn.

Gavin zuckt mit den Schultern. »Ich bin ebenfalls Patient, kein Besucher«, sagt er.

Er dreht den Kopf, um mir seine Wange zu zeigen. »Sieben Stiche. Was meinst du? Das gibt bestimmt eine ganz schöne Narbe, was?«

Ich schließe die Augen. »Deine Mutter wird mich *umbringen.*«

»Was redest du da?«, erwidert Gavin. »Du hast mir das Leben gerettet.«

»Ich bin der Grund dafür, dass du entführt und geschlagen worden bist«, sage ich und mache wieder die Augen auf. »Gavin, ich … ich kann dir gar nicht sagen, wie leid es mir tut. Wirklich. Ich hätte dich da nie hineinziehen dürfen.«

Die roten Flecken um Gavins Mund sind verschwunden. Das Ziegenbärtchen ebenfalls. Er hat sich wahrhaftig rasiert, bevor er zu mir gekommen ist. Das hätte mich vor dem, was jetzt kommt, warnen sollen, aber ich bin immer noch zu benommen von der Droge.

»Ich wüsste schon, wie du es wiedergutmachen könntest«, sagt er.

»Ach ja? Wie denn?« Ich glaube tatsächlich, dass er mich jetzt um ein Einzelzimmer mit Blick auf den Park bittet.

Stattdessen bittet er mich, mit ihm auszugehen.

»Irgendwann einmal«, sagt er. »Wir könnten was Tolles unternehmen. Pool spielen oder so. Wenn es dir besser geht. Du musst nicht glauben, dass es ein Date sein soll«, fügt er hastig hinzu. »Ich weiß ja, dass du Jordan Cartwright noch liebst. Aber versuch's doch mal mit mir. Einfach nur so.«

»Gavin.« Ich bin mir ziemlich sicher, dass ich die erste stellvertretende Wohnheimleiterin des New York College bin, die zum Ausgehen eingeladen wird, während sie in einem Krankenbett der Notaufnahme des St. Vincent's Hospitals liegt, weil sie mit Roofie vollgepumpt worden ist. »Ich kann nicht mit dir ausgehen. Du wohnst im Studentenwohnheim, und ich darf nicht mit Bewohnern des Studentenwohnheims ausgehen.«

Gavin denkt darüber nach. Dann zuckt er mit den Schultern. »Dann besorge ich mir eben eine Wohnung.«

Ich reiße die Augen auf. »Gavin! Hast du überhaupt eine

Ahnung, wie hoch die Mieten in Manhattan sind? Außerdem bist du damit immer noch Student, und Verwaltungsangestellte des New York College dürfen nicht mit Studenten ausgehen.«

Gavin denkt nach. Schließlich sagt er gleichmütig: »Okay, dann nach meinem Examen. Nächstes Jahr. Gehst du dann mit mir aus?«

Ich bin zu müde, um zu widersprechen. »Ja, Gavin«, sage ich, während mir schon wieder die Augen zufallen. »Wenn du nächstes Jahr Examen hast, gehe ich mit dir aus.«

Gavin blickt mich erfreut an. »Cool. Du hast nämlich gesagt, du liebst mich.«

Ich mache die Augen wieder auf. »Gavin, ich stand unter Drogen.«

»Ich weiß«, erwidert er fröhlich. »Aber so ein Scheiß kommt ja nicht aus dem Nichts. Das kommt direkt aus dem Herzen.«

Als ich die Augen das nächste Mal aufmache, stehen Patty und Frank an meinem Bett.

»Hi«, krächze ich.

»Du hättest mir einfach nur zu sagen brauchen, dass du noch nicht dazu bereit bist, vor Publikum zu spielen, statt solche Anstrengungen zu unternehmen, nur um dem Gig zu entgehen«, sagt Frank.

»Frank!«, weist Patty ihn verärgert zurecht. »Hör nicht auf ihn, Heather. Wir haben es eben erst erfahren. Wie geht es dir?«

»Oh«, erwidere ich. Meine Stimme klingt immer noch grauenvoll. »Toll.«

»Im Ernst«, sagt Frank. »Wir spielen die ganze Woche im Pub. Wenn du dich heute Abend also noch nicht so gut fühlst, dann gibt es immer noch morgen Abend. Und übermorgen Abend auch.«

»Frank«, sagt Patty. »Lass sie in Ruhe. Siehst du nicht, dass sie gerade ganz andere Sorgen als Singen hat?«

»Nein«, höre ich mich zu meiner Überraschung sagen.

Frank und Patty blicken mich seltsam an. »Was meinst du, Liebes?«, fragt Patty.

»Nein, ich will ja«, erwidere ich. Erst als ich die Worte ausgesprochen habe, geht mir ihre Bedeutung auf. »Ich will ja mit den Jungs auftreten. Aber nur einen Song.«

Patty schüttelt den Kopf. »O Heather! Du stehst bestimmt noch unter Drogen.«

»Nein, tut sie nicht«, wirft Frank grinsend ein. »Sie meint es ernst. Du meinst es doch ernst, Heather, oder?«

Ich nicke. »Aber nicht heute Abend, okay? Ich habe nämlich Kopfschmerzen.«

Franks Grinsen wird breiter. »Völlig in Ordnung«, sagt er. »Was willst du denn singen? Etwas, was du geschrieben hast? Etwas Neues?«

»Nein«, erwidere ich. »Etwas Ella.«

Franks Gesicht wird ernst. »Du hast Recht«, murmelt er Patty zu. »Sie steht doch noch unter Drogen.«

»Sie meint Ella Fitzgerald«, zischt Patty ihm zu. »Lächle einfach und nicke.«

Frank lächelt und nickt. »Okay, Heather. Gute Nacht, Heather.«

Ich schließe die Augen, und sie gehen. Als ich später aufwache, steht mein Dad an meinem Bett.

»Liebes?« Er blickt mich besorgt an. »Ich bin's, Dad.«

»Ich weiß.« Jedes Wort sticht mir wie ein Messer in den Kopf. Ich schließe erneut die Augen. »Wie geht es dir, Dad?«

»Gut«, erwidert Dad. »Ich bin so froh, dass mit dir alles in Ordnung ist. Ich habe deine Mutter angerufen, um ihr Bescheid zu sagen.«

Das veranlasst mich, ein Auge aufzumachen. »Dad, warum hast du das denn gemacht? Sie wusste ja noch nicht einmal, dass ich … Ach, ist ja auch egal.«

»Ich finde, sie hat ein Recht darauf, informiert zu werden«, erklärt Dad. »Immerhin ist sie deine Mutter. Sie liebt dich, auf ihre Art.«

»Ja, klar«, erwidere ich. »Ist schon gut. Danke, dass du Detective Canavan angerufen hast.«

»Nun, dafür ist Familie schließlich da, Liebling«, sagt er. »Hör mal, ich habe gerade mit dem Arzt gesprochen. Sie lassen dich bald nach Hause gehen.«

»Meinst du, sie geben mir zuerst was gegen die Kopfschmerzen?«, frage ich. »Ich kann kaum gucken, weil mir der Kopf so weh tut.«

»Ich gehe mal den Arzt suchen«, sagt Dad. »Heather … was du gemacht hast. Ich bin stolz auf dich, Liebes.«

»Danke, Dad«, erwidere ich. Und die Tränen in meinen Augen kommen nicht nur von den Kopfschmerzen. »Dad, wo ist Cooper?«

»Cooper?«

»Ja. Alle waren hier und haben mich besucht, außer Cooper. Wo ist er?« Er hasst mich. Ich weiß es. Ich habe irgendwas zu ihm gesagt, ich kann mich aber nicht mehr erinnern. Aber ich weiß, ich habe etwas gesagt. Und dafür hasst er mich jetzt.

»Er ist auf Jordans Hochzeit, Liebes. Erinnerst du dich? Heute ist Samstag. Aber er hat lange an deinem Bett gesessen, als du geschlafen hast. Schließlich musste er dann gehen. Er hat es seinem Bruder nämlich versprochen.«

»Oh«, sage ich. Es ist albern, dass ich so enttäuscht bin. »Ja, klar.«

»Ach, hier kommt dein Arzt«, sagt Dad. »Ich frage ihn mal.«

Am Abend werde ich entlassen. Sie haben mir über zwölf Stunden lang intravenös Flüssigkeit zugeführt, und ich fühle mich zwar noch nicht wieder hundertprozentig hergestellt, aber wenigstens sind meine Kopfschmerzen weg, und das Zimmer dreht sich nicht mehr um mich. Ein Blick in den Spiegel auf der Damentoilette sagt mir mehr, als ich jemals über Rohypnol wissen wollte. Mein Gesicht ist kalkweiß, die Lippen aufgesprungen und die Schatten unter meinen Augen sehen wie Blutergüsse aus.

Aber, hey, ich lebe noch.

Das ist mehr, als die arme Lindsay von sich behaupten kann.

Ich unterschreibe meine Entlassungspapiere und eile in die Lobby, in der Erwartung, dort meinen Dad anzutreffen.

Statt Dad wartet jedoch Cooper auf mich.

Im Smoking.

Am liebsten würde ich auf dem Absatz kehrtmachen und mich selber wieder einweisen, weil es sicher nicht normal ist, dass mein Herz bei seinem Anblick einen solchen Satz macht. Das ist doch bestimmt ein Zeichen dafür, dass mein zentrales Nervensystem noch mehr Flüssigkeit braucht oder so.

Er steht auf, als er mich sieht, und lächelt.

Ach, du lieber Himmel. Ein solches Lächeln sollte unter Strafe stehen, wenn man bedenkt, was er damit einem Mädchen antun kann. Na ja, wenigstens einem Mädchen wie mir.

»Überraschung«, sagt er. »Ich habe deinen Dad nach Hause geschickt. Er war die ganze Nacht hier.«

»Du auch, habe ich gehört«, erwidere ich. Ich schaue ihn dabei nicht an, zum einen, weil mein Herz so hämmert, und zum anderen, weil ich so verlegen bin. Was habe ich bloß zu ihm gesagt? Eigentlich bin ich mir ziemlich sicher, dass ich gesagt habe, ich liebe ihn.

Aber Dad hat gemeint, das hätte ich zu jedem gesagt, selbst zu den Blumenkübeln vor Fisher Hall.

Also weiß Cooper doch bestimmt, dass es nur an den Drogen gelegen hat.

Obwohl das in seinem Fall natürlich nicht stimmt.

»Ja«, sagt Cooper. »Du neigst dazu, mich auf Trab zu halten.«

»Das tut mir leid«, sage ich. »Hast du wegen mir den Empfang verpasst?«

»Ich hatte lediglich gesagt, dass ich zur Hochzeit komme«, erklärt Cooper. »Vom Empfang war nicht die Rede. Ich stehe nicht so auf Lachs. Und den Ententanz mache ich auch nicht.«

»Ach so«, erwidere ich. Ich kann ihn mir ehrlich gesagt beim Ententanz auch nicht vorstellen. »Danke auf jeden Fall.«

»Gern geschehen«, sagt Cooper.

Wir gehen durch die Kälte zu seinem Auto, das in der Twelfth Street geparkt ist. Als wir drinsitzen, lässt er sofort den Motor an, damit es warm wird. Draußen ist es dunkel, obwohl es noch nicht einmal fünf Uhr ist, und die Straßenlaternen sind an. Sie werfen einen rosa Schein über die Schneehaufen am Straßenrand. Der Schnee, der am Anfang so schön aussah, ist mittlerweile grau von Ruß und Schmutz.

»Cooper?«, frage ich, als er den Gang einlegt. »Warum hast du Gavin gesagt, dass ich deinen Bruder immer noch liebe?«

Das darf doch nicht wahr sein. Ich habe keine Ahnung, wo die Frage auf einmal herkommt. Vielleicht ist ja noch ein Rest Rohypnol in meinem zentralen Nervensystem. Vielleicht muss ich wirklich noch mal ins Krankenhaus.

»Das schon wieder?«, sagt Cooper amüsiert.

Dass ihn das erheitert, ärgert mich.

»Ja, *das* schon wieder«, entgegne ich.

»Na ja, was sollte ich denn deiner Meinung nach zu ihm sagen?«, fragt Cooper. »Dass er eine Chance bei dir hat? Ich muss dir nämlich leider mitteilen, dass der Junge heftig in dich verschossen ist. Und wenn du ihn bittest, mit dir zu Verbindungspartys zu gehen, dann verstärkst du seine Gefühle natürlich noch. Irgendwas musste ich ihm schließlich erzählen, um seine Verliebtheit im Keim zu ersticken. Ich dachte, du wärst mir dankbar dafür.«

Ich weiche seinem Blick aus. »Dann glaubst du das also nicht wirklich? Ich meine, das mit deinem Bruder und mir?«

Cooper schweigt eine Minute lang. Dann sagt er: »Sag du es mir. Es ist irgendwie schwer zu glauben, wenn ich euch zwei ständig zusammen sehe.«

»Das liegt an ihm«, erwidere ich erbittert. »Nicht an mir. Ich empfinde nichts mehr für deinen Bruder. Basta.«

»Na gut«, sagt Cooper in dem beruhigenden Tonfall, den man normalerweise bei Geistesgestörten anwendet. »Ich bin froh, dass wir das geklärt haben.«

»Das haben wir doch gar nicht«, höre ich mich sagen.

Cooper, der gerade aus der Parklücke fahren wollte, tritt auf die Bremse. »Was haben wir nicht?«

»Es geklärt«, sage ich. Das kann doch nicht sein, dass diese Worte tatsächlich aus meinem Mund kommen. Aber ich kann sie nicht aufhalten. Das liegt bestimmt an dem Rohypnol. *Bestimmt.* »Warum hast du mich denn nie gefragt, ob ich mal mit dir ausgehen will? Bist du nicht an mir interessiert oder was?«

Cooper klingt amüsiert, als er antwortet: »Du bist die Exverlobte meines Bruders.«

»Genau«, erwidere ich und schlage mit der Faust aufs Armaturenbrett. »*Ex. Exverlobte.* Jordan ist jetzt verheiratet. Mit einer anderen. Du warst da und hast es mit eigenen Augen gesehen. Um was geht es also? Ich weiß, dass ich eigentlich nicht dein Typ bin …« O Gott, das wird ja immer schlimmer. Aber jetzt kann ich nicht mehr zurück. »Aber ich finde, wir kommen gut miteinander aus. Meistens jedenfalls.«

»Heather.« In Coopers Stimme ist eine Spur von Ungeduld zu spüren. »Du hast gerade eine schlimme Beziehung hinter dir …«

»Vor einem *Jahr*.«

»… hast einen neuen Job angefangen …«

»Vor fast einem Jahr.«

»… lebst mit einem Vater zusammen, den du kaum kennst …«

»Mit Dad läuft alles bestens. Wir haben uns gestern Abend ausführlich unterhalten.«

»… und versuchst herauszufinden, wer du bist und was du mit deinem Leben anfangen willst«, beendet Cooper seinen Satz. »Ich bin sicher, ein Freund ist das Letzte, was du zurzeit brauchst. Vor allem nicht den Bruder deines Exverlobten. Mit dem du zusammenwohnst. Ich glaube, dein Leben ist auch so schon kompliziert genug.«

Ich wende den Kopf und blicke ihn an. »Meinst du nicht, das kann ich selber beurteilen?«, frage ich ihn.

Dieses Mal weicht er meinem Blick aus.

»Okay«, sagt er. »*Mein* Leben ist zu kompliziert. Heather, ich will nicht dein Notnagel sein. Das ist … Das bin ich nicht. Ich mache keinen Ententanz, und ich will kein Notnagel sein.«

Mir bleibt die Spucke weg. »Notnagel? Notnagel? Cooper, Jordan und ich haben uns vor einem Jahr getrennt.«

»Und mit wem bist du seitdem ausgegangen?«, will Cooper wissen.

»Na ja, ich … ich …« Ich schlucke. »Mit niemandem.«

»Siehst du«, sagt Cooper. »Du brauchst jetzt erst mal einen Notnagel. Und das will ich nicht sein.«

Ich starre ihn an. *Warum?*, würde ich am liebsten fragen. *Warum willst du nicht mein Notnagel sein? Willst du mich nicht?*

Oder willst du mehr von mir?

Das werde ich wahrscheinlich nie erfahren.

Zumindest noch nicht.

Aber vielleicht will ich es auch gar nicht wissen, denn wenn es Letzteres ist, werde ich es eines Tages schon noch herausfinden.

Und wenn es das Erstere ist …

Na ja, gut. Dann will ich sterben.

»Weißt du was?«, sage ich und wende den Blick ab. »Du hast Recht. Es ist okay.«

»Wirklich?«, fragt Cooper.

Ich blicke ihn wieder an und lächele.

Es kostet mich mein letztes Restchen Kraft. Aber ich tue es.

»Wirklich«, sage ich. »Lass uns nach Hause fahren.«

»Okay«, sagt er und erwidert mein Lächeln.
Das ist genug.
Für den Augenblick.

30

TAD TOCCO
ASSISTANT PROFESSOR
SPRECHSTUNDE 14.00–15.00 UHR

Das steht auf dem Schild an der Tür.

Deshalb verstehe ich auch nicht, warum ein griechischer Gott am Schreibtisch sitzt, als ich das Zimmer betrete.

Im Ernst. Der Typ, der vor seinem Computer sitzt, hat lange, goldene Haare, fast so lang wie meine; er wirkt gesund und durchtrainiert, auf einer Plakette, die auf seinem Schreibtisch liegt, steht *Killer Frisbee 4-ever*. Seine Hemdsärmel sind aufgekrempelt, und mein bewundernder Blick fällt auf Unterarme, die so prachtvoll und muskulös sind, dass ich einen Moment lang glaube, aus Versehen in einen Snowboard-Shop oder so etwas geraten zu sein.

»Hi.« Der Typ am Schreibtisch lächelt mich an und enthüllt dabei zwei Reihen weißer, ebenmäßiger Zähne. Allerdings nicht so ebenmäßig, dass sie absolut perfekt sind, sondern nur so ebenmäßig, dass ich mir vorstellen kann, wie er sich als Kind gegen die feste Zahnspange gewehrt hat.

Anscheinend hat er sich durchgesetzt.

»Warten Sie, sagen Sie nichts«, meint er. »Heather Wells, oder?«

Er ist in meinem Alter. Vielleicht ein bisschen älter. Dreißig, einunddreißig. Er hat allerdings eine Lesebrille auf der Nase – hübsch, mit Goldrand. Auf einem Regalbrett liegt eine *Scooby-Doo*-Lunchbox, so eine, wie sie Kinder im ersten Schuljahr haben.

»Äh«, sage ich. »Ja. Woher …« Meine Stimme erstirbt. Manchmal vergesse ich, dass ich eine Zeitlang mal in sämtlichen Mädchenzimmern an der Wand gehangen habe und manchmal auch in den Zimmern der Jungen.

»Ich habe vor ein paar Tagen Ihren Auftritt mit Frank Robillard und seiner Band gesehen«, erwidert der Typ fröhlich. »Drüben in Joe's Pub.«

Mein Magen hebt sich. »Oh. Sie waren da?«

»Jazz ist eigentlich nicht mein Ding«, sagt der Typ. »Aber das Lied, das Sie gesungen haben, hat mir gefallen.«

»Das war ein Song von Ella Fitzgerald«, erwidere ich. Am liebsten würde ich mich übergeben. Rodgers und Harts »I Wish I Were in Love Again« ist zufällig eins von Coopers Lieblingsliedern, allerdings habe ich es nicht deshalb gewählt, na ja, es könnte einer der Gründe gewesen sein.

Zum Glück musste er dann in der letzten Minute zu einer Art Notfalleinsatz weg. Ich glaube nicht, dass ich auf die Bühne gegangen wäre, wenn ich gewusst hätte, dass er im Publikum ist.

»Frank und ich …«, stammele ich. »W-wir haben nur so ein bisschen rumgealbert.«

Na ja, *Frank* hat rumgealbert. Ich war todernst, zumindest bis ich merkte, dass mich niemand ausbuhte. Dann begann ich, mich zu entspannen und hatte auch ein wenig Spaß. Danach klatschten die Leute, aber der Applaus galt natürlich Frank, obwohl Patty mir versicherte, dass sie auch meinetwegen klatschten. Vermutlich aber nur, weil ich den Mut hatte, überhaupt auf die Bühne zu gehen. Meine Stimme war richtig eingerostet, und ich habe durchaus wahrgenommen, dass mein Dad, der ebenfalls im Publikum saß, am heftigsten von allen Gästen applaudierte. Es ist schön zu wissen, dass wenigstens ein Elternteil auf mich aufpasst.

»Nun, ich fand, es klang toll«, sagt der griechische Gott. »Sie haben also endlich meine Nachricht bekommen?«

Ich blinzele verwirrt. »Ja, äh, ich glaube schon. Ich hatte eine Nachricht von jemandem namens Tad Tocco.«

»Das bin ich«, sagt Tad, und sein Lächeln wird noch strahlender. Als er aufsteht und mir seine rechte Hand entgegenstreckt, stelle ich fest, wie groß er ist. Größer als ich. Und wahrscheinlich auch schwerer. Er ist ein großer, muskulöser Mann. »Ihr Mathematiklehrer.« Meine Hand verschwindet in seiner. »Ich wollte mich schon nach Ihrem Auftritt vorstellen, aber Sie haben sich direkt nach dem Lied in Luft aufgelöst.«

Ich sage etwas. Ich habe keine Ahnung, was. Seine Handfläche ist voller Schwielen. Wahrscheinlich vom vielen Killer Frisbee spielen.

»Auf jeden Fall«, sagt er und lässt endlich meine Hand los. Er setzt sich wieder, und auch ich lasse mich auf den Stuhl vor seinem Schreibtisch fallen, weil ich auf einmal weiche Knie habe. »Auf jeden Fall haben Sie eine wesentlich bessere Entschuldigung dafür, dass Sie die erste Stunde versäumt haben, als die meisten meiner Studenten. Bei mir hat noch nie jemand in der ersten Woche nach den Ferien gefehlt, weil er einen Mörder fassen musste.«

Mir bleibt der Mund offen stehen. »Sie sind mein … Sie sind mein …« Ich habe vergessen, wie man Sätze bildet.

»Ich bin Ihr Mathematiklehrer«, erwidert Tad fröhlich. »Ich wollte mit Ihnen ein paar Nachhilfestunden vereinbaren, weil Sie doch schon Unterricht versäumt haben. Ich möchte nicht, dass Sie den Anschluss nicht mehr finden, deshalb dachte ich, dass wir uns zusammensetzen könnten. Natürlich nur, wenn es Ihnen recht ist. Ginge es nach der Arbeit? In der Nähe von Fisher Hall gibt es eine Bar, The Stoned Crow. Ein paar von uns spielen dort immer Darts, deshalb wäre es schön, wenn wir uns dort treffen könnten. Außerdem sind wir ja beide über einundzwanzig.« Er zwinkert mir zu. *Er zwinkert mir zu.* »Ich finde, Algebra fällt einem mit Popcorn und Bier immer viel leichter. Wäre Ihnen das recht?«

Ich kann ihn nur anstarren. Er ist so … heiß.

Viel heißer als Barista Boy.

Auf einmal glaube ich, dass es mir auf dem College gefallen wird.

Sehr.

»Ich fände es *großartig*«, sage ich.